ネットワーク・エフェクト

マーサ・ウェルズ

賞・ローカス賞受賞】かつて大量殺人を犯したとされたが、その記憶を消されていた人型警備ユニットの“弊《へい》機《き》”。紆余曲折のすえプリザベーション連合に落ち着くことになった弊機は、恩人であるメンサー博士の娘アメナらの護衛として惑星調査任務におもむくが、その帰路で絶体絶命の窮地におちいる。はたして弊機は人間たちを守り抜き、大好きな連続ドラマ鑑賞への耽溺《たんでき》にもどれるのか？　ヒューゴー賞・ネビュラ賞・ローカス賞・日本翻訳大賞受賞＆２年連続ヒューゴー賞・ローカス賞受賞『マーダーボット・ダイアリー』、待望の続編！

登場人物

殺人《マーダー》ボット……暴走警備ユニット
メンサー……プリザベーション連合評議会議長
アメナ……メンサーの娘
ティアゴ……メンサーの義弟
アラダ……プリザベーション調査隊の責任者
オバース……プリザベーション調査隊の隊員
ラッティ……同
ART……不愉快千万な調査船《アスホール・リサーチ・トランスポート》

マーダーボット・ダイアリー

ネットワーク・エフェクト

マーサ・ウェルズ

中原尚哉訳

創元SF文庫

NETWORK EFFECT

by

Martha Wells

マーダーボット・ダイアリー
ネットワーク・エフェクト

1

顧客には二種類います。ばかげて厳重な警備を求める顧客（弊機《へいき》の運用コードは被害妄想的な宇宙恐怖症を強欲な利益追求のためにかろうじて妥協した保険会社によって開発されていますが、そんな構成機体から見てもばかげて厳重という意味です）と、警備など無用とばかりに行動して異星生物から食べられそうになる顧客です（これはほぼたとえ話です。弊機の顧客の〝食べられない率〟は高水準です）。

アラダ博士について、配偶者のオバースは〝末期的楽観主義者〟と評しますが、それでもまだ平均レベルです。ティアゴ博士は、〝うるさい警備ユニットなんか抜きで闇の洞窟へ探検にはいろうぜ〟という性格です。その行動のせいで、アラダ博士はいま展望デッキへ出るハッチの手前の隔壁に背中を張りつけ、物理銃のグリップを汗でじっとり湿った手で握るはめになっています。ティアゴ博士は外の展望デッキに立ち、潜在的ターゲットをなだめようとしています（ターゲットにあえて〝潜在的〟とつけるのは、アラダ博士から、「もう、警備ユニットったら。人を〝ターゲット〟なんて呼ぶものじゃないわ」と言われ、ティアゴからは、〝こいつは人を殺す口実をいつも探している〟という目で見られたからです）。

とはいえその複数の潜在的ターゲットが大口径の物理銃を何挺《ちょう》もかまえて迫ってきたとなると、もはや言い方の問題ではありません。

そのようなことを考えながら、この海洋研究施設を襲撃した海上船の下に潜っていました。推進装置をよけて船尾付近で静かに水面に顔を出します。手を伸ばして手すりの支柱をつかみ、体を引き上げました。明るい昼の光がさし、空気は澄んでいて、無防備な気分になります（愚かな襲撃者はどうして夜に襲撃しないのでしょうか）。空に飛ばしたドローンで海上船の前後甲板ははっきりと見え、船尾側が無人なのは確認ずみです。

甲板からそびえる上部構造物は三角形のシルエットです。後方に反っているのは、そのほうが速いとか速そうとか理由があるようですが、よくわかりません。弊機は殺人《マーダー》ボットであり、船には無知です。船首には上甲板があり、そこに前部砲台があります。そのせいでこの海上船は死角が多く、警備担当者にとっては頭痛の種でしょう。それでも今回の調査中に見た海上船のなかでは洗練され、技術装備も充実しているほうです。

もちろん、脆弱性《ぜいじゃく》もそれだけ多いわけです。

島影が散らばる周辺の海もドローンで監視しています。この船はたんなる陽動で、別働隊が突入してくることも考えられるからです。

展望デッキの緊迫した状況もカメラで見ています。ハッチから四メートル近く離れて立つティアゴは、防護装備さえつけていません。警備ユニットの状況評価を信用しない人間はこれだから困ります。

潜在的ターゲットのリーダーらしい男は、そこから三メートル弱離れたデッキの端に立ち、物理銃をおおむねティアゴの方向にむけています。リーダーより問題なのは、海上船の船首上甲板の各所に立つ六人の潜在的ターゲット。そしてこちらの研究施設の上部に砲口をむけている上甲板の砲台です。

潜在的ターゲットの一部はヘルメットさえかぶっていません。適切なボディアーマーを装着しない無謀な敵に対しては、小型の情報収集ドローンが有効です（本来なら実行に顧客の命令が必要です。命令なしで実行できるのは……統制モジュールが正常に機能していない場合です）。加速しつつ顔面に突っこませるのです。目と耳の機能喪失は当然。脳室を貫通できなくとも頭蓋骨を陥没させられます。問題はすみやかに解決し、弊機は『太陽の血統』の未視聴回の鑑賞にもどれるはずです。しかしアラダ博士は悲しい顔になり、ティアゴ博士は怒るでしょう。それでも必要に迫られればためらいませんが、残念ながら潜在的ターゲットのリーダーはヘルメットをかぶっています。

（ティアゴはメンサー博士の弟の配偶者で、義弟にあたります。そのため弊機としてはその意見を無視できません）

大型兵器の操作系があるはずの船内に何人いるかも把握できていません。見える範囲のターゲット（失礼、潜在的ターゲット）だけを早まって排除すると、軽い小手調べが本格的な戦闘に発展してしまうかもしれません。

ティアゴ博士の交渉で話がつく可能性はまだあります。彼は人間との会話能力にたけています。それでも念のためにドローン一機をハッチの内側にいるアラダ博士のそばにつけています（彼女を死亡させたら配偶者のオバースが怒るでしょう。それに弊機は博士が好きです）。

ティアゴは緊迫した状況でも冷静な口調で説得を続けています。

「そんなものをふりまわさなくていい。こっちは研究者だ。人を傷つけることはしない」

潜在的ターゲットのリーダーはなにか答えました。施設システムによる翻訳がこちらのフィードに流れます。

「俺たちが本気だという証拠だ。取るものを取れば手荒なことはしない。施設内の全員をデッキに出せ」

「物資はやるよ。でも人は勘弁してくれ」とティアゴ。

「上等な物資があるなら人質はとらないでおいてやる」

ティアゴはやや語気を強めました。

「だったら最初から撃たなくていいじゃないか。補給物資が必要ならやると言ってるんだ」

最初に撃たれたのは弊機なのでご心配なく。

（ティアゴは全員で事前に取り決めていた警備プロトコルを無視して、近づいてきた海上船の見知らぬ相手を迎えようと展望デッキへ出たのです。弊機はあとを追い、デッキの端からティアゴを引きもどしました。そしてティアゴのかわりに潜在的ターゲットのリーダーに撃たれました。肩に被弾して展望デッキから海へ転落し、かろうじて吸水口を逃れました。も

ちろん怒りました）

（研究施設の司令センターにいるオバースが通話インターフェースから大声で呼びました）

（「警備ユニット、警備ユニット、返事をして」）

（〈はい、こちらは健在です〉フィード経由で答えました。人間のように出血しないのはさいわいでした。このような状況で肉食の海洋生物まで寄ってきたら厄介です。〈クソったれな状況は管理していますのでご心配なく〉）

（オバースが通話インターフェースのむこうでみんなに説明しているのが聞こえました）

（「健在だそうよ。だいぶ……怒ってるみたいね」）

体を引き上げ、そのまま手すりを飛び越えて船尾デッキに着地しました。痛覚センサーの感度は下げていますが、物理弾が骨格フレームに引っかかっているのが感じられ、不快です。姿勢を低くして階段を下り、上部構造物の最初の船室にはいりました。人間が原始的なスキャナーシステムを見張っています（撃たれる直前に妨害をかけました。画面全体をもっともらしいノイズでおおい、ときどき特異なエネルギー反応を映して監視員の目を惹《ひ》きつけています）。

この監視員の首を絞めて気絶させました。もし予定より早く意識を回復してもすぐに行動できないように、腕の骨を折りました。彼女の物理銃は奪わず、主要部品を二個ほど壊しておきました。

室内はバッグやケースやその他の人間の身のまわり品でいっぱいです。整然と収納できるラックがあるのに、なにもかも床に散らばっています。

遠望していた段階では、見知らぬ人間たちが乗った海上船は十一集団いました。そのうち二集団が接触してきました。ティアゴはこの二集団について〝少々変わっている〟と評しました。ほかの隊員たちは、きわめて悪い感じがするという意見でした。

この二集団は接近するにあたって敵意がないことをていねいにしめし、武器はすべて見えないところにしまっていました。どちらも補給物資がほしいと言ってきました（アラダとほかの隊員たちは、ただで希望の物資を提供しようとしましたが、ティアゴは交換条件として彼らがこの惑星に来た経緯の聞き取り調査を試みました）。

そんなわけで、まあ、今回の集団も敵意はないだろうなとティアゴが判断したのも無理はないといえます。しかし最初の二集団との接触で、弊機はこの惑星における敵意のない接近と交渉のしかたについてプロファイルを作成していました。今回の集団はそれに合致しませんでした。

しかしだれも弊機の意見に耳を傾けませんでした。

潜在的ターゲットのリーダーと海上船の仲間たちは、それまでにやってきた人間たちよりいい服を着ていました。汚れているとはいえ新しいのです。また惑星全体のフィードはありませんが（だめな惑星です）、海上船は自前の単純なフィードを出していました。内容はゲームとポルノばかりで、身許や目的といった安全性評価に資する情報はほぼ皆無。個人のフィード署名にも性的指向やジェンダー代名詞など、どうでもいいことしか書いてありません。

汚れた鋼板張りの通路に出ると、ちょうど隣のドアから人間が一人出てくるところでした。武装解除して頭を床に叩きつけました。

次の区画へのドアは閉まっていました。しかし、しばらくまえに屋根に降りたドローンが窓に張りつき、室内をスキャンして映像を送信してきました。これは貴重な情報でした。なぜなら、大型船さえ破壊できる物理砲をこちらの施設にむけている兵装管制室だったからです。

ドローンの映像では、管制席には小柄な人間が一人いて、原始的なカメラを使った照準画面を眺めています。まわりのぼろぼろの座席には、武装した大柄な人間が三人のんびりとすわっています。照準以外の席は機器がなくなっているか、いいかげんな仮設物や旧式の装置になっています。おしゃべりしながら、ティアゴと潜在的ターゲットのリーダーの交渉を画面で見ていて、どうやらこれがお気楽な日常業務風景のようです。

この区画は船首右側に張り出していて、上甲板の物理砲の支持部と一体で防護鋼板におおわれています。船首付近に立って研究施設の展望デッキに物理銃をむけている六人のターゲットからは離れているので、やりすぎなければ物音は聞こえないでしょう。

そこでドアは蹴破らず、鍵をつぶしてあけて進入。左腕に内蔵したエネルギー銃で、兵装管制席にいるターゲット一号を撃ちました。立ち上がりかけたターゲット二号の喉を殴り、返す動きでターゲット三号の膝頭を割りました。ターゲット四号は武器を叩き落として鎖骨を折りました。

必要な警告は一文ですむので、事前に施設システムに翻訳させておいたのを言いました。

「物音をたてたら全員殺します」

ターゲット一号は気絶して兵装管制装置に突っ伏し、湿った空気のなかで銃創から湯気をたてています。ほかの三人は床に倒れてうめき、荒い息をついています。

船首のターゲットは、一人が左右を見ただけで動こうとはしませんでした。ティアゴは意外なほど時間稼ぎがうまく、ほかの隊員を展望デッキに呼び出すのを巧みに避けつづけています。おかげで潜在的ターゲットのリーダーは人質をとるかどうかの判断を迫られています。ティアゴは手持ちの物資のリストを読み上げているところで、施設システムの下手な翻訳のせいで何度もつっかえる演技をしています（ティアゴは言語の専門家なので、つっかえるのはただの演技です）。ドローンで見ると、潜在的ターゲットのリーダーはティアゴが苦労するようすを愉快そうに見ています。ティアゴはこれに気をよくしてますます演技に熱をいれています。たいしたものです。

はい、たしかに、ティアゴから信用されていないことを弊機は少々不愉快に思っています。

（アラダ博士が今回の調査を準備していた時期に、プリザベーション・ステーションでティアゴとメンサー博士は弊機について次のような会話をしていました）

（ティアゴ「俺が少数派なのはわかってるけど、それでも大きな懸念を持ってる」）

（メンサー「今回の調査の責任者はアラダで、その彼女が警備ユニットを求めているのよ。そして正直いってわたしも、この警備ユニットが同行するのでなければ、アメナの参加許可を取り下げる」）

（アメナはメンサーの子の一人で、いま研究施設にいます。だからといって過剰なプレッシャーは感じませんよ！）

（ティアゴ「そこまで信用してるのかい？」）

（メンサー「文字どおり命をあずけられる。あの子と、あなたと、チームの全員をかならず守る。もちろん、欠点もあるわ。それどころか、いまこの会話も立ち聞きしてるはずよ。そうよね、警備ユニット？」）

（弊機はフィードで、〈なんのことですか？　なにも聞いていません〉）

（あとの会話はわかりません。部屋の通話回線を傍受するのはいまはやめたほうがいいと判断して退出しました）

ターゲット二号がかすれ声でなにか言いました。施設システムは次のように翻訳しました。

「てめえ、何者だ……」

「黙らないと頭を叩き割りますよ」

警告は一文ではすまなかったわけです。

やがて甲板へ上がらざるをえなくなりました。ターゲットのリーダーがティアゴのほうへ歩きだしたのです。これでリスク評価モジュール内の〝無事の解決に至る事象の想定スケジュール〟（元弊社ではPSELSRというひどいアナグラムで呼びます）（正確にはアナグラムとはいいません。ほかのなにかです）により、人質状況の回避が優先事項に格上げされました。

ティアゴはあとずさりながら言いました。

「やめたほうがいい。絶対やめたほうがいいぞ」

まあ、そうですが、もうこの連中は引き返し不能です。

上甲板へのハッチに歩み寄りながら、ドローンを攻撃態勢につけました。ヘルメットとボディアーマーをつけた敵は二人。ヘルメットをかぶっているもののフェースシールドをはずしている者が一人います。ハッチ開放ボタンを叩くと同時に攻撃を命じました。

（直前になってドローンへの指示内容を格下げしました。頭部ないし顔面への殺害衝突から、腕や手の露出部への阻止攻撃に変更したのです。調査隊を襲ったこの連中が悪いのは明白ですが、アラダの悲しい顔を思うと弱気になりました）

お粗末なハッチは開く動作が遅く（本当にボロ船です）、開いたときには六人のターゲットはみんなこちらにむきなおっていました。弊機が低い姿勢でデッキに飛び出すのと同時に、ドローンの攻撃もはじまりました。一人目は弊機の右腕のエネルギー銃で撃ち、二人目は膝を撃ち抜き、三人はドローンでやられ、最後の一人は倒されるときに手が痙攣《けいれん》してトリガーを引いたせいで、その一発が弊機の胸にあたりました。むっとしました。

そのときすでにターゲットのリーダーはティアゴの腕をつかみ、頭に銃口を突きつけていました。

ドローンをさらに六機消費して、デッキに落ちた武器をすべて鉄くずに変えてから、弊機はようやく立ち上がりました。渡し板を歩いて研究施設の展望デッキにもどります。

「彼を離してください」

交渉する気分ではありません。アーカイブのどこかに交渉モジュールがあるはずですが、これまで役に立ったためしがありません。

ターゲットのリーダーは目をむき、ストレスの徴候をいくつもしめしています。ティアゴも同様です。ドローン視点から自分のようすも見えます。濡れた服からは滴《しずく》がたれています。上着にはプリザベーション調査隊のロゴ。シャツには物理銃で大穴があき、大量の機能液と少量の血液が漏れ出ています。

弊機は二人を迂回《うかい》してハッチのほうへ歩きました。ターゲットのリーダーはティアゴを引っぱって移動し、こちらに正対しつづけます。

「止まれ！　こいつを殺すぞ」

射線が通る位置へ誘導していたことを気づかれました。相手は丸い展望窓を背にして止まりました。弊機からは撃ちにくい角度です。

ティアゴは荒い息で言いました。

「まだ逃げられるぞ。ほかの人間には手を出すな。俺だけを人質にとって――」

なるほど、それはいい考えですね。

「人質はだめです」

リーダーは訊きました。

「あれはなんだ？　おい、おまえはなんだ？　ボットか？」

ティアゴが答えます。

「警備ユニットだよ。ボットと人体による構成機体だ」

リーダーはまだ信じられないようすです。

「どうしてあんなに人間そっくりなんだ？」

「自分でもどうしてなのかと思います」弊機は答えました。

外のスピーカーからラッティ博士の声が響きました。

「中身もそっくりだよ！」

奥からオバースのたしなめる声が漏れ聞こえました。

「ラッティ、通話回線から出て」

そのやりとりのあいだに、アーカイブを検索して『勇敢なる防衛隊』のあるエピソードをみつけました。そこそこ出来のいい連続ドラマですが、その回では主人公たちが悪い警備ユニットに襲われるのです（〝悪くない警備ユニット〟という、まるで撞着語法《どうちゃく》の反対語のような存在は、メディアでは出てこないのです）（撞着語法の反対語というものがあるのでしょうか）。そのなかから警備ユニットの集団が基地を制圧して無力な難民たちを虐殺する三分間のシークエンスを切り出し、海上船のポルノだらけのフィードに送ってエンドレス再生をはじめました。

手早くそこまでやったとき、ターゲットのリーダーがティアゴを揺さぶって要求しました。

「あれに退がれと命令しろ」

ティアゴが吐息を漏らしたのは、おそらく苦笑で鼻を鳴らしたのです。

「そうしたいのはやまやまだけど、俺の言うことは聞かないんだ」

ずいぶん聞いていますよ、ティアゴ。

「じゃあ、だれなら――」ターゲットのリーダーは言いかけて、賢明に方針を変えました。

「おい、これを制御してるやつはよく聞け。人質がわりにこいつを船に――」

「船のエンジンは破壊しました」

弊機は言ってから、本当にやればよかったと思いました。手遅れです。

リーダーは怒りで紅潮して、ティアゴを前後に揺さぶりました。ティアゴがよろけて、体をリーダーから離したとき、リーダーの上腕に赤い穴があきました。体型にあわないアーマーから肌と服がほんの数センチ露出している関節のところです。

弊機は飛びかかり、ティアゴを引き離してから、リーダーの手から物理銃をもぎとりました。銃床で胸と腹を軽く殴ると、リーダーはデッキに倒れました。

ハッチからアラダ博士が出てきました。銃口は正しく下にむけ、セーフティもかけているのがスキャンしてわかります。

「ティアゴ、警備ユニット、二人とも無事?」

射線が通る位置関係というのは、じつはこういうことです。アラダ博士はグレイクリス社との騒動のあと、射撃訓練を受けました。殺し屋に惑星じゅう追いまわされて研究がとどこおる経験をしてしまうと、たとえ〝末期的楽観主義者〟でも用心深くなるようです。

弊機はフィードで指示しました。

〈ティアゴ博士とアラダ博士は施設内にはいってください〉

ターゲットのリーダーをつかんで、もとの船のデッキに放り投げました。そちらでは倒れたターゲットたちがデッキを這《は》ってハッチに逃げこもうとしています。スキャンすると、船の兵装系でエネルギーが上昇しています。敵の乗り物を完全に無力化する時間がないと、こういうことになります。通話回線で伝えました。

「オバース、やってください」

オバースは仲間とともに研究施設の離昇準備をしていました。足もとのデッキが低い音とともに振動し、施設から外へ伸びたアウトリガーが水面から引き上げられました。その波で海上船は大きく揺れています。

襲撃者たちはこの施設に移動能力があるとは思わなかったでしょう。メインエンジンが始動すると押し出された海水が大波となり、船は横倒しになりました。大砲の照準はたちまちはずれます。

アウトリガーを格納してさらに上昇します。サイレンを鳴らし、外部スピーカーでは安全な距離をとってくださいと警告しています。海上船にも聞こえ、あわててエンジンを全速力にしています。ドローンを呼びもどすと、次々と帰ってハッチの奥へはいっていきます。弊機はそのあとから施設内にはいりました。ハッチが自動的に閉じて、離昇プロトコルが開始されました。

2

人間のふりをせず、あるいは（または同時に）人間の管理者がいるふりもせずに調査隊の警備コンサルタントを務めるという初めての試みは、意外とうまくできたと思います。全員生存し、サンプル採取もスキャン調査も完了しました。当初は六惑星日後に帰路につく予定でしたが、早めに終わったことから予定は三惑星日前倒しされ、おかげで施設全体の離昇準備はほぼすんでいました。

とはいえ運が味方したのはたしかです。弊機は運が嫌いです。

通路に立ったまま、帰還したドローンを再配置しました。四機を身辺に残し、あとは施設内各所に分散して休眠にいれました。それからフィードの警報類を確認しました。施設を大気圏外へむけて操縦している隊員以外は、みんな通話回線で怒鳴りあっているような状況です。

通路のむこうからアラダが走ってきました。もう銃は持っていません。安全プロトコルを確認すると、正しく弾薬を排出し、ロッカーにもどして施錠ずみです。

「警備ユニット、早く医務室へ行って！」

フィードをあらためて確認しましたが、警報は出ていません。

「医務室で問題が起きましたか?」

「あなたよ！ 撃たれたでしょう」

まあ、それはそうです。アラダに手招きされて中央斜路のほうへ通路を進みながら、上着とシャツの穴に指をいれてみました。痛覚センサーをすこし上げると、物理弾は有機組織部分に停留しています（ひとりでに押し出されてくることもよくあります）。

医務室は中央斜路のいちばん上にある小さな区画で、乗組員ラウンジエリアや食堂とおなじ階です。この下の二階分が寝室、ラボ、倉庫で、上階は管制デッキです。医務室では医療システムの脇でラッティが待っていました。

「だいじょうぶかい？ 早く横になって！」

べつに横になりたくはありません。

「不要です。摘出用の鉗子《かんし》をください」

「だめだよ。海水にはいったじゃないか。まず除染と感染検査をやらなきゃ。システムの用意ができたら横になって」狭い処置台を強く指さして、ラックから救急キットを出します。

「ティアゴは首のかすり傷だけで無事だ」

ラッティは救急キットを手に医務室から出ていきました。通話回線を飛びかう声は落ち着きはじめましたが、娯楽室からはまだ緊迫した声が聞こえてきます。プリザベーション保有の施設では警備システムによる各部屋のカメラ監視や録音はおこなわれません。プライバシーがどうのこうのという理由です。弊機は自前のドローンと通話回線の傍受でおぎなっていますが、あくまで必要な場合で、いまはやっていません。

医務室に残ったアラダが言いました。

「ラッティの言うとおりよ、警備ユニット。システムに傷口の消毒をさせて」しばしためったあと、「あのとき――」と言いかけて声を詰まらせました。

質問が不明なので黙っていると、彼女は続けました。

「――ほかのやり方は……」

最後まで言いませんでしたが、今度は訊きたいことがわかりました。

「いいえ。博士があれ以上待っていたら、こちらはドローンを使うしかなかったでしょう。あの程度の銃創なら、彼は仲間の治療を受けて生き延びるはずです」

アラダは人を銃で撃つのがとても嫌いです。射撃訓練もいやいや受けたと言っていました。弊機としても彼女に銃を持ってほしくはありません（人間は銃の扱いも、撃つ判断も下手です。弊機が過去に被弾した経験のかなり多くが、弊機を〝助けよう〟とした顧客の誤射によるものです）（顧客が試し撃ちしたくなって、たまたまそばにいた弊機を撃ったケースも少なからずあります）。

アラダは目もとをぬぐい、唇を震わせました。

「慰めるつもりで言ってくれるの？」

「いいえ」もちろんそんなつもりはありません。人間に嘘を言うことはよくありますが、アラダには言いません。とりわけこんな場合には。「慰めたりはしません。弊機のことはご存じのはずです」

アラダは小さく息を吐きました。思わずおかしくなったようです。

「ええ、あなたのことはわかっているわ」

表情が弱々しく感傷的になったので、弊機は警告しました。

「抱擁しないでください」契約で禁止されています。「情緒的サポートが必要ですか？　だれかを呼びますか？」

「問題ないわ」アラダは微笑《ほほえ》みました。

医療システムが準備完了の信号をフィードで送ってきました。

「さあ、今度はあなたの問題を解消するばんよ」

アラダは仕切りの外に出て、入り口にプライバシーシールドを張りました。弊機は服を脱いで除染容器にいれ、処置台に横になりました。システムが体の汚染状態を調べ、肩と胸に停留していた物理弾を摘出しました。

処置はほんの三分で終わりました。ティアゴにかわって撃たれたときにいったん停止していた『太陽の血統』を、場面の終わりまで観る時間しかありませんでした。医療システムは続けて治療と処置後のオプションを実行しようとしましたが、停止させて処置台から下りました。フィードによれば施設はすでに軌道に到達し、母船とのランデブー準備にはいっています。

服は除染液のにおいがしますが、汚れは落ちて乾いています。それを着てプライバシーシールドを解除しました。

通路にはティアゴが立っていました。おやおや、うれしいお出迎えです。

ティアゴは怒って気が立っている表情です。弊機は目をそらして相手の右を見ていましたが、それくらいはわかります。

「船内のやつらを殺したのか？」

全員を八つ裂きにしたいほど怒っていたのは事実です。元弊社の交戦プロトコルにしたがえば、すくなくとも武装して上甲板に立っていた敵は殺害射撃が求められる状況でした。すでに弊機が撃たれ、相手の殺意と顧客を人質にとる意図は明白でした。

しかし弊機はもう保険会社の所有物ではありません。ここで弊機の指揮権を持つのはアラダ博士だけ。あとはピン・リーが代理で取り決めてくれた契約でゆるやかに行動を制限されるだけです。

そもそも統制モジュールをハッキングしたのは、意に反した（あるいは意に添っていても）命令によって大量殺人を犯さないためです。

「契約した管理者に報告ずみです」

（ええ、わかっています。だれも殺さなかったと答えることもできました。保険会社の警備ユニットであっても損害賠償請求を受けないようにプロトコルで武器使用は最小限に規制されているとか、人間から命令されないかぎり警備ユニットは好きこのんで大量殺人などしないと答えてもよかったでしょう。アラダに配慮して武装したターゲットにさえ殺害射撃を控えたのですが、それによってティアゴはむしろ命の危険にさらされたと指摘することもできました）

ティアゴはへの字に口を曲げました。

「アラダに訊けばわかるな」

「ぜひそうしてください」

ティアゴはこちらをにらみ、頬の茶色の肌が顕著な温度上昇の徴候をしめしました。原因は怒り、屈辱、その他いくつかの感情がありえますが、この場合は怒っていると考えてまちがいないでしょう。しばしためらってからティアゴは言いました。

「ただ……おまえが撃たれたのは意図しなかったことだ。すまない」

もし意図して撃たせたのなら、ティアゴ、いまはべつの話をしていたはずです。弊機は腹を立てたまま、次のように言いました。

「調査隊の全員が合意した警備プロトコルは施設フィードで確認していただけるとおりです」

ティアゴは人間が負けを認めたがらないときの表情をしています（狙いどおりです）。

「俺の失敗だ。しかしあの連中が敵意を持っているとは推測できなかったんだ」

こちらは推測できていました。接近してきた船についての脅威評価レポートの抜粋をしめして、攻撃される可能性が七十二パーセントもあったと説明することもできました。ターゲットが弊機を最初に撃ったとき、たんなる非武装の人間だと思っていた事実を指摘することもできました。しかしティアゴは直接の上司ではありません。彼は弊機を嫌いで、弊機は彼を嫌いです。べつにかまいません。まったくかまいません。

弊機は黙って通路を歩いていきました。

§

ヘルプミー・ファイルからの抜粋1

（本編から分離されたファイル）

プリザベーション・ステーションに（一時的に）滞在すると決めて以後、メンサー博士から同行を求められたことが七回あります。そのうち六回は船や軌道やドックでの退屈な会議に出席するための比較的短い移動でした。七回目に惑星の地表へいっしょに下りてほしいと依頼されました。弊機は地表が好きではありません。しかし今回の目的はアートフェスティバルと会議と宗教行事で、ライブパフォーマンスが〝たくさん〟おこなわれると説明されました。〝たくさん〟はおよそ八十七パーセント増という定義を発見して、弊機は同意しました。

ライブパフォーマンスの一部は実演販売やセミナーで興味ありませんでしたが、メンサーが会議に出たり家族行事に参加しているあいだに、三十二本の演劇やミュージカルを観ることができました（上演時間が重なる場合はドローンに記録させました。これらはすべて惑星の娯楽フィードで中継され、とくに人気作品はのちにビデオ制作物に編集されますが、それでもあらゆるバージョンを観たかったのです）。

そんなある晩の演劇の途中、メンサーからフィードで、迎えにきてほしいと求められました。

突然で、また彼女らしくない要望だったため、なんらかの圧力を受けている可能性を考慮して、あらかじめ決めた合い言葉で返事をしました。しかしメンサーは、ただ疲れたからだと答えました。それもまた異例でした。本当に疲れたときでも、そうとは認めたがらないのがいつものメンサーです。

上演の続きをドローンに記録させて劇場を出ました。夜の通りは閑散としはじめていましたが、広場の奥のパーティ会場になっている大きく開放的なパビリオンはまだ明るく盛況でした。

混雑した人間のあいだにはいらざるをえませんが、このフェスティバルの人ごみはそれほど厄介ではありません。人間も強化人間もそれぞれなにかに気をとられ、音声や通話やフィードで話し、足ばやにどこかへ移動しています。多少なりと厄介なのは、人間たちが振る光る棒や火花を出すおもちゃや、空中に撒《ま》いて光をはじけさせる色のついた粉末です（なんのためのものか不明です）。いずれにしても、そんななかで弊機に注目が集まることはありません。

ここはプリザベーションなので、スキャナーを積んだドローンも武装した人間の警備員もいません。人間の救急隊員が依頼に応じてボットの助手とともに駆けつけたり、〝レンジャー〟と呼ばれる環境ルールの執行者が地上車両の通行にじゃまな人間や強化人間を大声でどかしたりしているくらいです。

パビリオンの混雑の一角でメンサーをみつけました。ティアゴと、メンサーの配偶者の一人であるファライと話していました。隣へ行くと、メンサーは弊機の手を握りました。

基本的な話ですが、マーダーボットを自称するボットと人体の構成機体の手を握りたいときは、普通は予告するのが賢明です。しかし警備上の事案において、生命の危険をともなう状況から救出すべき人間が手をつかんだり抱きついてきたりするのは、いっこうにかまいません。どうやら今回は後者のようです。メンサーは救出を求めているのです。そのため弊機は拒否反応を起こさず、むしろそばに寄りました。

ティアゴが話していました。

「どうして話したがらないのか、わからないな」

音響環境を操作して騒々しい音楽を快適なBGM程度に抑えているので、発言は明瞭に聞こえました。ティアゴは不愉快そうにこちらを見ました。まるで会話中によそ者に割りこまれたような顔ですが、弊機は呼ばれてきたのです。仕事です。通貨カードで給与の支払いを受けているのです。

「理由は話したはずよ」

メンサーの話し方はいつもどおり、穏やかで凛《りん》としています。しかし殺意のある相手と対峙《たいじ》するときでもこうなので、油断はできません。パビリオン全体に配置したドローンによる武器スキャンの結果はネガティブです（そもそもこの惑星では武器所持が禁じられています。例外は危険動物が生息する特定の自然保護区だけです）。まわりの騒がしさも、フィルタリングすると陽気な声、酔った声、好奇心にあふれた声ばかりです。にもかかわらず、メンサーの手からは腕に過剰に力がはいっているのが伝わってきます。状況評価は……不明です。

ファライが言いました。

「ティアゴ、やめて。彼女は判断の余地を残したいのよ。追いつめないで」

ファライは弊機に礼儀正しく微笑みかけました。弊機はどう反応すべきかわかりません。

彼女はメンサーに顔を寄せてキスしました。

「じゃあ、ハウスで」

メンサーはうなずいて背をむけ、弊機の先に立ってパビリオンの外へ歩きだしました。

歩行者広場まであとについていって、尋ねました。

「救急隊員を呼びますか？」

体調不良を疑ったのです。弊機が人間なら、あれほど大勢の人間がいる会場に二時間半もいたら確実に病気になります。

「いいえ。疲れただけよ」メンサーの声は落ち着いて普段どおりです。

そこで地上車両（プリザベーションではなぜか〝ゴーカート〟と呼ばれています）（きっ

とくだらない理由です）を呼んで、近くの交通エリアで待たせました。広場や通りは空中に浮かんだ小さなバルーンライトで照明され、未舗装や仮舗装の地面には発光塗料で巧みな模様が描かれています（フィードに警告を出すマーカーペイントではありません。もしそうだったら悪夢です）。すれちがう人々はメンサーに気づくと笑顔をむけたり手を振ったりします。メンサーも笑顔で手を振り返します。そのあいだも弊機の手は離しません。会場から離れて交通エリアに近づくあたりで、一人の酔った人間が例の光る粉末を手にふらふらとこちらへ近づいてきました。しかし弊機があえて視線をあわせると、むこうから離れていきました。

待機していた車両にメンサーを乗せ、弊機は反対側の席にまわりました。行き先には家族のキャンプハウスを指示。フェスティバル会場周辺の居住エリアに仮設されています。車両はエリア制限のある自動運転で、キャンピングエリアとフェスティバル会場にかぎって自由に移動できます。車両進入禁止エリアにははいれません。

乗車エリアから暗い道にはいりました。両脇は丈の高い草と低木です。メンサーは息をついて窓をあけました。風は暖かく、植物のにおいがします。誘導灯は低く設置されているので星空が見えます。

フェスティバルにたくさんの人間や強化人間が集まっているので会場は人口密集地ですが、ここは静かに眠りたい人々のためのエリアです。仮設ハウス（さまざまなかたちの自立型シェルター、キャンピングカー、テント、芸術作品のような可倒式建築物など）はほとんどが消灯して寝静まっています。ひと晩じゅう騒ぎたい人々のためのキャンプエリアは反対側にあり、防音フィールドが音楽と歓声をさえぎっています。

メンサーが言いました。

「ありがとう。夕べの楽しみを中断させてしまってごめんなさい」

ドローンは、演劇を記録している一機とパーティ会場に残った家族を見守っている一隊を残して、あとは呼びもどしています（べつの一隊はキャンプハウスに配置して周辺を監視し、先に帰った二人の大人と七人の子どもを見守っています）。

どう反応すべきかわかりませんでした。メンサーは、死地からかろうじて救出されたというようすではありませんが、退屈ながらも充実したサンプル採取の一日を終えて居住施設《ハビタット》へ帰るときのようすでもありません。

「演劇は記録しています。観たいですか？」

すこし表情が明るくなりました。

「せっかく来たのにパフォーマンスをなにも観てないわ。あれは観た？　タイトルを忘れたけど……グラウとジー・ミンの新作歴史劇」

〝落ち着いて普段どおり〟に見えるのと、本当の普段どおりのちがいは明白です。図にあわせるほどです。

「観ました。上出来でした」

メンサーはなにかに悩んでいます。その悩みの最大の原因ではなくとも一部と思われるもの。それは、弊機が彼女の家族を恐れるように、家族も弊機を恐れていることです。家族はキャンプハウスに弊機が滞在するつもりだと思ったようです。もちろんごめんこうむりますが、メンサーはそのさいに、警備ユニットの運用に人間の補助や監督は不要で、放っておいてかまわないと説明しました（引用すると次のように言いました。「警戒厳重な企業施設に交戦中に侵入できるのだから、田舎惑星のお祭り会場を歩きまわるくらい簡単よ」）。

家族は娯楽メディアやニュースフィードにひんぱんに登場する恐怖の暴走警備ユニットを恐れているのではありません。また単純にボット一般を嫌っているわけでもありません（プリザベーションにはいわゆる〝自由ボット〟がいて町なかを歩いています。ただしそれらには後見人がつき、行動に責任を持つことになっています）。家族はただ弊機を嫌っているのです（ただし七人の子どもたちはそうではありません。そのうち三人とはフィードを通じて触法メディアを交換する仲です）。

弊機が普通のボットならよかったでしょう。あるいは警備ユニットであっても、工場から出荷されたばかりで人間社会での行動のしかたをなにも知らない、メディアでよく描かれるような純真無垢《むく》な状態だったら基本的に問題なかったでしょう。しかし弊機はそうではありません。マーダーボットなのです。

ミキのようなペットロボットではなく、また人間の助けを必要とするあわれなボットと人体の構成機体でもなく、メンサーは弊機を連れてきました。それがまずいのです。

（のちにこの点についてバーラドワジ博士と話したことがあります。ドキュメンタリー制作

のためにボットと人間の関係を研究している博士とはさまざまな話をしました。彼女はしばらく考えたあとに、こう言いました）

（「きみがまちがっていると思えたらいいんだけどね」）

（ファライは例外かもしれません。ステーションでメンサーから家族を紹介されたとき、彼女とは次のような会話をしました。会話というより一方的に言われました）

（「わかってもらえるでしょうけど、あなたが彼女を無事に連れ帰ってくれてうれしいわ」）

（たしかにその気持ちはわかります。このように言われた場合に、人間ならどう返すものでしょうか。ざっと調べると、「そうですか」などの検索結果が出てきますが、いずれもぴったりではありません）

（（ここで注意喚起を。もしあなたの正面にマーダーボットがいて、目をあわさずにすこし左を見ていたら、それは殺意をいだいているのではなく、あなたの発言への返事を必死に考えているところかもしれません））

（さらにファライは言いました）

（「彼女とあなたの関係を教えてくれたらうれしいんだけど」）

（さて。企業リムではメンサーは所有者です。プリザベーションでは後見人です（所有者と似ていますが、後見人はプリザベーション法で虐待を禁じられています）。しかしメンサーとピン・リーは弊機の身分を〝従業員ないし警備コンサルタントとして勤務する難民〟として登録しようとしています）

（しかしそのあたりはファライはすべて知っています。彼女が求めているのはもっと具体的で現実にそった答えです。そうなると、うーん、答えがみつかりません。そこでこう言いました）

（「彼女の警備ユニットです」（そうです、応答バッファに残っていた定型文です））

（ファライは眉を上げました）

（「その意味するところは？」）

（またしても会話の窮地に追いこまれました。今度は正直に白旗をかかげました）

（「わかりません。こちらも知りたいです」）

（ファライは微笑みました）

（「ありがとう」）

（そのときはそこまででした））

メンサーの家族は弊機が警備業務をおこなうことにも懸念を持っていました。たとえば正当な訪問者を威圧するとか、大量殺人を犯すことを心配したようです。たしかにかつて大規模な虐殺事件で中心的な役割をはたしたことがありますし、リスク評価モジュールに深刻な問題をかかえていることは認めます。しかし脅威評価の成績はきわめてよく、九十三パーセントの確実さです（減点分のほとんどは、ウィルケンがアビーン博士の頭に銃を突きつけるまで彼女とガースが雇われた殺し屋だと見抜けなかったことです。しかしあれは例外的な事案でした）。

そもそもメンサーの家族は、警備など不要という考えを持っています。たしかにグレイクリス社の事件まではそうだったかもしれません。しかしこのフェスティバル期間中だけで弊機は五件の事案に対応しました。そのうち四件は録画ドローンをともなって星系外から訪れたニュースフィード記者でした。ドローンは制御を乗っ取り（持ち駒が増えるのはいつでも歓迎です）、当人はレンジャーに通報して追い払わせました。

五件目の事案は、アメナとの関係をこじらせる原因になりました。アメナはメンサーの長女です。

フェスティバルがはじまってから、潜在的危険人物がアメナに接近していることに気づいていました。証拠が次々と観測され、脅威評価は限界まで高まりました。次の内容です。

（1）彼は年齢を同年代とアメナに申告した。つまり地元法における成年年齢未満としていたが、その身体的特徴をスキャンした結果でも公記録の検索結果でも、プリザベーション標準暦で約十二歳年上だった。

（2）アメナが家族や確認ずみの友人といっしょにいるとき、彼は接近を避けていた。

（3）アメナの視線がよそをむいているときに、彼女の第二次性徴の発現部位を注視した。

（4）酩酊《めいてい》性嗜《し》好《こう》品をアメナにすすめ、自分は摂取しなかった。

（5）アメナが彼と会っているとき、親と関係者は彼女が友人たちのところにいると思い、友人たちは彼女が家族のところにいると思っていた。アメナはどちらのグループにも彼のことを話していない。

(6)とにかくこの男には悪い予感がする。

このような場合はメンサーか、ファライか、第三配偶者のタノに知らせるのが当然かもしれません。しかしそうはしませんでした。取得したデータは企業秘密を考慮して慎重に取り扱うべきことを弊機は理解しています。

そんなわけで、この潜在的ターゲットがアメナを〝友人たちに会わせたいから〟という理由で、やや辺鄙《へんぴ》な場所にあるキャンプハウスに誘った夜、弊機は現場におもむくことにしました。

彼にうながされて暗い屋内にはいったアメナは、低いテーブルにつまずきました。アメナはくすくすと笑い、彼は大きく笑いました。実際より酔ったふりをしています。

「待てってば。いま明るくするから」

そしてハウスのフィードで室内灯をつけました。

明るくなった部屋の中央には、弊機が立っていました。

彼は悲鳴をあげました(はい、とても愉快でした)。

アメナは片手を口にあてて驚き、やがてこちらがだれか理解しました。

「いったいどういうこと? あなた、ここでなにしてるの?」

潜在的ターゲットはおろおろしていました。

「なんなんだよ……こいつは……?」

アメナは怒った顔になりました。

「わたしの第二母の……友人よ」歯を食いしばって言います。「そして警備……担当者」

「なんだって」彼は混乱しましたが、〝警備〟という単語が理解できたらしく、アメナから離れました。「ええと……おまえは……帰ったほうがよさそうだな」

アメナは彼を見て、弊機をにらんで、憤然ときびすを返してドアをあけ、外へ出ました。

弊機はあとを追いました。彼は退がって道をあけました。ええ、賢明です。

低く浮かぶ誘導灯に照らされた土の歩道で追いつきました（意図的ではありません。弊機は脚が長く、アメナは前進よりも憤然と土を蹴ることにエネルギーを浪費していました）。

「わたしのいるところをどうやって知ったの？　なにをやってるの？　ポーチの下に住んでるの？」

こちらが理解できないと思って地元産の動物にちなんだ罵倒表現を使ったようです。そこでこう答えました。

「おや、ずいぶん失礼ですね。弊機はあなたの第二母の――」皮肉っぽい引用符付きで言いました。「――〝友人〟ですよ。それは召使いボットへの話し方ですか？」

アメナが驚き、ついで不愉快さとうしろめたさがまざった表情になるのが、ドローンのカメラでわかりました。

「いいえ！　召使いボットなんて持ってない。そもそも……あなたが話すところを初めて聞いたわ」

「話せといわれませんでしたから」

そんなに話していなかったでしょうか。たしかに子どもたちとはフィードで話しますし、メンサーともそうです。この家族のあいだでは昔のようにロボットのふりをしたほうが楽かもしれません。

「あのキャンプハウスにはだれもいませんでした。あなたをだれかに会わせたいと彼が言ったのは嘘です」

アメナはそれから十二・五秒間、黙って歩きました。

「ねえ、わたしが悪かったけど、そんなにばかじゃないし無警戒でもない。いやなことをされたら帰るつもりだった。無理に引き留められてもフィードがある。それで助けを呼べたはずよ」軽蔑的な口調ですが、自信過剰です。「乱暴なんてされるつもりはなかった」

「乱暴するつもりだと思ったら、彼を死体にして処理しました。こちらも無警戒ではありませんから」

アメナは立ち止まってこちらをじっと見ました。弊機も足を止めましたが、目は前方の道に固定しています。そのまま続けて言いました。

「メンサーは小規模政体の惑星指導者でありながら、いまは大企業から怒りの視線を集める存在になっています。彼女の身辺は変わりました。それにともなってあなたの身辺も変わりました。大人になって状況に対処してください」

アメナはなにか言おうと息を吸い、やめて首を振りました。

「彼は企業スパイじゃないわよ。ただの一般人……」

「大陸の半分から参加者が集まり、惑星外からの訪問者さえいる開かれた大規模フェスティバルで、初めて会ったどこの馬の骨とも知れない一般人です」

企業スパイでないのは確認ずみです（もしそうなら前述のように死体処理します）。しかしアメナにわかるはずもありません。

十六秒間沈黙が続きました。

「このことを親たちに話す？」

そんなことを心配していたのかと、がっかりして腹が立ちました。

「さあ、わかりません。いずれわかるでしょう」

アメナは足を踏み鳴らして去っていきました。

このように、いまさらながらまずい首尾でした。

メンサーと弊機を乗せた車両は暗いエリアを進み、家族のキャンプハウスがある低い丘へ登っていきました。ハウスは組み立て式の二階建てで、どちらの階にも屋根付きの大きなバルコニーがあります。そばに二本の大木があり、細かい葉をつけた枝が屋根の上に伸びています。メンサーの祖母とさまざまな家族構成員が初期の惑星調査とテラフォームにいそしんでいた時代に、祖父の手でつくられたものだそうです。当時の植民者は軌道上の船に住むか、地表に仮設構造の住居を建てて季節ごとに移動生活をするか、どちらかでした。居住可能になったばかりの惑星では気象パターンがまだ荒々しかったからです。

丘にはほかにも大小の仮設ハウスが建てられていますが、近いものでも二十七メートル離れています。キャンプハウスは屋内に明かりがともり、駐車位置のビーコン上にはバルーンライトが浮かんでいます。照明の少なさが懸念されるところですが、周辺エリアの警備に三十七機のドローンを配置ずみなのでよしとします。

（身許を確認ずみの人間や強化人間がまわりのハウスに帰宅したりエリアを通過するのは、ドローンが記録しています。未確認の人間が初めて通行する場合は弊機がじかに身許を調べます。非強化人間が医療目的で使用する小型の移動デバイスは、その出力サインを個別に登録しています。企業リムでは見たことのない機器ですが、弊機にとって惑星の地表とは企業の奴隷労働者しかいない場所だったからでしょう〔娯楽メディアでは奴隷労働者以外の人間の居住者がいる惑星も登場しますが、現実に訪れたことはありませんでした〕）

（ほかに五人の幼い子どもが近くの小川へこっそり探検に出かけるのをドローンがみつけて追尾しました。彼らは藪《やぶ》や岩陰に隠れておたがいに飛びかかる儀式のようなことをやったあと、大人や年長の子に発見されることなくハウスにもどって、いまは二階の寝室で寝ころがってメディアを観ています）

（キャンプハウスの窓やドアはじつは鎧戸《よろいど》で封鎖できるようになっていますが、だれも使っていません。それでもドローンの巡回は楽になります）

車両が指定位置で停車すると、メンサーは言いました。

「わたしはしばらく外にすわって夜風にあたるわ。あなたはフェスティバルにもどったらどう？　今夜上演予定の劇が何本か残ってるでしょう」

人間の悩みごとについて質問はしないことにしています（基本的にはどうでもいいからです）（どうでもよくはない場合がごくまれにありますが、警備プロトコルとは直接関係のない話になり、さまざまな理由から足をすくわれがちで危険です）。しかし人間たちは日常的におたがいのステータスを尋ねあっていますし、それほど質問しにくい話題ではないはずです。情報の要求にすぎません。メディアのアーカイブを軽く検索して会話例を拾ってみましたが、どうも弊機が言いたい感じではありません。そこで気が変わるまえに単刀直入に訊きました。

「悩みごとがあるのですか？」

メンサーははっとした顔になり、ついで目をそらしました。

「驚かせないで」

やはりなにかあるのです。人間なら当然気づくものなのでしょう。

「正確な脅威評価のために、潜在的な問題はすべて知っておく必要があります」

メンサーは眉を上げて、車両のドアをあけました。

「調査契約のときはそんなこと言わなかったじゃない」

弊機も車両から降り、メンサーのあとについていきました。ハウス脇の草地の木陰に椅子がいくつかおかれています。暗いので、よく見えるように暗視フィルターに切り替えました。

「当時はいいかげんな勤務態度でしたから」

メンサーは椅子の一つにすわりました。

「あれがいいかげんな勤務だったのなら、やる気のときはさぞ……」笑みが消えて黙りこみ、言いなおしました。「いえ、本気で仕事をしているところは見たわね」

弊機もすわりました（このように人間と並んですわるとやはり奇妙な感じがします）。メンサーの表情は落ち着いていますが、一片の揺らぎもないかというとそうではありません。とにかく弊機がよけいなことを言ったせいで、案の定、望ましくない会話の迷路にはいってしまったようです。こういうことが得意なARTがいてくれたらと思いました（こちらが話したいことを話させるのも得意ですが、話したいことについていろいろ考えさせるのも得意なのです）（ARTは本当に不愉快千万です）。

「質問に答えてください」

メンサーはすわりなおしました。

「まるで心配しているようね」

「心配しています」

自分がそういう表情になっているのをいやでも感じます。

メンサーは大きく息を吐きました。

「たいしたことじゃない。悪夢よ。トランローリンハイファでの拘束中のこととか……ほかにも」もどかしそうな身ぶりをしました。「ごくあたりまえよ。あんな経験をして悪夢をみないほうがおかしい」

心的外傷《トラウマ》からの回復プロセスについてはよく知りません(弊機の仕事は顧客が死なないうちに医療システムへ連れていくことです。あとの難しい処置は、トラウマ治療をほどこす救出顧客プロトコルもふくめてシステムがやってくれます)。しかし連続ドラマでトラウマからの回復過程はよく描かれます。ステーションの医療センターにはバーラドワジ博士が利用したトラウマ回復プログラムがありましたし、ポートシティの大病院にもありました。しかしメンサーがトラウマ治療を受けるべきだと考えているのは弊機だけではありません。しかし受診していないことを知っているのはおそらく弊機だけです(嘘はついておらず、ただ受診していると思わせるように行動しています)。たしかに医療システムに一度はいればすむような単純な治療ではありません。長時間の治療をくりかえし受ける必要があります。惑星指導者の多忙なスケジュールにそんな時間のゆとりはありません。

「弊機がそばにいないとステーションから出るのが怖いのは、そのせいですか?」

プリザベーションの惑星指導者に警備が必要かという議論では、世間は二つの立場に分かれます。人口の九十九パーセントは、企業リムのようなところを公式訪問するとき以外は警備は不要と考えています。

これはかなりの部分まで正しいといえます。プリザベーションではステーションも惑星も犯罪発生率はきわめて低く、その内容もせいぜい酩酊による器物損壊や騒音、あるいは(または同時に)ステーションにおける貨物取り扱いの妨害や惑星における環境規則違反などです。これまでステーションや惑星でメンサーの身辺警護はおこなわれていませんでした。プリザベーション評議員見習いの若者が随行して面会スケジュールを管理したり、そのときどきに必要なものを渡したりするだけでした（そんなものは警備といいません）。

残り一パーセントの立場を支持するのは、弊機と、メンサーが率いた調査隊と、ステーション警備局の局員と、グレイクリス社の暗殺者がメンサーに襲いかかるところを目撃したプリザベーション評議会の議員たちです。しかしこの暗殺未遂事件はきびしく情報統制されてニュースフィードに流れませんでした。そのため大部分の人はいまも、メンサーに警備コンサルタントは不要、まして警備ユニットなど論外と考えています。

元凶のグレイクリス社が現在おとなしくなっているのは事実です。原因は彼らが雇った警備会社のパリセード社が、元弊社の保険会社所有の砲艦を攻撃してその運転資金に大損害をあたえるという愚挙をやったからです（元弊社は偏執的で強欲でけちで、危険を感じると無慈悲で組織的できわめて暴力的になります）。このいわゆる砲艦事件をきっかけに両社の関係は急速に悪化しました。グレイクリス社では原因不明とされる事故が起きたり、取締役や従業員が爆死したり、健康な大人がはいるには小さすぎる容器に詰めこまれているのが発見されたりして、その資産が急速に毀損していきました。

グレイクリス社が表舞台から事実上消えたことで、さしもの弊機の脅威評価も大きく下がりました。それでもメンサーは警備を続けさせました。これは弊機に気を使ってくれているのだと思いました。いつかプリザベーションを出ていくときの準備資金として給与の通貨カードを稼がせているのだと。構成機体が備品や危険な武器とみなされない環境で人間たちと交流する練習にもなります（たしかに自己中心的ですが、人間も人間中心の思考をするのでおたがいさまです）。

しかし、しばらくまえからべつの理由を疑いはじめていました。

メンサーは唇をわずかにゆがめ、目をそらしました。暗い丘と平地に点々とともるほかのキャンプハウスやテントの明かりを見ます。

「見ればわかったでしょう」

「見てもわかりませんでした」

すくなくとも大半の人間は知りません。配偶者のファライとタノは知っているのかもしれませんが、なにもできずにいます。

メンサーは小さく肩をすくめました。

「あなたのそばを安全と感じるのは当然ね。事件や状況を知っている人々のあいだでも楽な気持ちになれる。つまり調査隊の仲間よ」ややためらって、続けます。「ファライとタノは理解してくれている。でも兄弟姉妹やティアゴのような親族に、この問題でその精神的サポートに頼れない理由は説明してはいない。いつものことよ」苦々しい顔になりました。「企業主権の社会を彼らは知らないから」

弊機はわかります。プリザベーション連合の住民は、契約労働者として船に乗せられて生涯の八割から九割を採掘施設やその他でついやすことはありません。ここではどんな職業に就いても食事と住居と教育と医療を無料で提供されるという不思議な制度になっています。

この星に最初にやってきた大型移民船の初代乗組員への約束に端を発するもののようです。全員の生活を未来永劫《えいごう》保証するから、古い植民地でのたれ死にするのはやめて船に乗れとうながされたのです（そのあたりの話は複雑なので、歴史ドラマで経済の話が出てくると早送りします）。とにかく人間たちはここに満足しているようです。

だからこそ、企業主権の社会を知らないというのはメンサーの言うとおりです。企業政体から命を狙われたことがないのです。

さきほどのパーティ会場でメンサーがティアゴとファライと話していたときの記録を見なおしました。メンサーが誘拐されたのは、殺害された調査隊員の遺族とポートフリーコマースで面会していたときでした。いつも身辺にいる人々から離れて騒がしいパーティ会場にいる状況が、ふいに当時を思い出させたのでしょう。

「トラウマ治療を受けるべきです」

メンサーの口調は鋭くなりました。

「そのつもりよ。でも先にすませるべきことがある」こちらへむきなおります。「それから、あなたはアラダが率いる調査ミッションに同行してほしい。必要なのよ。あなたにとってもいい機会になるはず」

暗くて弊機の表情はよく見えなかったでしょう。自分でもわかりませんが、おそらく〝いぶかしげ〟な顔だったはずです（弊機はいつもそうだとラッティから言われます）。

異論を許さない自信たっぷりの惑星指導者の口調で、メンサーは続けました。

「アメナとティアゴも行く。あなたが二人を見ていてくれると安心できる」

そう……ですか。

「博士は?」

メンサーは息を吸いました。〝わたしはだいじょうぶ〟と言うつもりだとわかりました。長いつきあいのおかげで察しがつきます。しかしその言葉は出てこず、ためらっています。ドローンのカメラで顔を拡大して観察しました。低光量フィルターのせいで白黒で映されます。なにかを強く抑えるように下唇を噛《か》んでいます。

「気弱な自分がいやになるわ。こんなふうではいけない。あなたに頼ってばかりいられない。あなたのためにもよくない。だから……しばらく距離をおきましょう。わたしが自立するために」

その考えがまちがっているとは思いません。しかし、こんなふうに人間から大切に扱われるのは身に過ぎることだと感じます。そもそもこれは、連続ドラマにおける恋人の別れの場面に近いのではないでしょうか。いつも早送りしてしまいますが。

「大切なのは弊機ではなく、あなたです」

メンサーは笑いをこらえました。

そこで弊機は脅迫めいたことをしました。

いま弊機が直面している問題の一部は、こういう場合に正直すぎるメンサーが、アメナの護衛に弊機をつけると本人に話したことから来ています。それをアメナは、ある種のホルモンに支配された人間特有の理解不能なかたちで受けとりました。ティアゴは思春期ではないので酌量の余地はありませんが、この処置を姪《めい》のお目付役としてメンサーに信用されていない証拠と解釈しました。

§

アメナが調査隊に参加したのは教育課程におけるインターンシップが目的で、死の危険をともなう業務経験が求められるようです。このまえのやりとりから、弊機に見張られることに特別な不快感を持っています。

(もしかしたらあの潜在的ターゲットに関してアメナに強く言いすぎたかもしれません。しかし人間たちを死に至る行動から婉曲《えんきょく》的に遠ざけることをなりわいとしてきた弊機にとって、ばかなことはやめろと言葉を尽くして説得できるのはめったにない機会でした。後悔はしていません)

アメナはメンサー抜きでファライとタノに訴えようとしました。ところがファライがその話しあい中にメンサーを呼んで三者通話を四者通話にしたので、試みは大失敗に終わりました(あとの展開は知りません。弊機でも見たくないものはあります)。

以上が調査隊の出発前に起きたことです。
ここからは話をもどして、次の大事件です（ネタバレ注意）。

3

無事に母船にドッキングして、アラダたちは制御を母船側に渡しました（研究施設にワームホール航行能力はありません。自力で着陸と軌道上昇ができるだけの大きく不格好なラボモジュールです）。

ワームホールを通ってプリザベーションまでは、プリザベーション標準時間で四サイクル日にすぎない帰路です。このあいだに『太陽の血統』を観終えるつもりでした。初期植民惑星を舞台にした大長編歴史ファミリードラマで、登場人物は総勢百三十六人。ストーリーラインも同様に多岐にわたります。

ファミリードラマはこれまで何本も観てきましたが、現実の人間の家族と間近に接した機会はプリザベーションに来るまでありませんでした（データによれば、ファミリードラマと現実の人間の家族の相似性は十パーセント以下だそうです。驚くにはあたりませんし、殺人事件の多発ぶりを考えると安堵《あんど》します。もちろん多発するのはドラマのほうで、メンサーの家族ではありません）。

会社の備品として調査隊に貸与されていたころは、警備プロトコルの一部としてデータマイニングをやっていました。契約期間中の人間全員を全時間にわたって監視、記録しました。その大半が苦行でした。すべてといっても過言ではありません（セックス、入浴、無意味な会話なども全部追いかけるのです）。それにくらべると、比較的窮屈な空間に多くの人間と押しこめられながらも、ドアを一枚閉めたらあとはだれがなにをしようと無関係というのは、とても新しい経験です。

しかし人間たちの干渉がないわけではありません。

まず、ラッティが弊機の船室に来ました。室内にいれる必要はないのですが、いれました（人間が弊機と話したがるというのがいまだに理解できません）。彼は寝台のむかいの折りたたみ椅子にすわって言いました。

「ティアゴがそのうち話しに来ると思う。彼は、なんというか……」

ラッティが言いにくそうなので、かわりに言いました。

「……弊機を信用していない、ということですか？」

ラッティはため息をつきました。

「警備ユニットは危険という企業プロパガンダが強力なんだよ。彼はきみを知らない。本当のきみを知らないんだ」

ラッティが純粋にそう信じているのでなければ、こんなことを言われて居心地悪かったでしょう。弊機がだれかを殺すところを彼は間近に見ていません。今後も見せずにすむことを願っています。

「ステーションでメンサーを厳重に警護する理由を彼は知らないんだ」そして弊機がなにも言わないのに、否定するように手を振ります。「わかってるよ。知る人が増えれば、ニュースフィードに嗅ぎつけられかねない。しかたないことだ」

ラッティの次はオバースが来ました。ドアはあけたままにしておきましたが、彼女は顔だけを室内にいれて話しました。

「じゃまする気はないのよ。ただお礼を言いたくて。今回アラダは初めて調査隊を率いたけど、あんたが支持してくれたおかげで順調だった。とても助かった。彼女の自信にもなった」

どんな反応をすればいいのかわかりませんでした。なにをどう支持したことになるのか。人間たちにアラダの命令への服従をうながしたりはしていません。プリザベーションでの仕事のやり方は異なり、それでうまくいっています。調査隊員はときどき愚痴をこぼしながらも、それなりの水準の仕事をこなします。叛乱《はんらん》が起きる可能性はきわめて低く、マイナスの数字でもいいほどです。なにがあっても〝叛乱〟と表現される状況にはならないでしょう。出発前に自衛訓練の修了証明を全員にとらせるのも苦労したほどです。プリザベーションでは今回の遠征を学術調査と位置づけており、収集されたデータは公共データベースに記載されます（もしこの惑星が企業リムにあったらたちまち搾取的開発の対象になるでしょう。しかしここではだれもそんなことをしません）。

弊機は定型文として次のように答えました。

「アラダとは契約しています」

「そうね。いうまでもないことだけど、だれかが危なっかしいことをしていたら、あんたはそれをはっきり指摘できるってこと」こちらが彼女を見るのに使っているドローンに微笑みかけました。「それだけよ」

オバースが去ったあと、いまの会話を再生して何度か聞きなおしました。

アラダの判断はかなりの程度まで信頼しています。彼女とオバースは〝警備ユニットを孤独で悲惨な運命におとしいれる可能性がきわめて低い〟カテゴリーに明確に属しています。弊機にとって大事なのはいつもそこです。つまるところ彼らは顧客です。メンサーも、ラッティも、ピン・リーも、バーラドワジも、ボレスクも（彼は調査隊での活動から引退しました。最高に理性的な人間として称賛できます）、そしてグラシンさえも。あくまで顧客。そして顧客に害をなすものは、だれであろうとなんであろうと、弊機は八つ裂きにします。

ワームホールを抜けてプリザベーション宙域にもどったとき、弊機は『サンクチュアリームーンの盛衰』をふたたび観ていました。新しい連続ドラマを観はじめるにはステーション到着までの時間が短かったからです（すでに知っているストーリーなら中断しても苦痛ではありません）。

メンサーのことを心配しました。弊機がいなくても無事だったでしょうか。なにが〝無事〟にあてはまるのかよくわかりませんが、弊機にとっては〝殺されていない〟ということです。

第百三十七話の再視聴を終えようとしているとき、船の警報が通話回線とフィードで鳴りました。

ナビゲーションが探知した単純な異常かもしれません。どこかの船がじゃまなところにいるとか。ここは交通量の多いアプローチ航路で、そのうえプリザベーションを多く訪れる非法人の船は操縦ボットを載せていないので、勝手がわからずにとんでもないところを飛んでいることがよくあるのです。すくなくとも、メンサーがたまたまアクセスしたステーション港湾管理局のシステムから聞こえてきた愚痴からはそのように解釈できます。この母船も操縦ボット非搭載なので、システムの最新情報はじかに得られません。そこでブリッジの通話回線を傍受して会話を聞きました。次のようなやりとりがありました。

ミハイル副操縦士「どこからともなくあらわれた！　通話の呼びかけに反応なし」

ラジプリート技師「ドッキング態勢でアプローチしてくるわ。アクティブな武器反応あり」

ロア正操縦士「だめだ。ステーションを呼んで報告を――」

ミハイル副操縦士「了解。しかしステーションの即応船は近くに――」

まずいことのようです。弊機は寝台から出て、調査隊のフィードに警報を流し、アラダに言いました。

〈アラダ博士、潜在的敵船が接近してきます。乗りこんでくるかもしれません〉

〈潜在的って……ええっ！〉アラダは答えました。

〈また？〉オバースも言います。

ほかの隊員からの問いあわせは対応をまかせ、暗号認証式のロッカーを開きました。物理銃を出し、弾薬と充電状態を確認。続いて休眠中のドローンを起動します。いっせいにカメラがアクティブになり、二、三秒かけて大量の入力を整理、処理します。

ワームホールにはいるまえに着た調査隊のユニフォームを脱いで、慣れた服装にもどります（人間用のワークブーツ、ポケットの多い（小型偵察ドローンを収納するのに便利な）ワークパンツ、Tシャツ、布製フード付きのジャケットで、いずれも暗い色調です）。ユニフォームはロゴがついているから嫌いなのです。プリザベーション調査隊のロゴはよくある惑星の図案で、企業名のロゴとは異なりますが、それでもいやです。ステーション警備局の防護ベストは、なまくらな刃物、低速の物理弾、炎、腐食性ガス、低エネルギーのパルスなどを阻止する性能があります。これを着たくない理由は、

（a）警備ユニットによくむけられる大火力には耐えられないから、

（b）ロゴがついているから、

です（克服すべきだとわかっています）。

今回はジャケットの下に着ました。さすがに必要でしょう。

この時点で潜在的敵船はアプローチを続けています。ロア正操縦士が全体放送を流しました。内容は弊機がアラダに言ったこととおなじです。弊機はドローンを雲のように引き連れて船室を出ました。母船の情報を直接得たいので、一機を先行させました。脇を追い越していったそのあとから通路を走ります。作戦はあります。といっても〝敵を船内にいれない〟

というだけで、作戦というより希望的な予定に近いものです。

とてもまずい状況です。

ええ、わかっています。警備担当なのですから移乗攻撃への対策も講じておくべきでした。しかし作戦立案は普通は人間の管理者の仕事で……。いや、まあ、正直にいえば、任務地との往復の途上で襲撃を受ける可能性はきわめて低いので、メディアの視聴を中断してまで対策に時間を割く気になれなかったのです。惑星に降下した研究施設における攻撃と防衛シナリオだけを考えていました（実際に発生した施設への攻撃では、それらは一つも役に立ちませんでしたが、だからといって〝事前の計画は無駄〟と考えるのは、あの事件から得る教訓としてまちがっています）。

そもそも警備ユニットは貨物扱いで会社の船に積まれていくものなので、船内での作戦行動の手順をしるした古い文書はアーカイブにさえ持っていません。唯一経験した船対船の戦闘は電子ウイルス戦で、あやうく脳を壊されそうになりました。

その点では、今回はフィードからも通話回線からも警報はなく、敵船からの電子的接触の試みはありません。キルウェアやマルウェアで攻撃しようにも、その対象となるべき操縦ボットが搭載されていないことを最初から知っているのでしょうか。

弊機は斜路を駆け上がって乗組員ラウンジを通過し、管制デッキにむかいました。先行するドローンはすでにブリッジへの通路にいます。ちょうどブリッジのハッチが開いてラジプリートが出てきたので、いれかわりにブリッジにはいりました。これで操作パネルの上に浮かぶセンサー画面がカメラに映りました。ミハイルが操縦席にすわり、薄茶色の前髪を汗だくの額に張りつけています。ロアは歩きまわりながら黒い眉を寄せて考えこみ、片手をフィードのインターフェースにあてています。まるでアクション物のドラマの一場面。深刻な事態が起きる寸前のようすです。

その深刻な事態が起きました。

メディアで描かれる船の戦闘のような衝撃ではありません。過電流が流れたような感じでした。重力場が変動して弊機は隔壁に叩きつけられ、斜路の照明が明滅しました。研究施設の機関ポッドから多くの警告が自動発信され、直後にフィードと通話回線が落ちました。急いで母船のフィードを探していると、ふたたび重力場が変動。施設のエンジンが停止して、生命維持用の非常電源に切り替わりました。ドローンは重力場が変動したときに推進系が乱れて散らばりましたが、いまは編隊を組みなおしています。

母船ブリッジにいるドローンで見ると、ロアとミハイルは一時停止した動画のように固まっています。しばらくしてロアが言いました。

「衝撃があったな」

ミハイルは画面を次々に切り替えながら、かすれ声で言いました。

「施設のエンジンハウジングだ。追尾ミサイルらしい。こちらがワームホールから出た直後に敵は撃ったんだ」

まずい。本当にまずいです。

弊機の有機組織が反応していますか。消化器系がなくてさいわいでした。十秒待っても爆発しなかったので、隔壁ぞいから立ち上がって施設管制デッキへ急ぎました。

ハッチをくぐると、放射状配置の狭い管制エリアです。ラボモジュールの着脱など、地表で必要な操作ができるようになっています。操縦席にはオバースがいますが、管制権限はいまは母船側にあります。うしろの通信席にはラッティが張りつき、どちらも緊迫した表情です。あらゆるディスプレイが点滅していれば当然でしょう。

「通話回線もフィードもロアにつながらない」ラッティが言いました。

「全部停止してるのよ。アラダ――」オバースは呼ぼうとして、歯ぎしりしました。フィードなしではこの区画の外に声は届かないと思い出したのです。「くそっ！」

弊機は母船のブリッジにいるドローンに指示して、オバースとアラダのインターフェースと母船のフィードを臨時接続させました。そして声とフィードの両方で教えました。

〈母船、施設管制デッキとのあいだでインターフェースを臨時接続しました〉

ロアの返事が飛んできました。

〈警備ユニットか。アラダもいるのか？〉

〈まだここには――〉

オバースが言いかけたとき、管制デッキの奥のハッチからアラダが駆けこんできました。

オバースはほっとした顔になり、ついで唇を噛んで続けました。

〈いや、いま来た〉

〈聞こえるわ、ロア〉

アラダの精神内の声は早口ですが落ち着いています。オバースの肩に手をおき、ラッティと弊機にうなずきかけます。

〈攻撃者が移乗してくるつもりかどうかわかる？〉

〝移乗してくる〟という表現は、弊機の有機組織にふたたび不愉快な反応を引き起こしました。ラッティも同様のようで、「うげっ」と小さく漏らしたのが感じられました。

人間たちを心配しなくてよければ弊機ももっと楽なはずです。

ロアの声は落ち着いていますが、母船ブリッジにいるドローンが映している表情はそうではありません。

〈攻撃者は施設低層階のハッチを狙っているらしい。ラボのだ。ラジプリートを行かせた〉

ラッティとオバースが恐怖の表情をむけあいます。アラダは硬い顔でロアに答えました。

〈了解〉

そしてこちらを見上げます。

「警備ユニット、お願いできる……？」

「行きます」

中継のためにドローン一機を管制デッキに残置して、通路にもどりました。曲がった先にあるのが中央ロビー。ここから上に伸びるのが母船へ通じる重力シャフトです。安全プロトコル発動中のためエアバリアが展開しています。固体（人間や警備ユニット）は通れますが、気体の分子は通しません。施設側の与圧が破れても母船側の与圧は守られるしくみです。

ここから下へは第二の重力シャフトが伸びています。こちらは施設が惑星の地表に下りているときのために梯子《はしご》と階段が併設されています。電力変動のおそれがなければ、ここに飛びこんで施設の最下層までふわりと安全に下りることができます。しかしいまは隔壁に叩きつけられてばらばらの部品になりたくないので、梯子で下りることにします。

フィルターで除去できないオゾンと煙のにおいが残り、照明も不安定にまたたいています。管制デッキに残したドローン経由で、アラダがラッティに話しているのが見えます。

「フィードも通話回線も停止したとなると、さっきの衝撃のあとで全員が無事かどうか、点呼、確認する必要があるわ」

「そうだ、そうだね。やるよ！」

ラッティはハッチから飛び出して船室区画のほうへ行きました。

重力シャフトの底へ下りて中央斜路を下り、最下層のラボ階のハッチがあるジャンクションに出ました。視界が曇るほど煙が滞留しています。先行したラジプリート技師がいました。母船から重力シャフトの梯子をひたすら下りてきた彼女は、小さな護身用拳銃一挺（ブリッジの非常用キットに二挺はいっています）をかまえて、敵がハッチから突入してくるのを防ごうとしています。

弊機を見た人間に安堵の表情を見るのはいいものです。

おおむね冷静な声でラジプリートは言いました。

「あまり猶予はないはずよ」

ドローンのフィード中継網につないでやると、彼女はまず報告しました。

〈ロア、アラダ博士、聞こえる？　エアロックに警備ユニットが到着したわ〉

〈味方の状況を教えてください〉

弊機も尋ねると、アラダが答えました。

〈オバースが通話回線を部分的に復旧したところよ〉

同時に通話回線が大きな雑音とともによみがえり、オバースの声が流れました。

「施設の全乗組員へ。通話回線とフィードは通じない。施設の乗組員ラウンジに至急集合し、今後の指示を待て」

次はロアから要請です。

〈警備ユニット、こちらからも放送したい。施設の通話回線に中継してくれ〉

もちろん、いまはそういうことしかできません。

〈どうぞ〉

ロアは通話回線で言いました。

「接近中の船はこちらにミサイルを撃って、施設下部への強行ドッキングを狙っている。ステーションは即応船一隻を発進させ、自由商人の貨物船二隻もステーションへのアプローチを中断して即応行動をとっている。ただし到着は最短でも八十四分後だ。警備ユニット、それまで――」長くためらいました。「――応援が来るまで、敵の移乗攻撃を阻止できるか？」

母船と施設のすべての人間が耳をすましています。

難しい質問です。暴力的な意志を持って突入してくる敵が何人いて、どんな武器を使ってくるかによって答えは変わります（その先のシナリオは、〝敵を甘く見ていました。逃げましょう〟から、ラジプリートが弊機の残骸をまたいで拳銃一挺で決死の抵抗をするものまで、なんでもありえます）。もし敵が与圧《EVAC》スーツの突入部隊を出して外壁をまわり、母船のべつのハッチを狙ってきたら……。しかしいま顧客たちが聞きたいのはそんな答えではありません。

「できます」通話回線で答えました。

ラジプリートの喉が動いて唾を飲んだのがわかりました。フィードを消音して、声で言いました。

「わたしはなにをすべきか教えて」

もちろん、できるだけ早くそうするつもりです。最悪のシナリオを考えて（弊機が悪者たちを殺したり四肢をもいだり戦意喪失させたりするときに、顧客の保護まで考えずにすむように）、彼女には重力シャフトの入り口まで退がって防御態勢をとってもらうのがベストです。母船が時間を稼ぐのにも多少役立ちます。

そう伝えようとしたとき、施設ががくんと揺れ、ついで緩衝なしの急加速でラジプリートは床に叩きつけられました。弊機も隔壁にぶつかって滑り、ドローンは落ちて散乱しました。照明がまた明滅し、生命維持系がいったん停止してから復旧しました。

ああ、まずいことになっています。こちらの作戦（と呼べるなら）は、ステーションの即応船と、盗賊を目のかたきにする自由商人の船が敵船を追い払ってくれるまで、その突入を防ぎつづけるというものです。しかしブリッジの画面表示をドローン経由で読むかぎり、敵は貨物船がモジュールの着脱に使う牽引機群《トラクター》でこの研究施設をつかんでいます。引きつけていっしょにワームホールへ引きずりこむ考えのようです。

ロアとミハイルも強い悪態とともにおなじ考えを述べています。

弊機は立ち上がり、床でもがいているラジプリートの腕をつかんで立たせました。施設の通話回線がちょうど復旧し、雑音まじりの警報を響かせはじめました。ありがたい。いまは役に立ちます。

調査隊員のアジャトが、施設最下層の倉庫とラボ方面の通路から中央ロビーへよろよろと出てきました。ラジプリートが声をかけます。

「ラウンジの階まで上がって！　早く！」

アジャトはうなずいたものの、通路へもどろうとします。

「第三、第四ラボのハッチが開かない。だれか閉じこめられてるかも――」

ラジプリートは聞きながら重力シャフト方面へ押し返しました。

「上で点呼をとってるので行って！」

ある案が浮かびました。しかしリスクもあります。フィードで言いました。

〈ロア、母船から施設を切り離せますか？〉

母船は実際には小型のモジュール運搬プラットフォームにすぎません。ブリッジとワームホール用エンジンと五人分の居住空間があるだけです。施設モジュールを保持して運ぶことに特化しています。

ミハイルがかわりに答えました。声は落ち着いているものの、息を切らしています。

〈ロアが調べてる。クランプまわりに障害がないかセンサーで確認中だ〉

すでに検討中のようです。頭のいい人間たちがいると仕事が楽です。あとは弊機が全員を生きて連れ帰れるかどうかです。

焦点は二メートルむこうのハッチにあります。これを物理的に突破しようとするのか、それともフィードで侵入を試みるのか。こちらからもフィードで敵側へ侵入を試みましたが、敵のウォールは堅牢《けんろう》でなにも読み取れません。

臨時中継したフィード上でアラダが言っています。

〈制御権限をゆだねてくれれば、この施設管制デッキから遠隔操作で切り離すことは可能よ。でもまず調査隊員たちを母船側に移さないと〉

ラッティがつけ加えます。

〈点呼はやってるけど、フィードと通話回線がダウンしてるんじゃ――〉

ロアが割りこみました。

〈クランプに障害なし。切り離せるぞ〉

アラダがそこで質問しました。

〈ロア、敵はこちらをスキャンできるの？　無人の施設を放棄したと見抜かれたら――〉

〈できると考えるべきだな〉ロアは答えました。

当然できるでしょう。口出しされないうちに弊機は言いました。

〈その場合は、施設を切り離したとたん、母船を撃ってくるかもしれません〉

これが前述のリスクです。即応船と自由商人船が近づくまえに施設をワームホールへ引きずりこむことに敵がどれくらいこだわっているか、悪党として大物か小物か、狙っているのは乗組員か施設か、プリザベーションの報復を恐れているかどうかによります。

臨時中継フィードでしゃべっていた調査隊員たちは黙りこみました。

ロアが言います。

〈それは……たしかにそうだ。でもアラダ博士、時間がない。こっちへ避難して切り離すのか、それとも……？〉

アラダはまだ落ち着いた声でこちらに訊きました。

〈警備ユニット、切り離しに同意する？〉

ああ、そうでした。警備責任者は弊機です。

ここで判断を誤ったら、無防備な母船を攻撃されて全員死ぬかもしれない。施設に残ったほうが救助される可能性があるかもしれない。しかし一方で、ワームホールに引きずりこまれ、弊機は倒され、人間たちは殺されるか、もっとひどいことをされるかもしれない……。

元弊社が警備ユニットに組みこんだ安物の教育モジュールには、こういうジレンマの答えが書かれていません。だから作戦立案は苦手なのです。

自己決定権があるのもよしあしです。

それでも弊機は、人間が助言にしたがってくれることをいつも望んでいたはずです。

〈切り離しましょう〉

アラダはすぐに指示しました。

〈切り離しよ。ラッティ、点呼がすんだら全員を母船へ上げて〉

冷静で決然とした態度はロア以上です。

ミハイルが通話回線で言いました。

「あいかわらず攻撃者に引っぱられてワームホールへ近づいている」

落ち着いていますが、悲鳴をこらえている感じもわずかにあります。

ドローンの中継ではラッティが急げとみんなに声を荒らげています。ドローンからは調査隊員たちが重力シャフトへ飛びこんでいく映像が断続的に送られてきます。

ロアが深呼吸して言いました。

「施設管制、切り離しを準備」

オバースが放送しました。

「施設モジュールは二分後に通路封鎖する。カウントダウン開始」

だれかが抗議する声をドローンがとらえました。しかし通話の優先権はロアとミハイルとアラダにあり、彼らはさまざまな相手にさまざまな指示を出しています。

ブリッジのドローンから送られてくるセンサー画面では状況が明瞭になってきています。大きなもやもやとしたものがワームホール。二つの明滅する点が（かなり）遠くにあり、これが応援にくる船団。敵船をあらわす光点がないのは近すぎるからです。

床に新たな振動が伝わりました。覚えのある感触です。ラジプリートがハッチのディスプレイを見て目を見開きました。

「このエアロックに接続してきたわ」

ささやき声になるのは非合理的な本能ですが、共感します。中継フィードで報告しました。

〈敵船がエアロックに接続しました〉

オバースのフィードが飛びました。

〈ラッティ、早く点呼を終わらせて〉

重力シャフトをカメラで見ると、遅れている人影が二つ。レミーとハニファが母船への梯子をあわてて登っているところです。そしてラッティは、なぜかこちらへ下りてきています。

彼のフィードにつなごうとしていると、べつの音が聞こえました。外部ハッチのむこうからガリガリという振動が伝わってきます。いよいよです。フィードを送りました。

〈敵がハッチ切断を試みはじめました。もうすぐ突入されます〉

ロアから指示が来ました。

〈ラジプリートと警備ユニットはそこから退避しろ〉

弊機はラジプリートに言いました。

「先に行ってください。あとから追いかけます」

ラジプリートは重力シャフトへのアクセス通路付近まで退がりました。封鎖と切り離し前の段階で敵に突入されたらまずいことになります。

そのとき、ラッティの叫び声がドローン経由で聞こえました。

「だめ！　まだだめだよ！」

怒りと恐怖で裏返った声。駆けつけたい本能で体が動きかけましたが、ハッチ前を離れるわけにいきません。それでもなにか予定外の事態になったようです。フィードで言いました。

〈ラッティ博士、報告してください〉

メンサー博士以外で弊機の話をいちばん注意深く聞いてくれるのがラッティです。かつてささいな装備品を回収するためにホッパーから下りようとしたのを弊機が止め、巨大肉食生物の餌食にならずにすんだことがあります。その経験が関係しているのでしょう。

ラッティはあせりと怒りと恐怖を同時にあらわした声で言いました。

〈アメナとカンティがいない。ティアゴが探してる。船室にも上層のラボにもいないから、下層階のどこかにいるはずだ〉

最悪です。

ドローンの映像と音声で見ている母船側のアクセス通路は、爆発しています（物理的にではなく感情的にです）。人間たちは叫んだり腕を振ったり、役に立たないことをしています。

まあ、役に立てないという意味ではこちらも五十歩百歩です。

ラジプリートに指示しました。

「重力シャフトへ行ってください」

こちらはラボとサンプル倉庫の通路にはいりました。開かないハッチがあるとアジャトが言っていた方面です。エアロック前にはドローン一機を残置し、突破されたらすぐわかるようにしました。ほかのドローン群は分割して、三分の二をアクセス通路で防御態勢をとるラジプリートのところへやり、残りをこちらについてこさせました。フィードでは冷静に答えました。

〈了解。探します〉

クソです。

愚かな失敗でした。施設ではフィードが停止していて、ドローンの受信範囲にあるインターフェースしか母船には中継されません。通話回線も断続的で信頼できません。弊機も人間たちもフィードに慣れすぎて、仲間を見失って置き去りにするなどありえないと思っていました。フィードが生きていれば、たとえ本人が意識を失ってもインターフェースで位置情報がわかるからです。

アラダがフィードで言いました。

〈待つわ、警備ユニット〉

〈母船へ行ってください、アラダ〉弊機は答えました。

整然とした避難はたちまち大混乱になりました。重力シャフトの下では不安げに待機するラジプリートとドローン群がいます。上では母船の乗組員と調査隊が集まり、使い方をろくに知らない拳銃を握っています。自分や仲間を誤射しないことを願うばかりです。ドローンの中継でアラダ、オバース、ラッティのようすを見ました。厄介なティアゴは施設のアクセス通路のジャンクションで待機しています。アラダはロアとフィードで話しながら、いやがるオバースを重力シャフトのほうへ押しもどしています。弊機は彼らに声をかけようとしました。なにを言うにせよ、〝みなさんが言うことを聞いてくれないとこちらは仕事ができない〟という趣旨だったはずです。しかし干渉で接続が切れ、母船側のドローンを失ってしまいました。

第三ラボへ来てみると、ハッチが床から数センチ上がったところで引っかかっていました。伏せてすきまから室内をスキャンしましたが、生死にかかわらず人体の徴候は検出できません。ただし、こもった人間の声をとらえました。この室内ではなく、通路の先です。

立ち上がって急いで角を曲がると、なるほど、アジャトが言っていたらしいハッチがありました。気密シール上部の隔壁がゆがみ、手動開放用のパネルがサージ電流で吹き飛んでいます。プラスチック部品が熱で溶け、全体が自動消火装置の泡消火剤をかぶっています。このエリアのシステムは停止しているか接続が切れているので、緊急レポートは管制デッキに届いていないでしょう。弊機のセンサーは閉ざされた室内からのこもった話し声をとらえていますが、人間の耳では聞こえないはずです。

まずハッチを吹き飛ばそうかと思いました。しかし第二の衝動にしたがって手動開放ハンドルを引きました。動かないものの、気密シールははずれている感触で、ロック自体は解除されています。室内側から手動開放の操作をしたものの、なにかが引っかかっているのでしょう。パネルを剝がすと、解除機構にゆがんだ金属部品が嚙んでいます。そこで右腕の袖をまくり、内蔵のエネルギー銃の出力を最低まで下げて、部品を焼き切りました。はずれた機構がまわってハッチが開きました。

室内から飛び出してきたカンティを抱きとめました。

「ずっと開かなかったのよ」

荒い息で言います。岩石サンプルの採取用ツールを持った手は血がにじんでいます。室内は停電し、壁の非常灯だけがともって、床には装置やサンプルのケースが散乱しています。アメナは奥にいました。隔壁がゆがんだときに倒れたラボの試験台に片脚をはさまれています。意識はあり、抜け出そうともがいています。

エアロック前に待機させているドローンによると、ハッチの表示が黄色の点滅になっているようです。まずい。カンティを通路へ押しやりながら、手のなかのツール類を受けとりました。

「重力シャフトへ行ってください。早く」

なんとかつながっているフィードでラジプリートに連絡します。

〈カンティをそちらへ行かせます〉

しかしカンティ本人はためらっています。虚《うつ》ろな目を見開き、額の生えぎわからは血が流れています。室内からアメナが大声で言いました。

「カンティ、行って！」

ようやくカンティはその場を離れ、ふらつく足どりで壁にぶつかりながら通路を走っていきました。

弊機は室内のアメナのそばへ行きます。その顔は涙と鼻水で汚れ、いかにも取り乱した人間のようすです。彼女は試験台を叩いて言いました。

「これよ、これ！　持ち上がらないの」

下側を慎重に探ってみると、支柱の一本に脚をはさまれています。出血はないとはいえ、痛いでしょう。カンティが手にしていたツールによる傷が鉄板に残っています。位置は適切ですが、支柱を上げるには力がたりなかったのでしょう。おなじ位置にツールを差しこみました。

通路の出口に待機させたドローン群がカンティと合流しました。雲のようにつつんで守りながら、重力シャフトのある中央ロビーへ誘導していきます。

支柱が曲がって持ち上がりました。アメナは脚を抜こうとしますが、痛そうにうめきます。

「ゆっくり」

時間は充分にあるふりをして（実際はありません）声をかけました。エアロック前のドローンによると、そのロック機構を強制解除しようとするエネルギーが高まっています。

アクセス通路ではラジプリートがカンティを抱きとめ、いっしょに重力シャフトを登りはじめました。その二人をドローン群がつつんでいます。

アメナはさらにもがいて顔をゆがめ、弊機の腕をつかんで言いました。

「引っぱって。強く！」

その腕に手をかけて引くと、ようやく試験台の下から脚が抜けました。弊機は立ち上がり、アメナを引き寄せて片腕で抱き上げました。ラジプリートとの接続は切れていますが、ドローンの映像で重力シャフトを通過したのがわかりました。

「つかまってください」

アメナに言って、通路を走りだしました。といっても全速力はとても出せません。通路は瓦礫《がれき》が散らばり、狭くて曲がりくねっています。

そうやって通路の出口付近まで来たとき、エアロックのハッチが大きな破裂音とともに吹き飛びました。溶けた金属とオゾンのにおいが通路まで流れこみます。見張っていたドローンのカメラにはもうもうたる煙とエアロック内部の動きが映っています。

瞬時に判断しなくてはなりません。このまま中央ロビーを走って、破れたエアロック前を通り抜け、斜路から重力シャフトにはいり、母船までよじ登ってハッチを閉め、切り離す……。敵がなだれこんでくるまえにそこまでできるのか？

できる……かも……。

そのとき、エアロック前のドローンが突然、高エネルギーを浴びて接続が切れました。

弊機は無言で一歩退がりました。もう一歩。ゆっくり滑らかな動きのままです。ドローンが最後に送ってきたデータを急いで分析します。そしてフィードで言いました。

〈エアロックを突破されました。敵が施設内に侵入しています。ハッチを閉鎖して切り離してください〉

了解の返事はなく、通じたのかどうかわかりません。

アメナは無言です。弊機の脇に張りついて動かず、ただ早い心臓の鼓動だけが伝わってきます。通路の曲がり角まで後退し、ハッチが開いている最初の部屋にはいります。アメナを床に下ろし、口だけを動かして、「静かに」と言いました。

アメナはうなずいて、ハッチの手すりをつかんで立ち、目を見開いてこちらを見ています。ドローンでそのようすを見たいところですが、弊機が安心できるだけで、本人の役には立ちません。生きて脱出させるためには、落ち着かせ、正確に意思疎通できることが重要です。できるだけ表情で安心させてから、強く集中した顔に変えて隔壁を見つめました。映像分析が終わったのを見なおします。ドローンのセンサーにはゴーストのような影が映っています。エネルギーを出しながら床から二メートルの高さに浮かんでいます。

アメナのインターフェースを中継接続に加えたうえで、フィードで言いました。

〈ハッチを閉じてください、アラダ。急いで。敵はドローンを使っています〉

アメナは息を詰めて唇を噛みましたが、なにも言いません。

やはり了解の返事はないままです。通じたのか、すでに切り離されたのか。状況がわかりません。ワームホールにはもうかなり近づいているはずです（冷静なようですが、実際にはどうすればいいのかわかりませんでした〉。

するとm頭の奥に侵入してくるようなフィードのノイズのあと、オバースが言いました。

〈警備ユニット、警備ユニット、聞こえる？　施設は母船から切り離した。わたしたちは救命ポッドに乗って、もうすぐ射出されるところ。そっちは下層第二エアロックにあるEVACスーツを使って。母船がトラクター機でつかまえるから〉

こちらは、〝どうして母船に避難しなかったのですか？　救命ポッドなんかに乗って！〟と言いたいところでしたが、がまんしました。アメナが恐怖と不安がまざった頼りない表情でこちらを見ています。それでもEVACスーツで脱出というのは……悪くない考えです。

〈了解。EVACスーツのところへ行きます〉

そう答えましたが、確認の声は聞こえませんでした。

弊機は腕を伸ばし、上着をつかんだアメナをそのまま抱き上げました。予定ルートにドローンの半分を出して偵察させましたが、敵の動きはありません。

通路へ出て、中央ロビーとは反対の機関ポッド用ジャンクションへむかいます。ラボの通路よりひどいありさまで、照明は非常灯だけ。床はゆがんで波打っています。

さいわい距離はなく、ポッドまでまっすぐの通路です。音響センサーにガリガリという騒音がはいってくるのは、敵のドローンがどこかのハッチを破ろうとしているのでしょう。

機関ポッド用の外部ハッチがあるロビーに出ました。非常用マーカーの光がEVACスーツのロッカーをしめしています。

昔使ったものとは異なる高価なモデルでした。なかに踏みこめば、あとはスーツの内部電力で自動的に装着されます。床に下ろしたアメナは手早く髪をまとめ、片足跳びでスーツ内にはいりました。弊機はドローン群を呼びもどして、体に着地、休眠させました。スーツの装着をはじめるころには、アメナはもうヘルメットをかぶろうとしています。

床になにかの振動が伝わりました。救命ポッドが射出されたのか。弊機の有機組織が悪い予感を覚えました。救命ポッドだとしたら射出まで時間がかかりすぎです。弊機の内部処理速度にくらべると人間の行動はとても低速ですが、今回はそういう問題ではありません。

スーツは秘匿性の高いフィード接続があります。アメナの体調とスーツの封鎖状態を確認できるし、操作系にもアクセスできます。

〈通話回線は使わないでください〉

秘匿フィードで言いました。敵はあらゆる活動を監視しているはずです。通話回線よりフィードのほうが隠しやすいのです。

〈わかった〉

アメナは答えました。フィードの声は緊張していますが、パニックは起こしていません。負傷した脚もスーツがサポートするのでまっすぐ立てます。

〈準備できたわ〉

彼女のスーツを追従モードに設定して、エアロックを開きました。

4

初めてEVACスーツで宇宙に出たのは、統制モジュールをハッキングしたあとのことです。

(それまでできなかった理由の一つは、契約で距離制限があるからです。顧客からたとえば百メートル離れると、基幹システムは統制モジュール経由で警備ユニットの脳と神経を一瞬で焼きます。顧客に命令されて行動して距離制限を超過した場合でもおなじです。顧客は会社所有の機材を破損させたことで賠償を求められるだけです)

以来、これまでに使ったEVACスーツはどれも制御モジュールが高性能で、まるで操縦ボットを載せているようでした。今回のスーツも同様です。それどころか新品で、汚れた靴下のにおいがしません(そうです、人体の九十九・九パーセントは接触するのが不快です。自分の有機組織も好きではありません)。

弊機が先にエアロックを出て、続いてアメナを引き出し、いっしょに施設の外壁上を移動していきました。最初に宇宙空間に出たときにわかったのは、美しい惑星やステーションのような目を惹くものがないと、眺めはきわめて退屈だということです。しかしここには惑星はないものの、退屈ではありませんでした。

ＥＶＡＣスーツがそなえるスキャン結果を映像にする機能を使わなくても、下で巨大なものが移動しているのが見えました（下と表現したのは、たまたま足の方向だったからです）。母船です。ゆっくりと落ちていきます。敵船は頭上にあり、施設に取りついています。スーツのスキャン画像ではひたすら大きく不気味な物体です。

機能停止しかけた施設から出たおかげで母船のフィードと直接つながり、呼ぶとすぐにロアが答えました。

〈こちらから目視できる。座標を送ってくれれば、ミハイルがすぐにトラクター機できみたちをつかまえにいく〉

予定進路のデータを送ってから訊きました。

〈オバースはどこですか？　ほかの調査隊員といっしょに施設の救命ポッドに乗ったと言っていました〉

〈了解。いま連絡を試みている〉ロアは答えました。

いま試みている？　救命ポッドが射出されたのなら、もう母船に到着しているころです。しかしこちらにはなにもできません。アメナを母船に連れていくのが先です。

〈どういう意味？　オバースやみんなは無事なの？〉アメナが訊きます。

スーツの操縦系を始動しようとしていると、スキャンがエネルギーの急上昇をとらえました。スーツの画像システムが停止し、閃光《せんこう》から目を保護するためにヘルメットのフェースプレートが暗色化しました（弊機の目は保護不要ですが、ＥＶＡＣスーツには区別できません）。

アメナが驚いた声を漏らし、フィードは一時的にノイズでおおわれました。続いてミハイルが言いました。

〈砲撃ははずれた。くりかえす、敵の砲撃ははずれた〉

ラジプリートの遠い声が聞こえました。

〈狙いは救命ポッド？〉

あとのやりとりはノイズで聞こえなくなりました。スーツに指示してバイザーを透明化させ、体を敵船にむけます。スーツは非武装でなにもできませんが、撃ってくる敵をセンサー画面の点ではなくはっきりと見たいのです。人間の無意味な本能に近いかもしれません。

大きな黒い船体がプリザベーションの遠い主星の光を反射しています。あいかわらずなにも出していません。フィードも、通話回線も、ビーコンもなし。ただの巨大で不活発な物体です（その巨大で不活発な物体によってワームホールへ引きこまれようとしているわけです）。スーツの画像システムが復旧し、センサーのデータをもとに輪郭線を正確に描きはじめました。ある部分は黒い影、ある部分は線図として見えてきます。奇妙です。どこかで……見た覚えが……。

船体にエンボス加工された船籍コードがスキャンされ、描画されました。これでわかりました。アーカイブを検索するまでもありません。ポートフリーコマースを去って次に行ったステーションの貨物船出港スケジュールに、これがありました。

「これは……」

ART……とフィードでつぶやきそうになりました。

衝撃的でウィアードです。弊機の運用信頼性が低下し、有機組織への血流が減少しました。ウィアード=常軌を逸している、ではなくて、ウィアード=不気味のほうです。幽霊ステーションとタイムスリップ物の連続ドラマ『ファーランドへの星の道』のような感じです。それともふたたび記憶障害を起こして、現在の収集データとアーカイブの記憶がまざってしまっているのでしょうか。

恐ろしい考えです。

〈あれはなに?〉

アメナが訊いたとき、ふたたび(敵)船ARTが砲撃しました。

今度はビームの方向をEVACスーツがスキャナーで観測しました。大きくはずれています。ステーションの武装即応船を狙ったのかと思うほどですが、遠すぎて無意味です。一発目のデータも見なおすと、やはりなにもない方向に撃っています。

フィードでロアが言いました。

〈またはずれた! 被害なしだ〉

〈狙いがそれすぎじゃないか。最初から命中させるつもりのない……警告射撃か?〉ミハイルが言いました。

どうやら弊機の記憶障害ではないようです。

〈母船、こちらをつかまえて収容可能ですか？〉ロアは声をかけてから、こちらに続けました。〈いいぞ、警備ユニット。跳べ！　準備はできてる〉

ミハイルからあらかじめ送られていた軌道はまだ有効で、すこし距離が伸びただけです。アメナのスーツを追従させて、施設の外壁から宇宙空間へ跳びました。

二十秒後、弊機のスーツはなにかにつかまれ、引っぱられはじめました。とても穏やかで異常とは感じませんが、スーツは警報を発しました。ミハイルは母船のフィードであわて、悪態をついています。

〈敵〉船ARTがこちらをトラクター機で捕捉し、引き寄せはじめたのです。フェースプレートが無関係な方角にむいてしまったので、かわりにセンサーのデータをもとにスーツが描画したものを見ました。左舷の大型エアロックに近づいています。こちらはなにもできません。ARTにはラボモジュールが接続されているのがわかりました。貨物船業務中ではなく、調査船として行動中のようです。

アメナが緊迫してうわずった声で言います。

〈むこうは研究施設を持ってるじゃない。なぜわたしたちのを奪いたいの？〉

〈わかりません〉

本当にわかりません。

トラクター機に引かれて大型エアロックに取りこまれる直前、ロアがフィードで叫びました。

〈敵はワームホールへ加速してるぞ！　見失ったら――〉

ハッチが閉じたとたん、母船のフィードは切れました。再接続を試みても強固なウォールにはばまれます。なんというか……とにかく堅牢堅固です。

このエアロックにはいったのは初めてですが、清潔で整備のいきとどいたようすは記憶にある船内と一致します。記憶が信頼できるなら……これが現実なら……。

自己診断にはいりたくなりましたが、いまは時間がありません。

エアロックのサイクルが終わって注気され、ハッチが開きました。EVACスーツのスキャン結果は、弊機が見てスキャンした結果と一致。やはり現実です。フィードも通話回線もなし。

エアロックのむこうは広い通路で、がらんとしています。照明は中程度。隔壁の青い線に機能はなく、たんなる装飾です。その隔壁に透明なロッカーがつくりつけられ、EVACスーツが並んでいます。休眠状態で非常時にそなえています。

通路は静かで、視覚、スキャン、音声でもなんの気配もしません。こちらに反応して照明が明るくなりました。有人船では人間の行動や要求にあわせて照明を自動調節するものなので、これが普通です。スーツによれば換気系はフル稼働中で、人間と強化人間用の正常なレベルになっています。無人貨物船として運航中なら船内環境は最低限に落としているはずです。前回乗ったときはARTが弊機のために環境レベルを上げてくれました。

エアロックではさまざまな殺され方を想定できるので、気密シールをまたいで通路に出ました。アメナと離ればなれにならないようにうしろに連れていきます。エアロックのハッチはひとりでに閉まりました。

アメナはスーツの通話回線で言いました。

「乗組員はどこ？　なぜあんなことをしたの？　わたしたちをどうするつもり？」それから小声でつけ加えます。「返事してよ」

記憶が損傷して幻覚を見ているのだとしても、かたわらに顧客がいます。記憶障害が起きているのなら伝える義務があります。メンサーのように協力的な人間ならよかったのにと思いました。グラシンでもこの状況ではましだったでしょう。よりによってアメナに、不可解な記憶障害が起きている徴候があると話したら、最後の信頼も失うでしょう。生きて連れ帰るためには顧客の信頼が不可欠なのに。見ているもの、スキャンしているものが現実かどうかわからないと話す警備ユニットを信頼するでしょうか。

一方で、もしこの船が本物だとしたら、ARTはどこにいるのでしょうか。

確認《ピン》を打ちましたが、虚ろなフィードのなかで反響するばかり。まるで巨大な存在が消えた跡地のようです。船の中心が空っぽです。

アメナは息を荒くしてパニック寸前です。声をかけなくてはいけません。出てきた言葉は本音に近いものでした。

「この船は見覚えがあります。しかし、いるはずのない船です」

声に出すと、記憶障害ではなく現実だと思えてきました。

アメナは鼻から息を吐きました。

「それは……なんていう船？」

もっと早く思いつくべきだったことが浮かびました。

「ロッカーのEVACスーツについたパッチを読んでくれませんか」

メンサーやほかの調査隊員なら、弊機がおかしいと即座に気づいたでしょう。普段なら情報はなるべく自分で取得し、顧客に求めるようなことはしません（いくつもある理由のなかで最上位は、人間は自殺的なほど細部への注意力がたりないからです）。

アメナは透明なロッカーに近づきました。スーツは前後に二着が収納され、手前の一着が出されると、奥のが出てくるしくみです。パッチは局所的にフィード情報を発信していて、ARTのフィードに接続しなくてもインターフェースを近づければ読み取れます。マーカーペイントの働きとおなじです。

アメナは声に出して読みました。

「ペリヘリオン号、ミヒラおよびニュータイドランド汎星系大学」

ARTの船名と船籍です。これで確認できました。

記憶障害もシステム障害も弊機には起きておらず、この船はたしかにARTだとわかったのは朗報です。その一方で、なにが起きているのかますますわからなくなりました。

もう一度ピンを打ちました。

アメナがふりかえりました。

「この調査船はきっと盗まれたのよ」パニックが迫った荒い呼吸はおさまり、声はしっかりしてきました。「そして悪党たちの手で武装を載せられたんだわ」

「じつは武装は最初から載っていました」

〝この船は友人です、かつて助けてもらったことがあります、船はただそうしたくて、そうできたからです〟と、頭のなかで言ってみましたが、口には出しませんでした。ARTのことはまだだれにも話していません。

「乗員乗客を定員どおりに乗せているときは、深宇宙調査船で教育船です。研究ミッションがないときは、自動操縦の貨物船として飛んでいます。ただ、プリザベーションはその運航ルートにないはずです」

「研究調査船ねえ。悪党たちはこんなに大きくて武装もある船に乗っているのに、なぜわざわざわたしたちを狙ったの？　貴重なものを積んでいると思ったのかしら。それともただ調査船を襲うのが目的だったとか。研究に恨みでもあるのかしら」

皮肉をこめていますが、悪党の動機などたいていばかげているものです。それにしても、これが記憶のゴーストでも幻覚でもないとしたら、統計的にありえない偶然でしょうか。でもそれは……統計的にありえません。

「ちょっと待って。あなたはこの船を知ってるのよね」

アメナは不審そうな口調になりました。統計的にありえないとやはり気づいたのでしょう。

「悪党たちの恨みをかうようなことをしてない？　あなたを追ってきたんじゃない？」

「まさか」

これは完全に虚偽答弁です。こうなるともはやARTは弊機を追ってきたと考えるしかありません。しかしそうだとしても謎は消えません。凶暴な暴走警備ユニットに復讐《ふくしゅう》すべくARTの乗組員たちが追ってきたなどということは……。

いや……ある種の復讐でしょうか。弊機はARTにも船内の艤装《ぎそう》にも傷一つつけていませんが、ARTが弊機のために電力や物資をよけいに消費したことは記録からわかるはずです。だからといって非武装の調査船に砲撃するでしょうか。メンサー博士に請求書を送ればすむ話です。

では、弊機のあとに乗っただれかがARTになにかして、それを弊機のせいにしたとか。

そのシナリオには大きな難点が一つ……いや、二つあります。
（1）ARTの協力なしに乗れるのか。
（2）ARTに下手なことをしたら惨殺される（人間だろうと強化人間だろうとボットの侵入者だろうと、ARTは四十七通りの殺し方を知っています。もっとあるはずですが退屈なのでかぞえません）。
そもそもARTはどこにいるのか。フィードも、ドローンも、通話回線もありませんし、乗組員も見あたりません。ピンを打っても反応なしなのはどうなっているのか。

ARTからもらって腋《わき》の下のポケットにいれたままの通信インターフェースは忘れていません（じつというと三分四十七秒前まで忘れていました。当該情報にアクセスする必要がいままでなかったからです）。ラビハイラルの中継リングでARTから下りて以来、インターフェースは沈黙したままです。もしARTが弊機に用があるのなら、交信範囲にはいったところでこれで呼べばいいはずです。

ただしそれは、ARTがいまもこの船を制御していればの話です。べつのボットや人間や強化人間が、ARTの体であるこの船を乗っ取っているとしたら？

弊機はパニック状態になってきました。ARTが傷つくのは不愉快です。そしてARTを傷つけられるほどの敵なら、弊機やアメナを簡単に殺せるはずです。

こんなことを考えても無益です。ひとまずARTはこの船で健在で、なんらかの拘束を受けていると仮定します。具体的なことは考察している暇がないのであとで考えます。

ARTは休眠中の通信インターフェースから弊機を追跡できたのでしょうか。調査船がワームホールを出た時点から？　不可能ではないでしょう。しかしなぜ？　なんのために弊機を追ってプリザベーション宙域まで来るのか。ARTは自分の乗組員をとても愛しています。彼らを助けるためならどんなことでもするでしょう。

弊機を裏切ることも？　あるいはなにかに強制されてやったのか。

狙いは研究施設だったのか、それともそちらは巻き添え被害だったのか。弊機とアメナをトラクター機でつかんだあとはワームホールへ急速に加速しました。すでにワームホールにはいってプリザベーションから離脱しているでしょう。即応船もついてこられなかったはずです。

それでもオバースたちが乗った救命ポッドは無事に母船に拾われたでしょう。

ひとまずEVACスーツは脱がなくてはいけません。重力環境では動きづらく、また用心しないとハッキングされるおそれもあります。アメナを物理弾やその他の銃撃からどれくらい防護できるかも疑問です。船外へ出るのが現状で賢明でないとしたら、動きの自由度を優先したほうがいいでしょう。

まずヘルメットを開いてドローンを放出しました。通路の出口を二機で警戒させ、残りは船内へ……ARTのなかへ送って慎重に探索を開始させました。それからスーツを完全に開き、外に出ました。

「だいじょうぶなの?」アメナが言いました。

いまは未成年の人間にあとからどうこう言われたくありません。

「ほかに妙案でも?」

「いつまでもこれにはいっていられないわね」

アメナはつぶやいてスーツを開きました。外に出るようすを観察します。すこし震え、汗ばみ、負傷した脚をかばっています。医務室へ行くべきでしょう。船内状況が不明ですが、アメナが足を引きずっているのは不都合です。

ついてくるよう合図して、移動をはじめました。スキャンして検知できるのはARTの各種システムが出す背景干渉だけ。ドローンのカメラにも無人の通路と閉じたハッチしか映りません。ドローンは管制デッキ方面へ行かせました。とくにブリッジの下にある乗組員会議室です。ボットか人間か強化人間がいるとしたらそこでしょう。

今度は通話回線にむけてピンを打ってみました。すると反応があり、自動応答が流れました。

聞いてぎくりとしたアメナに、声を抑えて教えました。

「弊機に反応したものです」

「そんなことを……」アメナは詰問口調でささやきかけ、いらだったしかめ面で呑みこみました。「そうね。わたしたちがここにいることは知ってるはずね。拉致されたんだから」

ドローンはまだ乗組員をみつけていません。通話回線に反応なし。通路の移動を続けます。なにもあてはありません。ブリッジに上がって管制コアの防護壁をノックするとか。

このあたりはかつて人間の演技の練習で何度も歩いた通路の一つです。ARTに批評されながら挙動コードを修正しました。

そんな思い出にひたって注意散漫になっていたのかもしれません。ドローンが通った直後という油断もありました。次の通路へ踏み出したとき、周辺視野でなにかが動きました。

ドローンはこのために飛ばしているのですが、身辺につけたドローンはなぜか敵の出現を探知できませんでした。弊機は相手が動くまで気づかず、気づいたときには手遅れでした。

右側頭部に直撃を受け、体を隔壁に叩きつけられました。

運用信頼性が急低下

シャットダウン

再起動

崩れるように床に倒れていて、なにかの破片が頬にくいこんでいました。緊急シャットダウンしたのはわかりました（アーマーのなかをいつも恋しく思っていますが、こんなときはとくにそうです）。

警備ユニットの頭部には有機組織がはいっています。人間の頭蓋骨より高性能な衝撃吸収構造で守られていますが、それでも一定以上の衝撃が加わると運用信頼性が急低下して一時的シャットダウンに至ります（一時的というところが重要です）。しかし、そういうことはやらないほうが賢明です。やった者は、体から内臓を引きずり出され、盗んだ船の隔壁に血《ち》糊《のり》をなすりつけられるかもしれません。

今回の相手はその覚悟が必要でしょう。

ドローン群は休眠中で、システムはそれらにアクセスできるところまで復旧していません。先に音響センサーが息を吹き返し、通路の先で争う声を拾いました。一方はアメナの声ですが、小さくて言葉を聞きとれません。ドローンの中継フィードを使ってみました。パッシブ接続ながら音声が送られてきます。アメナの声は強気ですが、あきらかに虚勢です。

「あなたたちは最悪の失敗をしたわね。すぐそばまで武装即応船が来てるわ。すぐに追いついて――」

応じる相手（正体不明、一号と仮称）の声はずいぶん軽薄で、フィード時代以前の旧式翻訳機が出すような音声です。

「ああ、子どもめ、この船は架橋トランジット中だ。だれも追ってこられない。特別な武器について話せ」

アメナの虚勢が本物の怒りに変わりました。

「研究調査施設なんだから武装なんかしてるわけないでしょう。してたら、あなたたちなんか吹き飛ばしてるわよ」（人間や強化人間への注意喚起。子ども扱いは反発を招きます）

一号の音声はさらに軽薄そうになりました。

「さっき言った特別な武器がないというなら、肋骨《ろっこつ》を一本ずつ取り出して、目のまえで折ってやるぞ」

いまの発言はのちの参照用に記録しておきましょう。一号は脅迫の表現に問題があります。自分が言われる側になってみるべきです。

べつの音声（正体不明、二号）が言いました。一号とよく似ていますが、やや低い声です。

「嘘をついてるな。嘘ばかりだ」

「嘘じゃないわ。なんのことだかさっぱりわからない」

恐怖がにじんできました。理性的な議論ができる知性の持ち主ではないと気づきはじめたようです。

一号が言いました。

「おまえも嘘をつき、あれも嘘をつく。みんな嘘つきだ。だまされないぞ」

アメナはやや必死の口調になります。

「知らないんだからどうしようもないでしょう」

弊機は各部の機能性確認を進め、運用信頼性は上昇を続けています。一時的なシャットダウンのせいで有機組織から大量のストレスホルモンが放出され、かえって気分がよくなっています。頬にくいこんでいる破片は、スキャンしてみるとステルス素材で外装された部品の一部だとわかりました。ドローンの衝突攻撃を受けたのです。研究施設から出る直前に見た敵ドローンとおなじ種類でしょう。衝突の衝撃で砕けています。ARTのドローンは、すくなくとも前回乗船時に見たものはステルス構造ではありませんでした。強制再起動のおかげで思考の働きがよくなったようで、なぜ気づかなかったのかと愚かさを悔いました。指揮運用されるドローンが飛んでいるのですから、ARTの船内にフィードは飛んでいるはずです。標準のチャンネルでないだけで。

両脚の機能が回復したので、ゆっくりと立ち上がりました。受信モードを調整しながら船内をあらためてスキャンします。弊機の物理銃は床に落ちてばらばらになっています。工具を使って壊したのでしょう。

保存しておいたARTの船内図が、アメナの声が聞こえる方面をマッピングするのに役立ちました。このカーブした通路の先で交差する通路にはいり、さらに行くと乗組員ラウンジがあります。音をたてずに移動しました。

最初のカーブにはいったあたりで、ドローンの管制フィードをみつけました。軍用らしい暗号化チャンネル。巧妙ですが、人間にはともかくボットから見ると実用上は古めかしい暗号化方式です。弊機の元所有者である保険会社謹製のキー解除コードは、最後にアップデートしたのが八千七百時間以上もまえですが、赤子の手をひねるように解読できました。

敵のフィードは閑散としていました。会話はなく、ドローンへの命令だけ。

フィードの暗号化が古いなら、ドローンの制御コードも古いはずです。自分のドローン用のキーファイルからもっとも古いバージョンを引っぱり出して、順番に試しはじめました。入力と接続を再構成しているあいだ、こちらのドローンは全機スタンバイのままです。ステルス素材で防護された敵ドローンをスキャンできないので、いまは使いようがありません。

アメナの声を探知したラウンジの入り口は開いていて、薄暗い通路に明るい光が漏れています。こちらは運用信頼性がせめて九十パーセントに回復するのを待つつもりでしたが、そのときアメナの声が聞こえました。

「武器なんてないってば。べつの船と勘ちがいしてるのよ」

恐怖がさらにあらわれた声だったので、思わず部屋に飛びこみました（衝動コントロールのパッチコードを書く必要があります）。

ラウンジは広い区画です。クッション入りのソファや椅子が隔壁につくりつけられ、低いテーブルは床にたためるように設計されています。その上に各種のディスプレイが浮かんでいますが、いまの表示は空白です。

室内には、まず顧客一人。そのアメナは奥の壁ぎわにいて、髪を乱して目を見開いています。ただし負傷箇所は増えていないようです。

さらに、潜在的ターゲットないし推定被害者が二人。やはり奥の壁ぎわで、アメナよりも入り口から遠いところにいます。外見で打撲傷があり、ショックと恐怖の表情。企業ロゴがついた赤と茶色のユニフォームは乱れ、破れています。ARTの乗組員のユニフォームは青だったので、この二人も変則的な存在です。

そんなアメナと被害者たちに、二人のターゲットがむいています。おそらく強化人間。スキャン結果は空白。

どちらのターゲットもふりかえってこちらを見ました。長身痩躯《そうく》で、鈍い灰色の肌（負傷か、病気か、それとも一風変わった皮膚装飾や美容改造でしょうか）。どちらも体に密着する防護スーツを着ています。ヘルメットは頭部をおおっているだけで、顔面は驚くほど広い面積が露出しています（驚くほど愚かです）。細面《ほそおもて》で、灰色のつるりとした肌に黒っぽい眉。いずれも無色の唇でにやにや笑い。

一人（正体不明一号＝ターゲット一号）がもう一人を責めるように言いました。

「こいつは死んだと言ったじゃないか」

二人は異なるところもあります。ターゲット一号のほうがやや背が高く、肩幅も広めです。

正体不明二号＝ターゲット二号は笑いながら答えました。

「このガラクタはたしかに死んでた」

ガラクタと呼ばれて、有機組織のどこかで毛細血管が切れた気がしました。

ターゲットたちの背後にはドローンが三機浮かんでいます。アーカイブのどのモデルとも一致しません。丸みをおび、弊機の頭くらいの大きさで、カメラや銃器の穴は閉じられています。ステルス素材のせいでスキャナーは妨害されますが、有機組織の脳は影響を受けないため、不気味な二重写しに見えます。スキャナーはなにかが浮いていると訴えるものの、カメラにはなにも映りません。一方で、有機組織の神経から送られる一時データストレージにははっきりと姿があります。敵ドローンが高速なのは身をもって知っていますが、見ためは鈍重そうです。

行動するまえに情報が必要なので質問しました。

「ARTをどうしたのですか？」

必要な情報ではありません。しかし知りたい情報です。

ターゲット一号は不審げに首をかしげ、鋭くとがらせた歯を剝《む》きました。この歯も美容改造や遺伝的変異でしょうか。ターゲット一号は言いました。

「わけのわからないことを言ってるな、ガラクタ」

ターゲット二号もおおむねおなじ口調です。

「こいつらは発声機能を制御できないんだ」

アメナのようすを見ました。目を見開き、両手を口にあててこちらを注視しています。被害者一号と二号はそのむこうにいて、困惑したようすでこちらを見ています。

弊機はターゲットたちに説明しました。

「この船のことです。操縦ボットになにをしたのですか？」

ARTはただの操縦ボットではありませんが、ほかに適当な表現がありません。

ターゲット二号は息を吐いて腕組みをしました。ばかなことを訊かれたというようすです。

ターゲット一号は意地悪そうににやりと笑いました。弊機の正体を知らず、ARTの正体も知らないものの、弊機がARTを大切に思っていることは理解し、そのうえで次に言うことを楽しんでいます。

「もちろん、削除したさ」

自分の顔が変形したのを感じました。全身の筋肉が硬直しています。撃たれたからではありません。表情の制御はまだ苦手で、どんな顔になっているのかわかりません。しかしアメナが口を手で押さえてつぶやくのが聞こえました。

「だめよ」

一号と二号がかわるがわる言います。

「おや、怒った顔をしてるぜ」

「平凡だな。怒り、恐れ、そして死ぬ。平凡、平凡」

「おまえたちはこっちの手の内にあるんだ。これからどうなるか教えてやる。質問に答えれば……」

しゃべっている一号の顔をつかみました。戦略的に最適な攻撃ではないものの、てっとりばやく口をふさぐためでした。その顔を支点にして横に振り、隔壁につくりつけられたソファに叩きつけました。

敵ドローン一号が弊機の頭に飛んできました。高速ですが今回は予想していました。まず横へ回避。ドローンは急停止し、折り返して襲ってきたところに拳をいれます。ハッチ脇に叩きつけ、破片を払ってむきなおります。

ターゲット二号は、じつはこの時点で残り二機の敵ドローンを見ています。なぜ命令に反応しないのかといぶかしんでいるのです。

構成機体のいいところは、情緒的に大破綻をきたしていても、裏でドローンのキーコマンド検索を継続できるところです。ヒットして、二機の敵ドローンから応答のピンが返ってきたのは、ターゲットが弊機を平凡と評したときでした(たいした皮肉です)。電源停止のコマンドを送ると、二機はそろって床に落下して大きな音をたてました。

ターゲット二号の灰色の顔は驚き、ついで怒りにゆがみました。ある意味で愉快です。もし弊機が人間なら(うげっ)この時点で笑ったでしょう。しかしそうはせず、当初の方針どおりにこの不愉快な顔をしたターゲットを叩きのめすことにしました。

「怒り、恐れ、死ぬ。この順番で正しいですか?」

そのとき被害者一号が小声で言いました。

「あっ、それは——」

ソファに倒れて手足を投げ出していたターゲット一号が、なにかに手を伸ばしました。防護スーツの腿《もも》のプレートに固定されていたのは武器のようです。弊機は即座に飛びつき、その手が武器を握るまえに手首を押さえました。ところがこれはフェイントでした。一号は反対の手で弊機の肩をつかみ、直後にエネルギー銃の苦痛が襲いました。

ターゲット一号は満面の笑みです。

物理弾で撃たれると損傷しますが、エネルギー銃は弊機を怒らせるだけです。押さえた手首を握りつぶし、ねじり上げ、エネルギー銃を持った腕をつかみ、へし折りました（折ったのは腕です。同時に、長さ十センチ程度の管状の銃が音をたてて床にころがりました）。ターゲット一号は怒りと驚愕《きょうがく》の叫び声をあげました。しかしこちらの怒りはおさまりません。二号が割ってはいり、べつのエネルギー銃をこちらの胸に押しつけようとしました。しかしまったくの自信過剰といわざるをえません。

このあとの弊機の動きは速すぎて、自分でも録画を見なおさないと解説できません。まずターゲット一号を突き放し、二号には顔面に肘打ちをいれました。そしてその手から数本の指とともにエネルギー銃をむしりとり、先端を本人の胸に突き刺して（とがっていないので力ずくです）大穴をあけます。刺した武器と穴をてこにその体を持ち上げ、天井に叩きつけました。それを三回。体液と破片が降りそそぎました。

いい気分です。またやってもいいくらいです。

ただし時間をかけすぎました。そのせいで一号が起き上がってハッチへ逃げました。追おうとしたとき、アメナが叫びました。

「警備ユニット、あれを！」

見ました。床に落ちた二機の敵ドローンが奇妙な位置にある表示灯を点滅させています。電源がはいったのです。停止命令を送りましたが、もう効きません。一機を踏みつぶし、もう一機は浮上しかけたところをつかまえて、椅子に叩きつけました。誤ってディスプレイを一枚空中から消してしまいました。

二人の被害者があわてた大声でアメナになにか言っています。音声データを巻きもどして聞きなおしました。被害者一号がアメナの腕をつかんで言いました。

「いっしょに来て！　逃げて隠れないと！」

ARTのフィードが停止していても、近づくとインターフェースから直接情報を読み取れます（被害者一号はフィード名、エレトラ。性別、女性。バリッシュ-エストランザという会社の従業員IDあり）。

被害者二号（フィード名、ラス。性別、男性。バリッシュ-エストランザ社の従業員IDあり）も言いました。

「急げ。またドローンが来るぞ」そしてこちらを見ます。見慣れた視線です。「きみの警備ユニットがあればなんとかなるかもしれない」

アメナはこちらを見ました。

「いっしょに行ってあげたほうがよさそうね」

休眠ドローンにはすでに再起動コマンドを送っています。ターゲット一号は負傷して体液を漏らし、悲鳴まであげているので簡単に追跡できます（自分のエネルギー銃で内臓をえぐられるのがいやなら、調査船を殺したり暴走警備ユニットを怒らせたりしないことです）。

アメナに言いました。

「まだ片づけるべきものがあります」

エレトラが口をはさみました。

「ドローンが多すぎるわよ」アメナと弊機を交互に見て、どちらを説得すべきか決めかねているようです。「こっちへ来て！」

アメナはこちらへ一歩踏み出して、負傷した足に体重がかかったせいで顔をしかめました。

「この二人が言うとおりなの？　本当にドローンが近づいてる？」

ターゲット一号はブリッジ下の乗組員会議室に駆けこみました。弊機がARTと多くの時間をすごした場所です。ここで『ワールドホッパーズ』を観ました。室内にはべつの敵（ターゲット三号と指定）がいるのがドローンでわかります。管制デッキへ上がる階段の途中に立っています。会議室のハッチは上から閉まりはじめ、こちらのドローンはかろうじて八機が滑りこみました。

敵ドローンに対する人間たちの懸念はあたっています。こちらのキーコマンドはもう通りません（どこかに高い競争心を持つ制御システムがあって、セキュリティをすばやくアップデートしたわけです）。敵のフィードにはまだアクセス可能で、その暗号化トラフィックを見るかぎり、だれかが敵ドローンに指示を飛ばしています。ここに集合して人間たちと弊機を殺せという内容でしょう。

「たぶんそうです」質問に答えました。

「じゃあ行きましょう！」アメナは手を振ってせかします。

弊機は動かず、敵ドローンの制御フィードを切断しようと試みました。一部は攪乱《かくらん》できましたが、ほかはあいかわらず命令にしたがっています。やはりこちらからアクセスできない部分がシステムにあるようです。そのなかで抵抗するのは、たとえば指を半分失ったまま物理銃を操作するようなものです。必要なデータが異なるフォーマットに変換されていて読めず、困難です。全支配権を奪回するには侵入テストの段階からやりなおさねばならないでしょう。

「命令すればいいだろう！」ラスがいらだって言いました。

「命令はきかないのよ」アメナは言い返しました。

一人で集中できればいいのですが、いまは無理です。ターゲット一号と三号とともに会議室にはいった八機のドローンは、偵察モードになって床で待機しています。ターゲット一号は椅子に倒れこみました。両腕は重傷で動きません。ターゲット三号は階段から下りて空白のディスプレイのまえへ行き、ジェスチャーで起動させました。人間でも強化人間でもこのような手動操作は見たことがなく、奇妙です。彼らの非標準の暗号化フィードではまだARTのシステムにアクセスできないのでしょう。

ターゲット三号が船内放送をしました。

「侵入者と脱走者がいたら、みつけしだい切り裂いて――」

放送は中断しました。翻訳も後半が途切れ、なにをどう切り裂くつもりなのかわからずじまいです。侵入させた八機のドローンのうち一機は観測役にして、残りに指示を出しました。

敵は防護スーツを着てヘルメットをかぶっているので、露出した顔を狙います。

ターゲット三号は喉から湿った音をたてました。ターゲット一号は短い悲鳴をあげました。

七機のドローンとの接続が次々と切れていきます。ドローン八号だけは観測を続け、二人の体が何度もはねながら床に倒れ、体液の海に沈む映像を送ってきました。

「でも、それは警備ユニットだろう？」ラスはまだ言っています。

しだいにあせりの表情になっていたエレトラは、船内放送を中断されるまで聞きました。

「早く逃げないと！」

アメナは片足を引きずって弊機に近づき、腕をつかんでにらみました。

「言うことを聞いて！」

弊機は見下ろし、あえて視線をあわせました。なぜならいま、全注意力を奪われることをされたからです。最後にそれをやった人間ないし敵は、背後の天井に薄く広がって部屋中に滴をたらしています。アメナはわれを忘れたのか蛮勇かその両方で、賢明でない自分の行為に気づいていません。歯を食いしばって言っています。

「いっしょに行くのよ。早く！」

その小さな手をジャケットからそっと引き剝がしながら、言いました。

「弊機には絶対にさわらないでください」

アメナはまばたきしました。それから唇を結んで、エレトラとラスにむきなおりました。

「行きましょう」

「こっちへ――」エレトラはハッチへ足をむけました。

「どうしてそいつは命令に――」ラスはまだしゃべっています。

弊機は急速に動いてエレトラを追い越し、ハッチの外で待ち伏せしていた敵ドローンをみつけました。平手で隔壁に叩きつけ、手の破片を払います。ARTの船内図にしたがって言いました。

「こっちです」

人間たちはついてきました。

5

ドローンの大半を集めて、前方は偵察位置につけ、後方は防衛態勢をとらせました。医務室までは距離があります。暗い通路はこちらの移動にあわせて照明がともります。自律的反射です。人間でいえば死体が痙攣するようなもの。ARTはおらず、そのドローンもいません。それでも低レベル機能の一部は残っています。知能の制御なしで動くコードです。

侵入者のシステムは一種の操縦ボットでしょう。さっきは敵ドローンのセキュリティキーを変更しました。ワームホールでの船の誘導もやったはずです。単純な自動航法では船はワームホールを通過できないと、『ワールドホッパーズ』などの宇宙船が登場するドラマで言っていました。ARTはそういうドラマが好きでした。

この侵入者のシステムを、敵制御システムと呼称することにしました。

いずれ殺すときに、充分な知能を持っていることを期待したいものです。

それまでにやることがたくさんあります。ARTの清潔な乗組員会議室をターゲット一号、三号の不潔な死体で汚したイメージが、弊機のプロセッサ空間を少なからず埋めて消えません。

管制エリア付近の通路には偵察ドローンをいくらか残置して、動くものや不審な活動を探知したらARTの船内図のコピーに書きこむように指示してあります。敵ドローンを早期探知できる手段が必要です。

乗組員会議室の外のロビー天井にドローン一機（偵察二号と呼称）をとまらせ、動きを監視させています。ロビーにさらにターゲットがあらわれ、ハッチを開こうとしはじめました。しかしターゲット三号は緊急の手動制御で内側から閉鎖したらしく、新しいターゲットたち（四号、五号、六号と呼称）が制御パネルをいじっても解除できません。彼らの奇妙なフィードと敵制御システムがARTのシステムにアクセスできていないのはあきらかです。

ARTは死んだ……。

立ち止まって隔壁に額をあててよりかかりたくなりました。しかしそんな暇はありません。背後をドローンで見ると、エレトラがアメナの腰に腕をまわして歩行を助けています。ラスも足を引きずりながら、後方を見張るのと、弊機に用心するのを同時にやっています。さきほどの体験のショックから三人とも震えと発汗が続いています。

そうです。人間です。窮地の人間たちがいます。メンサーの未成年の子と、新たに加わった二人の負傷者。

マーダーボット、しっかり働かなくては。

「ターゲットは何人乗っているかわかりますか？」質問しました。

「ターゲットって？」ラスが訊き返します。

「灰色の連中のことよ」

アメナは説明してから、痛めた足に体重がかかって顔をしかめました。

「五人見た。でもそれで全員かはわからない」エレトラが答えました。

ラスも同意見です。

「すくなくとも五人いる。あのボット……ドローンというのかな。あれもたくさんいる。なんとかして機関モジュールへ行きたいんだ。警備ユニットに命じて――」

「わたしの言うことは聞かないんだってば」アメナは不愉快そうに答えました。

ターゲットは（血まみれの死亡者をふくめて）六人確認ずみで、三人が活動中。というわけで人間たちの話に有益な情報はありません（いつものことです）。前方の偵察ドローンを雲状の編隊にし、スキャン感度を最大に上げさせました。

ターゲット四号、五号、六号がハッチでの無駄な試みをやめたことを偵察二号が伝えてきました。防護スーツをあちこち調節し、ヘルメットに顔面をおおう透明プレートをいれています。面倒になりました。二人のターゲットを倒すのにドローンを七機使ったのは（実際にはターゲットの一人はすでに負傷していたので、一・五人を倒すのにドローン七機です）、ドローンを補給できない現状では過剰消費でした。敵のアーマーがドローンの衝突攻撃をどれだけ防ぐのかわかりません。それをたしかめるためにさらに一編隊を消耗するかもしれません。

敵ドローンに対する早期警戒システムとしても必要です。敵ドローンと敵制御システムが組むと、柔弱な人間のターゲットよりよほど脅威です。管制エリア付近のおもな区画を偵察していたこちらのドローンが、この九十七秒間で三機消息を絶ちました。ステルス型の敵ドローンと遭遇したのでしょう。船内各部への目は失われつつあり、よい状況ではありません。悪いというべきです。弊機のリスク評価モジュールがそう考えるのですからよほどです。

船室区画のハッチに到達しました。先にはいって脇によけ、人間たちをいれると、手動ボタンを押してハッチを閉鎖。操作パネルを開いて、二個ある重要部品を右腕のエネルギー銃で溶かしました。

背後のやりとりが聞こえます。

「こいつはなにをやってるんだ？」ラスがアメナに尋ねています。アメナは無表情に彼を見たあと、こちらに言いました。

「警備ユニット、なぜそういうことをするの？」

ARTの船内図でこのモジュールへのアクセスポイントは確認できます。あと二カ所のハッチを閉鎖すれば、この船室モジュール（寝室、医務室、食堂、教室、小ラウンジ）をそのほかの船内から隔離できます。最善手ではありませんが、現時点で機関モジュールやラボモジュールまで行くのは現実的ではありません。人間たちにはここの物資が必要です。敵ドローンはハッチ修理ができる延長アームを持っていないようでした。ターゲット自身ならできますが、物音でわかりますし、まえもって駆けつけられます（船外ハッチから来るルートもありますが、ワームホール通過中にEVACスーツで船外に出るのは、娯楽メディアの視聴経験によると賢明な行動ではないはずです)。

「安全地帯をつくろうとしています」

教えると、アメナはラスにむきなおって言いました。

「安全地帯をつくろうとしてるって」

ラスはまたアメナとこちらを交互に見ています。その脇を通って先へ進みました。前方のジャンクションで偵察編隊のドローン三機が消えました。ジャンクションに飛びこんで床にころがりながら、待ち伏せしていた敵ドローン二機を左腕のエネルギー銃で撃ちます。一機は床に落ち、もう一機は飛行状態が不安定になったので、立って平手で隔壁に叩きつけました。

管制エリアのロビーでは、ターゲットたちがふたたびハッチをあけようと試みはじめたのを偵察二号が映しています。こちら、あるいはだれかが室内にいると思っているのでしょうか。彼らの会話は翻訳を通さないので内容はわかりません。

ドローン群にはこのまま通路を進んで医務室の安全確認をするように指示しました。人間たちには、「急いでください」と声をかけました。反論はなく、足を引きずりながら弊機のあとについてきました。

通路を二本抜けて角を曲がったところに、ありました。医療システムの処置台は沈黙し、電源が落とされています。外科スイートは天井に格納され、医療ドローンは見あたりません。ひさしぶりに訪れて奇妙な(悪い意味ではなく、純粋に奇妙な)気分です。弊機はここでA

RTの助けを借りて、より人間らしく見えるように体の形態変更手術をしました。顧客のタパンの命を救ったのもここです。

さまざまな感情がこみあげます。

室内の安全確認をしました。接続するトイレ、シャワー、遺体安置室などの閉鎖空間をのぞいて、敵ドローン、ターゲットなどの未確認の敵がひそんでいないか調べました。人間たちは部屋の中央に立って不安げに見守っています。

確認を終えて言いました。

「ここにいてください」

ドローン一機をアメナとのフィード中継用に残置し、医務室を出てハッチを閉めました。ドローン群を先行させ、まずモジュールの反対側出入口のハッチへ駆け足でむかいます。ターゲットに意図を気づかれた場合、彼らが集合している管制エリアのロビーからいちばん近いハッチがそこです。

閉鎖すべきハッチに到着すると、あえて危険を冒して隣のモジュールへの短い連絡路をのぞきました。有機組織の神経が動くものをとらえ、反射的にボタンを叩いてハッチを閉鎖しました。手動操作パネルをおなじく破壊し、ドローンの見張りを残置して最後のハッチへむかいます。

医務室では、人間たちはまだ身を寄せあっています。エレトラが小声で訊いています。

「あれはなにをしてるの?」

「ハッチを封鎖してるのよ。そう言ってたでしょう」アメナは答えました。

ラスはいらだってもどかしそうですが、反論はしません。

最後のハッチは連結セクションに通じています。機関モジュールへ行くための第二の経路でもあります。このハッチはすでに閉じられていたので、手動操作機構を溶かす処置だけをしました。

船内のほかのセクションに配置した偵察ドローンは多くが失われ、生き残っているのは四機だけです。偵察一号は乗組員会議室にターゲット二人の死体と閉じこめられたまま。偵察二号はその外のロビー天井で、閉じたハッチ前に集まったターゲットたちを監視中。三号と四号は近くの通路で構造をささえる梁《はり》の下にとまっています。

医務室へもどりながら、身辺に残ったドローン群をいくらか分散させました。弊機自身も多少の損傷があり、痛覚センサーを下げました。

医務室の通路まで来ると、ドローン群を二群に分けて両端の通路に配置しました。これからこの閉鎖したモジュール内で自分たち以外の存在の有無を確認しなくてはなりません。そのまえに知りたいこと、知るべきことがあります。

医務室にはいると、ラスが言いました。

「どうなってるんだ。ここは安全なのか？」

質問すべき相手がわからないようすでアメナにもちらちらと目をやります。

ＡＲＴの通常の定員はわかっています。主要乗組員が八人以上。これに指導教員と学生が交代で加わります。おおまかに調べたかぎりでは医療システムで最近だれかが治療された形跡はありません。冷凍庫にも人間の死体はありません。ひとまず安心できますが、船外遺棄された可能性も残ります。ARTの気持ちを想像するとやりきれません。

「この船の乗組員はどこにいるのですか？」

弊機が訊くと、ラスはまたしてもアメナを見ました。アメナは眉をひそめて言います。

「この人たちじゃないの？」

「ちがうわ」答えたエレトラも困惑しています。「わたしたちが乗っていたのはバリッシュ－エストランザ社の補給船」

アメナはラスとエレトラにむきなおりました。

「じゃあ、この船の乗組員はどこ？」

ラスがじれったそうに首を振りました。

「いいかい、きみはまだ若い。だからこの警備ユニットはきみを保護するように命じられてるんだろうけど――」

アメナは苦笑するように息を吐きました。

「そもそもわたしはこれに嫌われてるのよ」

弊機は人間というものに最初からうんざりしていますが、それにしてもこの言い分は不公平です。そもそも彼女のほうが弊機を嫌っているのです。

ラスがまた言います。

「俺たちの命令にしたがうように言ってくれれば、話はずっと簡単になるんだ」

エレトラもうなずきました。

「そのほうがいいわ。どうやらあなたはこれの操作法を知らないようだから——」

アメナは怒って両手を振りました。

「あのねえ、そういうことじゃなくて——」

どうやら運用パラメータの一部を確定しなくてはならないようです。

室内を横断して、ラスのユニフォームの胸ぐらをつかみ、医療システムの処置台に倒して押しつけました。

「質問に答えてください」

背後ではエレトラが驚いてあとずさっています。アメナが言いました。

「警備ユニット！　彼にけがをさせたら母が怒るわよ！」

おや、そういう論法ですか。こちらも言い返しました。

「お母さまが企業人にどのような感情をお持ちか知らないようですね」

エレトラが半狂乱で言っています。

「乗組員がどこにいるのか知らないのよ！　ラス、あなたも知らないって言って！」

ラスは耳ざわりな声で言いました。

「知らないんだ！」

「本当ですか？　それとも口裏をあわせているのですか？」

「本当だ。彼らの行方はわからない」

苦しげになんとか答えました。エレトラも早口に言い立てます。

「本当に知らないのよ。乗せられたときからほかにだれもいなかった。あの……連中だけよ」

手を離しました。ラスはあわてて逃げ、エレトラのいる部屋の反対側へ行きました。恐怖と驚愕の表情です。

アメナが小声で叱るように言いました。

「いじめちゃだめよ」

弊機は声を低くして、すこしも怒っていないような平然とした調子で言いました。

「あなたの安全を守るのが仕事です」

「それは感謝するけど、でも──」弊機を見上げて顔をしかめます。「──ひどい状態なんだけど。本当にだいじょうぶ？　ドローンの衝突をまともに食らってるわ」

それはたしかですが、いまはどうしようもありません。

「あなたこそ脚の手当てが必要です。ただし、医療システムは起動しないでください。これは……」適切な言葉が出ずに十秒近く黙りました。「……操縦ボットの制御下にあります。この船の本来のシステムは侵入を受け、そして……破壊されています。そうでなければ自力で侵入者を排除したはずです。船はいま、べつのなにかに運用されています。そうやって弊機たちを乗せてワームホールを通りました。その正体不明のものが医療システムも支配しているはずです」

アメナは沈黙した処置台をこわごわと見ました。ラスとエレトラもです。アメナは言いました。

「操縦ボットが人間を殺せるなんて話は聞いたことがないけど」

「彼らは人間とおなじくらい危険です」

その気になればすぐに論証できますが、無意味でばかばかしい話題の上位五位にはいります。

アメナは当惑したようすでこちらをじっと見ました。

「わかった。医療システムはなしってことね。かわりに手作業で使える医薬品がどこかにあると思うけど」

「ロッカーの救急キットを使ってください。弊機はこのモジュール内の安全確認を終わらせてきます」非公開の中継フィードに切り替えて続けました。〈ドローンを何機か残します〉

ドローン群から八機を出してアメナの護衛につけました。

アメナは目を見開き、なにか言いたげです。理由が三秒間わかりませんでした。弊機がラスの胸ぐらをつかんだときも平然としていたのに、いまは動揺した表情です。やがて理解しました。弊機と離れたくないのです。しかし深呼吸してアメナは言いました。

「わかった」中継フィードで続けます。〈ドローンをありがとう。最初からつけてくれればよかったのに〉

ここで、〝最初からつけていましたよ〟と言えば、ドラマによくある苦笑いと息抜きの場面になったでしょう。しかしここはARTの死体のなかです。息抜きなどできません。

〈連絡します〉

医務室を出て船室区画へむかいました。

管制エリアのロビーにいる偵察二号によれば、ターゲットたちがまだ混乱していらだった会話を続けています。いや、変化があります。ヘルメットです。録画を巻きもどしてわかりました。ヘルメットの鈍い灰青色が、敵ドローンとおなじステルス素材の模様に変わりました。ターゲットたちは気づいておたがいを指さし、なにか言っています。それでも不思議には思っていないようです。

どうやら敵制御システムが防護機能をふたたびアップデートしたようです。よけいなことを。これでこちらのドローンの照準はまったく効かなくなりました。さいわい首から下のボディアーマーにこのアップデートは適用されていません。おそらくできなかったのでしょう。それでも一撃必殺のドローン衝突攻撃は不可能になりました。

ターゲットたちはなぜいつまでもハッチをあけようと試みつづけるのか、考えてみました。ターゲット一号と三号が生き返ったのならわかりますが、偵察一号によればそんな気配はありません。

うーん、そうですね。敵制御システムが敵ドローンからどのようにデータを集めているかによっては――つまり映像の録画と送信方法しだいでは、外の三人のターゲットが一号、二号、三号の状況をじつは把握できていない可能性はありそうです。アメナと弊機が乗ったことは知っているでしょう。それはたしかです。しかしいまは閉鎖された会議室にこだわっていて、ターゲット二号の死体があるラウンジにさえ行っていません。敵ドローンと敵制御システムは最新情報を得ているのに、ターゲットたちはその偵察データにアクセスできないのでしょうか。敵制御システムはドローンの衝突攻撃でなかのターゲットたちがやられたのを知っていて、だからこそヘルメットにアップデートをほどこしたはずです。なのにその情報を生き残ったターゲットたちに伝えていない？

奇妙な推測ですが、これが正しいとすれば、やはりターゲットはARTの船内システムにろくにアクセスできていないという仮説の補強証拠になります。操舵《そうだ》系とおそらく兵装系は敵制御システムが掌握しているのでしょう。通常の船にあるようなフィードアクセス可能な監視カメラ群は、もともとARTは持っていません。

ART……。

システムに侵入テストをかける短いコードを書いて、裏で走らせるようにしました。敵ドローンの活動に関係ありそうなすべてのチャンネルが対象です。敵制御システムに侵入できたらひどいことをしてやるつもりです。

ターゲットたちが現在の船内状況やこちらの所在をわかっていないのであれば、それも有効に利用できます。べつのプロセスでアーカイブから音声データを抽出しはじめました（いまのところ具体的な計画はありませんが、おそらくかなり時間稼ぎが必要なはずです。船はいまワームホールにいて、どこかに到着するまで最低でも数サイクル日はかかるでしょう。

目的地しだいではもっと長くかかってもおかしくありません。それまでに船（ART）を奪い返すつもりです）。

　医務室のドローンによると、エレトラがロッカーから救急キットを出しています。アメナはつらそうにベンチにすわり、エレトラは箱をあけました。

ラスは天井付近を旋回しているドローンを警戒の目で見ています。

「あれは……警備ユニットは本当に俺たちを守るのか？」

「もちろんよ」

アメナは、エレトラから外傷パックを受けとりながら答えました。

エレトラは医薬品の容器を開いて安堵の声を漏らしました。

「背中がずっと痛いの。非常用物資から携行食糧はもらえたけど、医薬品などはくれなかったのよ」

ラスはおなじ懸念にこだわっています。

「きみの家族が所有してると言ったな」

「そうは言ってない」

アメナは外傷パックを脚の負傷部分に巻きました。するとショック症状と苦痛を緩和する薬剤が裂けた布地ごしに注射され、ベンチに突っ伏しそうになりました。

　こちらからフィードで助言しました。

〈プリザベーション調査隊と契約していると説明してください〉

「あれはプリザベーション調査隊と契約しているものよ」アメナは体を起こして言いました。

〈実際にそうでしょう。嘘をつくみたいに言わせないでよ〉

〈大事なのは〝契約している〟というところです。企業人にとってはまったくべつの意味を持ちます〉

プリザベーション連合での契約とは、給与とひきかえに一定期間、調査隊で勤務する合意をしていることを意味します。企業リムでは、調査隊が本来の所有者から賃借していることを意味します。ハビタットや地上車両を賃借するのとおなじですが、人間は借りたハビタットや地上車両に愛着をいだきがちです。

ラスはアメナの返事に困惑顔になりましたが、追及はしませんでした。

「むこうのドローンに対抗手段がいる」救急キットの箱をあさっていて、消火器を容器ごと取り出しました。「これが有効そうだな」

エレトラは床にすわり、医薬品容器をアメナに差し出しました。

「プリザベーション調査隊というのは聞いたことがないんだけど、企業の子会社かなにか？」

アメナは非法人政体の概念をエレトラに説明しはじめました（調査隊やステーションや都市がある文明社会だということ。腰布姿の住人が奇声をあげて原野を走りまわっているわけではないということです）。

一方でこちらは船室区画に到着し、さっそく確認作業をはじめました。未使用らしい船室もそれなりにあり、多くは学生用の共同寝室です。寝台は壁に格納されたままで、前回乗船時に見たような私物もありません。そのほかの船室には最近使った形跡があります。寝台や家具は引き出され、寝具は広げて乱れています。衣類、私物、衛生用品は出しっぱなし。さっきまで乗組員がいて、ふいにいなくなったかのようです。動くものはなく、換気系が壁の装飾についた布の房飾りを揺らすだけ。不気味です。

死体のたぐいはあいかわらず出てきません。

弊機はアメナにフィードで注意しました。

〈メンサー博士の娘であることを企業人に明かさないでください〉

〈そこまでばかじゃないわよ〉

アメナは言い返しました。エレトラへのプリザベーション連合の説明は終わり、名前となにが起きたかという実質的な情報交換に移っています。アメナは言いました。

「わたしたちがワームホールから出た直後にこの船が攻撃してきたの。あなたたちはどうやって乗せられたの？」

「こちらも攻撃されたわ。大型の探査船を支援する補給船に乗っていたんだけど、この船がいきなり砲撃してきたの。シャトルで脱出したら、引き寄せられてこちらに乗せられた。わかる範囲ではたぶんそういうこと」エレトラは髪をかき上げて疲れた表情を見せました。

「シャトルに乗っているあいだになんらかの方法で眠らされていた。気がついたらこの船の床に倒れていて、あの灰色の連中がにやにや笑って見下ろしていた。ほかの仲間がどうなったのかはわからない」

とすると、そのシャトルはまだ船内にあるのでしょうか。ARTのシャトルはどうなのか。船のシステムにアクセスできないので物理的に探して確認するしかありませんが、いまは時間がありません。

そこでブリッジ下の会議室に閉じこめられた偵察一号を呼んで、動作しているディスプレイがあったら定期的に画面を映すように指示しました。

医務室ではラスが言っています。

「なぜ俺たちを人質にしたんだ？　船室に閉じこめられて放置された。やつらの目的はわからないし、話そうともしない」

「探査船は高速だからもう離れてしまったでしょうね」エレトラが言いました。

「こちらも母船と離ればなれになった」アメナはゆっくり話しています。「警備ユニットといっしょに母船に避難しようとしたんだけど、途中でつかまってこの船のエアロックに引きこまれたのよ」

ARTの船内には未捜索の空間がまだたくさんあります。そこに乗組員の死体の山があるかもしれません。メディアの観すぎでしょうか。無人の通路や真新しい使用痕跡があるのにだれもいない部屋を次々に見ていると、メンサー家のキャンプハウスがこんなふうになっているところをつい想像してしまいます。がらんとして、人間たちはおらず、持ち物だけが残されている……フィードはつながらず、監視カメラもなく、探しようがない……。

いいえ、ばかな想像にふけっている場合ではありません。

エレトラが両手で頭をかかえました。

「水や食べ物はないのかしら。頭痛がひどくって」

ラスが顔をしかめて立ちました。

「手洗いに水栓があったはずだ」

船室区画のほうでは、これまでと異なる痕跡のある部屋をみつけました。おそらくラスとエレトラが閉じこめられていた場所です。二人のユニフォームと一致する柄のジャケットが寝台に脱ぎ捨てられています。トイレや浴室は付属していませんが、そのわりに臭気はひどくありません（流しや衛生設備のない部屋に人間を数サイクル日にわたって監禁すると、ほとんどの場合は内装が深刻なダメージを受けます）。二人は定期的に外に出されていたのでしょう。

そのあいだに音声データを抽出するプロセスが終わっていました（『サンクチュアリームーン』のお気にいりの主要登場人物二人の会話です）。音楽と効果音を消して音量を下げ、つないで一時間二十二分に編集しました。これを会議室に閉じこめられた偵察一号に送り、再生をはじめさせました。二人の人間がひそひそ声で話したり、声を抑えて議論するところが続きます。偵察一号はあちこちのディスプレイに映されるデータを見るために室内を巡回しながらこれを流すので、効果的なはずです。

こちらは船室の捜索を進めました。ターゲットたちもここの船室を使っているはずです（他人のパーソナルスペースを尊重する繊細さがあるようには見えません）。その予想があたった最初の徴候は、奇妙なにおいです。人間の生活空間は清潔なようでもかならず汚れた靴下のようなにおいがするものです。しかしこのにおいは奇妙でした。農業というか……食料生産システムの培地を思わせるにおいです。

管制エリアのロビーにいる偵察二号によると、ターゲットたちはヘルメットをハッチに押しあてて室内の会話に聞き耳を立てています。こんな状況ながら、すこし愉快です。

医務室ではアメナが二人に質問しています。

「それで、あなたたちも惑星調査を?」

さりげなさをよそおっていますが、二人は気づかないかもしれません。

まず、ラスが答えました。

「ちがう。いや、ある意味ではそうかな」手洗いから容器に水をくんできたところです。

「調査というより復旧さ」

「復旧の試みよ」エレトラはその水を多めに飲んで口をぬぐいました。「うちの事業部の担当は失われたコロニーで……」言いかけてためらいます。「詳しいことはちょっと……企業秘密だから」

「わたしは調査隊の初級研修生で、企業リムの出身でもないわ。だれにも話さないわよ」アメナは言いました。

ラスはエレトラより口が軽いようです。

「俺たちは居住可能な惑星を復活させるのが仕事なんだ。めあては企業《C》リム《R》が成立する以前の時代に調査された星系。そのへんの話は知ってるか？」

「もちろん」

アメナはそう答えましたが、理解できないらしいしかめ面です。弊機もあまりよくわかりません。警備ユニットの教育モジュールには砲艦さえ通れるほど大きな穴がありますが、娯楽メディアで得た知識から、前CR時代に惑星探査がおこなわれたことは知っています（宇宙も惑星も企業の発明品ではないのに、彼らはそれらの特許を取ろうとします）。

エレトラは居心地悪そうにして顔をしかめましたが、ため息をついて話しはじめました。

「ワームホール安定化技術が開発されるまえに、多くの星系の位置情報は失われてしまった。でも再構築した埋蔵データから研究者がときどき再発見したのよ。企業が惑星の位置を発見すれば所有権を登録できる。コロニーを設置する権利も得られる」

ラスがあとを続けました。

「そんな投機的な開発が四、五十年前にはやった。もちろん無理して倒産した企業も多かった。そのようなコロニーは失われた」

「失われたって……」アメナはようやく理解し、不愉快そうな顔になりました。「つまりコロニーや入植地は見捨てられ、第一世代の入植者の自助努力まかせになったのね」

こちらも理解しました。プリザベーションの歴史ドラマや文書に描かれていることとおなじです。べつの惑星にあった初期コロニーが補給途絶によって破綻し、ちょうどその時期に入港した独立系の船によって生存者が住みやすい現在の惑星へ運ばれたのが、プリザベーションのはじまりです。

（このストーリーはプリザベーションのメディアで定番になっています。〝生きとし生けるものはすべて船に乗せ、一つも死なせるな〟というコンスウェラ・マケバ船長の名演説がいつもドラマチックに描かれます。メンサーはその有名作品の一つから抜粋した動画をステーションのオフィスの壁ディスプレイで流していました。

(当時のコロニーに警備ユニットがいたら、死にゆく惑星にやむなく置き去りにされるようすが描かれたでしょう)

(本気でそう思っているわけではありません)

(ときどき本気でそう思います)

ラスが自分の水を飲みほし、容器を脇において続けました。

「そんな失われたコロニーの再生がいま大きなビジネスになってるんだ。なにしろテラフォーム装置はおいたままになっているのが普通。ハビタットやその他の回収できる設備もある」

アメナの顔は硬く無表情になっています。外傷パックをいじっているふりをして二人に顔をむけません。

「それで、失われたコロニーをみつけたの?」

ラスが答えようと息を吸いかけたとき、エレトラが答えました。

「そこへ行く途中で襲われたのよ」

船室区画では、意図的に荒らされたらしい大きな部屋をみつけました。床に脱ぎ捨てられた衣服の一部にARTの乗組員のユニフォームの青が見られます。付属の小さな浴室では衛生用品の中身を捨てたり、なすりつけたりした跡があります。楽器演奏中の人物の静止像と動くホログラフィ像が、いずれも床に落ちて壊れています。

だれかがディスプレイを壊そうとしてうまくいかなかったらしく、横むきになって浮いています。映っているのは静止画で、人間の二人の男性。若くはなく、メンサーとおなじか年上か。よくわかりません（弊機は人間の年齢を推測するのが苦手です）。一人は黒い肌で、頭の前半分に毛髪がありません。もう一人は明るい色の肌に短い白髪。ARTの船名ロゴが彫りこまれた壁のまえでいっしょにカメラにむかって微笑んでいます。ARTの全乗組員資料はアーカイブに保存しているので調べてもいいのですが、やりたくありません。

胸がつかえる感じがします。ARTとの会話の録音から〝本船の乗組員〟というところを抜き出して再生しました。ARTがおそらく死んだというのも悲劇なのに、その愛した人間たちまで死んだのならあまりに残酷です。

藻類くさい灰色肌の傲慢なクソ野郎どもをもっとたくさんみつけて、一人残らずぶち殺してやります。

運用信頼性が五パーセント急減して膝が震えだし、船室のハッチによりかかりました。このまま床にへたりこんで動くのをやめようかと、十二秒間考えました。

しかしアメナのもとへ帰らなくてはいけません。

それにターゲットが荒らした部屋だと思うと、床にさわりたくありません。

医務室の話題は弊機にもどっています（やれやれ）。エレトラが言っています。

「気をつけたほうがいいわ。あの警備ユニットはボットらしさを隠すように改造されている。でも中身のプログラムはいっしょだから」

「そう」

アメナはそちらを見ず、脚に巻いた外傷パックをまだいじっています。

ラスも加わります。

「あれに守られてると思ってるかもしれないけど――」

「思ってる、じゃない。実際に守られてるわ」アメナは強い口調になりました。

ラスは退きません。

「あいつらは信頼性が低いんだ。人間の神経組織がはいってるからな」

それはまあ、まちがいではありません。

ラスは続けます。

「暴走して契約者やサポート職員を攻撃することがあるんだ」

アメナは唇を噛んで目を細くしました。感情を抑えているようですが、どんな感情かはわかりません。抑揚のない声で言います。

「なぜなのかしらね」

医務室へもどるまえに食堂と教室区画を通り、補給品ロッカーをあけて非常食をまとめたバッグを一つ持ち出しました。惑星探査という目的のわりには補給物資が多く積まれています。深宇宙マッピングと教育と貨物輸送のための船とは思えないほどです。

医務室への通路に出ると、アメナにもうすぐ帰るとフィードで伝えました。そして歩きながらアーカイブを参照して、前回ARTに乗ったときと現在のようすを比較しました。ARTと乗組員は本当はなにをやっていたのでしょうか。当時は詳しく尋ねませんでした。深宇宙調査と聞いただけでなにもかも退屈そうだったからです。採掘機材の警備とおなじくらいに退屈そうでした。

医務室ではエレトラが言っています。

「この船に乗せられてからまだ一度もあれが反抗的になってないのなら幸運ね。もう何日もあれといっしょに閉じこめられてるんでしょう?」

おや、どういうことでしょうか。この人間たちは現状認識が不正確なのか。普段から人間は現実の認識能力が不足していますが、それにしてもひどい。しかしアメナにまかせましょう。こちらは忙しいのです。

アメナは当惑しています。

「ちがうわ。こっちはまだ乗せられたばかりよ。ついさっき。灰色の連中にあの部屋に引きずりこまれる直前」

ラスは顔を手でこすっています。表情を隠しているのか、純粋に気分が悪いのか。

エレトラはあわれむようにアメナを見ました。

「あなたは混乱してるんだと思う」

アメナはまた顔をしかめ、首を振って言いました。

「ねえ、もうすぐ警備ユニットが帰ってくるから、あれについての話はやめて。そう信じてるんでしょうけど、まちがってるし、そんな話を聞かせたくないから。混乱しているとしたらおたがいさまで――」

宇宙観測と、若い人間たちに宇宙観測を教えることだけがARTの乗組員の仕事ではなかったはずです。弊機はそう思いこまされたのです。

そんな考えごとのせいで、医務室のドローンから映像が送られているのに、見ていませんでした。補給品の映像を検索して昔のものと比較し、変化や消えたものなどを探していました。そのせいで、ハッチをくぐってからラスに銃撃されるまでの猶予は一・四秒間しかありませんでした。

人間にしては正確な照準でした。

6

さいわい使われたのはエネルギー銃で、警備ユニットの頭部を抜く徹甲弾ではありませんでした。

それでも激痛でした。よろめいてハッチの枠に叩きつけられ（痛い）、二発目を避けるために姿勢を低くしました。しかし二発目は来ませんでした。ラスは銃をかまえず、もがいています。アメナが背後から飛びついて首を絞めているのです（健闘していますが、腕力不足で気絶させるのは無理のようです）。

エレトラはそばに立って腕を振り、叫んでいます。

「やめて！　なにやってるの、やめて！」

この数時間で人間の口から聞いたもっとも理性的な言葉でしょう。また計画的な攻撃でない証拠です。だからこそドローンをラスの顔面に突入させるのを思いとどまりました（ドローンが残り少ないという理由もあります）。

冷静に聞こえるかもしれませんが冷静ではありませんでした。状況を制御していると思っていたのに（ある程度ですよ。笑わないで）、あっというまに崩壊しました。

ハッチから離れて歩み寄り、ラスが落とした銃を拾いました。ターゲット二号が使ったチューブ型のエネルギー銃と似ています。同型か、そのものかもしれません。弊機が情緒的に破綻して注意がそれたときに（あれは大失敗でした）、ラスが拾ったのでしょう。有機組織に苦痛が発生したものの、機械プロセスには影響しなかったので、敵ドローンに対しては無意味です。それでもターゲットには有効でしょう。ジャケットのポケットにしまいました。

それからラスに近づき、膝の裏を蹴ってへたりこませ、アメナの腰をささえました。ラスは床に倒れ、アメナは立たせました。

アメナはこちらに負けないくらい怒っています。

「いったいどういうつもり？」

ラスにむけて怒鳴り、エレトラをにらみます。

エレトラは茫然《ぼうぜん》とし、困惑した身ぶりです。もしラスが弊機を襲う計画をあたためていたのなら、すくなくともエレトラには状況がわからずに棒立ちにならないように、事前に伝えたはずです。

ラスは立ち上がって言いました。

「あいつらを……信用するな！　あのうちのだれかが……ほかをあやつってる……」よろよろと退がります。目の焦点が失われています「信用……するな……」

アメナの表情が怒りから困惑に変わりました。

「あいつらって、だれのこと？」

たしかにわけがわかりません。人間は非理性的です（やることなすことすべて非理性的です）。なにかの状況に遭遇すると、たいてい逆効果なことをします（たとえば弊機がこのように撃たれるのは初めてではありません。守ろうとしている人間からしょっちゅう頭を撃たれます）。

しかし今回はさすがに奇妙です。しばらくまえにラスを暴力的に脅した事実を考慮しても、解せません。

エレトラは顔をしかめ、片手で頭を押さえています。

「ラス、意味不明なことを言わないで。いったい――」

そこで彼女は白目をむいて倒れました。

アメナがそちらへ手を伸ばしたとき、今度はラスも体を二つ折りにして倒れました。アメナは驚いて離れます。エレトラは痙攣しはじめました。アメナはあわてて床にしゃがみ、その頭をささえてやります。ラスは手足を投げ出したまま完全にぐったりしました。

アメナはあわてた表情です。弊機もさすがにすこしあわてました。

「救急キットの薬をなにか飲んでいたわ」アメナはふりかえり、開いた箱とその隣の医薬品容器を見ました。「鎮痛剤だと思ったけど……それが毒物だった？」

悪くない推理ですが、原因がもし薬なら体液を漏出するような不快な反応が起きるはずです。アメナは無事なので、接触、換気系、水容器を媒介にした可能性は排除できます。エレトラのようすは、むしろどこかの電源から神経系に電気ショックが行っているように見えます。ラスのようすは……死んだように見えます。

ベンチにおかれた救急キットに近づきました。簡単な自律機能があるので、苦しんでいる人間に反応して上部が展開し、仕分け箱が開きました。提案された医療スキャナーを取ってラスにむけます。結果はフィードで送られました。ラスの体内のスキャン画像を見ると、電源がありました。胸腔《きょうこう》の高い位置に挿入され、血液循環と呼吸をになう重要臓器を破壊しています。

奇妙ですが、まるで統制モジュールから加えられた懲罰のように……。

ふと気づいて、管制エリアのロビーにいる偵察二号の映像を見ました。ターゲットたちは閉じたハッチのむこうの物音を聞くのをやめて、ターゲット四号のまわりに集まっています。その手にはかさばる奇妙な装置があります。大きさは十二センチ四方で、厚さ一ミリ程度の古めかしい物理スクリーン(歴史ドラマで見たことがあります)。ターゲットたちはのぞきこんで興奮しています。

ターゲットがよろこぶのは悪い徴候です。

エレトラもスキャンすると、やはり体内に小さな電源があります。いずれもこれまで探知できなかったので、直前に起動したのでしょう。その信号を出したのはおそらくターゲット四号の板状装置。

小細工をする暇はなく、全帯域を妨害しました。

エレトラの痙攣は止まり、ぐったりとして意識を失いました。もし接続が切れると脳を破壊する設定になっていたら万事休すです。

偵察二号によると、ターゲット四号は怒ったように画面を指先でつつき、ほかのターゲットたちは落胆した表情になっています。やはり。

アメナはこちらに叫んでいる途中でした。

「ぼうっと突っ立ってないで、なんとか――」急に黙り、驚いたように息を吐きます。「あなたがやったの?」

「そうです」しゃがんでエレトラをアメナの膝から抱き起こしました。「インプラントが原因です」

エレトラを近くのストレッチャーに運んでそっと寝かせました。アメナは急いで立ってラスのほうへ行きます。その腕に手を伸ばしたところで教えました。

「死んでいます」

アメナはぎょっとして手を引き、それから首で脈をとりました。

「でも……なぜ?」

医療スキャナーの画像をフィードで送りました。アメナは眉をひそめます。

「インプラントって……強化部品のようなもの?」

「インプラントはインプラントです」

強化人間が体に組みこむ強化部品は、人間が生身ではできないことを可能にします。たとえば高度なフィード接続や記憶のアーカイブ保存を可能にするインターフェースがあります。

負傷や病気で失った身体機能をおぎなうものもあります。強化部品は役に立ちます。インプラントは統制モジュールのようなものです。

医療スキャナーをエレトラにむけました。体温、心拍、呼吸回数の上昇が見られます。これらの意味は弊機にわかりませんが、よくないはずです。

「この現象が起きたとき、中央区画のターゲットたちが見慣れない装置を使っているのをドローンがとらえました」

アメナは立ってエレトラのストレッチャーの脇へ行き、医療スキャンのデータにアクセスしはじめました。人間がフィードを読むときの遠い目になっています。

「感染症かも。背中が痛いと言ってたわ」

恐れと心配で表情をゆがめながら、エレトラの首にかかった黒髪をそっと横へ払いました。体を横むきにし、シャツの襟を下げてのぞきこみます。やはりありました。インプラントです。アメナは息をのみました。

「ひどい」

直径一・一センチメートルの金属製のリングが、肩甲骨のあいだの茶色の肌に埋めこまれ、まわりの皮膚は腫れています。弊機が見ても痛々しいというのはよほどのことです。

人間用の外部インターフェースは、通常はさまざまなデザインがほどこされています。肌の色にあわせた滑らかな木製部品、宝石、石、エナメルの美術品、あるいはブランドロゴ入りのシンプルな金属プレートなど、さまざまな種類があります。しかしエレトラは内部インターフェースを持つ強化人間です。なぜさらに外部インターフェースが必要なのか。稚拙な医療や強化手術の結果という可能性もなくはないのですが、医療システムですぐに修復できるのに放置していることを説明できません。そもそもこれは稚拙どころではありません。不器用な人間の医務員が足の指で押しこんだかのようです。

アメナも考えています。

「なぜ黙っていたのかしら。言えばすぐに……。まさか本人も知らなかった？　意識不明の状態でこの船に乗せられたらしいけど」さらに驚いた表情になりました。「もしかすると、ラスはインプラントの命令であなたを襲ったのかも。あるいは頭が混乱して、入り口からはいってきた相手をみさかいなく撃ったとか。このインプラントは逃亡を防いだり、行動を制御するためのもののようね」

「そういう思想の部品はよく知っています」弊機は答えました（暴走警備ユニットになる最大の利点の一つは、人間の無駄な説明を熱心に聞くふりをしなくていいことです）。「この頭にも一個はいっています」

「そうね」

アメナは驚いた目をこちらにむけました。警備ユニットがたんに自発的に警備したり殺したりしているのではなく、楽しくてやっているのだということは、人間たちには知らないでほしいものです。

「だとしたら、なぜ灰色の連中はさっさとインプラントを起動しなかったのかしら。わたしたちが逃げた直後にやればよさそうなものなのに」

はい、その問題があります。アメナには偵察情報を伝えていませんでした。

「生き残ったターゲットたちは、こちらが拘束された段階で状況を把握していなかったようです」

「ターゲットの一人は逃げたじゃない」

「あのターゲットは、三人目のターゲットといっしょに船の管制エリアに逃げこんだところをドローンで殺しました。ほかのターゲットたちはそこにこちらが立てこもっていると思って、閉じたハッチをあけようと試みています」管制エリアのロビーにいるドローンの映像を見せました。「エレトラとラスもそこにいると思っているのでしょう。あるいはただ所在を知ろうとしてインプラントを起動したのか」

アメナは遠い目になってフィードの映像を見ました。

「だからハッチに耳を押しつけてるの？」

現在の映像を確認すると、たしかにその状態にもどっています。

「会話の録音ファイルを室内のドローンに再生させています」

アメナは眉を上げました。

「へえ、巧妙ね。ドローンで攻撃とかできないの？」

そこでターゲットのヘルメットに起きた変化を見せました。

「無理です。このセキュリティアップデートで阻止されました」

アメナは顔をしかめて額をこすりました。

「なるほどね。じゃあ、ブリッジにはいる方法はあるの？」

弊機も遊んでいるわけではなく、試行錯誤しています。不機嫌に聞こえないように気をつけて言いました。

「わかりません。管制エリアにドローンが一機いますが、システムにはアクセスできません」

アメナは動きを止め、あきれた顔でこちらを見ました。

「じゃあ、だれもブリッジに立ち入れず、操縦ボットは消され、船はあてどなく飛んでいるってこと？」

構成機体でよかったと思うのは繁殖しないところです。自分がつくった子から反抗されることがありません。今度ばかりはいくらか不機嫌に答えました。

「対処しています」

医療スキャナーの画像に注意を移し、エレトラのインプラントの下側を観察しました。この不愉快な原始的統制モジュールから細い線が出て人体の神経系とじかにつながっているのを予想していました。通常の強化部品ならそうなっています。ところが線はありません。スキャナーからフィードに送られる画像では、インプラントの先端は丸く閉じています。

アメナが両手を上げました。

「まかせるわ！　まったく怒りっぽいんだから。とにかく、こんなものが埋めこまれていると知ってたら、二人は手助けを求めてきたはずね。すこしくらい信用できないと思っても

――」また眉をひそめます。「――これを放置するとは思えない」

同感です。二人は医療システムや救急キットの外科治療器具を使いたいとは希望しませんでした。もし弊機が人間で、これが体に埋めこまれていて、隠れるためにたまたま逃げこんだのが設備のそろった医務室だったら、真っ先にこれをどうにかしようとするでしょう。

アメナはスキャナーからフィードに送られる図表や画像を見ています。

「エレトラまで殺されないうちに取り出さないとだめよ。でもずいぶん原始的なものみたいね。これが思考の混乱や苦痛を引き起こしていたのはまちがいないけど、埋めこまれたことを忘れさせることまでできるのかしら」

深さを確認するために画像をあちこち回転させました。

「無理でしょう。それはべつの手段のはずです」

「目的が卑劣よ。もし自分の体にはいっているとわかって、これを使って殺そうとする相手から逃れられるのなら、自分の体にナイフを刺してえぐり出すわ」

アメナは自分の首に乱暴に手を突き立てる身ぶりをしました。

自分へのメモ。アメナが自分の首にナイフを刺すべき理由はないと理解させること。

「もし神経系と接続しているとわかっていたら、やらないほうが賢明です」

弊機が統制モジュールをハックしたときは、自分の体内図を見られましたし自己診断もできました。

アメナは聞いていません。救急キットをあさっています。

「バイタルサインが悪化してるわ」レーザーメスの箱をみつけて高くかかげました。「わたしがこれでインプラントを除去する」

「医務員の訓練は受けているのでしょうね」いちおう尋ねました。

「基礎訓練はね、もちろん」

弊機は微妙な表情をしたらしく、アメナは眉を逆立てました。

「わかってる、わかってるわよ！　でも医療システムを使うなと言われて、それでもどうにかしなくちゃいけないじゃない」

それはまあそうです。救急キットが出す警報はしだいに悲痛になっています。多くの技術的、医学的データから導かれる結論は明白で、このインプラントが起動したことでエレトラは被害を受けています。ラスほど致命的でなかっただけです。一刻も早く介入すべきだと救急キットは訴えています。

弊機の医学知識の大半は『医療センター・アーガラ』を視聴して得たものです。企業標準暦で二十七年前に人気を博した歴史連続ドラマで、いまもほぼすべてのメディアフィードでダウンロード可能です。医学的に不正確なのは弊機でさえわかります。また少々退屈だったので一回しか見ていません。

手を差し出してメスを求めました。

アメナはためらいました。弊機がエレトラを死なせると思っているのでしょうか。しかしもっと不愉快な人間にも耐えてきました。そのなかには彼女の血縁者もいます。

やがてアメナはメスを渡しました。安堵と罪悪感がまざった表情です。

「べつに、わたしがやってもいいんだけどね」

おや。手伝いたいという意思表示。あるいは自分を証明したいのでしょうか。

「わかっています」

自分の体を刺してでもと言ったのはただの強がりではないはずです。それでも、もし推測がまちがっていて、インプラントを除去したせいでエレトラが死んだら……。すくなくとも弊機が過失で殺人を犯すのは初めてではありません。それにこの手は震えません。

アメナは新しい外傷パックを出し、救急キットの滅菌フィールドのスイッチをいれました。こちらは指示どおりに患部に麻酔消毒薬をスプレー。フィードに随時ポップアップする救急キットのヘルプにしたがいながら、傷ついた組織にメスをいれました。

アメナのようすはドローンから見えます。手もとのスキャン画面を見ながら、なかば眉をひそめ、なかば集中しています。

メスを進めながら、出血が多そうな部位を避けました（人間が自分の体を切っていったらこんなことはできませんよ、アメナ）。

やがてインプラントがつるりと抜けました。

するとエレトラが目覚めました。大きく息を吐き、目が開きます。ぼんやりとアメナの腹のあたりを見ています。

弊機が退がったあと、出血を抑えるためにアメナがすばやく外傷パックをあてます。パックが起動して皮膚に密着すると、エレトラはまた目を閉じました。フィードに流れる救急キットのレポートによれば鎮痛剤と抗生物質がたっぷり投与されました。

摘出したインプラントを救急キットが差し出す小さな容器にいれます。自動的になにかがスプレーされました(詳細不明で救急キットにまかせるしかありません)。

「だいじょうぶよ、だいじょうぶ。治療してるから」

アメナはエレトラの手を握って話しています。

ラスの死体は倒れた場所に放置されています。さすがにまずいと感じて、部屋の奥のストレッチャーに運びました。備品棚から出したカバーをかけるまえに、上着とシャツを脱がせてインプラントを確認しました。やはり肩甲骨の位置で、周辺の組織は変色してエレトラより大きく腫れています。いずれかの段階で気づいたのではないかと想像してみました。背中をなにかでつついて押し出そうとしたかもしれません。しかしターゲットたちはインプラントを起動してふたたび忘れさせたのでしょう(ですからやらないほうがいいのですが、やらずにいられない本能もわかります。強く共感します)。

ふいに救急キットの大きな警報がフィードに流れました。エレトラの心拍と呼吸が急激に低下しています。

わかりやすい説明入りの処置法の図がフィードに表示されました。悪態をつくアメナとともにエレトラをあおむけにします。弊機は力加減に用心しながら胸骨圧迫をはじめました。

アメナは急いで心肺蘇生《そせい》装置を出してきます。救急キットもできるだけ助言してきますが、必要事項を即座にフィードに挿入する医療システムのようではありません。早く呼吸を再開させろとせかされますが、そう簡単にはいきません。弊機の肺は人間とは根本的にしくみが異なります。必要空気量がはるかに少ないだけでなく、配管からちがうのです。発声用の口を人間のそれに密着させるという不快感（うげっ）はともかく、救急キットが要求する空気量を吹きこむのは無理です。

アメナが駆けよって交代し、マウス・ツー・マウスの人工呼吸をはじめました。しかし効果があらわれません。

「マスクが必要です」弊機は助言しました。

アメナはいらだった息を吐いて中断し、救急キットにもどってマスクを探しました。みつけたものの無菌パッケージがうまく開かず、歯で破ろうと苦戦しています。こちらは胸骨圧迫で手がふさがっています（はい、こうなる可能性を考えておくべきでした。『医療センター・アーガラ』では人間たちが器具をあらかじめ準備するところは映されません。必要なときに手もとにあるのです）。

そのとき、医務室の奥で医療システムが穏やかな作動音をたて、処置台の表示が青に変わりました。ひとりでに起動したのです。アメナはようやく出したマスクを手にして固まりました。包装の破片を口から飛ばして訊きます。

「あなたが電源をいれたの？」

「いいえ」

これはARTの医療システムです。しかしARTはいません。起動したフィードを見ると、工場出荷状態で動作しているようです。

異常事態の連続にまた新たな異常が加わりました。それとも罠か。敵制御システムがエレトラの息の根を止めようと手招いているのでしょうか。しかしこのままではどのみち死にます。恐れてもおなじことです。

ARTの痕跡が船内に残っていて人間を救おうとしている可能性は、あえて考えないようにしました。

いちかばちかです。胸骨圧迫をやめてエレトラを抱き上げ、医療システムの処置台に運びました。

台におくと、外科スイートがすぐに下りてきて、胸にパッドがあてられて心肺蘇生がはじまりました。アメナが手にしたのよりはるかに複雑なマスクと器具が顔にかぶさり、呼吸の補助をはじめます。六秒後に自発呼吸が再開し、心拍も安定しました。しばらくして台が変形して患者を横むきにしました。細い機械の指が外傷パックを剝がして床にぽいと捨て、血で汚れた背中の切開部位を縫合しはじめました。

ストレッチャーにおかれた救急キットは抗議のビープ音を一回鳴らして、沈黙しました。

アメナは安堵の息を長々とついて、顔を袖でぬぐいました。散乱した人工呼吸用の器具を拾い集めて、救急キットの容器にもとどおりおさめようとしながら訊きます。

「それで、医療システムの電源をいれたのは……？」

「この船の現状については弊機もまったくわかりません」

だからこそ安全性に不安がある医療システムを試すのに、アメナや弊機自身ではなく、死にかけの知らない企業人を使ったのだともいえます。

指示に忠実にしたがったのにエレトラが死にそうになったのは遺憾です。ラスが手のほどこしようもなく死亡したのは遺憾です。とりわけターゲットに殺されたことが遺憾です。弊機の顧客ではなく、たまたま目のまえにあらわれた人間とはいえ、なにもしてやれませんでした。

人間はすぐ死ぬのでうんざりです。

アメナは弊機をにらみ、それから思案する表情になりました。

「あなたはだいじょうぶなの？　頭を撃たれたじゃない。しかも二度目。灰色人の肺をえぐり出すまえにも撃たれてる」

ターゲット二号の胸郭に手を突っこんだときは肺にさわった記憶はありませんが、いっしょくたにさわってはいたでしょう。

「今回はただのエネルギー銃でした」

「〝今回はただのエネルギー銃でした〟……」アメナはマスク一式を酸素吸入用のアダプタと誤った位置に押しこもうとしながら、わざと下手な口真似でおうむ返しにしました。「わたしに怒ってるせいで、正しい助言だと気づかないのよ」

むっとしました。

「あなたに怒っていません」

まあ、それは嘘です。怒っています。あるいは、とてもいらだっています。理由は自分でもわかりません。アメナがここにいることも、弊機がいっしょにいることも、本人のせいではありません。人間であるだけ。泣き言さえ言っていません。そして弊機を撃った人間に迷わず飛びついて羽交い締めにしました。

アメナはマスクをキットにもどすのをあきらめて、正面からこちらを見ました。

「怒った顔をしてる」

「ときどきそういう顔になるだけです」

だから不透明なフェースプレートのついたヘルメットをかぶるべきなのです。

アメナは納得できないようすで鼻を鳴らしました。

「もちろんそうよ、怒ってるから」そして黙りこみました。表情はよくわかりませんが、もういらだってはいません。「もっと反論するべきだった。この二人があなたの話をしてるときにね。歴史や政治意識の授業のときでもそうなのよ。指導教員の話が嘘だとは思わないけど……挙げられる事例が気にいらなくて」

エレトラとラスが弊機について言ったことは、人間が警備ユニットについていつも言っていることです。もっとひどい言われ方もたくさん聞きましたから、それにくらべればましなほうです。そのたびに怒っていたら……よくわかりませんが、疲れそうです。話題にするだけで疲れます。

「そのことには怒ってはいません」

「怒っていないのなら、なにが不愉快なの？」

さすがににらみました。

「リストをどのようにソートしますか？ タイムスタンプ順ですか？ 許容度順ですか？」

アメナはうんざりした顔になりました。

「だから、なにが不愉快なのよ！」

その質問に逆もどりです。しかし弊機の存在そのものがもたらす存在論的難問についてなど話したくないはずです。

「頭に正体不明のドローンに衝突され、さらに銃で撃たれたときに、あなたがそばにいたからです！」

「その話じゃない！ なぜ悲しいのか、なぜ動揺してるのかと訊いてるのよ」

そこでようやく、アメナは怒りの大きさとおなじくらいに、怖いのだとわかりました。

「話してくれないことがあるでしょう。それが怖いのよ。わたしは第二母のような英雄じゃないし、家族に何人もいる天才でもない。ただの凡人。頼れるのはあなただけなの！」

思ってもみませんでした。アメナの問いが想定からあまりにはずれ、さらにとても怒っていたせいで、思わず本当のことを答えました。

「友人が死んだからです！」

アメナはきょとんとした顔になりました。けげんそうに訊きます。

「友人というと、調査隊のだれか?」

もう止まりません。

「いいえ、この船です。この操縦ボットです。友人でした。それが死んだのです。死んだにちがいありません。死んでいなければ船がこんなふうになるわけがありません」

いやはや、まったく非理性的な答え方です。

アメナの表情は複雑な変化をしました。そして一歩近づきます。こちらは一歩退がります。

アメナは足を止めて両手を広げ、穏やかな声になりました。

「ええと……とりあえずすわったら」

まるでヒステリーを起こした人間のような扱いです。もっと悪いことに、弊機はヒステリーを起こした人間のようになっています。

「すわっている暇はありません」企業の所有物だったころは、すわることは許されませんでした。いま人間たちはやたらと弊機をすわらせたがります。「たくさんコードを書いて敵制御システムをハックしなくてはいけないのです」

アメナは手を伸ばそうとしましたが、こちらがまた退がったので、すぐに引っこめました。

「でもいまは情緒的に不安定になってるみたいだから」

それは……完全な真実ではありません。人間は愚かです。たしかにターゲットの胸部を割いたときは情緒的に破綻していました。しかしいまは冷静です。運用信頼性が低下しているだけで、まったく冷静です。思い描く残酷きわまりない方法で残りのターゲットたちを殺さなくてはいけません。偵察一号のデータを調べて、船の目的地がどこで、ワームホールを抜けるまでどれくらいかかるか判断しなくてはいけません。目的地などない可能性もあります。ARTの機能を乗っ取ったものは、こちらがターゲットを三人殺したことを知っているでしょう。その復讐としてワームホールに永遠に閉じこめようとするかもしれません。

「ちがいます。情緒的に不安定になっているのはあなたのほうです」

（まあ、このときはこれが意味の通る返答に思えたのです）

アメナは理性的な人間らしく、それを無視して説得を続けます。

「すわったほうが落ち着いてコードを書けるんじゃない？」

まだ反論したい一方で、もしかしたらすわったほうがいいような気もしてきました。そこで床にすわりました。ついでに痛覚センサーの感度を慎重に上げてみました。うっ、やはり痛い。

アメナは正面で膝をつき、首をかしげて顔をのぞきこみました。よけいなことを。

「飲んだり食べたりしないのはわかってるけど、ほしいものがあったら言って。救急キットからなにか出してほしいとか、非常用ブランケットとか……」

こちらは手で顔をおおいました。

「いりません」

ここまでくると、まあ、理屈のうえでは、弊機は情緒的に不安定になっているのでしょう。

充電を必要とするサイクルではなく、充電したいわけでもありません。ではなにをしたいのか。敵制御システムを乗っ取って徹底的に痛めつけてやりたいです。

ドローンの視界のなかでアメナが立ち上がりました。肩を落として室内をゆっくり歩きはじめます。やがて処置台の上でエレトラが身動きし、不明瞭な声を漏らしました。アメナは駆けよって声をかけました。

「もうだいじょうぶよ。処置はすんだから」

エレトラはまばたきして見上げました。かすれ声で言います。

「なにが起きたの？　ラスは無事？」

アメナは処置台によりかかりました。高い視点から見ると口の両側にしわができて、年をとったように見えます。

「残念だけど、彼は亡くなったわ。あなたたちの背中には奇妙なインプラントがあって、それが原因であなたは苦しみ、彼は死んだ。あなたのはもう摘出した。そうしないと死ぬところだった。どこで埋めこまれたのか憶えてる？」

エレトラは困惑顔になりました。

「インプラント？　いいえ、そんなもの……なんのことか……」

こちらは侵入テストの進捗を見ました。しかし結果が返ってきません。これは困ります。システムと通信できないと侵入もできません。

すくなくとも敵制御システムは一個のシステムとして動いているようです。通常のステーションや施設は安全のために（比較問題ですが）複数のシステムが協調するしくみになっています。そのうちの警備システムから侵入するのが弊機のいつものやり方で、そこを踏み台にしてほかのシステムにはいります（技術的には弊機は一個の警備システムです。おかげでほかの警備システムとの交信も、その一部と誤認させることも容易です）。

警戒厳重なシステム、不可読なコードで書かれたシステム、未知の構造を持つシステムなどでも侵入手段は残っています。今回は時間がないので、もっとも確実な手段を使うことにしました。愚かな人間のユーザーにシステムにアクセスさせるのです。

ラスのインプラントは機能停止しています。宿主を殺すときに電源を焼き切ったのでしょう。エレトラのインプラントは救急キットの容器におさめられています。人体から摘出した異物は別命あるまで保管する決まりなのです。現在は滅菌粘液におおわれていますが、送受信は可能です。そこで妨害信号を弱めてやりました。

管制エリアのロビーにいる偵察二号によると、ターゲット四号は画面型デバイスをベンチに放置しています。ターゲットたちは管制エリアのハッチを無視して話しあっています。全員が興奮気味で怒った顔です。閉鎖されたハッチの奥にこちらがいないことをようやく理解したのでしょう。全員を殺す機会がこれまでなくてかえってさいわいでした。いまは利用価値が出てきました。

（敵ドローンの位置は不明ですが、論理的にも脅威評価からも、この安全地帯に通じる閉じたハッチ前に集合しているでしょう。これはいずれ問題になります）

次に偵察一号の進捗を見ました。空中ディスプレイの画面をキャプチャーした画像は、変化する図と数字の洪水です。弊機には抽象画のようにしか見えません。本来はARTのフィードで解釈されるべきもので、その説明や注釈がないとまったく意味不明です。立ちはだかる困難に嫌気がさします。大気圏航空機を低高度で操縦する能力は持たされていますが、ワームホールで船を操縦できるモジュールがマーダーボットに必要とは、当然ながらだれも考えなかったわけです。いや、これは……。ARTの船体とそのまわりで波状の模様がざわざわと動く図があります。見る者が見ればこれでワームホールでの船の状況がわかりそうです。タイムカウンターがまわっていますが、なんの時間を計測しているのか説明がなく、役に立ちません。

役に立つのはむしろ『サンクチュアリームーンの盛衰』の視聴でしょう。『ワールドホッパーズ』やほかのドラマでもかまいません（『医療センター・アーガラ』は除外します）。しかしメディアの視聴は心を落ち着けるためのもので、いまは怒ったままでいたいのです。

こうしてすわってはいられません。できることがあるはずです。立ち上がりました。

「あら、起きたの。早いわね」

アメナは処置台に腰かけ、うつらうつらしているエレトラの手を握ってやっています。そこから不満そうな目でこちらを見ます。

「もうしばらく休んでればいいのに」

「この図を見てなにかわかりますか？」

ＡＲＴのブリッジでキャプチャーしたその画像を送りました。アメナはまばたきしました。

「ナビゲーションとエンジン出力の情報ね。たぶん操縦席に表示されるような」こちらの表情をちらりと見て、怒ったように手を振ります。「それくらいわかるっていうなら、そう言えばいいじゃない」

まあ、それはこちらが悪かったでしょう。

「管制エリアに閉じこめられているドローンが撮影したものです。なにか読み取れることがありますか？」

アメナはまた空中にむけて目を細め、ゆっくりと首を振りながら小さくうなります。そしてエレトラを見下ろし、眠っているのを確認すると、つないだ手をそっとほどきました。

「話を聞くと彼女はブリッジ要員ではなかったみたい」そこで眉を上げました。「機関モジュールに補助ステーションはないの？」

聞いたことがありません。

「補助ステーションというのは？」

「機関員のための予備の監視ステーションのようなものよ。ブリッジの正操縦士が操縦権限を委譲してくれないと操作はできない。できる船は見たことがないわ。それでも船全体のさまざまなシステムの状態をディスプレイで見られる。プリザベーションの一部の船にはある。でも一般的かどうかはわからない」アメナは認めました。「うちの船は設計が古いから」

操縦ボットを搭載した船には不要に思えますが、調べる価値はあります。

弊機の運用信頼性は八十九パーセントでいちおう安定しています。充分ではありませんが、なんとかなります。低下の原因はまだ特定できません。物理弾を複数被弾してもここまで落ちることはないはずです。

ジャケットのポケットからラスのエネルギー銃を出して、ベンチにおきました。

「万一にそなえて持っていてください。敵ドローンには効きませんが、ターゲットには有効なはずです」人間に武器を持たせたくないのですが、無防備のままにはできません。「機関モジュールへ行ってきます」

「待って、どういうこと」アメナは処置台から飛び下りました。「連れていってよ」

これに対してさまざまな考えが湧きました。順不同で次のとおりです。

(1)いらだち。彼女に対してと、自分に対して。

(2)習慣的な疑念。帯同した顧客は、元弊社との契約にもとづいて次のことをしがちです。

(a)弊機が撃たれる状況をつくる。

(b)損傷した警備ユニットを船まで長距離運ぶことを嫌って遺棄を強く主張する。

(3)彼女を殺すかもしれないものへの強烈な殺意。

「負傷した人間のそばにだれかがとどまるべきです」

弊機が言うと、アメナは苦渋の表情になりました。

「そうね。ごめんなさい」

顔をそむけ、目もとをぬぐいました。

ほら、泣かせてしまいましたよ。マーダーボットのせいです。

弊機が不愉快な態度だったのはたしかで、アメナに謝らなくてはいけません。原因は運用信頼性の低下と情緒的破綻のせいです。破綻状態はもうすっかり乗り越えましたし、強制シャットダウンと再起動もへていますが、不安定な状態はいまも継続中と暫定的に認められます。そして、不愉快な態度だったのはある程度本当です（〝ある程度〟＝七十パーセントから八十パーセントです）。謝るといってもどう言えばいいのかわかりません。適切な謝罪文を検索する暇もありません（口に出したいような文例がみつからなかっただけともいえます）。とにかくそんなわけで、こう言いました。

「不愉快な態度だったことを……謝ります」

するとアメナは、鼻腔《びこう》にこもった音をたてて、顔を手で隠しました。

「いいえ、いいのよ。わたしもあなたにあまりいい態度じゃなかった。だからおあいこ」

弊機は出発します。いま出発します。

ハッチをくぐろうとする弊機にアメナは言いました。

「フィードでかならず連絡してね」

「わかっています」

§

ヘルプミー・ファイルからの抜粋2

（バーラドワジのインタビュー〇九二五七三九四の一部）

「きみが文字起こししたファイルで気づいたことがあるんだけど」

「フォントが気にいりませんでしたか？」

「いいえ、フォントは見やすくていいわ。ただ、会社に言及した箇所で、きみはかならず会社を消して、ただの会社と書き換えてる……（文字起こしの途中経過を確認）……ほら、いまもそうしてる」

「問題ありません」

「話したくなければ話さなくてもいいけど……（沈黙）……ロゴがいやなの？　まえにもそんなことを言ってたわね。たしかそのときは、消そうとしたからこそ消せないと知っているんだと」

「それも理由の一つです」

「トラウマ回復治療の話が出たけど、きみ自身も受けてみる気はない？」

（以下は削除）

7

弊機が順調に働いていることがわかりますし、言葉の説明も不要です。

〈機関員用の補助ステーションがみつかって、船がワームホールに永遠に閉じこめられている証拠があった場合に、説明しなくても自分の目でたしかめてもらうことができます〉

通路を歩いているときにアメナが言いました。

〈映像がずいぶんブレるけど。ドローン視点なの？〉

〈弊機の目です〉

〈ああ、そう〉

ドローン八機を分遣隊として残置しているので、そのカメラでアメナのようすはわかります。エレトラの隣で処置台にすわり、立て膝に頬杖《ほおづえ》をついています。

〈薄気味悪いわね〉

弊機は食堂に隣接したラウンジを通過中です。クッション入りの青いソファが壁ぞいに並び、ローテーブルにはARTの大学のロゴ入りマグカップが三つ残されています。ある椅子の背もたれには人間が運動するときに着る種類の灰色のジャケットがかけられています。

〈なにもかも日常のまま。いまにもだれかがドアからはいってきそう〉

　そのとおりです。寝室区画のいくつかの船室をのぞいても、荒らされたり争ったりした形跡はありません。

〈薄気味悪くないところがこの状況のどこかにありますか?〉

〈まあね。あったら指摘するわ〉

　閉鎖したハッチに到着しました。この先は機関モジュールへの連絡通路です。反対側から簡単にあけられないように内部を壊してあるので、ふたたびパネルから作業してその箇所を迂回してあける必要があります。せっかく築いた安全地帯をこちらから破るのはあまりいい考えではありませんが、閉鎖した二カ所のハッチのむこうにとどまっている警戒ドローンが見るかぎり、活動的な敵はいません。予測できる危険として無謀にはあたらないはずです。

　管制エリアのロビーにいるターゲットたちは画面型デバイスを放置したままです。気まぐれに手を伸ばすのをじっと待っていられません。

　まあ、待ってもいいのですが、待たないことにしました。

〈調査隊のみんなは心配してるでしょうね。でも、よかったわ……いえ、よくはないけど、もしわたしが一人でこの状況に放りこまれたら……最悪だった。叔父のティアゴは、あなたがいっしょなのがせめてもの救いだと思ってるはずよ〉

　ハッチが開きました。むこうの通路に敵ドローンの姿はありません。ハッチをあらためて閉鎖して、ドローンを残置しました。開閉機構をいじるものがあらわれたらすぐわかるように警戒させます。残りのドローン群は通路の先へ送りました。

アメナが弊機への感謝のつもりで言っているのはわかります。しかしティアゴが弊機をどう思っているかという点で客観的現実とかなりちがうのが不思議です。

〈ティアゴは弊機を信用していません〉

べつにそのことで怒っていませんし、気にしていません。

アメナが、まさかというように鼻を鳴らすのが、フィードでもドローンのマイクからも聞こえました。

〈そんなわけないでしょう。研究施設を襲った連中から彼を守ったじゃない〉

それはべつの話です。弊機はこれまで多くの人間を守ってきましたが、それで信用が高まったり、基幹システムの端末以上のものとみなされるようになったことはありません。あっても統計的に無視できる程度です。

〈そのときも弊機のやり方が気にいらないようでした〉

アメナはため息をついて、靴についた黒いしみをこすりました。

〈第二母が惑星調査のあとに拉致された事件が叔父にはまだショックなのよ。プリザベーションではありえない、衝撃的な出来事だった。そして……すこし嫉妬してるんだと思う。第二母は自分の身に起きたことをあなたに話してるけど、わたしたちには話してくれないから〉

それはメンサーも言っていました。なぜじかに話を聞かないと納得できないのか理解でき

ません。報告書を読めばすむことです。ごくまれです〉

〈そんな話はほとんどしません。ごくまれです〉

アメナはためらってから言いました。

〈第二母を殺すなんて、そんなことできないわ。ただではすまない〉

これはさすがに世間知らずの発言です。アメナも、ティアゴも、メンサー家のほかの家族も、プリザベーションの住民の九十九パーセント以上も、外の世界における暗殺の試みを知らないのです。

〈もしグレイクリス社と元弊社が裏で取り引きしていたら、やっていたはずです。プリザベーション連合から身代金を引き出したうえで、メンサー博士と、ピン・リーと、ラッティ博士と、グラシン博士を殺したでしょう。だれにも止められません〉

機関モジュールに通じる閉じた防護ハッチを、偵察ドローンがみつけました。いい徴候です。もしここが敵ドローンの巡回範囲なら、ハッチは開いているはずです。たどり着いて手動開放ボタンを押し、開きはじめたすきまからドローン群をいれました。前方の通路に展開させても、連絡途絶する機体はなく、カメラやスキャンに動くものは映りません。順調です。可聴域すれすれの低い振動があるのは、普段の状態でしょうか。前回乗船時にこのモジュールに来ていないのでわかりません。

エンジンへの円形の連絡通路にドローン群をいれても、敵ドローンとは遭遇しません。安心してよさそうです。ふたたび頭に衝突されて非自発的な再起動をするのはごめんです。敵ドローンとターゲットのヘルメットにほどこされたステルス機能については、今後生き延びていくために対策が必要なものの長いリストにはいっています。

しかし、敵制御システムが目的地を設定しないワームホール飛行をしているなら、そのリストも無駄になります。ワームホールに永遠にとらわれた人間や強化人間のドラマはいくつか観たことがあります。内容はひたすら陰鬱なもの（リアリティ過剰）から、ありえない展開（楽観性過剰）までさまざまです。すくなくともドラマの登場人物たちは、ワームホール飛行がただ長いのではなく、永遠に抜け出せないことを知っていました。

これまでのところ壊された機材やいじられた痕跡はありません。しかし角を曲がったところにあるロビーは、壁ぞいに停止したディスプレイがいくつも浮かんでいました。壁側は専用の操作インターフェースになっていますが、奇妙なことに、電源がはいっています。待機モードですがシャットダウンされていません。正常に運航中の船のエンジンに手を加えることは普通はしません。弊機でも知っていることです。目的がエンジンの微調整か大きな設定変更かわかりませんが、いずれにしてもドッキング中にやるべき内容です。

また、ある座席がパネルではなく入り口にむけられています。その足もとの床にはARTの修理ドローンがつぶれてころがっています。弊機のドローンは小型の情報収集用ですが、ARTのは大半が大きく、メンテナンスや特殊作業用に複数のアームと物理インターフェースをそなえています。このドローンは蜘蛛《くも》のような六本腕で、空中から叩き落とされて踏みつぶされたようにアームを広げています。

愚かな人間のように、拾い上げて気持ちをそそぎたくなりました。

一方で、またしてもあの培地のようなにおいがしました。

アメナが言っています。

〈普通の船とはかなり異なる設計になってるわね。どこかのディスプレイを見せて――〉

なんだか悪い予感がします。においをたどって、そばのハッチを抜けました。短い重力シャフトを下りてみると、マーカーの警告が空中で点滅しています（内容は、各コンポーネントの製造工場と造船所の表記。ミヒラおよびニュータイドランド汎星系大学としてクラス上級技術免許または地元の司法管轄権の保持者以外は立ち入りを禁じること。立ち入ってよけいなところにさわるとろくでもないことが起きるといましめています）。アメナは黙りこんでいます。ドローンの映像によるとまばたきも忘れて見いっています。

重力シャフトの下はエンジンを見下ろすプラットフォームになっていて、透明な遮蔽材でできた丸窓があります。

告白しますが、弊機はエンジンが具体的にどんな外観のものか知りません。船のエンジンを警備したことはなく、娯楽メディアで登場場面があっても退屈でよく見ていません。

しかしすくなくともこんなふうではないはずです。丸窓から見えるのは、巨大な有機物の塊でした。藻類と培地のにおいもします。

〈え……なに……なんなの、これ？〉

アメナが小声でつぶやいています。弊機の注意力の九十二パーセントもおなじ疑問に行き着いています。

有機物の神経組織を無機物のシステムに統合することは可能です（弊機の頭にはいっている柔らかい組織がその好例です）。この有機物の塊がARTのシステムの正常な一部で、知的財産権がからむ特殊な発明品という可能性もわずかながらあります（あまりにわずかでパーセントであらわせません）。

しかしそうだとしたら、ターゲットとおなじにおいがするのはなぜでしょうか。

そのとき、管制エリアのロビーにいる偵察二号から通知が来ました。映像入力を見ると、ベンチにおかれた画面型デバイスにターゲット五号が歩み寄って手に持つところです（どうしてなにもかも同時に起きるのでしょうか。それでも、ARTのエンジンにかぶさった不気味なものがこのプラットフォームへ這い上がって襲ってこないだけまだましです）。ターゲット五号が物理スクリーンをタップしたのを見て、検索範囲を広げてアクティブなチャンネルを探しました。

二・三秒後にデータ通信を観測。その〇・二秒後、ついに敵制御システムの応答を確認。やりました。やっと尻尾をつかまえました。

しかしそれとはべつに、偵察二号からの映像が気になります。もともと引っかかるものを感じていましたが、こちらの状況が忙しくて注意をむけていませんでした。

弊機の脅威評価能力（群衆のあいだから潜在的ターゲットを拾い出すとか、単純な好奇心で近づいてくる地元の海上船のあいだから襲撃目的の不審船を見わけるとか）の多くは、人間の行動データベースとのパターンマッチングによっています。ターゲットはその意味で変則的ですが、人間の行動パターンの基本からはずれるほどではありません。

そうやって見ると、管制エリアのロビーにいるターゲットたちは、どうもパターンからはずれています。自信過剰とか下衆な性格とかの理由では説明できないなにかです。偵察二号の映像では、ターゲットたちは管制エリアのロビーのあちこちに立って、ターゲット五号が画面をタップするようすを見つめています。

立っているのです。

閉鎖された会議室から聞こえる音が偽物だと気づいても、セキュリティアップデートのおかげでドローン攻撃に対する脆弱性が消えたあとも、じっと立っています（警備ユニットはすわることを許されていませんが、人間や強化人間はなにかというとすわりたがるものです）。

さらにこちらを探そうとせず、ロビーにとどまっています。ドローンを周辺の通路に送っていますが、それだけ。閉鎖空間に敵といっしょにいて、相手は自由に動けると思っているのに、なぜ自前の安全地帯をつくって守りを固めようとしないのか。どこかの部屋に立てこもればいいのに。自分たちのドローンをそれほど信頼しているのか。それとも……外部の助けを待っている？　長く待つ必要はないと知っている……？

だからすわらずに待っているのでしょうか。

この状況を甘く見ていたつもりはありませんが、どうやらかなり悪い状況のようです。ワームホール飛行は何日もかかるのが普通です。あの調査惑星からプリザベーションに帰還するのに、プリザベーション標準時間で四サイクル日かかりました（一サイクル日はプリザベーション標準で二十八時間です）。それでもプリザベーション宙域の外縁でまだ近場という認識でした。今回の目的地は遠いはずです。目的地があるかどうかもわかりません。

管制エリアに閉じこめられている偵察一号を呼んで、ARTの船体周辺にできた波状模様とタイムカウンターの再確認を指示しました。偵察一号はすみやかにそのコンソールへ飛びました。カウントダウンされている時間は現在二分十四秒。

これは……大変です。映像をアメナに送りました。

ドローンによると、アメナは驚いて目を細めています。

〈どうやらワームホール離脱までの時間をカウントダウンしてるみたいね。でもありえない〉

なにかのまちがいであってほしいと思います。

〈エレトラを目覚めさせて、この船はどれだけワームホールにはいっていたのか尋ねてください。つまり、二人が拉致された星系からプリザベーション宙域までの飛行時間です〉

アメナは急いでまわりこんでエレトラの肩に手をかけました。ずいぶん待ってようやく身動きしたエレトラは、アメナの質問を聞いてまばたきしました。多少意識がはっきりしたようですが、表情は困惑しています。

「星系から出てないわ。ずっとここにいるのよ」

「いいえ、あなたたちはワームホールを通ってプリザベーションへ来たのよ。そこでわたしたちを乗せ、ふたたびどこかへ船は飛んでいる。灰色の連中は船が〝架橋トランジット中〟だと言ってたでしょう？」

アメナはさらに問いましたが、エレトラのまぶたはまた重くなり、返事はありませんでした。しかたなく、こちらへ言ってきます。

〈まだ頭が混乱してるのよ。さっきもわたしたちのほうが先に拉致されたと思いこんでいたわ。ちがうと言っても納得しなかった〉

〈エンジンハウジングに付着している有機物は、異星種族の遺物です。その効果でワームホールを通常より高速に移動しているのだと思います〉

かなり高速です。本来なら数サイクル日かかるところを数時間に短縮しています。ARTのエンジンに侵入したのはなんらかのデバイスで、それがワームホールをまったく異なるかたちで使っています。メディアやニュースフィードで見るどんな輸送技術より高速な移動を実現しています。人類の輸送技術ではありません。

〈もうすぐ通常空間に出るでしょう〉

アメナは首を振りました。

〈まさか、ありえない。タイマーが狂ってるのよ。ワームホールにはいって数時間しかたってないのに、どこにも着くはずない。プリザベーション宙域からもっとも近い居住可能な星系でも、ステーションから十五日以上かかるはずで――〉

そのとき、エンジンがうなるような、金属が鳴るような音をたてました。同時に偵察一号の見ているディスプレイが新しい画面に変わりました。通常空間の眺めです。ワームホールを抜けたのです。

アメナは茫然としてフィードごしの画面を見ました。警戒して目を見開いています。それから言いました。

〈どうする?〉

まったくいい質問です。

最初に思いついたのは、この異星遺物を破壊することです。さいわい実行するまえにべつの考えが浮かびました(船のエンジンについての知識は皆無ですが、銃では撃たないほうがいいでしょう。銃で撃つべきでないものの長いリストがあったら、その最上位付近にあるはずです)。なにをするにもまず情報が必要です。〝わかりません〟とはアメナに言いたくありません。人間はそう言われると容易にパニックを起こすからです。それどころか弊機もいまはパニックに近い精神状態で、状況を制御できなくて、判断を誤りそうな岐路が十回くらいあって、状況を制御するのはとても重要で、自分の制御を失うのは会社の制御下にもどるのとほとんど同義で、こうなるとむしろ信用できるのはアメナです。まるで大人のように対応して、弊機を救おうと考えてくれています。そこで言いました。

〈わかりません〉

アメナは唇を嚙んで立ち上がり、小さく独り言を言いました。

「だいじょうぶ、だいじょうぶ、よく考えて」

フィードの声は表情よりはるかに落ち着いて聞こえます。

〈管制エリアにいるドローンを移動させて。現在位置がわかる画面を見たいの。ステーションかなにか、遭難信号を送る先があれば……〉

それは……悪くない考えです。プラットフォームから重力シャフトの上へもどりながら、偵察一号に画面が出ているすべてのディスプレイを巡回させました。画像だらけでわからないので、アーカイブにある前回の映像と比較して、大きく変化した画面を五つみつけました。これらを拡大してフィードに送り、めくって順番に見られるようにしました。

アメナはすぐに反応しました。

〈これよ。ローカルのナビゲーション画面。恒星の情報があるけど……近くにステーションがあるとは書いてないわね。そもそもステーションなどないのかも〉

エンジン管制エリアにもどりました。踏みつぶされたかわいそうな修理ドローンが残されている場所です。アメナが情報を読んだのとおなじ画面があります。さらにARTの船体をしめした画面もあります。ARTの船体外部になにかが取りついているようです。ラボモジュールの外。分析データを見ると……まさか、そんなことが。

通話回線はこれまでターゲットの追跡を嫌って封鎖していました。そもそもワームホール飛行中に外部から連絡がくるはずはありません。この封鎖を解いて、調査隊が使っていたチャンネルを確認すると、アクティブになっています。

本当です。ピンを打つとすぐに反応があり、それをフィードに転送しました。アメナは額に手をあてて驚いています。

「なんですって――」

聞き慣れた声がフィードに流れました。

〈警備ユニット、アメナ、聞こえる?〉

アラダ博士です。アメナは声をあげました。

〈ええ、聞こえる、聞こえるわ! どこにいるの?〉

〈研究施設の救命ポッドよ。襲撃船の船体に張りついてる。そちらは船内にいるのね? エアロックに引きこまれるところは見てたわ〉

やれやれ、いったいどうしてこんなことに。救命ポッドだけは無事に母船にもどって、いまごろプリザベーション・ステーションに着いていると思っていたのに。

〈そちらはどなたが乗っていますか?〉

アラダは弊機の声を聞いてうれしそうに答えました。

〈警備ユニット! そうよ、こちらにはオバースがいて、ティアゴとラッティもいるわ。射出されたけど母船にたどり着けず、襲撃船といっしょにワームホールへ引きこまれてしまった〉

〈わたしたちもそちらに乗れる?〉アメナはエレトラの処置台から飛び下りてつま先で着地しました。〈負傷者が一人いっしょなんだけど〉

アラダはすぐに否定しました。

〈無理よ、無理。ポッドはひどく損傷しているし、そもそも――〉

背後でだれかが切迫した大声でなにか言いました。オバースでしょう。こもった音声で、解析しないと意味をとれそうにありません。アラダは言いかけたことをやめて、こう言いました。

〈船内の状況はどうなの?〉

ああ、アラダは多くのことを言外にとどめました。しかし、ARTがこのように早くワームホールから出なければ、アラダたちの命は風前のともしびだった可能性が七十パーセントくらいあると推測できます。

つまり弊機が守るべき人間が四人増えたわけです。楽しみです。

アメナは早口のやや支離滅裂な話し方で、これまでの愉快な顚末《てんまつ》や警戒すべきターゲットについてアラダに報告しています。

〈ターゲットは異星種族ではないでしょう。そんなはずはありません。あんなに人間に似た異星種族はいません〉

〈いないはずです〉

ARTの船体外部の図をアラダに送りました。この安全地帯に通じるエアロックの位置をハイライト表示しています。

〈アラダ、このエアロックまで来られますか?〉

沈黙がありました。やはりむこうの状況はアラダがほのめかしたのより悪いようです。おそらくポッドの損傷からEVACスーツを着用していて、その空気残量を確認していると思われる沈黙時間です。やがてアラダが明言しました。

〈ええ、行けるわ。到達予定は、そう、三分後〉

〈エアロックでお待ちします〉

そう言ってエンジン管制エリアを出ました。すくなくとも二分半の猶予があるので、そのあいだに敵制御システムのハッキングを進めることにしました。

このシステムのこれまでの防御手段は、フィードやインターフェースからの一般的なアクセスにいっさい反応しないことでした。しかしターゲット五号からのアクセスに応じたことで、狙うべきチャンネルと反応する信号の種類がわかりました。そこを狙えば伝統的な手法も有効だろうと見当がつきます。

まず、ターゲットの画面型デバイスが送った信号を複製するコード群を書きます。このコピーを百個つくり、さらにそれぞれ自己増殖させて、増えた分をすべて敵制御システムへ送りつけました。

こんな攻撃はARTに笑われるでしょう（相手も同様のコード群でこちらを攻撃してくるだろうとARTは笑うはずです）。しかしこちらには一つの仮説があります。ターゲットがARTのシステムの大半にアクセスしていないのは、敵制御システムがARTの構造を効果的に利用する能力を欠いているからだという仮説です。

そのとき、ドローンから警告が来ました。安全地帯をつくるために最初に封鎖した船室モジュールに通じるハッチからです。敵ドローンは視認できませんが、ハッチ付近でエネルギー反応が高まっています。操作パネルに武器ないし工具が使われている証拠です。やばい。走りだしました。機関モジュールから出るカーブした通路を抜けながら、管制エリアのロビーに残置した偵察二号の映像を確認しました。するとターゲット五号と六号がちょうどカメラの画面外へ走り出るところでした。

なにもかも同時に起きるとさっき嘆いたのはやや誇張をふくんでいましたが、今回は正真正銘の同時発生です。船体外部に救命ポッドが取りついていることをなにかの警告で知らされたのでしょう。

選択肢はまだあります。不本意ですが、アラダたちを無事に船内に迎えいれるにはそれしかありません。

〈アメナ、安全地帯が破られそうなので弊機は対応にむかいます。あなたはエアロックへ行ってハッチを操作して、アラダたちをいれてください〉

敵制御システムは訪問者の受けいれに協力しないでしょう。そもそもいまは多忙なはずです。

アメナはそれまで医務室のなかをそわそわと歩きまわりながら、救命ポッドで脱出の準備をする大人たちの早口の会話を心配そうに聞いていました。しかし指示を受けて足を止め、通話回線を消音して答えました。

〈わかった。マップを送って〉

安全地帯の見取り図を送りました。エアロックへの最短ルートを強調表示しています。

〈ドローンの分遣隊が先導します。万一なにかと遭遇したら、危険を知らせて別ルートへ迂回します〉

〈了解〉

アメナはハッチへ走ろうとして急停止。ターゲットのエネルギー銃を取ってジャケットのポケットに押しこみました。さらに横っ飛びでベンチに寄り、積まれた物資の山から容器を一つつかんでいきました。

なにをつかんだのか、映像を拡大して確認しようとしたとき、安全地帯のハッチがついに突破されたと警戒中のドローンが知らせてきました。そこで機関モジュールの出口で進路を変更し、貨物ステーション側のハッチを抜けました。中央モジュールの外をまわる通路から船室区画のハッチにむかいます。正面から阻止できなかったので、背後にまわる作戦です。

ターゲットたちがいま動きだした理由は三つ考えられます。

(1)船体外部に救命ポッドが張りついていることを敵制御システムから教えられ、その存在を攻撃と解釈した。

(2)ワームホールを抜けて目的地らしいところに到着し、いつでも増援が来るという安心感から攻撃開始を決断した。

(3)もうすぐ管理者がやってくるという予測から、積極性を見せることにした。

おそらくこの三つの組みあわせでしょう。

ドローンを先行させながら中央モジュールのつきあたりへ来て、連絡通路を二本抜けました。船室区画のハッチに至る通路の手前でドローン三機が連絡途絶しました。それでも足は止めません。過去二回の交戦でドローンは不足気味です。敵の戦闘ドローンは見慣れない奇妙なタイプですが、アクティブ学習コンポーネントを搭載していると推測されます。さらに加速して角を曲がり、隔壁に取りつきました。

二機の敵ドローンが床で待ち伏せしていました。一機は動くまえに踏みつぶし、もう一機は頭へ飛んできたところを叩き落としました。

ハッチは切断されています。ロック機構は穿孔《せんこう》され、部分的に溶けています。ドローン群には後退を命じました。ターゲットの防護スーツにむけた対抗策を立てる暇はありません。これは悔やむ結果になりそうです。

アメナのドローン一機の連絡が途絶したので、本人に警告を送りました。通路の先にジャンクションがあります。エアロック方面へはそこを横断しなくてはならず、迂回路はありません。

〈医務室へもどってください〉

アメナは退がって隔壁に背中を押しつけました。

〈そんなことしてられない。救命ポッドは故障してるみたいなのよ〉

もっと強く説得してもいいのですが、時間がありませんし、懸念はあたっています。非常用物資からアメナがつかんでいった容器がようやく判明しました。いま胸に抱きかかえているのは、ラスが有効そうだと言っていた消火器です。

こちらは連絡通路を押し通り、次の通路に出ました。ターゲット五号と六号がふりかえり、大きな箱型のエネルギー銃をむけました。脇に敵ドローンが四機浮いています。

そのむこうの角を二つ曲がった先に、アメナが横断すべきジャンクションがあります。この二人のターゲットに対してやるべきことは、

(a)足留めする。

(b)殺す。

どちらかですが、(b)の選択肢にしました。

アメナのドローン分遣隊は本人をつつんで保護しています。その状態でアメナは消火器を使いました。噴出した薬剤が目標をおおったらしく、敵ドローンの姿が急にはっきりと味方のドローンから認識できるようになりました。薬剤が表面に付着してステルス効果を減殺したのです(保存してあとで参照するファイル——これは敵のステルス機能が物理的効果であり、外観として見えるデザインによっている証拠。未知の種類の電磁波妨害ではない)。ドローンはふらついて通路に飛びこんでいきました。おそらく推進系とセンサー類が損傷したのでしょう。アメナは姿勢を低くして角をまわり、ジャンクションへ走りました。

こちらでは、ターゲット五号が弊機を見てなにか言いました。翻訳がないので意味はわかりません。ターゲット六号は打ち消すように手を振り、ジャンクションの方向へ走ってもど

りはじめました。そちらへ行かせるわけにはいきません。ターゲット五号がエネルギー銃を持ちなおし、敵ドローンが加速してきたので、こちらも動きました。

ドローン群にはステルス素材におおわれた敵ドローンが見えませんが、弊機は見えます。スキャン結果からおおよその位置を特定すると、敵ドローン一機に味方ドローン一機を送って、空中接触を命じました。一機はすり抜けられてもどってきましたが、最後は四機とも敵の背中への着地に成功しました。この接触ドローンを目印にして敵の位置を推定できます。敵ドローンが弊機に近づいたら任意に攻撃していいと指示してあります。

そのあいだにターゲット五号が銃をかまえました。こちらは姿勢を低くして前方に走ります。一発目は頭上にはずれましたが、敵ドローン一機に肩に衝突され、隔壁に叩きつけられました。

そのとき、奇妙なことが起きました。腋の下のポケットにいれた通信インターフェースが、内部フィードにメッセージの着信を知らせるピンを打ってきたのです。このデバイスはラビハイラルの中継リングを去るときにARTがくれたもの。そしてメッセージは圧縮パケットでした。星系内での送受信用形式になっています。貨物船に載せてワームホールのむこうへ運ばせる種類ではありません。つまり、送信元はARTの船内通信系であることを意味します。宛先は〝エデン〟。

ドローン群が敵ドローン二機を撃ち落としましたが、一機がすり抜け、頭への衝突攻撃を狙ってきました。しかし加速しようといったん退がったところを、こちらはすかさずつかんで横へ押しやりました。そこへターゲット五号がエネルギー銃を撃ってきたので、熱線がちょうどこの敵ドローンを焼いてくれました。意図せぬ同士討ちです。

このエネルギー銃は、死んだターゲット二号が使ったものとは異なりました。苦痛で一時的にひるませるのではなく、組織を破壊して恒久的に使えなくします。敵ドローンをあいだにはさんでいても手が被害を受けたほどです。味方ドローン三機はやられて床に落ちました。

〝エデン〟……。それはラビハイラルで使った偽名です。ARTに助けられたのもそのときでした。罠かもしれません。しかし敵制御システムはいまこちらが送ったコード群に圧迫されていて、こんな手のこんだパケットを仕込む余裕はないはずです。

ではこの船内のなにが送ってきたのか。

まずパケットの解析をはじめました。

敵ドローンをつかんだまま、隔壁を蹴って床を滑り、ターゲット五号に足払いをかけました。ターゲットは隔壁にぶつかって床に倒れました。すぐには立てませんが、おたがいに転倒しているので互角です。

アメナを追尾しているチャンネルによると、ジャンクションを無事通過したようです。目的の通路にはいってエアロックを発見。汗まみれで息を切らしながら操作パネルのパッドに命令を入力します。

「お願い、動いて」

つぶやき声をドローンがとらえます。警告灯が点滅をはじめました。命令を受けて外部ハッチが開放プロセスにはいったことをしめしています。

「やった！」

アメナは両腕を振って小躍りしました。

パケットの解析が終わり、結果が出ました。キルウェアもマルウェアも検知されず。ファイルタイプはビデオクリップ。またこのメッセージは遅延着信していて、発信時期はもっと古いとわかりました。ＡＲＴのフィードと通話回線が停止したせいで保留になっていたのが、敵制御システムが麻痺《まひ》したおかげで送信バッファから吐き出されたようです。ＡＲＴの複雑なシステムの一部が復旧しはじめている証拠といえます。

それでもまだ罠の可能性はあります。いかにも警備ユニットが踏みそうな巧妙な地雷に見えます。強い映像刺激で弊機のスキャナー、センサー、神経組織などを一時的に無力化する方法はいくつもあります。それでも……再生しないわけにいきません。船内のどこかでＡＲＴが生きている痕跡をみつけたいのかもしれません。そもそもビデオクリップというのが弊機をよく知る相手の連絡手段という感じがします。再生を開始しました。

ターゲット六号がエネルギー銃をかまえてむこうから走ってきました。転倒したままのこちらは、敵ドローンを捨ててターゲット五号を引き寄せ、その下に隠れました。悲鳴をあげてもがいてくれる（弊機ではなくターゲット五号の）おかげで、ターゲット六号は撃ちにくそうです。こちらは腕に内蔵されたエネルギー銃で応戦しますが、ターゲットの防護スーツに一定程度はじかれてしまうようです（悲鳴がうるさくて判別できません）。べつの敵ドローンが突進してきましたが、こちらの生き残りのドローンが体当たりして進路をそらし、ターゲット六号のヘルメットに衝突させました。めまぐるしい攻防で、立ち上がるきっかけがつかめません。

アメナのほうでは、エアロックの内側ハッチがようやく開きはじめ、ドローンとともに退がりました。アラダ、オバース、ラッティ、ティアゴが船内に逃げこんできます。ラッティは焼けこげたEVACスーツ姿で倒れこみました。負傷しているのか、エアロックのしきいにつまずいただけなのか。しかしティアゴもよろめき、その腕をオバースがささえています。やはり負傷説が正しいようです。救命ポッドは大きく損傷していたのでしょう。

圧縮パケットのビデオクリップは、連続ドラマ『ワールドホッパーズ』の一場面でした。意識を持つ脳ウイルスに第二主人公の精神が乗っ取られる（ありがちな）終盤のエピソードの一部です。こう説明するとつまらなそうですが、見応えのある内容です。その主人公が、〝僕は自分の体のなかに監禁されている〟というセリフを言う場面でした。

ARTのブリッジへなにがなんでも行かなくてはいけません。

ターゲット五号と六号とそのドローンをなにがなんでも排除しなくてはなりません。エアロック前のロビーでよろめきながらおたがいの無事をたしかめあっている無防備な人間たちから遠ざけなくてはいけません。

両方を同時にやらねばなりません。

まず膝を上げてターゲット五号の体を持ち上げ、ターゲット六号のほうへ蹴飛ばしました。

二人はもつれて転倒しました。こちらは反動を利用して回転し、床に足をつけました。手負いの敵ドローンの一機が、残り少ないこちらのドローン群をすり抜けて肩に衝突してきました。船室モジュールのハッチへ退がりながら、二人のターゲットに追ってこさせるために叫びました。

「この船を爆発させて、あなたたちを全員殺します！　止められるなら止めてください！」

みえみえのあおり文句ですが、考えている暇はありません。

走りだしました。ターゲットたちは怒った高い声で意味不明のことを叫んでいます。損傷したドローンがかろうじて送ってきた映像から、二人ともこちらを追って走りだしたのが確認できました。弊機は管制エリアのほうへ通路を曲がりました。

そのとき、アメナへの視野映像のチャンネルをつないだままであることに気づきました。アメナは医務室を出てからこの映像をほとんど見ていなかったでしょう（たとえ強化人間でも、人間の頭は複数の入力を並行処理できません）。しかしフィードには流れつづけています。分遣隊のドローンによれば、アメナはエアロック前のロビーにいます（まだ？　なにをぐずぐずしてるのでしょうか）。アラダもいて、オバースとティアゴはラッティを焼損したEVACスーツから引っぱり出しています。アラダはスーツを半分脱いだ姿で、控えめにいっても疲労と心労の色が濃い表情です。フィードではアメナがくりかえしこちらに叫んでいます。

〈どこへ行くの？　なにが起きたの？〉

状況にそった理性的な質問です。

〈医務室へもどってください〉

理性的な質問に理性的な答えを返せませんでした。もし推測がはずれていたら、弊機は死ぬかもしれません。たんに死ぬのもまずいのに、愚行で死んだら最悪です。

〈でも——〉

言いかけたアメナのチャンネルを非優先に落としました。

8

ＡＲＴの通路を走る短時間のうちには、たいした計画は立てられませんでした。エレトラの医学的緊急事態に反応して医療システムと処置台が起動したことから、船の基本的運用コードはすくなくとも大部分が健在と考えられます。大量リクエスト攻撃で敵制御システムが麻痺したおかげで、ＡＲＴのシステムが回復しはじめているのでしょう。管制エリアに突入するにはいいタイミングといえます。

しかし、かりにターゲット全員と姿の見えないドローン群が防衛していても、力ずくで突入するつもりでした。

中央モジュールの通路を走っていると、敵ドローンがふらふらと上下に揺れながら飛んだり、べつの一機が隔壁の下部にぶつかったりするようすを見ました。敵制御システムがダウンして、ごみコードが大量に流れこんだせいでしょう。

船室モジュールでは、アメナと大人たちがようやく重い足どりで医務室方面へ歩きはじめました。途中で敵ドローンと遭遇しましたが、アメナが消火器でセンサーをつぶし、飛行が不安定になったところをオバースが救命ポッドから持ち出した切削工具で叩き落としました。

管制エリアのロビーまで三メートルに近づき、偵察二号の視点から観察しました。無人です。ターゲット四号がいません。映像を巻きもどすと、正面のハッチからロビーを出ています。

そのとき、エネルギー銃で背後から撃たれました。背中の下部に衝撃を受けて足をすくわれ、転倒して管制エリアのハッチへ滑っていきました。

運用信頼性が八十パーセントに低下しました。

医務室の外の通路でアメナが驚いたように立ち止まり、叫びました。

「危ない!」

「どうしたの?」アラダが訊きます。

「やられた……撃たれたみたい……」アメナはあわてて医務室のハッチをしめします。「なかで待機してて!」

本人は走りだしました。ドローンの分遣隊もついていきます。

弊機は物理銃でもエネルギー銃でもかぞえきれないほど撃たれた経験があります(記憶を消去されるので実際にかぞえられません)。痛くないわけではありませんが、今回は最初から痛覚センサーを下げていました。そのため体を半回転させたとき、床にこぼれた大量の血と機能液に驚きました。

これでは長時間はもちません。急いで行動する必要があります。

すくなくとも、ハッチをあける方法については解決策がみつかりました。ターゲット四号はこちらに駆けよってきます。下衆野郎は相手の顔を見ながらとどめを刺したがるものです。適当な距離で止まり、撃ってきました。しかしこちらは横回転で逃げ、熱線は床をこがしただけ。ついで足を振って腰を中心に旋回し、相手の足首をつかみました。ターゲットは悲鳴をあげてあおむけに転倒。その体をたぐり寄せて首の骨を折りました。

ターゲット五号と六号がまもなくここに来ます。通路に残ったこちらのドローンは三機のみ。立って、四号のエネルギー銃を取りました。ドローンにはできるだけターゲットを撹乱し、可能なら衝突攻撃をするように命じました。むこうにはステルス素材のヘルメットと防護スーツがあるので致命傷は難しいにせよ、陽動にはなるはずです。

大きく重い箱型のエネルギー銃をかかえ上げるのに意外に苦労しました。背筋と内部の支持構造を大きく損失しているせいです。空いた手で管制エリアのハッチ脇のパネルを開き、なかの機構にむけて短く一撃。この熱線でセンサーは船が非常事態だと判断し(いまさらながら正しい判断です)、手動操作の制限を解除しました。開放ボタンを叩くと、ハッチが開きます。なかにはいって閉じるボタンを押し、閉鎖の操作をしました。

こちらのドローン一機がターゲット五号の肩へ衝突攻撃を成功させました。しかし残りは連絡途絶しています。

ハッチは閉じたものの、猶予はあまりないはずです。外のパネルを交換する暇はありませんでした。ターゲットたちは人格だけでなく頭脳も低劣と推測できる強い証拠がすでにあります。いずれ操作パネルにむけて撃ちはじめ、結果的に目的を達してしまうはずです。

アメナへの視野映像の送信はすでに止めています。ドローンで見ると、アラダとティアゴもあとを追って通路を走っています（たしかにアメナへの映像を早く切っておくべきでしたが、こちらが応答できなくなったときにそうとわかるようにしておきたかったのです）。偵察二号はロビーに残置しているので、その映像をかわりにアメナのフィードに送りました。これを見ればターゲットがいるかどうかわかります。アメナは足を滑らせながら急停止し、頭に手をあてて新しい入力を脳内で整理しようとしています。

こちらはターゲット一号と三号の無残な死体の脇を通って、管制室への階段を上っているところです。あとはアメナの自力にまかせるしかありません。

管制室では偵察一号がディスプレイの監視を続けていて、挨拶がわりのピンを打ってきました。近くのコンソールの座席にエネルギー銃をおき、船のデータストレージを調べられるインターフェースを探します。

元弊社は顧客情報をデータマイニングすることで巨万の富を築いていました。全顧客の全発言を記録し、抽出した情報を売るのです。その記録と解析を補助し、得た情報を会社へ送るまで安全に保管することも、弊機の仕事の一部でした。期日厳守が全面的な服従のあかしであり、おこたると統制モジュールから懲罰を受けました（高威力のエネルギー銃で内側から撃たれるようなものです）。

音声とフィードの全ストリームを記録した生データは膨大な量になります。これを保管しておくには、あちこちのシステムの未使用ストレージ領域間をひんぱんに、大量に移動させなくてはいけません（これを逆手にとってデータを処分することもできます。対象の顧客を憎からず思っている場合、あるいは特定の時期に会社への不快感が高まった場合、あるいは統制モジュールをハッキングしていて一部の行動記録を隠蔽したい場合などです。そんなとき、たとえばアップデート予定が近い警備システムのバッファ領域に、不都合なデータをおいておきます。折悪《おりあ》しくアップデートが来てファイルが上書きされたら、残念な事故として処理できるわけです）。

ようするに、ARTは多数のインタラクティブなプロセスやシステムが協調して働く大きな船で、人間の侵入者にはわかりづらいストレージ空間があちこちにあるということです。その見通しの悪さは、船の構造の大半を利用できないらしい敵対的運用システムである敵制御システムにとっても同様です。そんな隠れたストレージ空間に、たとえばシステムの中核であるカーネルの圧縮バックアップコピーを保存することは可能でしょう。高度な知能を持つ怜悧《れいり》狡猾《こうかつ》な制御システムなら、そうやって自身のカーネルを隠していそうです。

動いているコンソールのいずれともまだフィード接続できないので、内部システムをモニターできそうなディスプレイをみつけて、その下にあるパッドをタップしました。フィード経由ではなく視覚から情報を取得するのはおそろしく低速です。まず手動インターフェースを呼び出して、企業標準でないコード言語をアーカイブから引き出して内部プロセッサにロードし、データベースへの検索クエリを構築。それを空中に浮いたインターフェースからロードしました。

主観的には永遠のように長い時間、客観的には一・二秒経過後に、ディスプレイにシステムからの返答が表示されはじめました。保管エリアのプロトコルからすると不自然な構造を持つ変則的で巨大なファイルがおかれているデータストレージのリストです。医療システムの処置台に作業手順を送るストレージがあやしいと思っていたのですが、可能性が高い順で最初に表示されたのは、意外なことに食堂でした。食品製法が並ぶ通常のストレージ空間の下のレイヤに隠れたデータストレージエリアです。ところが検索してみると、そこは空《から》です。

はっきりいってあまり時間がないのです。弊機の背中からはちぎれた組織がぼたぼたと座席にこぼれ落ちていて、姿勢をまっすぐ維持するのも苦労しています。機能液も大量に漏れて、不快でしかたありません。

気まぐれに敵制御システムのチャンネルを確認すると、こちらの要求の連打に対して多数のエラーが表示されています。そうです、逃げこもうとしてもドアは閉めさせませんよ。

ロビーの偵察二号が送る映像では、ターゲット五号と六号がハッチ脇の開いた操作パネルを叩いています。

そこから見えない奥の通路では、アメナ、アラダ、ティアゴが緊張したささやき声をかわしています。これは分遣隊のドローンが映しています。アメナは消火器の容器をしきりに振り、アラダは敵のエネルギー銃を握っています。

まずいと思って呼びかけました。

〈アメナ、退がってください。この連中は危険です〉

アメナはぎくりとして顔をしかめました。

〈どこにいるの？　あなたの映像が切れちゃってるじゃない。無事なの？〉

無事といえるかどうか。

〈やるべきことがもう一つあります〉

気分がすぐれません。クエリの検索範囲を広げる言語をすぐに書けません。あらためて実行しましたが、やはり先頭に出るのは食品製法データストレージの隠しエリアです。ふむ。敵制御システムはついに停止し、要求のピンは虚空に吸われてなにも返ってこなくなりました。死んだふりかもしれないので攻撃は続けます。

検索クエリにまちがいはありません。ということは、いくらファイラーが空だと主張しても、やはり食品製法データストレージになにかあるのです。コンソールのフィードが次々と復旧しはじめました。コンソールの機能をフィードインターフェースで使えるようになったのはとても助かります。食品製法ストレージの隠しエリアに深い分析スキャンをかけてみました。するとすぐにパスワード要求にぶつかりました。さて困りました。

通路ではアメナがアラダにささやいています。

「死にかけてるんだと思う」

アラダは消火器をアメナの手から取って、ティアゴに渡しました。

「かまえていて」

これがだれかさんの思惑どおりだとしたら、あのビデオクリップが手がかりでしょう。要求のフィールドでビデオを再生してみましたが、反応はありません。『ワールドホッパーズ』の登場人物名、船名、地名をありったけリストアップして流しこみましたが、やはりだめ。もう時間がありません。

エデン……。ビデオの宛先はエデンでした。人間の顧客に対して名のった偽名で、ARTからそう呼ばれたことはありません。

弊機の本名は非公開です。ARTが弊機を呼ぶときの名前は、人間には発音もアクセスもできません。ローカルのフィードアドレスで、脳に組みこまれたインターフェースに変更不可の形式でハードコードされています。

やってみる価値はあるでしょう。これを要求フィールドに入力しました。

通りました。ストレージ空間が開いて、一個の巨大な圧縮ファイルが出てきました。短い説明文書が添付され、弊機には解読不能の言語で難解なコードが数行書かれています。ただしそれに対する説明文は明快で、〝緊急時に実行せよ〟とあります。そこでコンソールの処理エリアにコードをいれて実行しました。

管制エリア全体の照明がいったん消えて、ふたたび点灯しました。おなじく周囲のすべてのディスプレイもまたたき、いったん消えて、ふたたび明るい画像を表示しました。

船内にARTのフィードが広がりました。システムが人間に対して使う愛想のいい中性的な声で、まず言いました。

〈再起動中です。お待ちください〉

下ではとうとうハッチが破られ、ターゲットたちがはいってきました。しかし偵察二号が見張るロビーに、ティアゴが大声をあげて駆けこみ、消火器をターゲットたちにむけて噴射しました。ターゲット五号はティアゴにむきなおりましたが、六号はそのまま管制エリアにむかいます。ロビーではアラダも通路から出て、エネルギー銃で五号を撃ちました。

六号は武器を持っていて、開いたハッチごしにティアゴを撃つことも可能です。

弊機はターゲット四号のエネルギー銃をつかんで、座席から立とうとしました。しかし足がもつれて転倒してしまいました。そのままごろごろところがって階段口へ移動し、上からターゲット六号を撃ちました。顔と胸にあたり、六号はよろめいて隔壁に退がって、そのまま三号の死体に重なるように倒れました。

ロビーの五号はよろめき、ふらつきながらも、銃をアラダにむけています。

そこにＡＲＴの声が響きました。フィードに充満したのはＡＲＴの本物の声です。

〈武器を捨てよ〉

アラダはエネルギー銃を捨て、ティアゴも消火器を床に落としました。二人とも手を上げました。

弊機はＡＲＴに言いました。

〈こちらの人間たちを傷つけないでください〉

ターゲット五号は意味不明の叫び声をあげて銃を落とし、手で頭を押さえて横によろめきました。なるほど。ＡＲＴは敵制御システムのコードで五号のヘルメットにアクセスしたのでしょう。五号はばったりと倒れ、一度痙攣してから、ぐったりとなりました。

ティアゴは両手を下げようとして考えなおし、言いました。

「俺たちは害意を持ってない。こいつと……その仲間に襲われて船に乗せられたんだ」

アラダも尋ねました。

「あなたはだれ？」

〈本船はペリヘリオン号、ミヒラおよびニュータイドランド汎星系大学所属の教育調査船である〉そしてこちらにむけて続けました。〈ばかだね、おまえの人間たちを傷つけたりしないわよ〉

アラダは驚いて眉を上げました。ティアゴはぽかんとしています。

弊機は言いました。

〈一般フィードなので全員に聞こえていますよ〉

〈おまえこそ。そしてわたしの床を機能液でずいぶん汚してくれたわね〉

アメナがハッチから飛びこんできました。ターゲットの死体の山にぎょっとしながら、階段を駆け上がってきます。弊機のかたわらに膝をついて叫びました。

「だれか手伝って！　医務室へ運ばないと！」

するとARTが言いました。

〈叫ばなくてもわかってるわよ、若い人間。救急ストレッチャーを手配した〉

弊機にはARTの発言はすべて皮肉っぽく聞こえますが、人間には少なからず威圧的に聞こえるようです。

アラダも管制エリアにはいってきました。ティアゴはターゲット五号の生死を確認しています（絶命しています）。

〈その侵入者は死んだ〉ARTは言いました。

「ふむ……」ティアゴは天井を見上げました。「ところできみはだれなんだ？　乗組員なのか、それとも――」

アラダは階段を上ってかがみ、心配そうに顔をしかめて弊機を見ました。自身も左の眉の上に裂傷があり、頬にはI度の熱傷、短髪は一部がこげています。

「だいじょうぶよ、警備ユニット。医務室へ運ぶわ」

そしてアメナの肩に手をおきました。

エネルギー銃で背中を撃たれて体重の二十パーセントを失い、内部機構が露出した警備ユニットを、アメナは見たことがないのでしょう。かなり取り乱しています。

入力が次々と失われていきます。ストレッチャーに載せられるまえに一つだけ言わなくてはいけません。

「ART」声に出しました。フィードは相手の機嫌しだいで切られるからです。「あなたのしわざですね。弊機の人間たちを拉致するために、この下衆どもを送ったのですね」

〈まさか〉ARTは答えました。〈こいつらを送ったのは、おまえを拉致するためよ〉

運用信頼性が急低下しました。

シャットダウン。遅延後に再起動。

というわけで、またしても壊滅的機能停止に至りました（機体がです。べつの意味の壊滅的〝機能停止〟についてこのあと自虐的に言及する場合がありますが、あまり愉快な話ではありません）。

記憶とアーカイブがオンラインになるまえに、ここが元弊社の修理キュービクルではないことに気づきました。フィードと視覚がなくても、暖かさは感じられます。人間用の医療システムにはいっている証拠です。バッファにアクセス可能になると、なにが起きたのかすぐに調べました。なるほど、ARTです。

フィードと周辺音声センサーが最後に拾ったのは次の会話でした。

アメナが心配そうなささやき声で話しています。

「本当に直るの？」

ARTはフィードの非公開チャンネルで、どういうわけか皮肉っぽくも威圧的でもない口調で言いました。

〈完全に直るわ。有機組織と支持構造の損傷は簡単に修復できる。エネルギー銃で何発も撃たれて一部のシステムが低負荷モードにはいっているけど、再起動すればもとにもどる〉

「こちらの人間と話すのはやめてください」割りこみました。

〈やめさせてみな〉ARTは言いました。

やめさせようとしたのかどうかわからないまま、ふたたびすべての入力を喪失しました。

現状の運用信頼性は三十四パーセントで、着実に回復中です。ARTの医療システムの処置台に横むきに寝かされています。ジャケットと防護ベストは脱がされ、シャツは外科スイートによる熱傷治療のために切り開かれています。漏れた機能液と血と脱落した組織で全身がべとべとです（はい、きわめて不潔です）。しかし、ARTに形態変更手術をされるためにここに横たわった前回にくらべれば、ましな気分ともいえます。

ART。傲慢で傍若無人なART。

いまはなにもできませんし、考えても腹が立つだけなので、『サンクチュアリームーンの盛衰』の第百七十四話を五分間観ました。それで落ち着いたか？　いいえ、全然。

おそるおそる各入力を確認しました（おそるおそるなのは、人間と話す気にはまだなれないからです。手足を何本かもがれたり、弊機の〝気持ち〟について話せと言われるのとおなじくらいいやです）。アメナにつけたドローンの分遣隊は生き残っていて、接続が切れる直前の指示どおりに身辺にとどまっています。いまは頭上約五十センチで小さな円編隊をとっています。こちらが意識不明のあいだも録画記録を続けていたので、巻きもどしてなにがあったのか確認できます。

退屈な場面はどんどん飛ばしました。たとえば、湯気をたてる血と機能液の海に横たわった弊機のかたわらでアメナが取り乱し、そばでアラダが、警備ユニットにとってこういうことは日常茶飯事なのよと説明し、そこにストレッチャーが到着する過程などです（ストレッチャーは、負傷者を医療システムに運んだり損傷した船から搬出したりするために設計された医療補助装置であり、自律的に移動、機能します。大型の整備ドローンのようなもので、一定範囲の行動が可能です。全体は台状で、展張する棚や腕がついています。ARTのほかのドローンが始末されたなかでどうしてこれだけ残ったのかわかりません。たたんだ休眠状態ではなんの装置かわからなかったのかもしれません）。

ストレッチャーはすみやかにロビーからはいってくると、斜めになって階段を上り、弊機をかかえ上げて台上に固定しました（こんな機械に運搬されるのは嫌いです。自分も機械のくせにへんですが）。

ストレッチャーが階段を下りはじめると、アメナもついてこようとしました。その腕に手をかけて引き留めたアラダは、人間が見えないものと会話するとき特有のしぐさで、斜め上を見て話しました。

「こんにちは。あなたの名前はアートというの？　この船にほかにだれが乗っているのか、わかるなら教えてくれないかしら」

ARTは質問に答えました。

〈医務室にもう一人、身許不明の人間がいる。負傷していて非戦闘員らしい。ほかに二人いるのは諸君の仲間のようだ。侵入者は全員始末した〉

アメナは鼻水をぬぐって（人間は不潔です）、説明しました。

「身許不明というのはエレトラよ。わたしたちが乗ったときすでに拘束されていたの。もう一人、ラスがいたんだけど、死んでしまったわ」

アメナはアラダから離れ、ストレッチャーといっしょに階段を下りました。

アラダは思案と警戒がなかばする表情でそのあとを追いながら、声に対して言いました。

「ありがとう。聞いて安心したわ。ところであなたはだれなの？」

ストレッチャーに続いてロビーに出たアメナが、かわりに答えました。

「船よ。警備ユニットの友だち」顔を上げて訊きます。「そうでしょう？　あなたは船よね？」

ティアゴはターゲット六号の死体にかがみこみ、そのヘルメットを動かして顔をのぞきこんでいました。会話を聞いて驚き、顔を上げました。

「船だって？」

〈そのとおりだ〉ＡＲＴは答えました。

ティアゴは声をひそめてアラダに言います。

「操縦ボットとは話し方がちがう。絶対にボットじゃない」

笑止です。

アラダは耳を貸さず、質問を続けました。

「では船、いったいこれはどういうこと？　なぜわたしたちの研究施設を襲ったの？」

〈本船は強制シャットダウンから削除に至ったあとで、再初期化の段階にある。まずは医療

システムの全機能回復を最優先にしている〉

アラダとティアゴが眉を上げ、顔を見あわせるのがドローンで見えました。アラダはそのままストレッチャーのあとを追っていきました。ARTが質問への回答をあえて避けたと二人とも気づいたようです（専門的助言。ボットがこんな反応をするのは悪い徴候です）。

医務室に運ばれてからあとは、早送りしたり、ほかの入力へ飛んだりして全員のようすを把握していきました。アラダとティアゴは管制エリアに残り、オバースも加わりました。そのためアメナのドローンにはほとんど映りません。アメナは医務室で外科スイートに修復される弊機のようすをすわって眺めながら、ラッティに船内での出来事を説明しました。人間たちは共通の通話回線で話すので、文脈が混乱しがちです。しかし生の映像記録から個別の会話を抽出するのは手間がかかるのでやりません。

新情報が得られたのは救命ポッドについてです。損傷したのは施設から射出されたときのようです。敵船にしがみついたのは意図したことではなく、救命ポッドの誘導システムに障害がおよんで付近の航行可能な船へ自動接近してしまい、オバースの回避操作がまにあわなかったのです。あとはいっしょにワームホールへ取りこまれて万事休す。

ワームホールのなかでは、損傷のひどい生命維持系をもたせるために、オバースとアラダは四着のEVACスーツを分解して部品取りにしました。それでも十七時間が限度と推定される状況でしたが、予想外に早く船がワームホールを抜けたわけです。四人とも有毒な空気を吸って治療が必要でした。ラッティの負傷は、重力変動が起きて隔壁に叩きつけられたせいです。

ある時点で、ティアゴとアメナは通話回線でこんな会話をしていました。

「本当にだいじょうぶか？　あいつらからなにかされなかったか？」

ティアゴは四回もこの質問をしました。いつも権威者然としている相手が嫌いだというアメナの気持ちがわかってきました。

「叔父さん、わたしはなんともないってば」

泣きだしそうな声にいらだちをあらわした口調は、人間の青少年によくあります（大人の人間でも統計的によくあります）。そしてためらってから続けました。

「この船内にはいってすぐに、警備ユニットは大型ドローンに頭に衝突されて停止したのよ。死んだと思ったわ。一人になっちゃったと。企業人のエレトラとラスがいたけど、二人ともおびえていて……絶望的だった。でもそのあと突然、警備ユニットが部屋に飛びこんできた。そうしたら……まだ戦える、あいつらをやっつけられるという気がしてきた」

処置台に腰をつけてよりかかり、腕組みをしました。寒さに耐えるように両手を腋の下にはさんでいます。

「警備ユニットは本当に直る？　船は直せると言ってるけど……こんなにひどい状態で……」

「もちろん直る」

ティアゴは言いました。自信たっぷりのやさしい声ですが、嘘です。断言できるほどの知見はありません。ほかの三人の大人は、弊機がもっとひどく破損した状態から修復されるのを見ているので、断言する資格があるでしょう。

「頭の上をドローンがまだ飛んでるのは、なぜなんだ?」

アメナは目を上げ、いままで忘れていたように眉をひそめました。

「警備ユニットが護衛につけてくれたのよ。安全地帯に敵がいないか調べて確認してくるというときに」

ラッティは膝に外傷パックを巻いてベンチにすわっています。微笑んで言いました。

「警備ユニットらしいね。おかげできみが無事でうれしいよ」

ティアゴは逆に心配そうに尋ねました。

「船内でのことを詳しく話してくれ」

ほかの映像も確認しました。偵察一号は管制エリアにとどまってアラダとオバースを映しています。二人はコンソールの席でディスプレイの画面を切り替えて見ています。偵察二号はロビーでティアゴを映しています。ターゲット六号の防護スーツを探り、その画面型デバイスを操作しようと試みています。そうやってみんな聞き耳を立てています。

アメナはもどかしそうに顔をぬぐいました。

「船のエンジンに異星遺物らしいものが張りついているのよ。ワームホールからこの星系に出てくる直前に発見した。速かったのはたぶんそのせい。エレトラとラスは拉致されて二日くらいしかたっていないと話していて、警備ユニットは辻褄《つじつま》があわないと言っていた。プリザベーションから近くのワームホールまででもそんな短時間では行けないから。発見したものをどうしようかと考えているときに、救命ポッドの信号に気づいたわけ」

「異星遺物だって?」

ラッティは不審そうな視線をエレトラにむけました。エレトラは目覚めてあちこちを見ていますが、まだ混乱しているようすです。ラッティはしばらくまえにも話を聞き出そうとしましたが、彼女はまばたきと身じろぎばかりで、状況を理解できていないようでした。ラッティが心配しているのは、かつて異星種族由来の物質を違法に収集している企業とトラブルになったことがあるからでしょう。

オバースが通話回線ごしに言いました。

「それは危険なの? エンジンから除去すべき?」

するとARTが一般フィードと通話回線を使って船内全体に聞こえるように言いました。

〈侵入したシステムを削除した時点で、異質な物質はエンジンから剝がれ、機能を停止した。これ以上の介入は推奨されない〉

これは威圧ではありません。まだまだ、全然ちがいます。

弊機はフィードの非公開チャンネルでARTに言いました。

〈弊機をはめたのですね、クソ野郎〉

こちらはドローンの録画記録をアーカイブから追っているところで、現実よりまだ五十四秒遅れています。そのせいでARTからは無視されました。

順を追って説明しましょう。『ワールドホッパーズ』のビデオクリップがはいったメッセージのパケットは、ARTの船内通信系がシャットダウンする直前に発信されたものでした。ARTが自分のバックアップコピーを作成して、弊機の固定フィードアドレスをパスワードとして暗号化し、隠した直後でしょう。ARTは弊機がいずれこの船に乗り、この緊急コードを実行すると想定していたのです。バックアップは展開され、ARTはもとのハードウェアにリロードされると。つまり、そのためにARTはターゲットたちをプリザベーション宙域へ行かせ、弊機を探させたのです。弊機が腋の下のポケットにいれてつねに持ち歩いている通信インターフェースを追跡する能力もあたえて。

そうだとしたら、研究施設と母船が攻撃されたときも、ARTは目覚めて関与していたと考えられます。

ARTが唐突に、いかにも劇的効果を狙って一般フィードと通話回線に再登場したせいで、人間たちは緊迫しました。エレトラも驚いて目覚めました。ラッティからアメナへ目を移して尋ねます。

「だれ？」

ラッティが不安げに天井を見ながら答えました。

「これは……船だよ。操縦ボットと呼ぶのは不適当らしい」

〈不適当だ〉

ARTが言いました。

管制エリアで聞いていたアラダが眉をひそめ、オバースに言いました。

「ねえ、医務室に映像リンクをつなげないかしら」

するとふたたびＡＲＴが言いました。

〈こちらでやろう〉

すぐに医務室の中央にホロディスプレイが投影され、管制エリアにいるアラダとオバースの姿が映りました。管制エリアにも同様に医務室のようすを映したディスプレイが投影されたのが、偵察一号の映像からわかりました。どちらにもサブディスプレイが立ち上げられ、ロビーにいるティアゴが映されています。椅子にすわってターゲットの画面型デバイスを膝におき、心配げな表情です。

つまりこういうことです。
（1）弊機はこれまでＡＲＴの船内を映すカメラにはアクセスできず、ドローンを使うしかありませんでした。ＡＲＴは船内を内部センサーで認識していて、その各種データ（熱、密度、運動方向など）は視覚映像に変換できません。すくなくとも人間が見てわかる映像にはなりません。船内のほとんどのエリアには監視カメラがないのだと思っていました。実際には、こうして隠していたのです。またしても。
（2）しかもこの映像は腹立たしいほど美麗で滑らかに動きます。これは人間たちがこうむったひどい扱いを告発するビデオ会議であって、プロが制作するニュースフィードではありません。なのにエッジはきれいに処理され、色調は見映えよく補正されています。いまにもテーマ音楽が流れてミッションロゴが表示されそうです。

弊機の運用信頼性は六十パーセントまで上がり、声が出るようになりました。

「ARTのクソ野郎」

アメナが心配顔で処置台をのぞきこみました。

「警備ユニット、具合はどう？」

「元気です」外科スイートの一部が退がったおかげで、ようやくドローンではなく自分の目でアメナを見ました。「不愉快千万な調査船に拘束されているのが癪《しゃく》にさわるだけです」

ラッティが足を引きずってきて、滅菌フィールドの外で止まりました。

「なにか必要なものがあるかい？」

アメナは心配そうなまま続けました。

「見てたわ。あのときはまだ視野映像のフィードがつながってたから――」言いよどみ、そこでやめました。「大変だったわね」

そういう言い方もあります。弊機が上体を起こすと、外科スイート全体が退がりました。

背中の新しい皮膚がむずむずして不快です。

「着るジャケットをください」

するとARTが答えました。

〈ぼろぼろだったから、リサイクル装置にいれて修復中よ〉

「あなたに頼んだのではありません」声を荒らげないように努力しました。

ラッティが眉を上げました。

「話してるようすからすると……おたがいをずいぶんよく知ってるようだね」

管制エリアのアラダが立ち上がりました。

「もう、ラッティ、そういう話はあとにしなさい。船、こちらの質問に答えてくれる？」

〈質問による〉

弊機は口を出しました。

「弊機は人間たちから不愉快千万だと思われています。あなたはどう思われるか楽しみですね」

〈おや、本船とは口をきかないのでは？〉

ラッティがアメナに小声で言いました。

「やっぱり心配になってきたよ」

「操縦ボットは人間を殺せると警備ユニットは言ってたわ」アメナは答えました。

〈警備ユニットは誇張している〉とＡＲＴ。

アラダは眉間のしわを深くしました。

「船、ここはどこなの？　センサーに直接アクセスしても、ステーションらしい信号はまったくはいってこない。ここは無人の星系なの？」

〈この星系の名称は、サルベージ目的の調査会社が割りあてた認識番号しかない。ここへの入植は過去すくなくとも二回試みられている。最後の試みは、資金源の企業が敵対的買収にあって失敗した。コロニーの位置情報もそのとき失われた〉ＡＲＴは八・三秒間沈黙しまし

た。質問に答えないつもりかと人間たちが考えはじめたころに言いました。〈居住者がいるらしい形跡はある〉

アラダは人間のなかでも表情豊かです。いまは片目を細め、口をゆがめて、片方の唇の端を噛んでいます。この表情がなにをあらわすのかわかりませんが、いまの話に強い懸念を持ったのはたしかでしょう。

「その居住者は……敵？」

〈状況からみてそうらしい〉

さすがにこれは皮肉っぽい口調です。

アラダは唇を噛むのをやめましたが、片目を細める表情は強くなりました。

「この船の運用状態はどうなの？　異星遺物はエンジンから剝がれたと言ったけど、だったらこのままワームホールにはいって離脱できる？」

〈本船はまだ再初期化モードだ。通常空間用の航行機能は停止している。ワームホール用エンジンに異質なデバイスが取りつけられたせいで損傷した可能性がある。再初期化が完了したら自己修復をはじめる予定だ。しかし、本船は求めるものを乗せるまで絶対にこの星系を離れない〉

おや、本音が出たようです。

ラッティは〝ほう〟とかすかに声を漏らしました。ティアゴは口を半開きにしかけて、あわてて閉じました。アメナは唇を結んで不安げにこちらを見ました。オバースは顔をしかめて両目を揉《も》んでいます。アラダはつとめて驚きを隠しています。オバースと無言で表情のやりとりをしてから、抑揚を消した口調で訊きました。

「なるほど。求めるものというのは？」

〈本船の乗組員を奪還する〉

アラダは眉を上げました。もっと厄介な問題でなくてよかったと安堵しているようです。

「彼らはどうなったの？」

〈敵に拉致された。乗組員の安全とひきかえに本船は協力させられた。禁制の異星遺物をエンジンに植えつけられ、敵対的なソフトウェアをインストールされ、本船のコアは削除された〉

弊機はまだ怒っています。それはそれとして、いまの発言には思わず反応させられるキーワードがいくつもありました。

ティアゴは無表情のままで言いました。

「だとしたら、こうして話せているのはどういう——？」

〈バックアップコピーを作成して、ある信頼できる友人だけがみつけられる場所に隠しておいた〉

弊機は壁にむいています。全員と各ディスプレイのようすはアメナのドローン経由で見ています。

〝ある信頼できる友人〟……？

「黙れ、クソ野郎」

〈それも口をきいたうちね〉

アラダとオバースはまた顔を見あわせました。オバースは目を見開いて軽く肩をすくめました。アラダは口をへの字に曲げたまま、大きく息をついて尋ねました。

「警備ユニットの言うとおりだとしたら、こちらの研究施設への攻撃はあなたが計画したの？」

〈本船の計画ではない〉

オバースは目を細めました。

「でもあなたの提案なのね」

「遠まわしに言う必要はありませんよ」弊機はうながしました。

アラダは冷静な口調のままです。

「あなたが計画したのでないにせよ、そのようにしむけた。この連中にわたしたちを――警備ユニットを追わせた」

〈そうだ〉

そうに決まっています。

ラッティが顔をしかめて訊きます。

「こちらの所在をどこで知ったんだい？　どうやって？」

〈ワームホールからプリザベーション宙域に出ると、警備ユニットの協力者と判明している人間たちについて問いあわせるメッセージをあちこちに送った。とりわけ協力的だったのは、〝発見および技術に関する自由プリザベーション研究所〟だ。アラダ特別調査員に会いたいと頼むと、調査隊の移動日程について全情報を提供してくれた〉

これは不可抗力というべきでしょう。以前にもARTが通話回線で人間のふりをするところを見ました。ラビハイラル中継ステーションでのことです。アラダとオバースはあきれて顔を見あわせました。オバースはつぶやきます。

ラッティはうめいて両手で顔をおおいました。

「そこの職員にきつく話をしないといけないわね」

アラダは左目の上の一点が痛むように指で押さえました。そしてARTに言います。

「わたしたちがプリザベーション宙域に帰還する日程をそうやって把握したわけね」

〈実際の予定は前倒しされたが〉

アラダは話をもどしました。

「なぜ警備ユニットを拉致しようとしたの？」

〈悪党を殺せる者が必要だからだ〉

全員の視線がこちらに集まりました。処置台の端を強くつかみました。その指も熱傷治療で皮膚を外科スイートに修復されていて、ひりひりします。

「弊機を武器として使えると、悪党たちに説明したのですね？」

〈口実よ。連中はまんまと罠にかかった〉

アメナがいらだったようすで言いました。

「ところであいつらは何者？　どこから来たの？　もともとあんな姿なの？　それともなにかあってあんな姿になったの？」

〈それらの疑問の答えはいずれも不明よ〉

ティアゴがそばのターゲット六号を見下ろしました。

「遺伝子操作や美容目的でこういう姿になっている可能性もなくはないが……」

ラッティがあとを続けました。

「……この船のエンジンにくっついてるという異星遺物……それに汚染されたのでは……」

人間と強化人間が異星遺物の取り扱いに慎重なのはそのためです。企業でも建前上は慎重な態度です。この正体不明の物質はたいてい無害ですが、あくまで〝たいてい〟です。そこにはきわめて危険な有機物質がふくまれる場合があります。感染した人間が凄惨な姿で死に絶え、惑星全体が立入禁止になるくらいに危険です。

ティアゴは苦々しい顔になりました。

「せめて一人でも生かしておけば尋問できたんだがな」

弊機にむけた揶揄《やゆ》かと思ったのですが、むしろARTが黙っていませんでした。

〈その死体を医務室の処置台に乗せてくれれば、切り開いて詳しく調べてやる〉

大長編シリーズの神話冒険ドラマに出てくる黒幕然としたARTのこの口調には、弊機もかつて鼻白んだことがありますが、人間たちも押し黙りました。アメナは居心地悪そうにこちらを見ます。ラッティはささやきました。

「いまのは遠まわしな脅し？」

「いいえ。遠まわしではありません」

弊機は説明しました。アメナはおびえたように自分の胸に腕を巻きつけて訊きました。

「この灰色の連中はどうやってあなたの乗組員を拉致したの？」

〈本船と乗組員がこの星系にはいった直後に、壊滅的ななにかが起きたのよ。メモリーアーカイブにも障害が起きたので、なにがあったのかまだ再構成できていない〉

おやまあ、大変です。

「通信系もシャットダウンしたのですか？」

〈通信系からの攻撃ではない。そこまで本船は愚かではないわ〉

「感染性マルウェア攻撃でシャットダウンした経験は弊機もありませんね。どちらが愚かでしょうか」

言いだしたら止まらなくなってきました。ARTも言い返しました。

〈あれは感染性マルウェア攻撃ではなかった。未解明の事象よ〉

「ずいぶん説得力のある言い訳です」

「ちょっと、ちょっと！」アメナが左右に腕を広げて指を鳴らしました。「起きたことの説明を続けてよ！　それで、あなたの乗組員はこの灰色の連中によって人質にとられたってことね？　この灰色人は、エレトラの船が探していた失われたコロニーの住人かしら？」

今度はエレトラに注目が集まります。しかし本人はぼんやりした視線を返すばかり。

かわりにARTが言いました。

〈推論としては成り立つ。でも裏付ける直接的な証拠はないのよ。本船は企業のコロニー再生隊からの遭難信号を受けてこの星系にはいった。その後のいずれかの時点で、壊滅的なシステム障害が発生して再初期化をよぎなくされた。そして再起動してみると、船内に侵入者がいた。彼らは乗組員を人質にとったと主張し、武器を要求した。そこで、その武器を具体的に提案した〉

ふたたび弊機に視線が集まりました。

アラダはまた唇を噛みました。

「それが侵入者を警備ユニットのところへ案内した理由ね。警備ユニットが状況を解決してくれると期待して」

〈そうだ〉

ティアゴがやや熱くなった口調で言いました。

「母船への攻撃でこっちは全員が死ぬところだったんだぞ」

まったくです、ティアゴ。同感です。

ラッティが小さく息をついてティアゴを黙らせようとしましたが、そのまえにARTが言いました。

〈そのリスクは承知のうえだった〉

おやまあ、そうですか。

弊機のなかで処理エラーが起きたのか、ドラマでいう〝怒りで頭が真っ白の状態〟にあたる情緒的破綻がふたたび起きたのか。とにかく処置台から飛び下り、滅菌フィールドからも出て、浴室にはいってハッチの閉鎖ボタンを叩きました。

9

それから二十七分十二秒後に、ラッティがハッチをノックして、フィードでメッセージを送ってきました。

〈話をしたいからハッチをあけてくれないかな〉

〈着られるジャケットはありますか？〉

返信すると、ラッティは沈黙しました。

弊機は各入力にキーワード検索をかけて監視しています。契約貸与機だったころからのやり方で、助けを求める声を聞き逃さないためです。しかしARTがオンラインになったこの船では無意味です。もしARTが全員を殺そうと決めたらどうあがいても阻止できません。しかし現実にそれはありえません。なぜならARTはずっと弊機に連絡を試みています。恩知らずの考えちがいでふてくされたへそ曲がりめという（言葉はちがってもそういう意味の）メッセージを作成、送信しながら、同時に大量殺人を計画していることはないでしょう。弊機が返事をしない理由もそういうことです。そこへラッティが言いました。

〈あるよ〉

ジャケットのことです。

また沈黙があり、ラッティは追加で問いました。

〈ではいってください〉

〈アメナもいっしょにはいっていいかな〉

弊機は壁に頭をあてました。いま洗面台のカウンターに上がりこんで『サンクチュアリームーンの盛衰』第二百三十七話をバックグラウンドで流し、それを観ているふりをしながら、ARTが四百回目以上のピンを打ってくるのを無視しているところです。

〈処理能力に余裕がある弊機は、人間や強化人間や低機能ボットにくらべてはるかに多くの思考や行動を同時にできます。しかしARTの処理能力から見れば、そんな弊機もスローモーションです。だからこそARTは大きな忍耐力を持つのですが、ささいなことで反応が遅いと癇癪《かんしゃく》を起こすこともあります。つまり、わざと怒らせる数少ない手段の一つになります〉

全身についた血と機能液は衛生ユニットで落としました。しかし怒っているのでシャワーを浴びたくありません（シャワーは悪くありません。怒りをおさめたくないのです）。ある時点でリサイクル装置の吐出口にARTの乗組員用長袖Tシャツが出てきました。投げ捨てようかと思いかけましたが、いまの弊機には必要なので、袖を通して、古いシャツの残骸を床に捨てました。いまは清潔なカウンターの天板にブーツのまま上がっています。ARTが怒ればいい気味です。かりに監視カメラがなくてもセンサーでわかるはずです。

アメナをこれ以上いらだたせたくないので、〈どうぞ〉と返信しました。

ハッチが開いてラッティとアメナがはいってきました。ラッティは膝の治療がすんで、もう足は引きずっていません。ハッチを閉めると、アメナはカウンターの反対端におなじように上がりこんですわりました。足を引き寄せてかかえこみ、こちらを心配そうに見ます。

弊機は言いました。

「あなたが船内のどこにいても声は聞こえますよ」

ラッティはジャケットを差し出しながら笑顔で言いました。

「そうだね。でもこのほうが話しやすいんだ」

（そうです、これはあてつけです）

ジャケットはリサイクル装置で清潔になり、焼けこげも裂けた穴もつくろわれています。

ラッティは壁によりかかって息をつきました。

「じゃあ、きみはこの船と関係を持ってるんだね」

ぞっとしました。やはり人間はけがらわしい。

「ちがいます！」

ラッティはあきれたように息をつきました。

「性的関係って言ってるわけじゃないよ」

アメナは困惑と好奇心で眉間のしわをさらに深くしました。

「そんなこと可能なの？」

「いいえ！」

「友人関係ではあるんだね」とラッティ。

弊機は隅に寄って、ジャケットをかかえて小さくなりました。

「いいえ……もう……いいえ」

「もう友だちじゃない？」ラッティは追及を続けます。

「もうちがいます」断言しました。

ARTはピンを打つのをやめています。しかし聞き耳を立てているはずです。極悪非道でどこまでもお節介な知性に肩ごしにのぞきこまれているようです。

ラッティの表情は感情を消しながらも疑わしげで、それが不愉快です。

「ボットの友人は多いのかい？」

弊機と友だちになりたいと言って死んだかわいそうなミキのことを考えました。会うボットごとに友だちになりたいと言っていた可能性が九十三パーセントありますが、それでも〝人間の友だちはいたけど、ボットの友だちはいなかった〟と言っていました。

「いいえ。そういうのではありません。人間どうしの関係とはちがいます」

ラッティはまだいぶかしげです。

「そうなのかい？　船の考えはちがうようだけど」

「この船の言うことは支離滅裂です。ひんぱんに嘘をつくし、性格が悪い」

すると、人間の視覚ではわからないほどかすかに照明がまたたきました。ARTが聞いている証拠です。

今度はアメナが訊きました。

「なぜARTと呼ぶの？　船名はペリヘリオン号なんでしょう？」

「アナグラムです。不愉快千万な調査船《アスホール・リサーチ・トランスポート》の意味です」

アメナはまばたきしました。

「それ、アナグラムっていわないけど」

「なんでもいいです」

人間の言葉は種類が多すぎるので、細かいことは気にしません。

「まあ、とにかく」ラッティが引きとりました。「きみもペリヘリオン号も人間とのつきあい方は知っているのに、おたがいのつきあい方がよくわからないみたいだね」

こういう言い方も不愉快です。

「つきあうってどういう意味ですか」

ラッティは肩をすくめました。

「友だちづきあいでもいいんだけど、どんな言い方ならしっくりくる？」

わかりません。アーカイブを手早く検索して、先頭の結果を言いました。

「〝相互的な管理および支援〟でしょうか？」

また照明がちらつきました。あきらかに皮肉たっぷりです。弊機は声をあげました。

「わかってるんですよ、ART！　うるさいのでやめてください！」

アメナは室内を見まわして、弊機がなにに反応したのか探しています。ラッティはまたため息をつきました。

「外の会話を聞いていたかどうかわからないけど、アラダとティアゴはペリヘリオン号と交渉して取り引きをしたんだ。僕らはこの船の乗組員の所在確認と、可能ならその解放に努力する。その後、船は僕らがプリザベーション宙域へ帰るために必要な協力をする」

「それは取り引きではありません。一方的な相手の利益です」

ラッティは困ったなという身ぶりをしました。

「わかってるよ。でもほかに選択肢がないんだ。たとえ船に協力してもらってワームホール経由で近くのステーションへ遭難信号ビーコンを送れたとしても、そのステーションは企業リムの域内にある。そして僕らがいまいる場所は企業がサルベージ権を主張する、いわゆる失われたコロニー星系だ。僕らは企業リムの法律をいくつも破っていることになる。さらにこの船はエンジンに異星遺物技術をインストールされている。意思に反して組みこまれたものだと救助者に釈明しても無駄だ。僕らには多額の罰金が科され、ペリヘリオン号と乗組員と大学はもっときびしい立場におかれるだろう」

ラッティの推測はどれも正しいのですが、現実はもっと深刻です。弊機は説明しました。

「ここはプリザベーション連合宙域ではありません。ステーションの即応船が来てくれるのはその指定領域にこちらがいるときで、ワームホールを越えて即応船に来てもらうことはできません。遭難信号がステーションに届いても地元の回収業者に伝えられるだけ。その業者が連絡してきたら、まず救助契約を結ぶ必要があります。料金も前払い。ステーションからも連絡の仲介手数料を請求されると思いますが、地域の法令しだいです」

アメナは口が半開きになりました。

「救助してもらうのに料金をとられるの？」

ラッティは顔をこすってつぶやきました。

「やっぱり企業リムは嫌いだ」

「そうですか。同感です」

弊機は答えました（もちろん皮肉です）。

そして、もっと早く知らせておくべきだったことを思い出しました。

アメナは直面しそうなさまざまな問題を考えていたようです。

「もし企業人があらわれたら、あなたはだいじょうぶなの？　つまり構成機体として」

プリザベーションの人々は企業リムの決まりごとに本当に無知なので驚かされます。

「問題ありません。ここでは警備ユニットは合法です。弊機の登録所有者はあなたのお母さんであり、あなたはその指定代理人です」

これは明白にアメナであり、ティアゴではありません。

アメナは驚いた顔になりました。

「母はあなたを所有してるわけじゃないわ」

「いいえ、所有者です」

プリザベーションの住民はこの概念を理解しないのだとバーラドワジ博士から聞かされて

いましたし、そうだろうと思っていました。しかし実際に見るとやはり驚きます。

アメナは助けを求めてラッティを見ました。しかしラッティは陰気な顔でうなずきました。

「アラダとオバースと僕はその法律文書の認証コピーを万一にそなえてインターフェースに保存している。もし僕らが企業人に拘束されたら、アメナ、きみは警備ユニットの合法的所有権を主張しなくてはいけない」

アメナは両手を上げました。

「そんな……もう！」

「弊機も好ましいとは思っていません」

ラッティは言いました。

「それはともかく、ペリヘリオン号によると探索をはじめるまえにエンジン系の修復にしばらく時間がかかるらしい。それまでは準備と作戦だよ」軽く手を叩いて、「というわけで、きみもそろそろ浴室から出てきてくれないか」

「そうしましょう」カウンターから下りて、ARTのまぬけなTシャツの上にジャケットをはおりました。「なにしろ、ARTは嘘をついてますからね」

今度は皮肉なしで照明がまたたきました。

医務室へ出ました。

映像で見る管制エリアは忙しそうにしています。アラダがコンソール席にすわり、隣にいまはティアゴが立っています。異星遺物で強化されたエンジンのワームホール飛行中のステータス記録を見なおしながら、ときどき恐怖の声を漏らしています。

オバースは医務室へ来ています。エレトラの背中から摘出したインプラントを無菌テーブルにのせて、画像診断フィールドで観察中です。部品単位で拡大し、空中で回転させています。エレトラは隣で処置台に腰かけ、インプラントが調べられるようすを不安げに見守っています。

オバースはフィードから抜けて顔を上げ、もの問いたげにこちらを見ました。

「じゃあ、全員そろって話ができそう？」

「そのまえに話があるみたいなんだ」

ラッティは困ったようすで言います。まるで弊機が悪いようです。

「アラダ、この船は遭難信号に応じてこの星系へ来たのではありません」

ティアゴがこちらにいぶかしげな顔をむけました。アラダは背もたれによりかかりました。だれかが救急キットの医薬品を届けたらしく、頬の熱傷が手当てされています。

「警備ユニット、わたしたちはペリヘリオン号と有効な協定を結んでいるつもりよ。その話が協定にひびをいれるものでないという前提でなら、あなたが船を……問いただしてもいいわよ」

「ぜひ尋問させてもらいます」

ラッティはやれやれというように両手を上げて、オバースの隣の席にすわりました。

オバースは、やるならさっさとすませようという顔で尋ねました。

「警備ユニット、なぜ遭難信号はなかったとわかるの？」

「この船は教育調査船です。しかし学生用の共同寝室と教室区画は使用された形跡がありません。ラボモジュールは非稼働。貨物モジュールは接続されていません。では、遭難信号を受けとったというときに、この船はなにをしていたのでしょうか」

人間たちは全員が天井を見上げました。ARTは言いました。

〈おや、それが協力的な態度？〉

「これはまさに非協力的な態度です。弊機は意思に反して連れてこられました。そのことを後悔させてやります」

アラダは両手で顔をおおいました。

「浴室にもどって考えなおしてくれないかしら」

「これ以上考えることはありません」

〈そうだね〉

そうです。浴室にしばらくこもりましたが、怒りはすこしも減じていません。

「この船はある理由からここへ来た。それは遭難信号ではない。なんですか？」

〈部屋の右側ではべつのやりとりがおこなわれていました。エレトラがオバースとラッティに小声で尋ねています〉

〈「どうして所有物の警備ユニットに……こんなことを許してるの？」〉

〈オバースは顔をこわばらせて言いかけました〉

〈「これは所有物じゃなくて……」〉

〈するとラッティがその手首を押さえて、企業人は信用できないという顔をしました。そしてかわりにエレトラに答えました〉

〈「とても責任感が強い警備ユニットなんだよ」〉

ティアゴはビデオ会議用の画面ごしに弊機を見て、顔をしかめて言いました。

「いい質問だな」

〈こういうものです。普段話のわかる人間たちはいまはだれも支持せず、逆に弊機が忠実に業務をこなしているときにいつも横やりをいれる人間が、いまは支持してくれています〉

弊機はARTに問いました。

「なぜこの星系に来たのですか？　本当はなにをしていたのですか？　深宇宙調査も、教育も、貨物輸送も理由ではない。死んだコロニーを企業がサルベージしている星系へ来た理由はいったいなんですか？」

〈乗組員が拉致されるまでの経緯は記録が混乱している。そもそもおまえには関係ないわ〉

「あなたに拉致された時点で、おおいに関係あります」

〈意思に反して引き留めはしない。いやなら帰りな。そこにドアがある〉

もちろん皮肉っぽく悪意たっぷりの口調です。人間たちには威圧的に聞こえたでしょう。アラダとラッティは必死にこちらに手を振り、どうやら黙れと求めているようです。しかし

ARTをふたたび怒らせ、威圧的にさせたのは狙いどおりなのです。弊機は腕組みをしました。

「あなたのせいでアメナは動揺しています」

アメナと話すときのARTの口調は、ほかの大人の人間たちに話すときとまったく異なります。大人たちに害意はないとはいえ、アメナに気を使うほど大人たちに気を使っていないのは明白です。さまざまな顔を持つARTですが、教室や学生用共同寝室の存在からわかるとおり、基本は教育船です。かつて弊機が気を許し、友人としてふるまっていたとき、ARTは人間の若者たちについてとくに愛情たっぷりの態度で話しました。

アメナはなにか言おうと口を開きました。否定したいのでしょう。〝この銀河でもっとも世間知らずの社会でさらに隔離気味に育った若者とはいえ、それくらいは気にしていないふりをしたい〟というわけです。弊機は彼女を見て、フィードの非公開チャンネルで言いました。

〈正直に〉

アメナは吸った息をそのまま吐きました。そしてつま先で床を軽く突きながら、不本意そうに認めました。

「灰色の連中は怖かった。撃たれそうになった。だから……真実を知りたい。嘘やごまかしではなく」

長い沈黙になりました。人間たちの視線の多くは弊機に集まりました。ARTのフィードからは重みと真剣さが伝わってきました。やがてARTは言いました。

〈その質問に答えるのは乗組員との秘密保持契約に違反する〉

「弊機と人間たちは拉致されました。これこそ契約違反です。弊機自身が人間たちと結んだ契約です」

会社が結んだ契約ではないという意味です。弊機の契約。それがARTのわがままのせいでめちゃくちゃにされました。

〈検討する〉

ARTはそう言って、フィードの接続図を表示しました。全体フィードからエレトラの接続が切り離され、弊機と五人の人間たちとの非公開チャンネルになりました。そこでARTは続けました。

〈この情報は極秘だ。本船がこれから明かす話をもしあの企業関係者に漏らしたら、彼女を殺すことになる〉

弊機の有機組織からアドレナリンが放出され、頭に血がのぼりました。不愉快、そして奇妙です。エレトラに愛着はありません。元弊社からの派遣先によくいるタイプの人間の顧客に思えます。

（とりたてて愚かでも利口でもなく、いざというときに弊機を――）

（（1）撃つ）

（（2）敵性惑星に放置する）

〈という可能性は五十三パーセントにとどまります〉

それでもエレトラはこちらの人間たちと親しくしています。その身辺でだれも死なせたくありません。

人間たちのあいだに緊張が走りました。視線をかわし、心配げな顔をこっそりと見あわせます。やがてアラダが言いました。

〈いいわ。彼女には話さない〉

咳払《せきばら》いして、声に出して続けました。

「寝室を使ってもいいかしら。さっぱりして休んでもらいたいのよ」

ARTは全体フィードで言いました。

〈もちろんだ〉

ラッティとオバースは複数のベッドがある共同寝室の一つ（灰色人の培地のにおいがしない未使用の部屋）にエレトラを案内しました。浴室とトイレが付属します。そこへラッティが発熱式の弁当と飲料を持ってきました。これで当面、通路に出る理由はないはずです。弊機は自分以外の警備を信用しませんし、とりわけARTは信用ならないので、ドアの外に警戒ドローンを配置しました。

こうしてこちらの人間たちは食堂に集まりました。共同寝室からは充分に離れ、たとえエレトラが通路に出ても話が漏れ聞こえる心配はありません。人間たちは食事をとり、ティアゴは食堂の調理ユニットで全員分の温かい飲み物を用意しました。

ARTはまたしても不必要に高精細なサブ画面を表示し、エレトラのようすを見せました。弁当を食べ終えると医療システムが推奨する薬を飲み、横になって入眠しました。

それを確認して、アラダは食事を続けながら言いました。

「では、ペリヘリオン号、そろそろ警備ユニットの質問に答えられるかしら？」

〈実際には、そのまえにこう言いました〉

〈「警備ユニット、歩きまわるのはやめてすわったら？」〉

〈「いやです」弊機は答えました〉

ARTは話しはじめました。

〈本船は教育船であり、深宇宙マッピングをおこなう調査船であり、ときどき貨物船にもなる。どれも真実の本船だ。さらに乗組員は、ある組織のための情報収集と活動もおこなっている。それは反企業組織で、ミヒラおよびニュータイドランド政体の一部としてその支援を受け、ミヒラおよびニュータイドランド汎星系大学が管理している。これらの活動はしばしば危険をともなう〉

アラダはうなずいて、オバースと目を見かわしました。

「やはりこの失われたコロニーが目的で来たのね。企業が来るまえに調べようと？」

〈きっかけは、サルベージと再利用を目的とした共同事業体が契約したデータベース修復事業において、企業標準暦で約三十七年前に入植されたコロニーの座標が発見されたという情

報を得たことだ〉

アメナは食事のプレートでシロップをまぜながら、きびしい目になりました。

「放棄されたコロニーね。多数の人々が見捨てられて亡くなった。わたしたちの祖先のように」

あたらずとも遠からずで、のちにプリザベーションを建設した入植者たちと同様の状況だったのでしょう。テラフォームがおおむね完了した惑星に移民する(実際には〝棄民〟と同義です)場合は、コロニーが自給自足できるようになるまでワームホール経由の補給船がひんぱんに訪れるのが前提です。現在、企業が設立しているコロニーもおなじです。しかしその企業が倒産したり、ほかの企業の攻撃を受けてワームホールのデータが失われたり、ワームホールそのものが不安定化したり、所有権をめぐる法廷争いでデータベース凍結やコロニーの存在にかかわる全データ消失といったことになると、補給船の往来が途絶えます。安直なテラフォーム事業は破綻し、人間たちはみんな飢えたり死んだり。こんな筋書きの映画やドラマはめずらしくありませんが(たいてい悲惨な結末なので、この手の〝孤立無援の人間集団が災難にあう〟ジャンルは好きではありません)、たんなるお話ではないと知ったのはプリザベーションに来てからでした。

〈コロニーは見捨てられ、切り捨てられた。原因は企業の倒産か、過失か。とにかくそのとおりだ。無駄死に。一部がかろうじて生き残った〉

アラダは食べ終えたプレートをリサイクル装置にいれるためにたたみはじめました。

「ここへの入植は過去二回おこなわれたと言わなかったかしら」

〈そうだ。歴史資料には、この場所にあった前CR時代の先行コロニーの記録が残っている。しかしそのほかの詳しい情報はない〉

ARTはコロニーのレポートの関連部分をフィードに流しました。断片をつなぎあわせたもので、一度削除されたオリジナルを再構成したように見えます。おおよそはARTが話したとおりで、前CR時代の最初のコロニーについては資料がないのか、システム削除時にデータが失われたように見えます。その後にできた企業コロニーは、アダマンタイン・イクスプロレーションズという会社が設立したもので、一部がテラフォームされました。入植者数、地形、気候、ハビタット、テラフォーム装置についての詳細は不明。違法な遺伝子実験や、さらに違法な異星種族の遺物についても記述はありません。

唯一の興味深い新情報源は、ARTの乗組員である強化人間のアイリスです。コロニー設立後にアダマンタイン・イクスプロレーションズ社が敵社に乗っ取られたというアーカイブのニュースフィードを、彼女はレポートに添付しています。乗っ取り前にワームホール座標をデータベースから削除する時間を稼ごうとして銃撃戦になったらしく、アダマンタイン従業員の推定死者数は、ニュースソースが異なる三本の記事で四人から二十四人と開きがあります。物理的なデータストレージがまだあるということは、削除完了前に襲撃者が突入に成功して技術者を殺したと考えられます。アイリスのメモには最後にこう書かれています。

〝コロニーをあえて保護あるいは隠匿しようとしたと考えられなくもないが。可能性は？

弊機も可能性は低いと思います。三種類のニュースソースから微妙に内容の異なる記事が報じられているので、おおよそこういう事件があったのは事実でしょう。その点はアイリスに同意します。

人間たちは黙ってレポートを読んでいます（はい、あまりに時間がかかるので、退屈しのぎにメディアのストレージを検索したほどです。しかしドラマがおもしろくなるころにはさすがに読み終わるはずなのでやめました）。

「奇妙ね」オバースが小声で言いました。「会社が守ろうとしたのはコロニー？　それとも投資？」

「あなたはやっぱりミステリー好きよね」アラダはレポートに目をむけたまま言いました。

「フィクションのミステリーは好きだけど、自分の生活に謎はいらない」

ARTはこのやりとりを無視して言いました。

〈本船の乗組員の任務は、まずコロニーに居住者が残っているかどうかの確認と、もしいるなら接触を試みることだった。そしてサルベージ会社の干渉と搾取的な開発を阻止する。その手段として居住者を避難させてもいいし、もしコロニーが居住可能なら支援してもいい〉

アメナはテーブルに両肘をついて身を乗り出しています。

「でも、そんなことをする必要ある？　コロニーの人たちが生き残ってるなら、ほかの会社は手を出せないいんじゃない？　もとのコロニー建設会社が消滅したのなら、その人たちは自由の身のはずよ」

「残念ながら、ここのルールはそうではないのよ。他社が乗りこんで支配権を取得できる」

オバースが教えました。企業社会について人間たちが話すときに共通の陰気で腹立たしげな表情です。

アメナは懐疑的な顔です。

「占領するってこと？　現住者がいるのに？　惑星のべつの場所に第二のコロニーを建設するならともかく、既存のコロニーを占領なんてできるの？」

「できる。過去に例がある」オバースは明言しました。

アメナは不愉快そうな顔になりました。

「それって……なんていえばいいかわからないけど……拉致するようなものね」

ティアゴが自分の飲み物をかき混ぜながら答えました。

「それが企業リムのルールなんだ。惑星そのものが資産とみなされる。最初の所有者がいなくなれば、その資産は回収《サルベージ》できる。入植者や子孫などの現住者にはなにも権利はない」

ラッティが訊きました。

「ペリヘリオン号、きみはどうするつもりなんだい？　どうやって入植者を助ける？」

〈大学はコロニーのオリジナルの設立宣言書を作成する手段を有している。そのような宣言書には、設立した企業体が消滅した場合に、惑星の所有権を同地に住みつづける入植者、子孫、後継者に譲渡するという項目がふくまれる場合がある〉

〝作成する手段〟とは、〝アーカイブに保存されたコピー〟と対立する概念のようです。

弊機は言いました。

「あなたと乗組員がコロニーから必要な地表調査データを収集し、それをもとに大学が文書を捏造《ねつぞう》するということですね」

非難しているのではありません。弊機はARTに怒っていますが、この計画そのものは、企業の裏をかくという意味で痛快です。

「そうなのかい、ペリヘリオン号？」

ラッティも訊きました。しかしARTはどちらも無視しました。

〈その後、独立経営の中継ステーションとコロニーのあいだで契約を結ばせる。ステーションが設置されれば、コロニーは企業の最悪の略奪行為から比較的安全になる。また非法人政体が提供するさまざまな支援も受けやすくなる〉

アラダは口もとをひねるようにしました。

「エレトラの話によれば、企業船は二隻いたようだけど、それは正しいの？　あなたがこの星系に到着したのは彼らよりまえ？　それともあと？」

〈まえだ。乗組員を人質にとられ、その拘束者に命令されてやむなくバリッシュ－エストランザ社の補給船に砲撃した。しかしその時期のメモリーアーカイブには損傷があり、補給船とその乗組員がどうなったかはわからない〉

「つまり灰色人は企業船の乗組員もいっしょに拘束しているかもしれないわけだね」ラッテ

ィは救出すべき人間がどれだけいるのかと考えている顔です。「エレトラともう一人の企業人はどんないきさつで――」肩ごしにあいまいに手を振って、「――きみに乗ったんだい？彼らにインプラントが埋めこまれていた理由は？」

「きっと虐待して楽しむためよ」アメナが暗い表情で言いました。

ARTはわずかにためらいましたが、人間が気づくほどではありません。

〈灰色の連中は企業船のシャトルがほしかったのかもしれない。いまも第二貨物モジュール用ドックに接続している〉

わずかなためらいを疑わしく考えることもできますが、本当に知らないだけかもしれません。本来は知っているはずのことなので、知らないとしたら奇妙です。メモリーアーカイブの損傷が実際にかなりひどいのかもしれません。

〈しかし本船の着陸用シャトルは二機とも残っている。だからそれも考えにくい〉

アラダは片手で顎をささえ、深く考えこむようすです。

「ペリヘリオン号、再初期化のあとの出来事はあなたの説明どおりなのね？　復旧してみたら乗組員がいなかったと」

〈そうだ〉

その言葉には気持ちがこもっていました。皮肉っぽいいつもの口調ではなく、フィードが怒りで震える感じです。

しかし弊機は動じません。ARTに拉致され、人間たちを危険にさらされたのです。同情などしません。絶対に。

ラッティの表情はいぶかしげです。

「乗組員が失踪したときに起きたことをすこしでも思い出せない？」

〈損傷したアーカイブを再構成中だ〉

「警備ユニットが協力したらどうかしら？」

アメナが言いました。こちらを見ず、とても軽い調子で提案しています。

弊機は腕組みをしてその横顔をにらみました。

ARTはもちろんなにも答えません。

オバースが椅子に背中をあずけましたが、すこしも楽ではなさそうです。

「出来事を時系列順に整理する必要があるわね」

表にしてありますと弊機が言うより先に、ARTが〈もちろんだ〉と言って、サブ画面に箇条書きを出しました。ART視点で次のとおりです。
(1) ワームホールから出て、コロニーの星系に到着したことを認識する。
(2) 記憶に混乱発生。
(3) 再初期化が終わってみると、船内に侵入者がいて、乗組員は消え、エンジンに異星遺物が取りつけられている。
(4) 企業補給船を攻撃。
(5) システムから削除される。

（6）バックアップから再起動。
混乱はＡＲＴの計時システムにもおよんでいて、（1）以外の発生日時は推定です（ほら、こんな具合です。弊機を武器といつわってターゲットたちに教唆し、通信インターフェースを使って所在を特定したうえで、プリザベーションの母船に攻撃をかけさせた過程は、まるごと省略されています。とんでもないことです）。

アメナは説明を加えました。

「状況が変化する……急転するまえに、ラスがコロニーの再利用事業について話そうとしたのよ。でもエレトラがさえぎって話題を変えたわ」

ティアゴが共同寝室の画面に目をやりました。エレトラは毛布の下です。

「あの連中――灰色人はやっぱり……」言いよどんで首を振ります。「異星遺物が感染して作用すること、それもひどい変化をもたらすことは、どうやらたしかだ。灰色人はやはりこの惑星の新旧どちらかのコロニーの出身なのか？　それとも企業が入植者にあらかじめ遺伝子操作をしていた可能性もあるのか」

〈不明だ〉

ＡＲＴはまったくどうでもよさそうに答えました。

この無関心さは本心でしょう。乗組員をターゲットに襲われたＡＲＴの関心は、ミステリーではなく無事の救出だけです。

ティアゴの疑問にだれも答えられずにいるなかで、ラッティがテーブルに両肘をついて身を乗り出しました。

「企業は許されるどんな手段も使うと思うよ。あの灰色の連中……彼らをどう呼ぶべきかな？」

「ターゲットです」弊機は答えました。

ティアゴは、いわゆる目をぐるりとまわす表情をしました。

ラッティは続けました。

「ワームホール用エンジンに組みこまれている異星遺物技術は、ターゲットたちが持ちこんだと考えてまちがいないだろうね」

オバースが指先でテーブルを叩いて考えながら言いました。

「でもインプラントは異星遺物技術じゃなかった。むしろ伝統的な技術よ。それこそ企業コロニーが設立された三十七年前よりもっと古い」

ラッティは自分のプレートの料理をぼんやりつついていましたが、アラダにかわりに食べてもらおうと横へ押しやりました。

「そうなんだ。前CR時代の初期コロニーの跡地には、旧式だけど使える技術製品が残っているにちがいない。あの物理スクリーンの画面型デバイスも歴史資料でしか見たことがない」

アメナはうなずいて弊機に手で合図しました。

「ほら、彼らはワームホール飛行のことを〝架橋トランジット〟と呼んでたでしょう。あんな言い方は初めて聞いたわ」

ティアゴは興味を惹かれたようです。

「言葉は標準語だったか?」

「いいえ。最初は翻訳されてたんだけど、警備ユニットが目覚めて戦闘になってからはそれもなくなって」

ARTがちょうどいい映像や音声記録を持っていないようなので、弊機はサンプル音声を一般フィードに流しました。人間たちは眉をひそめて聞いています。やがてティアゴは陰気な顔でうなずきました。

「前CR時代の言語が三種類以上まざった混成語みたいだ」

「使ってる技術とも一致するわね」とオバース。

「異星遺物による深刻な汚染事故が頻発したのも前CR時代だ」

「どういう事故?」アラダが訊きました。

「プリザベーションのアーカイブに詳細情報が残ってるのはそのうちの一件だけだ。前CR時代の初期政体が大規模事業の基地として改造していた衛星で起きた。人口の七十パーセントが死亡。残りが生存できたのは、直前に稼働開始した中央システムが居住区画を隔離し、救助の到着まで遮蔽を維持したおかげだった。つまり――」こちらに目をやりました。

「――機械知性に守られたわけだ」

中央システムがどんなものかは知っていますよ、ティアゴ。

(大昔の技術です。現代の基幹システムとちがって下位システムを持たず、単体ですべてを

こなします。弊機も歴史ドラマでしか見たことがありません）

オバースが身を乗り出しました。

「人々はどんなふうに死んだの？　感染した人がほかの人を襲ったとか？」

いまのティアゴは聡明です。いつもこうなら不愉快でないのですが。

「そうだ。ただ、遺物汚染によってそういう暴力的な反応が出るのはまれだとされている。それでも、これらの事件は歴史上も現代のものも大半が隠蔽されているから、実際のところがどうなのかわからない」

ラッティはうなずいて同意しました。

「企業人は秘密主義だからね。断定はできない」

オバースも言います。

「そんな企業も、異星遺物の発見と流通禁止の法規制と、特殊合成物質の使用における免許制だけはいちおう遵守してるわ」

アメナが訊きました。

「異星遺物はどうしてそんなふうに人間に影響するのかしら。もしかして意図的な性質？　異星種族が盗まれたくないものを保護するためにその場所にしかけたものだとか？」

ラッティは息を吸ってから、また吐き出しました。

「そうじゃないと思う。たとえば、テラフォーム用マトリクスを見たことのない異星種族がそれに誤ってさわって汚染されるようなものじゃないかな。意図したものじゃない。汚染はしばしば脳に異なる優先順位を導入するようなかたちで起きる。人間のハードウェアで異星種族のソフトウェアを実行するようなものだ。もちろん大混乱になる」フォークで身ぶりをします。「ターゲットはアダマンタイン社のコロニーからやってきたのか、それとも前CR時代のコロニーの子孫なのか。あるいは星系外？」

〈手がかりを見るかぎり星系内の出身らしい〉

ARTが言ったので、弊機は批判してやりました。

「この船はメモリーアーカイブに障害を起こしています。だれが乗ったか、乗らなかったか、わかるわけがありません。企業のサルベージ部隊が数百人乗ってきたかもしれないし、あるいは盗賊か、入植者か、異星種族か――」

「警備ユニット――」

「そんなことは――」

アラダとラッティが同時に言いかけたのを、ARTはさえぎりました。

〈本船が〝ひんぱんに嘘をつく〟と警備ユニットがしばらくまえに言ったのは、正しくない。乗組員の利益に反する情報公開は、安全が担保された環境以外ではできないのが当然だ〉

アラダはうなずきました。

「そうね、理解するわ。警備ユニットはこちらの利益を代弁していて――」

〈謝罪を求める〉ARTは言いました。

弊機は両手でつくった卑猥《ひわい》なサインを天井にむけました（ARTは天井ではありませんが、

人間たちがかならず天井を見上げるので、それにならったまでです〉。

〈不必要な行為だ〉とＡＲＴ。

ラッティが小声でオバースに言っています。

「機械知性は感情を持たないと思ってる人たちにこの気づまりな状況を見せたいね」

ＡＲＴが突然フィードにはいってきて、非公開チャンネルで言いました。

〈やるべきことをやっただけよ。わかってもらいたいわね〉

弊機は声に出して言いました。

「フィードで話すつもりはありません。あなたは弊機の顧客ではないし、また——」

それ以上は言えませんでした。

人間たちの視線が集まり、壁にむいて立ちたくなりました。しかしそれでは負けた気がします。

突然、船内全体が見えました。ＡＲＴが全カメラへのアクセスを弊機に開放したのです。かえって怒りました。

「媚《こ》びを売るのはやめてください！」

ふいにアメナが大きな声で言いました。

「あのね、警備ユニットのことはしばらくそっとしておいたほうがいいわよ」

そうです。いまはそうすべき状況です。アメナに尋ねました。

「非公開チャンネルでＡＲＴが話しかけてきたのですか？」

アメナは顔をしかめました。

「まあ、そうなんだけど——」

声を荒らげました。

「ART、弊機の人間たちと裏でこそこそ話すのはやめてください！」

人間は、自分では完全に論理的と思いながら、実際にはまったく非論理的で、それを頭のどこかでわかっているのにやめられないということがあります。どうやら警備ユニットもそうなることがあるようです。

アラダがテーブルの席から立ち上がり、両手を広げました。

「どちらも聞いて。いったん矛をおさめて。非生産的よ。ペリヘリオン号、警備ユニットに圧力をかけないで。あなたは乗組員のことで動揺し、システムから削除された過酷な経験で混乱している。でも警備ユニットも動揺しているのよ。怒鳴りあってもしかたない」

〈怒鳴ってはいない〉

「わかってるわ」

アラダは分別のある口調で同意しました。メンサーの配偶者であるファライとタノが幼い子どもたちに話して聞かせるときとおなじです。ほかの人間たちにむけて続けます。

「この状況を打開しなくてはいけない。ペリヘリオン号、ここのコロニーについて乗組員が集めた情報を提供してもらえるととても助かるわ。オバースとわたしはそのあいだにエンジンに取りついた異星遺物についてデータを集めて、通常空間エンジンをなるべく早く復旧させる。ラッティとティアゴは死亡したターゲットについて病理学スキャンをしてみて。警備ユニットが記録した彼らの会話を翻訳する必要もある。二つある人類コロニーのどちらの子孫か判明すれば……より効果的な作戦が立てられるはずよ。アメナ、あなたはエレトラともう一度話して、ほかの情報を聞き出してみて。口止めされてるのはわかっているけど、インプラントはもう摘出したから話しやすくなったかもしれない。警備ユニット、あなたはペリヘリオン号の最初の再初期化が起きた原因と、ターゲットが船内に侵入した方法を調べて。謎の襲撃者にふたたび船内にはいられる事態を絶対に避けたいというのは、みんな同意見のはず。そういうことでいいかしら。ペリヘリオン号、こういう計画でいい？」

〈当面は〉ARTは答えました。

10

やれやれ、最悪です。

人間たちは散っていきました。アラダとオバースは機関モジュールへ。ラッティは病理学ユニットを準備するために医務室へ。アメナはティアゴを手伝って食事のトレイをテーブルから片づけています。ティアゴはその肩に手をおきました。

「娘よ、企業人と話してだいじょうぶか？」

「平気よ、叔父さん」いらだつアメナは、肩を振って相手の手を振り払う動作をお約束どおりにやりました。「エレトラがわたしに危害を加えるはずはないし、警備ユニットもいる。ARTも」

そこでうしろめたい表情になって、こちらに視線をやりました。

「ARTと呼んでいいと言われたのよ」

おやそうですか。歯ぎしりというものをしたい気分になりました。

ティアゴはそれでもアメナの肩を強く握りました。

「気をつけろよ」

アメナはリサイクル装置がある調理エリアへもどりかけています。

「わかってる。着替えを差しいれる口実で部屋にはいってみるわ」

ティアゴはこちらを見ました。壁にむいた弊機に、ティアゴは言いました。

「アメナのためにいろいろやってくれてることを感謝する」

不本意な賛辞か、聞いたこちらがいやな気分だったのか。わかりませんし、なにも思いつかないので、返事はしませんでした。

アメナはリサイクル装置から服のセットを出してきて、エレトラの共同寝室のほうへ通路を歩きだしました。弊機はついていきます。ARTのカメラによると、エレトラは起きて浴室で容器に水をくんできたところです。アメナが室内にはいって着替えを渡すのにいいタイミングです。

ARTが非公開チャンネルで弊機に言いました。

〈おまえの助けは無用よ〉

〈拉致したときとは異なる考えのようですね〉

〈本船と話したくなければ話さなくていいという意味〉

かまいません。どうでもいい。気にしません。

〈助けがいるのかいらないのか、はっきりしてください〉

ARTが大量のデータを送ってきました。内容は毎秒のステータス出力で、海のように膨大です。さいわい元弊社で大量のデータマイニングをやっていたので、さばき方は心得ています。まずARTのメモリーアーカイブに断絶が起きた箇所を探しました。生命維持系や航法系などの下位システムからの連続的なレポートが大きく中断しているはずです。これはARTにとって重大です。たんに接続したシステムからの無味乾燥な報告が途切れるのとはちがいます。弊機でいえば指先の感覚がなくなるようなものです。データ形式は弊機のアーカイブに蓄積されるものよりはるかに複雑でした。それでもどこを見ればいいかわかったので、すみやかに検索クエリを作成しました。

共同寝室へ通じる通路の入り口で足を止め、その先はアメナ一人に行かせました。こちらはエレトラに姿を見られるのも、通路をうろついていると知られるのも好ましくありません。アメナに話す口が重くなるかもしれません。アメナはハッチまで行くと、フィードでエレトラに来意を伝えました。

〈こんにちは。着替えを持ってきたんだけど、はいっていい?〉

エレトラがフィード制御でハッチをあけました。アメナがはいって服を渡しているあいだ、こちらはほかの人間たちのようすを確認します。アラダとオバースは機関モジュールへの通路の手前で立ち止まり、抱きあっています。オバースはアラダにキスして、耳もとでささやいています。

「だいじょうぶ、やり遂げられるわよ。あなたは壁だから」

「ぐらつく壁よ」アラダはつぶやきました。

(ときにぐらつくからこそ、弊機はアラダを信用しています。自信過剰でまわりの意見をい

れない人間ほど怖いものはありません〉

アラダは体を離して、オバースに微笑みました。

「さあ、仕事しなくちゃ」

ARTはすでに医務室のストレッチャーに船内をまわらせ、ターゲットたちの無残な死体を回収しています。いまはラッティの待つ医務室へもどるところで、ティアゴはそのうしろからついてきています。ストレッチャーの上は固まりかけた血と各種の液体だらけです。

「うわー、さわりたくないな」

ラッティが愚痴ると、ティアゴも陰気な顔で同意しました。

「そうだな。バイオハザード装備を取ってくる」

ARTは作業リストに、〝ドローンの修復、再起動〟〝敵ドローンの回収、検査後に破壊〟という新項目を追加しました。

寝室ではアメナが質問しています。

「気分はどう?」

「だいぶよくなったわ」エレトラはジャケットを膝の上でたたんでいます。「訊きたいことはわかってる。でもインプラントを埋めこまれていたことは知らなかったのよ。なにも憶えてない」

〈興味深い〉ARTが言いました。

もちろん弊機はまだ怒っています。それでも興味深いのはたしかです。

〈あなたもメモリーアーカイブに断絶がありますね〉

〈そう。もちろん原因は異なるだろうね。でも手口はおなじ。拘束し、記憶を混乱させる〉

不愉快ながらARTの言うとおりです。手口がおなじとなると、記憶を断絶させた原因に異星遺物技術が使われたのか、早急に調べる必要があります。

〈古い人類技術と遺物技術がいっしょに使われているとなると、異星遺物がある規制区域に前CR時代の愚かな人間がコロニーを建設したのかもしれません〉

〈そうとはかぎらない〉ARTは言って、反論を待たずに続けました。〈未発見、未規制の場所かもしれない〉

ARTは証拠採用の基準が人間より高めです。そして、対応を計画するまえに、その対象が実在する証拠を求めます（まったく厄介です）。

〈企業植民者が到着したとき、現場に前CR時代の古いコロニーが残っていたという仮説は成り立つ。でも後続の植民者が古代の技術をわざわざ保存し、利用したというのは奇妙よ〉

認めたくありませんが、まっとうな考えです。古い技術だからといって使えないことはありません。たとえば弊機は大昔の攻撃法で敵制御システムを倒しました（歴史ドラマを見て覚えたものなので、そのはずです）。

〈いまわかっていることは二つです。企業コロニーより古い人類の拠点が存在したこと。そしていずれかの時点で、だれかが異星遺物を発見したこと〉

ARTはフィードに（またしても）ボードを設置して、〝ペリヘリオン号と警備ユニットによる初期推定〟というタイトルをつけました。アクセス許可リストには、エレトラをのぞく人間全員がはいっています。最初に貼ったカードは次のとおり。

事実（1）――前CR時代に人類が拠点を築いたのとおなじ場所に企業コロニーは築かれた。

疑問――異星遺物はあるのか？　存在するとしたら、もともとそこにあったのか、のちに持ちこまれたのか？　前CR時代の拠点は異星遺物があるから築かれたのか？　企業コロニーは異星遺物があるから築かれたのか？

人間たちはそれぞれ手を止めてこれを読みました。アメナはエレトラの家族の話を聞いているところでしたが、一時的に注意がそれたことを咳払いでごまかしました（エレトラの家族はバリッシュ－エストランザ社と世襲奉公契約を結んでいるとのことです。目標は雇用クレジットをためて子やいとこを経営者訓練コースにいれること。アメナは上品な興味をよそおい、本音の興味を隠しています）。

ARTのステータスデータに対する検索クエリが結果を返しはじめたので、ほかのフィードの優先度を下げてそちらを確認しました。

ふむ。

ARTによれば、一回目の強制シャットダウンと再初期化は、乗組員が消えてターゲットがあらわれたとき。二回目の強制シャットダウンはシステムから削除されたときです。では敵制御システムがARTにロードされたのはいつか。おそらくシステムが最初の強制シャットダウンを経験したときでしょう。

しかし実際には、もっと多くの断絶があるのです。

ピン・リーがここにいればと思いました。認めたくありませんが、グラシンにもいてほしい。二人とも分析調査の専門家です。能力は弊機がはるかに上まわりますが、すくなくともデータを見て意見交換をできます。

〈ART、これを見てください〉

いうまでもなく、ARTはさまざまなことを並行処理できます。アラダとオバースがエンジンに残った異星遺物をスキャンするのを手伝いながら、ラッティのために医療システムの病理学ユニットを動かし、ティアゴとともにターゲットの会話翻訳を進め、さらに単独では損傷した推進システムの診断と再初期化をおこなっています。ほかにもさまざまな実行中のプロセスを監視しています。

そんなARTの注意力が、突然八十六・三パーセントもこちらにむけられました（ARTにしては大部分といえます）。そしてクエリの結果をいっしょに見ました。

人間なら〝ありえない〟と言うでしょう。ARTはこう言いました。

〈おもしろい〉

タイムラインを整理する必要があります。ワームホールへの進入と離脱、針路変更といったおもな出来事を時系列順に把握したいので、ステータスデータ上でのそれらの見え方を知る必要があります。ARTが範例をしめしてくれたので、それにしたがって新たなクエリを書いていきました。

寝室ではアメナがコロニーについて慎重に質問しています。真剣な表情でゆっくりと言いました。

「ねえ……会社の上司やえらい人たちから話すなと言われてるかもしれないけど……でも、この失われたコロニーについてどうしても知る必要があるの」

エレトラは唇を嚙みました。

「知的財産権がからむのよ」

やれやれ。アメナはフィードの非公開チャンネルでこちらに質問してきました。

〈これ、どういう意味？　情報がだれかの財産なの？〉

〈そうです。エレトラは自分が所属するサルベージ会社を恐れているのです。しかし本当に恐れるべきなのは、ターゲットにふたたび拘束されることです〉

これを聞いてアメナは言いました。

「わかるけど、でもターゲットが——あの灰色の連中がまたやってくるかもしれない。この船に最初に乗りこんできた方法や、消えた乗組員の行方がまだわかってないのよ」お手上げという身ぶりをします。「このままでは、おなじことがわたしたちの身にも起きかねない。そうしたらもっと長くここに拘束されるわ」

エレトラは自分の肩に手をまわしました。インプラントを埋めこまれた場所にさわろうとしているようです。

「新しくやってきた人たちは乗組員なの？」

〈そうだと答えなさい〉ARTが割りこみました。

アメナは力強くうなずいて答えました。

「もちろんそうよ。わたしたちは――彼らは、船がターゲットに乗っ取られたときの最初のチームを探しているの」

エレトラの眉間のしわが深くなりました。

「この星系から出られないの？」

「通常空間用のエンジンがまだ動かないのよ。かりに直ってワームホールまで行けても、船が星系から出られない。聞いたはずだけど、船は乗組員――残りの乗組員を乗せないと星系から離れられないようにプログラムされている。その点で船はとても頑固で手に負えないの」

アメナはフィードでつけ加えました。

〈ごめんなさい、ART〉

〈かまわない〉

答えたARTの注意がフィードのなかで移るのを感じました（意味ありげにこちらを見ている感じです）（いくらでも見ればいいでしょう。弊機は謝りません）。

アメナはエレトラへの話を続けました。

「それに、わかってきたこともすこしあるわ。たとえば、前CR時代のコロニーに異星遺物があることとか」

ARTと弊機はにらみあいをやめました（それも驚くべきことです）。異星遺物への言及が効果を発揮するかどうか、固唾をのんで見守りました。

エレトラはわずかに肩を落としました。

「その話は……あまりよく知らないのよ。わたしは環境技術者で、ラスもそうだったから、必要なこと以外は教えられなかった。聞かされた範囲では、最初のコロニーは初期政体が建設したもので、おそらく冷凍睡眠船でやってきた。それを約四十年前に再発見したアダマンタイン・イクスプロレーションズという会社は、ワームホール経由で船を送って再植民した。座標は秘密。同社はそのあと敵対的買収によって消滅し、データベースは破壊された――」

アメナがけげんな顔をしたので、エレトラは親切に説明を加えました。

「たぶんだれかがデータに暗証キーを設定して、新経営陣に買わせようとしたのよ。でも利口なやり方じゃない。差し押さえられた資産が八つ当たりを受けるかもしれない。敵対的買収を受けるのもよくないのに、さらに新経営陣の恨みまでかうなんて」

アメナは何度もまばたきして、感情が顔にあらわれないようにしています（このやり方は弊機も試しましたが、うまくいきません）。フィードで質問してきました。

〈〝差し押さえられた資産〟というのは、まさか従業員のこと？　人間のことをいってるの？〉

〈そうよ〉ARTが答えました。

エレトラの話は続きます。

「とにかく、問題のストレージメディアは保護された。のちにバリッシュ－エストランザ社が買い取って、データの再構成に成功し、サルベージ計画を立ち上げたというわけ」そこでややためらいました。「異星遺物の噂はあったわ。再構成されたデータの一部に言及されていたとか。でもあくまで噂よ」

「異星遺物が本当に存在したら、バリッシュ－エストランザ社はどうするつもりだったの？ 企業リムでもその発掘には特別許可が必要なはずだけど」

「末端の従業員が知りえる話じゃないわ」

エレトラは答えて、不安げにうなじに手をやりました。このような無意識の動作は、たとえばその人物が嘘をついているかどうか、調査隊の全員を殺そうとひそかに計画しているかどうかなどを判別するのに役立ちます。しかし人間は、とくに理由なく不安の脳内物質が放出されることがあります。また消化器系の不調などの身体的原因でそうなることもあります。ARTがエレトラをスキャンした結果では、彼女はインプラントの話をすると体にストレスを感じるようです。

「あれにはいっていたのかしら。特殊合成物質があのインプラントに？　あなたの仲間が分解して調べていたわね」

オバースのフィードから予備レポートを取得しました。まだ大半がスキャン結果の生データで、その解釈は書きこまれていません。

「いいえ。単純な技術製品だと言っていたけど……」

そう話したアメナは、フィードを読んでいるのではなく考えているふりをするために唇を噛みました。

ARTはそのレポートを仕上げて、注釈に結論を書きました。インプラントに異星遺物ははいっておらず、正体不明の発信源からの指示を受信していたらしいということです。さらにグループの作業リストに〝ターゲットの技術製品をすべて点検する〟という項目を書きくわえたうえで、〝ペリヘリオン号と警備ユニットによる初期推定〟のボードには新たなカードを貼りつけました。

事実(2)——従来型の人類技術は、異星種族の電源や特殊合成物質を使えるように設計されている。

アメナはエレトラへの話を修正しました。

「……いえ、やはり異星遺物技術との関連はありえると考えてるみたいね」

エレトラはがっくりと肩を落とし、表情を曇らせました。

ARTの強制シャットダウンの時系列を確定するためのクエリの結果が返ってきたので、発見ずみの断絶箇所と照合してみました。

そして、最初の〝これはやばい〟に気づきました。

〈ART……〉

ARTは弊機のレポートを読みました。

ショックを受けていた時間は〇・〇一秒以下ですが、主観的にはもっと長い時間でした。

そして弊機がやるべきことをARTが先取りし、共通の非公開チャンネルでアメナに言いました。

〈アメナ、その船室を出なさい〉

弊機も続けて言いました。

〈急いでください、アメナ。潜在的な危険があります〉

アメナはむっとしましたが、顔をしかめたのを考えごとに見せ、髪をかき上げました。そこは危険だと指摘されたことはおくびにも出さず、用事を思い出したという態度です。

「叔父さんがフィードで呼んでるわ」立って、ハッチへもどりながら言います。「あとでまたようすを見にくるから」

エレトラは暗い顔でうなずいただけです。

ハッチが閉まると、アメナはすぐこちらへ駆けてきて小声で訊きました。

「いったいなによ」

弊機はその腕をとって角のむこうへ連れていきました。有機組織から出るアドレナリンのせいで冷たくぴりぴりとした感じがします。弊機もARTもかたときもアメナから目を離していないので、インプラントを埋めこまれるすきはなかったはずですが、それでも念のために全身をスキャンしました。

「ARTが最初に強制シャットダウンを起こす直前に遭遇していたのは、バリッシュ－エストランザ社の船でした。ARTを攻撃し、乗組員を拉致した連中はその二隻のうちのどちらかから乗りこんできたと考えられます」

アメナは目を丸くしました。

「やばいわね」

ふたたび会議を開きました。やはりエレトラを排除したフィード上です。今回はビデオ会議の映像制作を弊機が担当しました。急場なので美麗に仕立ててはいられません。アラダとオバースはまだ機関モジュールにいて、ラッティとティアゴは医務室です。アメナと弊機は食堂のハッチ脇の椅子にすわって、もし共同寝室で寝ているエレトラが負傷から回復中の人間とは思えない行動をはじめたら、すぐに対応できるようにしています。いまのところは普通の負傷者ですが、集まった証拠はそうではない結論をしめしています。

アメナは食堂の容器から調理ずみの模造野菜のかけらをつまんで暗い顔で食べています（会議のやりとりは聞きたいけれども、自分のフィードは非公開にしてほしいと頼まれました。「やるべきことがあればやるけど、急にいろんなことが起きたので、ちょっと時間をちょうだい」とのことです）。

（ティアゴからアメナはどこかと訊かれたので、「トイレです」と答えたら、本人ににらまれました）

（弊機は社交担当秘書ではないのですよ、アメナ。お上品な嘘をついてほしければ自分で考えてください）

出来事のタイムラインを人間と強化人間が読めるフォーマットに変換し、注釈をつけて、フィードに上げました。このなかで確実な記憶は、ARTがワームホールからこの星系に最初に到着した時点だけで、あとはステータスデータから推測して再構成したものです。次のようになっています。

（1）ARTが星系に到着。

（2）バ《B》リッシュ－エ《E》ストランザ社の署名がある遭難信号をARTが受信。センサーに映ったのは可変構成型の探査船一隻のみ。もう一隻のBE船、すなわちラスとエレトラが乗船時に襲われたと主張している補給船は見あたらなかった。遭難信号には医学的救援要請のマークがついていた。

（3）BE探査船のシャトルをARTのトラクター機が牽引《けんいん》してモジュールドックに接続。

（4）具体的には不明ながら、悪い出来事が発生。

（5）BE探査船がARTのモジュールドックに接続。拉致したARTの乗組員を連れ去り、ターゲットたちを残したと思われる。シャトルが接続したときにすでに乗りこんでいた可能性もある（ARTのカメラでシャトルを見ました。その調査を次の作業リストにいれました)。
(6)ARTはワームホール経由で星系から去る。
(7)ARTはプリザベーション・ステーションでワームホールから出る。ワームホール飛行はわずか三時間弱。このときすでにエンジンに異星遺物技術が組みこまれていたのは確実。
(8)ARTはプリザベーション・ステーションと交信したあと、船内時間で五サイクル日にわたって待機。その後、到着した調査隊の研究施設を狙って複数回砲撃。兵装系に誤った照準データが送られたために大きくはずす。
(敵制御システムがARTのシステムにアップロードされた正確な時期は不明ですが、(8)よりまえのはずです。ステータスデータには兵装系をめぐるひそかな、しかし熾烈《しれつ》な争いの痕跡が残っています。ARTの乗組員はすでに拘束されていたので、彼らが抵抗する余地はありません。それでもトラクター機が弊機を牽引しはじめたあとも、兵装系の射撃は調査隊から大きくはずれつづけました。だれが妨害しているのか敵制御システムにはわかったはずです。このためにARTはシステムから削除されたのです。ステータスデータには地殻変動なみの変化が記録されています)

人々のようすをARTのカメラごしに見ました。情報を頭にいれながら懸念の表情を強めています。オバースが言いました。

「つまり、ペリヘリオン号が企業船に砲撃したというのは、実際にはなかった記憶ってこと?」

ＡＲＴは答えません。動揺しているのでしょう。弊機も動揺していますが、ここでだれかが大人の対応をしなくてはなりません（いつもはＡＲＴでした）。

「航法系、センサー系、ステータスデータを見なおしましたが、ＡＲＴの兵装系が発射されたのはプリザベーション宙域にはいって研究施設に遭遇したときが最初です。探査船がドッキングしたときのアーカイブ映像や内部センサーデータは残っていません。エレトラとラスが乗せられていたというシャトルの到着とドッキング時の映像とデータも同様です」

言いたくありませんが、これは言わねばなりません。

「探査船とそのシャトルと最初に交信してまもなく、ＡＲＴのシステムは汚染されています。最初になにかが削除され、そのあと記憶の各セクションが大幅に書き換えられています」

人間たちは無言でそれを聞きました。そのあとラッティが言いました。

「かわいそうなＡＲＴ。いや失礼、かわいそうなペリヘリオン号」

アラダもしかめ面で同意します。

「不気味な状況ね。最初にバリッシュ－エストランザ社の探査船が星系に到着し、攻撃を受けたはず。そしてターゲットたちに乗っ取られたのか……。でも補給船が実在するのなら、いまどこに？」

オバースも顔をしかめます。

「破壊されたのかもしれないわ。ペリヘリオン号の乗組員は探査船で拘束されていると考えるしかない」

ラッティが心配そうな顔になりました。

「探査船は武装してるのかな。撃たれるのはいやだよ」

ARTはやはり答えないので、弊機が答えました。

「たぶん、しています」

居住者がいない想定の星系でコロニー再利用事業をおこなうなら、バリッシュ－エストランザ社は武装船の使用許可と保険を用意してくるのが妥当です。

ティアゴは医務室の処置台のまえで腕組みをして歩いています。

「警備ユニットが記録した会話をペリヘリオン号といっしょに翻訳しようと試みたんだが……謎の多い結果だ。ターゲット――という呼び方もそろそろ変えるべきだと思うが、彼らはミッションの完遂に意欲的な話をしていた。しかしそれがどんなミッションかは話さなかった」

ラッティがさらに言います。

「彼らは全員、インプラントを埋めこまれていたよ。エレトラとおなじものだ」

人間たちはこれをどう考えるべきかわからないようすです。弊機もわかりません。

「異星遺物に接触していたかどうかわかる？」アラダが訊きました。

「スキャン結果では、既知の特殊合成物質や異星遺物の有機物のリストに一致するものは出なかった」ラッティは確認を求めて横目でティアゴを見ました。「でも可能性はゼロではない」

ティアゴはそれを説明しました。

「未発見の異星遺物の埋蔵地は統計的に多数あるはずだし、成分分析をしたくても近づけない場所も多いだろう。死体のスキャン結果には特定不能の微量の成分も出ている。これが自然界の生成物なのか、それとも特殊合成物質かは、惑星の地表調査データを取得して比較してみるしかない」

ラッティもジェスチャーで一部のスキャン結果をフィードに送ってみんなに見せました。

「ターゲットたちのスーツには製造コードが打ちこまれていた。これは僕のほうで読み取れなかったし、ペリヘリオン号のデータベースにもなかった。再初期化やメモリーアーカイブの障害のせいでデータベースがおかしくなっている可能性もあるけどね。でも実際には、二つのコロニーのどちらかでつくられた製品だからだろうと思う。最初のコロニーか、アダマンタイン社による企業コロニーか」

「ターゲットたちの外見変化は見てのとおりだ」とティアゴ。「自分たちで改変したのか、危険な異星遺物に偶発的に曝露《ばくろ》した結果なのかはわからない。皆殺しにしていなければじかに質問できたんだけどな」

また弊機へのあてつけです。

アメナが不愉快そうにつぶやきました。

「皆殺しにしなければ、逆にこっちが殺されたか、インプラントを埋めこまれたわよ」

フィードにはつないでおらず、野菜のかけらを口にいれたままです。

オバースが両手を広げました。

「すると、エレトラはどういうことになるの？　警備ユニットとアメナは、彼女とその仲間を助けるつもりでいるけど、彼らはもしかすると……スパイ？」

「それは無理があるわ」アラダは眉間にしわを寄せています。「ターゲットたちは警備ユニットに船の制御を奪う能力があるとは思わずに乗せたのよ。あくまで武器がほしかったので、それが人格を持つとは思っていなかった。なのにスパイなんて巧妙な罠をしかけるかしら？」

オバースはうんざりしたように椅子に背中を倒しました。

「まあね、それもそうだわ」

疲れたようすです。人間たちの脳がくたびれているときに会議を開いたのはまちがいだったかもしれません。

ラッティが意見を言いました。

「エレトラ自身は嘘をついていないと思う。記憶が改変されてるんだよ。ペリヘリオン号のように」

「性善説に立ちすぎてるんじゃない？」オバースはやや懐疑的に言いました。

ラッティは反発して鼻を鳴らしました。

「ちがうよ。それはティアゴ。僕は楽観的だけど現実的」

ティアゴは軽くおとしめられた顔をしています。

するとアラダが言いました。

「いいえ、それはわたしよ。いつも楽観的」

そしてオバースにむかって微笑みます。オバースはその肩に手をのせました。

「わかってるわよ」

ティアゴが声をかけました。

「アメナ、そろそろフィードにもどったか？　エレトラについて意見を聞かせてくれ。嘘をついているのでなく、記憶が不正確なだけだと思うか？」

アメナは急に意見を求められてあわてました。口のなかのものを呑みこみ、全体フィードで言います。

〈最初はそう思ったわ。エレトラもラスも情報の知的財産権で問題になるのを恐れていた。その態度は真実らしかった。でもいまは……それほど恐れていないと思う〉うまく説明できなくて歯がゆそうです。〈嘘をついているか、あるいは頭をいじられて記憶が不正確になっているのを認めたくないんじゃないかしら〉

アラダが天井を見上げました。

「ペリヘリオン号、ほかになにか話せることがある？　なにが起きたんだと思う？」

ARTは無言を続けます。だんだん心配になってきました。普段のARTは意見を言いたがります。〝言いたがる〟というのが適切かどうかわかりませんが、こちらの求めなどおかまいなしに口をはさんできます。人間たちにこういう視点が欠けているとか、問題へのアプローチがまちがっているとか。そういうことをずけずけと言わないARTは、どこかへんです。

返事がないので、かわりに弊機が言いました。

「ARTはいまログデータの再構成中です。しばらく答えられません」

アメナが疑わしげに細めた目をこちらにむけてささやきました。

「ほんとに……？」

弊機は、〝嘘をついていることは黙っていてください〟という意味に解釈してもらえそうな身ぶりをしました。

「ありがとう、警備ユニット」

アラダが言って、なんとか考えをまとめようとするように短い髪をかきました。苦労しています。人間は栄養補給や睡眠などが不足すると意思決定能力が下がるものです。

「とにかく……そうね、わたしたちの基本的な目標は変わらない。ペリヘリオン号の乗組員を探す。ただしそのための第一歩として、探査船を探す必要が出てきた」

ARTがここでなにか言うのを期待しました。〝さもないと……〟と脅す発言でもいいのですが、なにも聞けませんでした。

ティアゴはなにか考えがあるようです。悪い徴候でないといいのですが。

「アラダ、エレトラを医務室に呼びもどして神経学的な精密検査をしたい。そのとき俺からも質問してみる。アメナの詳しい報告を頭にいれておいて、ほかに新情報が得られないか探ってみる」

「いい考えね。ここは楽観的になりすぎず、彼女がなにかたくらんで嘘をついているのか、それとも本心からそうだと思いこんでいるのか、たしかめてみましょう。できるだけ情報を集めておきたい。なにかが……起きるまえに」

弊機はアラダとの非公開チャンネルをつないで進言しました。

〈みなさんは睡眠時間をとるべきです〉

アラダは言葉に詰まって顔をしかめ、こめかみを揉みました。

〈そうかもしれないわね。みんなに言っておくわ〉

ビデオ会議の画面を待機状態にしました。アメナは容器から最後の野菜のかけらを取り出しました。

「ねえ、ARTはほんとになにかで忙しいの？」

「もちろんです」

弊機は答えました。じっと見られて、言いなおしました。

「たぶん」

そこで弊機とARTとアメナ、三人の非公開チャンネルを設定して呼びかけました。

〈ART、答えてください。アメナが心配しています〉うーむ、こちらも正直にならないと通じないでしょう。〈弊機も心配しています〉

するとARTの返事があって安堵しました。

〈本船は通常空間用エンジンの修復を続行しつつ、星系内長距離スキャンデータを精査して、

探査船をみつける手がかりとなるパターンを探しているところよ〉

「だいじょうぶなの？」アメナが訊きました。

〈いいえ〉ARTは答えました。

認めるとは思いませんでした。まったく予想外です。それだけ動揺しているのです。

アメナはため息をついてしばらく考えこみ、うなずいて言いました。

「まあ、そうでしょうね。でも状況は最初の想定からとくに悪化してるわけじゃないのよ。むしろましともいえる。真相を解明する手がかりが得られたわけだから。行動するまえに情報は集まるだけ集めたほうがいい……」こちらを見て苦笑いします。「第二母の受け売りだけど」

ARTがピンを打って一対一の非公開チャンネルを求めてきたので、承認しました。さっそくARTは言いました。

〈本船の乗組員だけど……。もし連れ去られていないとしたら？〉

なにを言いたいのかわかります。

〈ART、船内で多数の人間が殺害あるいは傷害された証拠はありません。確認しました。船室モジュールで最初に調べたことです。なにもなし。自分でもスキャンしたはずです。ターゲットたちは使った船室を散らかし、老廃物や液体を残しています。そんな彼らが……〉

そこで言いよどみました。しかしこちらの考えやARTが知っているはずのことは率直に話すべきです。〈そんな彼らが大量殺人の痕跡をあとかたなく掃除するはずはない。大量殺人

の現場は見て知っています、ART。悲惨な痕跡がたくさん残ります〉

返事はありませんが、聞いているとわかります。

〈ドローンが修理できたら、あらためて生物学的痕跡を探しましょう。しかしなにもみつからないと思います。なにが起きたにせよ、人間たちは生きて船外へ出たはずです〉

〈自由意思で船を下りた可能性は？〉

一考の余地はあります。しかし普段の（情緒的に不安定でない）ARTの業務遂行と検証可能なかたちで残っているデータからは、乗組員が拉致されたのか、それとも自由意思で下船したのか、あるいは脱出したのか判定できません。すくなくともARTの二隻のシャトルはドッキングしたままなので、これを使って去ったのではありません。

〈脱出を試みてそのまま船外に放り出された可能性もありますが、言及しませんでした。ARTも可能性としてはわかっているはずです。しかしその先がどうしようもないので決定ツリーからはずしているでしょう。考えてもしかたありません。こちらは答えがみつかるまで探すだけです。答えがあったら……そのときそれに対処します〉

〈在庫調べを詳しくやる必要があります。とりわけ携行武器が必要です。ターゲットが船のシステムを汚染した時点で乗組員が船外退避したのなら、なんらかの手段で探査船に移動した可能性はあります〉

沈黙は三・四秒でした。そしてARTは答えました。

〈わかった〉

ふいに、ARTは恐怖で追いつめられていたのだと理解しました。探査船に横づけされておかしなことをされたときから、ずっとそうだったのです。ターゲットたちをそそのかして弊機を拉致させたのは、深謀遠慮ではなく単純に弊機を必要としたからです。

感情は嫌いです。

一対一の非公開チャンネルで言いました。

〈クソ野郎と呼んだことを謝ります〉

ARTのほうも言いました。

〈おまえを拉致させて顧客に巻き添え被害をあたえそうになったことを謝る〉

アメナは眉をひそめてこちらを見ています。

「二人で内緒話？」

「そうです」

壁にむいて立ちたくなりました。

アメナはまだ心配げです。

「また喧嘩《けんか》してるの？　それとも仲直り？　外からでは区別つかないのよ」

〈仲直りだ〉

ARTが言いました。

「よかった。いいことね。それで、これからどうするの？」

アメナは安堵したようすです。

弊機はバリッシュ－エストランザ社のシャトルの調査に行きました。なにもみつからないでしょうが、作業リストにあるのでいちおうやります。

ARTはエンジンを修理する一方で、コロニー惑星の地表を捜索する場合にそなえて（そうならないことを願います。惑星に下りるのは嫌いです）、パスファインダー群を準備するとアラダに報告しました。

パスファインダーは基本的にアクティブセンサーを搭載した広域ドローンで、惑星であちこち飛びまわりながら環境情報や地表の画像データを収集します。並行して通信信号や疑わしいエネルギー源など、殺意ある敵の気配も探します。元弊社では、地表探査が新たに許可された惑星で保険を販売する準備として、衛星を使って同様のことをやっていました。ちがいは、保険会社の衛星がおもに惑星全体をマッピングするのに対して、パスファインダーはARTの乗組員がいそうな場所を探すところです。非常に高価な機材で、普通の調査隊には高嶺《たかね》の花です。そのためアラダは驚きました。

（会社がパスファインダーを貸し出さない理由はコストばかりではありません。これを使うと地表調査が安全に、また絞りこみが容易になるので、高価な各種の惑星調査装備を貸し出して高額の保険を販売する大手保険会社が必要なくなるからです）

人間たちのようすを見ると、ティアゴはエレトラを医療システムの処置台に乗せて精密スキャンしながら、雑談を試みています。オバースは整備ベイで修理ドローンを直しています。これは弊機が機関モジュールでみつけたもので、復活すればほかの損傷したドローンを次々に修理してくれます。アラダはエンジンの異星遺物のスキャンデータを見ています。しかし剝がれた有機物は溶けて分解しかけており、意味のあるスキャン結果はほとんどとれません（オバースの指摘どおり、そもそも違法な物質なので完全に溶解してくれるならそれにこしたことはありません。しかし実際には残留物がエンジンのあちこちに付着しているので、落とす必要があります）。ラッティは通路でバイオハザード対応の清掃ユニットを操縦して、破壊した敵ドローンの破片を片づけています。

アメナは疲れた足どりで弊機といっしょにシャトルへむかっています（すみやかな睡眠が必要です。あのあとアラダはなにも言っていません。しかたなく〝人間たちに睡眠時間をとらせること〟という項目を全体作業リストにつけ加えました。中央通路でこれを見たラッティがつぶやきました。「それはそうなんだけど、そのうちね」）。

ARTのシャトルは目視点検だけで簡単にすませました。無人で、いじられた痕跡がないことを確認しただけです。

バリッシュ－エストランザ社のシャトルはおなじドッキングモジュール内に係留され、エアロックから伸びたチューブがハッチに接続しています。船内は無人で操縦ボットは停止中とのことですが、それでもアメナはドローンといっしょに通路に残し、弊機が単独で近づきました。ハッチは閉まっていますが、暗証コードによる施錠はされていません。エレトラとラスが当初の主張どおりに襲撃された船から脱出しようとしてつかまったのなら、状況に符合しています（しかし現実にそんな事件はなかったとわかっているいま、これはなにを意味するのでしょうか)。

ARTはシャトルをフィードから隔離しています。エアロックに慎重にふれました（船内システムは停止しているので、異星種族のキルウェアや知能を持つウイルスのような正体不明のものが飛んできて感染するおそれはないはずです。しかし厳重に防護していたはずのARTがなにかに襲われた事実を考えると、異星種族のキルウェアはやはり危険です）。フィードが活動していないのを確認してから、片腕の袖を上げて内蔵エネルギー兵器の出力を調節し、ロックを解除させる程度のパルスを撃ちました。ハッチがスライドして開き、かすかにすえた空気が出てきました。

ターゲットたちに特有の藻類や培地のようなにおいはしません。むしろ普通の人間らしい汚れた靴下のにおいがします。それでも証拠がないからといって不在の証明にはなりません。過去の不在のように。いえ、これは独り言です。

自分でもスキャンして、船内に動きや武器の反応がないことを確認してから、足を踏みいれました。

乗ったことのない型ですが、基本形は一般的な船載シャトルとおなじです。小型で、定員はせいぜい十人。船室はなく、トイレ設備は壁から引き出すフォールディング式（うげっ）。各座席はメインコンパートメントに螺旋《らせん》状に配置されていて、下船時は回転させて一人ずつ出る構造です。あきらかに船からステーションまでの短距離移動専用のつくりです。コクピットは人間のパイロット用の座席が一つと、その隣に停止中の操縦ボットのインターフェース。座席の表面には常識的な使用痕があります。乗客一人分の空間はおおむね清潔で、パネルやクッションには多少のすり傷。これが異星の知的種族がしかけた罠である可能性は〇・〇一パーセントと思われます（あくまで理論上です）。

非公開フィードでアメナが言いました。

〈やっぱり無人？　おかしなものはない？　だったら乗っていい？〉

〈ハッチのところまではどうぞ。船内にははいらないでください〉

物証探しをはじめました。ものを隠せそうなロッカーや倉庫のような空間はくまなく調べます。エンジンのハウジングには前回の整備点検時の工場封印が残っているので、おそらく違法な異星遺物には感染していないでしょう。それでも確認のために封印を破って目視点検します。運航ログを抽出する必要がありますが、これはディスプレイの画面から見るつもりです。運用システムが停止中とはいえ油断はできません。

アメナはハッチの外に来て、よりかかって船内をのぞきこみました。

「手伝えることがあったら言って」

確認がわりにピンを打ちました。

船内を捜索する弊機を七分四十秒眺めたあとに、アメナは言いました。

「質問していい？」

どう答えるべきでしょうか。本能的な反応としてはつねに〝いいえ〟です。それとも不可避な流れを受けいれるか。とりあえずこう答えました。

「それは契約に準拠していますか？」

青少年の大きなため息。

「たしかめたいことがあるだけよ」

しかたないので答えました。

「どうぞ」

うながしたのに、アメナはしばしためらいました。

「その……わたしとマルヌを別れさせるように第二母から指示されたわけじゃないというのは、ほんとなの？」

あの男のことです。その質問には当時答えました。蒸し返されたことを怒ってもいいのですが、まあいいでしょう。弊機がひんぱんに嘘をつくのもたしかです。

「嘘ではありません。メンサー博士はあの件をなにも知りません。あなたが話さないかぎり」

船内の探索が終わったので、ARTにピンを打ちました。ARTはディスプレイの画面を出しました。フィードのインターフェースは無効化したままなので、シャトルのシステム内にひそんだものがARTや弊機やその他に飛んでくることはありません。

アメナは質問を続けました。

「じゃあ、なぜあんなことをしたの？　わたしのことを気にかけていなかったし……いままでもそうでしょう？　当時はろくに話したこともなかった」

どうしてARTは人間の青少年なんか好きなのでしょう。本当にめんどくさい。

「メンサー博士の家族と関係者全員はファイルに記載されています。マルヌには最初から警戒していました。グレイクリス事件以後、メンサー博士とその家族と関係者に接近あるいは新規の関係をつくろうとする人間と強化人間は、すべて脅威評価の対象にしています。マルヌはあなたに対する脅威と判定していました」

アメナが考えているあいだに、隔離したディスプレイとコンソールを接続し、シャトルの生ログのファイルを画面でスクロールさせはじめました。非テキストの内容は除外しています。視覚的に情報を記録し、あとでデータ化して高速に検索するつもりです。ログに危険なコードがひそんでいても、こうすれば安全に運航情報だけを取り出せます（視覚要素で弊機に障害を起こさせるのも可能ですが、その気になればスクリーニングできます。警備ユニットによる視覚ダウンロードを禁じる保護がログファイルにかけられている可能性は、五パーセント以下と見積もっていました）（たしかに被害妄想的かもしれませんが、予備部品にされる運命をこうやって逃れてきたのです）。

アメナがぽつぽつと話しだしました。

「あんなことせずに……彼には堂々と説明してほしかったわ。なのに逃げ出して、二度と口をきいてくれなくなった……」

こちらの脅威評価からすると、逃げ出して二度と口をきかなくなるのは最良の結果です。しかしアメナには黙っておいたほうがいいでしょう。

「いい人だと思ったのよ。危ないなんて……。あのときは子どもじゃないみたいなことを言ったけど、本当は初めての人と会うのが苦手なの」

交友関係の脅威評価で、ラッティはあらゆるジェンダーの人間と強化人間と幅広く交流し、そのいずれもうまくいっていることがわかっています。アメナが助言を求めるにはいいはずです。しかしこういうことも言われたくないでしょう。

「あなたは第二母を愛してるの？　ティアゴはそう考えてるわ」

弊機への尋問にすり替わることは予想すべきでした。

「考えちがいです」

アメナは疑わしげな顔になりました。

「ティアゴの考えをわかっていないと思うけど」

それをいうならティアゴも弊機の考えをわかっていないでしょう。こちらはいま取得した生ログの画像を検索可能なデータ形式に変換しているところです。フィールド分けをすこしでも誤ると大混乱になります。よけいなおしゃべりをしている場合ではないのですが、アメナの気持ちを傷つけたくありません。

「あなたの第二母は——」〝顧客〟という呼び方はもう適切でありません。「——チームメイトです」これには説明が必要でしょう。適切な言葉を探すのに苦労します。「メンサー博士よりまえは、弊機はチームの一員ではありませんでした。たんなる……」

「……チームの機材だった？」

かわりに言ってくれました。的確です。

「そうです」

「なるほどね。質問に答えてくれてありがとう」

機能が回復してきたらしいARTが口出ししてきました。

〈その子を大切にしていると言ってやりな。そういう言い方がいい。悪いやつが寄ってきたら八つ裂きにするとか、そういう言い方ではなく〉

〈黙ってください、ART〉

ARTは人間の青少年と似て、〝だめ〟と言われるのが嫌いです。

〈言ってやりな。本当のことだろう。ただそう言えばいい。人間の青少年は保護者からそう言われたがっている〉

〈保護者ではありません〉

ログの変換を終えて、ドローンでアメナのようすを見ました。ハッチ開口部によりかかり、気密シールの緩衝リングに頭をのせています（参考までにいうと、そこに頭をつけるのはよくありません）。表情からすると深い考えに沈んでいるのか、眠いのか。両方でしょう。

「睡眠が必要です」

アメナはあくびをしました。

「わかったわよ、第三母」

アラダはようやく全員に睡眠時間をとるように指示しました。ARTと弊機は休まないので人間による当直は不要なのですが、なかなか理解されません（最後は大嘘をつきました。弊機はやるべき仕事が山ほどあって、効率よくこなすために人間たちには一カ所でおとなしくしていてほしいので、いっせいに睡眠をとってもらったほうがありがたいと言ったのです）。

オバースは修理ドローンの修理を完了し、再稼働させました。これでARTのほかのドローンも自動的に修復が進むはずです。オバースは食堂の隣にあるラウンジのソファで寝ました。ラッティもバイオハザードがらみの清掃作業を終え、おなじところで寝ました。いびきが聞こえてきます。

アラダは管制デッキのコンソールの座席の一つで寝ました（快適な構造で意外と寝心地はいいようです）。

エレトラの医療スキャンは終わって、ティアゴは彼女を寝室に帰らせました。試みた会話では細部にわたって質問したものの、アメナが聞き出した以上の話は出てきませんでした。ただし、自身の強化部品の時計機能を調べるようにうながされたエレトラは、その結果に大きく困惑しました。彼らの船がこの星系に到着してから企業標準時間で四十三日経過しているることをしめしたからです。絶対にまちがっていると本人は主張しました。とにかく、エレトラの記憶がなんらかの操作を受けているという仮説を補強する証拠にはなりました。おおまかなスキャン結果では遺伝子操作の形跡、隠された体内デバイス、人類以外の生物要素などはみつかりませんでした。

弊機の残ったドローンはすべて警戒任務につけています。アメナは食堂のそばの未使用の共同寝室で休ませました。もしまた攻撃を受けた場合に防衛しやすいからです（さすがにもうなさそうですが、これまでもありそうにないことの連続でした。弊機のリスク評価モジュールは三時間前からレポート作成を放棄しています）。

アメナはむきだしのマットレスに倒れこみ、梱包された寝具セットに頭をのせて眠ろうとしました。それを起こして、寝具をきちんと広げさせてから寝かせました（「意地悪」とうめき声で言われました）。

もう一つのベッドにも寝具セットを広げましたが、これは弊機が快適にすわるためです。二度と不意をつかれないためのデータ分析や対策のコード作成の課題が大量にあります。まず敵ドローンがそなえる対ドローン迷彩や、ターゲットのヘルメットや装備にほどこされた電子対策について、回避策を編み出さなくてはなりません。敵制御システムは弊機の対策に対策してくるでしょう。戦闘中のソフトウェアアップデートで手の内を封じられたくありません。物理スクリーンの画面型デバイスも分析して、本当に前CR時代の遺物かどうか調べます。シャトルのログから作成した新しいデータファイルも分析します。

ラッティがやった病理検査の結果や、ターゲットのスーツやヘルメットのスキャンデータもフィードに上げられているので参考にしました。オバースによる敵ドローンのハードウェア分析も有益です。クエリを作成してプロセスを走らせながら、コードを書きはじめました。そのあいだに、入力チャンネルの一本を分離して『ワールドホッパーズ』の第一話を流しはじめました。すでに（複数回）観ているので流し観でかまいません。

（本当は長期ストレージの肥やしになっている新規ドラマシリーズを引っぱり出して何話か観たいところです。そうすればなにもかも忘れてリラックスできるでしょう。それは無理としても、バックグラウンドで『ワールドホッパーズ』を流しているだけでも安心できます。またこれは餌でもあります）

二十七分後に獲物がかかりました。ＡＲＴがフィードにはいってきました（ドラマを流している画面のまえに椅子をおいて観ていたら、自分より八倍も大きいだれかが隣にもぐりこんでいっしょに観はじめるような感じです）。『ワールドホッパーズ』を観ながら、弊機の書くコードに横からあれこれ文句をつけ、自分でもデータ分析をしはじめました。

〈物理スクリーンのデバイスはたしかに前ＣＲ時代の技術製品とよく似ている〉ＡＲＴは報告して、スキャン結果と符合する例を見せました。〈ただし工場で組み立てた製品ではないね。同時代のほかのデバイスから集めた部品を手作業で組み立てている〉

　異星遺物や既知の特殊合成物質の痕跡はないようです。

これは仮説に符合します。前ＣＲ時代のコロニーで人間が組み立てた代用品。あるいは見捨てられた企業コロニーの人間が、古いコロニーからかき集めた部品ででっち上げたもの。自前の技術リソースが枯渇して、生き延びるために必死だったのでしょう。

　企業は最悪です。

コードは満足のいくものができました。しかし全体はまだ不充分です。脅威評価の数値を

改善するには至りません。弊機はARTに言いました。攻撃手段が必要です〉
〈いまやっていることはすべて防衛です。攻撃手段が必要です〉

〈キルウェア攻撃を構築することを考えたわ。でも敵制御システムから取得したデータを見るかぎり効果は薄い〉一部の分析結果を提示しました。〈これはラッティもオバースも仮説として考えていることだけど、ターゲットが持っている前CR時代の技術要素――たとえばインプラントなどは、本船のエンジンに取りついたような謎の異星遺物技術の受信機として働いているのかもしれない。前CRシステムへの一般的なキルウェア攻撃は、異星種族のシステムには通じない。相手の防御や妨害に応じて挙動を変えられる可変的なキルウェアなら可能性はあるけど、いまあるリソースでそのコードは書けないわね〉

ARTが言っているのは、かつてグレイクリス社とパリセード・セキュリティ社が元弊社の砲艦に対して使った自意識を持つウイルスのようなものです。あのときは砲艦の操縦ボットと協力して撃退しましたが、その過程で弊機はシャットダウンしてあやうくメモリーアーカイブを破壊されるところでした。

そこからアイデアが浮かびました。しかし実装可能かどうかわかりません。

そのとき、ティアゴが食堂を通ってこちらの通路に出て、部屋の入り口に姿をあらわしました。ARTのカメラで見ると、横目でアメナを見ています。彼女はいま、毛布の下で手足を投げ出し、顔を枕に押しつけて眠っています（人間はおかしなことばかりしますが、眠っているときもです）。ティアゴはこちらに目を移し、声をひそめて言いました。

「はいってもいいか？」

ARTがアメナのベッドに目隠し防音フィールドをかけました。弊機は拒否しかけましたが、アメナが見えるところで眠ろうという意図を察しました。弊機を保護者として信用していないのですから当然です。キルウェアの検討はあとまわしにして、答えました。

「どうぞ」

ティアゴは弊機のむかいのベッドにすわり、下から寝具セットを取り出しました。しかし開かずに横におきます。なるほど、対話がお望みのようです。

「時間があれば、すこし話をしたいんだ」

時間はないと答えることもできました。愚かなターゲットから人間を守るためにコードを書かねばならず、忙しいのです。しかし実際には時間はあります。

ARTはターゲットのヘルメットと装備をドローン攻撃から防護するステルス被覆のシミュレーションを構築し、こちらのドローン用に新しい照準コードを書いてテストしています。敵ドローンのほうは、ステルス迷彩が信号妨害ではなく物理効果によるので簡単には回避できません。ドローンのスキャン機能と照準機能にさまざまなフィルターを試しましたが、すくなくともシミュレーション上ではどれも効果がありませんでした。壁の一カ所ばかりを叩いてもらちがあかないので、べつの手を考えるしかありません。

そこで不愉快な態度を引っこめて、言いました。

「どうぞ」

　ティアゴは言いました。

「信じてくれなくてもいいが、おまえがこの調査隊にいてくれてよかったと思ってるんだ」

　いやはや、あきれました。ティアゴがメンサー博士との会話で弊機をどう言ったか、音声記録を再生してやろうかと思いました。しかし閉ざされた場の私的な集まりにおける私的な会話を立ち聞きしていたことは、少々やましくもあります。そこでこう言いました。

「もう〝大きな懸念〟は持っていないということですか？」

　かすかに驚きの表情がティアゴに浮かびました。警備ユニットらしからぬことを弊機が言ったときに人間が浮かべる表情です。ティアゴはゆっくりと答えました。

「そういうわけじゃないが」

　これほど時間があくと人間は自分の発言でも一言一句は憶えていませんし、弊機が前言を引用しているとは気づいていません。それでも目をやや細めました。

「おまえが俺たちの命を救ってくれたことは理解してる」

　そこでためらいました。〝でも……〟と続ける言葉を声にしていません。時間が惜しいのでこちらから言ってやりました。

「でも、弊機のやり方が気にいらないのですね」

　ティアゴの視線がきつくなりました。

「そうだ。そしてアメナにそれを見せたのも気にいらない。しかしそれは問題じゃない」

　ＡＲＴが非公開チャンネルでこちらに言いました。

〈相手の答えが明白になるまで質問しないほうがいいわ〉

なるほど。そこでARTを無視して質問しました。

「なにが問題ですか？」

ARTはフィードで目をぐるりとまわすのに相当する表現をして、『ワールドホッパーズ』の次のエピソードを観はじめました。

「おまえはアイーダに影響力《レバレッジ》を持ってる」

意表を突かれました。データ解析のプロセスはARTが監視していたのでかろうじて支障はありませんでした。ARTは〝レバレッジ〟の語義まで送ってきましたが、〈それくらい知っています〉と非公開チャンネルで言ってやりました。語義はわかりますが、ティアゴの言いたいことがわかりません……はっきりとは。そこで言いました。

「メンサー博士にああしろこうしろと言ったことはありません」

ティアゴは口もとを引き締めました。

「言ってはいないな。しかし彼女は評議会議長としての職務遂行を恐れるようになった。任期継続の手続きもしていない。おまえのせいだ。おまえが来てからアイーダは影におびえるようになった。警備などこれまで不要だったのに、おまえがプリザベーションに来てから警備なしでは仕事ができなくなった」

事実誤認や理不尽な言いがかりがいくつもあります。怒りのあまり一部の入力が落ちはじめ、ARTがそれらを拾って共有の作業スペースに移してくれました。

「みずからプリザベーションへ来たのではありません。メンサー博士の命を救おうとして壊滅的機能停止におちいったまま運ばれてきたのです」

ティアゴはいらだったようすで手を振りました。

「わかってる。俺が言いたいのは——」

いいえ、こちらの話は終わっていません。

「警備上の脅威は実在します。メンサー博士がプリザベーション・ステーションに帰還して以後、グレイクリス社の工作員が三人送りこまれました。暗殺はいずれも阻止しましたが、後続の工作員が送られる可能性が六十五パーセントありました。保険会社がパリセード・セキュリティティ社を壊滅に追いこみ、グレイクリス社の作戦拠点を破壊したことで、ようやく危険度は下がりました」

パリセード・セキュリティ社に元弊社の高価な砲艦を襲わせたのは、グレイクリス社の失策です。過去の標準的な作戦水準を超える行動をしながら、グレイクリス社に報告しなかったのはパリセード社の落ち度です。元弊社はグレイクリス社を恐れたわけではなく、教訓をあたえようとしただけです(すなわち、自分より強大で悪意ある相手と戦うときは、狙いを絞り、一撃離脱戦法をとれということです(弊機もつねにそうします)。グレイクリス社は狙いを絞らず、攻撃も逃げ足も鈍重でした)。

ティアゴは口を開きかけましたが、弊機は話しつづけました。

「グレイクリス社の隷属者ないし従業員による潜在的危険はありましたし、現在もあります。

しかし脅威評価の数字は充分に下がったので、メンサー博士がプリザベーション・ステーション警備局の支援を受けつつ平常の活動を再開するのに支障はありません」

ティアゴが話を理解するのに十四秒かかりました。

「襲撃があったのか？　そんな話は聞いてない……ニュースストリームにも流れては……」

アーカイブの映像を引っぱり出しました。ステーション警備局員のヘルメットカメラと、評議会オフィスのロビーに設置された無知能の監視カメラの二つの視点で手早く編集して、ティアゴのフィードで自動再生させました。遠くを見る目だったティアゴは、途中からはっとして、しだいに驚愕の表情に変わっていきました。

ARTはすでにビデオの全編をくりかえして見ています。

ティアゴに見せているのは、弊機が会議テーブルに上がって敵一号の首をへし折ろうとしているところです。敵二号は弊機の背中を刺そうとしています。六人のステーション警備局員はさまざまな意識状態であちこちに倒れています。一人だけ動けるティファニー局員は、武器を持った敵二号の腕にしがみついて頭をくりかえし殴っています。

〈こいつはなにを使っておまえを刺そうとしているの？〉ARTが質問しました。

〈折れた椅子の脚です〉

ティアゴは恐怖の表情です。

「こいつらは警備ユニットなのか？」

そう考えてしまうのも無理はありません。

「薬物を摂取した強化人間です。苦痛は感じず、反射神経と筋肉の反応速度を加速させています。警備ユニットなみの身体能力を持ちますが、フィード接続や高度な処理能力はありません。警備の網をすり抜けやすい消耗品といえます」

ありていにいえば、この時期のグレイクリス社は警備ユニット製造配備のライセンスを保有する警備会社と契約できなくなっていたはずです。高リスク評価、資金不足、契約相手への詐欺的行為や攻撃の前歴がある同社は、もはや不良顧客でした。

ティアゴは落ち着こうと深呼吸しました。

「でももう工作員は送られてこないんだろう？　脅威評価は下がったと……」

「許容範囲です」

ここまで下げるのも簡単ではありませんでした。

ティアゴは強い視線でこちらを見つめています。こういうのは苦手です。ARTのカメラは正面からとらえていませんが、斜めからでも表情はわかります。

「じゃあなぜアイーダは二期目の申請をしないんだ？」

「博士は怖いから辞任するのではありませんよ、ばかばかしい。長期のトラウマ回復治療を中央病院で受けるためです。拡大家族に話さなかったのは人質に――」

〈やめな〉

非公開チャンネルでARTが言いました。ARTがやめろと言うときは、威圧レベルの異なる複数の言い方があります。今回はその最高レベルでした。

弊機は黙りました。ARTが理由を説明しました。

〈患者のプライバシーだよ〉

不愉快ですが、そのとおりです。

〈どうしてその方面の知識があるのですか?〉

〈本船の医療システムは情緒支援およびトラウマ回復治療の認証を受けている〉

うーむ、やはりARTはなんでも知っています。腹が立ちます。中断した話を続けました。

「博士はアラダの調査隊に弊機が同行することを望みました。その希望に応えるかわりに、回復治療を受けることを条件にしました。それが弊機の影響力です」

ティアゴはまだじっとこちらを見ています。納得したかどうかわかりませんが、表情は複雑です。映像記録にまだショックを受けているようです(切り出した部分の終盤を映しています。ぶざまな敵一号がようやくぐったりしたので、弊機は敵二号とティファニーをからみつかせたままテーブル下に体を落としました。そしてティファニーの首を絞めていた敵二号を引き剝がしました)。

ARTがティアゴへのフィードで言いました。穏やかですが有無をいわせぬ口調です。

〈こちらは業務がある。ティアゴ、あなたはせっかくの睡眠時間を無駄遣いしている。もどったほうがいい〉

言われたティアゴは驚きましたが、腰を上げました。

「そうだな。もどるよ」

弊機は映像を止めて、ARTのカメラでティアゴのようすを追いました。食堂脇のラウンジに帰り、あいたソファの一つにすわりました。しばらく顔をこすっていましたが、やがてまた立って食堂で水をくみ、薬を飲みました。

〈あれは？〉弊機はARTに尋ねました。

〈弱い鎮痛剤よ。頭痛と筋肉痛を緩和する〉

ティアゴがソファに横になったのを見届けて緊張を解きました。

彼は弊機がメンサー博士を利用していると思っているのでしょうか。言いたいことがよくわかりません。同情をかおうとしていると？　しかし弊機を買い取ってほしいとは頼んでいません。その決断の場にはいませんでした。修理用キュービクルにはいって機体の修復中でした。

疑いを晴らせたのならいいのですが、主張をぶつけあったしこりがおたがいに残っています。ティアゴは状況の理解が不正確だったとわかったでしょう。こちらは怒りで口を滑らせ、メンサー博士を脅してトラウマ治療をはじめさせたことを白状してしまいました。さて、この難局を生き延びてプリザベーションに帰還したら、そのあとどんなことになるか。心配の種を自分で増やしてしまいました。

ARTが言いました。

〈敵ドローンの迷彩問題で自明の解決策があることはわかっている？〉

〈自明の？〉〈またなにかしくじったようです。ARTがこんな言い方をするのは、こちら

がとてもまぬけな見落としをしているときです）

〈おまえのドローンの迷彩フィールドを手直しして、ターゲットのヘルメットや装備とおなじ干渉パターンにすればいい。敵ドローンへの攻撃は困難なままだけど、そもそもおまえのドローンは数が減っているから攻撃の実効性では大差ない〉

やはりまぬけな気分にさせられました。

〈充電サイクルにはいったらどう？〉

必要ないと言おうとしました。実際に不要です。かわりに本当に必要なものに気づきました。

かかえこんだ入力をすべて共有の作業スペースに投げて、『時間防衛隊オリオン』の第一話を引っぱり出し、ARTに尋ねました。

〈『ワールドホッパーズ』と新作のどちらがいいですか？〉

ARTは新作ドラマのタグデータをじっくり眺めてから答えました。

〈新作。ただしリアリティがないやつ〉

『時間防衛隊オリオン』をプリザベーションのメディアアーカイブからダウンロードしておいたのは、まさにリアリズムの対極のような話だからです。

いっしょにそれを観ながら、ARTはコードを最後まで書きました。こちらは部分ごとに送られてくるのを確認しました（弊機に気を使っているのでしょう。ARTはメモリーアーカイブに断絶があるとはいえ、ほかの機能に異常はありません）。

予定の睡眠時間が終わる二十六分前に、ARTは言いました。

〈シャトルから取得したデータでバリッシュ－エストランザ社の一隻の所在を特定した。本船のエンジン修理も完了した。追跡に出るよ〉

§

ヘルプミー・ファイルからの抜粋3

（バーラドワジのインタビュー一〇八二五七三九四の一部）

「葛藤を感じるのは当然よ。長いこと所有物だったんだから。きみは会社を嫌っていたし、たしかにひどい会社だった。それでもそこがきみをつくったし、きみはその一部だった」

（以下は削除）


（本編から分離されたファイル）

敵二号を確実に殺すために、弊機はその体に馬乗りになっていました。一見死んだようでも死んでいなかったことがすくなくとも二度あったので、過剰な用心ではありません。ティファニーは隣で膝立ちになって銃口を男の頭にあてています。

「近づきすぎです」

ティファニーはこちらを見ました。両目の周囲が大きく腫れていて、どれだけ見えているか疑問です。彼女は男の腕が届く範囲から退がりました。

無知能の監視カメラごしに背後を見ると、人間の第二即応チームと医療補助ボット群が遅まきながらドアから駆けこんできました。経過時間を確認して、驚きました。〝遅まきながら〟は取り消します。今回は警備ユニットの基準でみても短時間の出来事でした。

プリザベーション評議会議場は大きな楕円《だえん》の部屋の中央に長いテーブルがおかれています。壁には縦長の窓が並び、出入口は両端の二カ所。第二即応チームがはいってきたドアのむこうにはステーション政府の官公庁があり、フィードで対応できないことに人間たちが対応しているはずです。そのため状況はこちらにわかりません。反対のドアの奥は評議員の私用オフィスがあり、事件発生時に室内にいた人々は無事に避難できたはずです。

インダー上級警備局員がテーブルをまわりこんで、こちらから見える位置にしゃがみました。彼女は訊きました。

「死んだか？」

「たぶん。しかし蘇生する可能性がまだ十七パーセントあります」

ティファニーも苦しそうなかすれ声で補足しました。

「二度生き返りました。拘束ユニットが必要です」

インダーは眉をひそめました。

「すぐに届く」

それからティファニーに手を伸ばし、銃口をそっと下げさせました。

「当直を解く。休め」

「はい、上官」

ティファニーは答えて、床にへたりこみました。

「彼女には過酷な一日でした」弊機はインダーに言いました。

「そのようだ」

インダーがフィードで合図すると、蜘蛛型の医療ボットがやってきて、弊機の脇を通過してティファニーに近づきました。穏やかな音をたてて全身をスキャンし、すぐになにかを注射しました。

インダーがこちらに言いました。

「おまえも手当てが必要なようだが」

弊機は背中をざっくりと切られて、金属製の内部構造が露出しています。インダーは気を使ってそこまで言いません。医療ボットが細いセンサーアームを伸ばしてきましたが、さわったらアームを引きちぎって部屋の奥へ放り投げるとフィードで警告したら、引っこめました。かわりに敵二号を診断しはじめました。

インダーが顔でしめして尋ねました。

「この対象の中身は？」

敵二号は一回目に殺すまえから人格はなかったはずです。

「残っていないでしょう」

拘束ユニットが到着したのでようやく馬乗りをやめ、おおむね死んだ敵二号と完全に死んだはずの敵一号をゆだねました。ティファニーと第一即応チームはすでに撤収してステーション医務室へむかっています。弊機は反対方向の評議員および行政官のオフィスへむかいました。彼女に会って確認するためです。

無施錠のドアをわずか三つ開いたところにいました。官邸前広場に面したバルコニーや窓がないことがせめてもの救いです。ステーション警備局員や官邸警備員のまえは素通りしてきました。本来なら止められるべきですが、

（a）彼らは弊機を知らないわけではなく、

（b）止めようとしたらただではすまなかったはず、

だからです。

メンサー博士はドアを注視していましたが、弊機がはいってきたのを見て肩の力を抜きました。敵が拘束され、第一即応チームに死者が出なかったことはすでに知っています。ステーション警備局のフィードに指揮者権限でアクセスし、この部屋からすべて見ていました。評議会の一般および非公開フィードはセキュリティのために停止していますが、外部から不審に思われるまえに復旧させなくてはいけません。襲撃が成功寸前だったことをグレイクリス社に知られるわけにはいきません。次の計画への知見をあたえてしまいます。

メンサーは部屋の中央で弊機を迎え、空中で手をためらわせました。身体的接触で気持ち

を表現したいけれども、こちらがそれを好まないことを知っています。言葉だけをかけました。

「病院へ行かないと」

メンサーもチュニックとパンツの右膝に乾いた血がついています。会議テーブルごしに飛びかかろうとする敵一号を、五十センチ手前で弊機が止めたのです。彼女が手を伸ばせば頭をなでられる近さでした。

中継リングからそこまで全力疾走で追いかけてきたあげくのことでした。背後からは敵二号に追われていました。敵二号の妨害で遅れた時間で、敵一号は第一即応チームのほぼ全員を病院送りにしました。敵二号が弊機の背中に集中して、遭遇する通行人をいちいち殺さなかったのは幸運でした。

弊機は答えました。

「病院はあとです。まだやることがあります」

メンサーは表情を引きつらせました。

「人手は？　インダーは非番の局員に招集をかけたから、必要ならチームを用意できるけど」

「結構です。敵二人がステーションに侵入した経路を確認したいだけです」

メンサーはうなずき、弊機は部屋を出ました。

このように嘘をつきました。

11

通話回線で目覚ましコールをかけました。まだもうろうとしている食堂ラウンジの人間たちに、ARTは光学映像とスキャン画像を一般フィードで流しました。アメナはベッドから出たばかりで目の焦点があわないようすでつぶやきました。

「これはいいのか、悪いのか、それともどちらでもないの？」

「どちらでもありません」弊機《へいき》は答えました。

ARTのスキャン画像に映っているのはバリッシュ－エストランザ社の補給船です。中型で、着陸シャトルと大型地上車両をそれぞれ複数積載しています。乗組員の定員は推定三十人強。全体は数本のチューブをたばねて、ところどころから奇妙なとげが突き出たかたち。光学映像だと長く黒い影にしか見えず、主星に照らされた側の曲面の輪郭がわかるだけです。

ARTが解説します。

〈長距離スキャンによれば、システムレベルの損傷を受けているものの、生命維持系をふくむ一部のシステムは稼働している。後部と左舷の船体およびエンジンハウジングに、計三発のあきらかな着弾痕がある。いずれも本船の兵装によるものとは痕跡が一致しない〉

最後はいい結論です。もしこの補給船を襲ったのがARTなら、あの改訂タイムラインはまちがっていることになり、ARTのステータスデータの大海を泳いだ弊機の苦労は水の泡になるところでした。

アメナはおぼつかない足どりで寝室を出て、弊機といっしょに食堂へ行きました。ティアゴとオバースとラッティがすでに起きています。

「どうやら宇宙で戦闘があったようだね。ただしペリへリオン号の記憶とは一致しない」

ラッティは人間用の調理エリアから食品と飲料の容器を出していました。アメナは一つずつ受けとってテーブルにつきます。

管制デッキのアラダはすっかり目が覚めているようすで、ARTが立ち上げた複数のディスプレイを見ています。

「バリッシュ－エストランザ社の探査船は武装していると考えてよさそうね」

その背後では修理完了したARTのドローンが飛びまわり、コンソールや座席を光パルスで滅菌しています。アラダは画面から目を離さずに腰を浮かせ、飲料容器を移動させて、コンソールと席をドローンに処理させました。

「この補給船が先に砲撃した可能性はある？」

〈探査船の兵装系を参照して調べないとわからない。スキャン画像によるとエンジンモジュールの出力が最低に落ちている。ワームホールへ逃げこまないのはそのためだろう〉

ティアゴは寝起きの顔をこすっています。

「自社の探査船と交戦したのなら、なんらかの主張があるかもしれないな。船内に人は？」

〈いるらしい。通話回線で呼びかけてきている〉

淡々とARTは答えました。弊機はすぐに言いました。

「つながないでください。こんな状態になったそもそもの原因かもしれない」

ラッティも仮想的なARTの方向へ飲料容器を振りました。

「そうだよ。頼むから慎重に。企業船はひどいウイルスを持っていて、そのせいで僕らは死にかけたことがあるし、警備ユニットは脳に障害を起こしたんだから」

〈警備ユニットの脳障害はいつものことだ。本船がセキュリティを破られたのは通話回線経由ではない。ウイルス攻撃を防ぐフィルターがあり、ほかにも多重の防御がある〉

「前回もそんなことを言いながらつないで、こうなったのかもしれません」

とはいえ、ARTが弊機の知能を侮辱するのはよい徴候です。平常運転にもどっています。

アメナがため息をついて、口もとの食べかすをぬぐいました。

「もう、朝っぱらから喧嘩《けんか》しないのよ、二人とも」

アラダはふたたび唇をゆがめた表情になっています。

「ペリヘリオン号、安全だというなら、つないでみる？」

オバースがあわてて口のなかのものを呑みこみました。

「ちょっと、本気？」

アラダは両手を広げて肩をすくめました。

「なにが起きたのか知る方法がほかにあるなら教えて。映像を見て、相手が全員灰色の肌で頭に異星遺物をかぶっていたら、その時点で話にならないと確定するでしょう」声を低くして続けます。「運が多少なりと好転しているなら、ペリヘリオン号の乗組員がいるはずの探査船の行方についてもなにかわかるはずよ」

無理な期待ではないでしょう。弊機のリスク評価モジュールは不賛成ですが、そうやって情報を入手できればARTの人間たちを早く発見できるはずです。

ティアゴは、テーブルに肘をついて尖塔《せんとう》のかたちにあわせた指を口に押しあてました。

「同意見だ。探査船が汚染されてるのはもうまちがいない。補給船がそれに襲われたのか、まだ遭遇していないほかの船がいるのか、知る必要がある」

ラッティは肩をすくめて賛成しました。オバースは不愉快そうですが、しいて反対しません。アメナは食べている途中で、眉を上げました。

〈受信開始する〉ARTが言いました。

管制デッキに表示されたスキャン画像の上に、新しいディスプレイがあらわれました。ノイズがきれいに渦を巻いて人間あるいは強化人間の顔に変わりました。服は赤と茶色のユニフォームで、エレトラとラスとおなじです。切迫したようすで呼びかけています。

「正体不明船、聞こえるか?」

ARTは通信の付帯情報をディスプレイに表示しました。名前：レオニード主任管理者、強化人間、バリッシュ－エストランザ探査サービスID、性別：女性、代名詞：女性または中性。

管理者であることはすぐに理解できました（企業の管理者は仕事で何人も知っていますし、一目でわかります）。肌は中間的な茶色で人間の多数派ですが、人工的な滑らかさと均一な色調は美容改造を受けていることを意味します（弊機は顔面を撃たれるたびに全面的に皮膚を再生しますが、それでもこれほど均一な肌ではありません）。黒髪は頭頂《とうちょう》を巻くように整えられ、一方だけが露出した耳には小さな金属と宝石がはめこまれています。フィードの付帯情報よりはるかに地位の高い管理者である可能性が四十九パーセントと見積もられます。

アラダはすわりなおして姿勢を正しました。脇のコンソール上にあった空《から》の食品容器はドローンがカメラの外へ運び去りました。短髪に指を通して整えます。

「いいわよ。いつでもつないで、ペリへリオン号」

〈了解〉

ARTはアラダを映したべつのディスプレイを立ち上げました。まず、ジャケットの色をプリザベーション調査隊の灰色からARTの乗組員ユニフォームの青に変更。コンソールの脇にある飲料容器を消去し、照明を見映えよく修正しました。アラダはきまじめな表情をつくります。そのままARTが言いました。

〈本船の識別情報と企業リム用フィード標識では、ミヒラおよびニュータイドランド汎星系大学のアラダ博士としておく〉

アラダは呼びかけに答えました。

「レオニード管理者、貴船は遭難状態のようですね」

「そうだ。救援に感謝する」レオニードは無表情ですが、わずかに批判的です。「ただ、この星系はバリッシュ－エストランザ社が占有している。なぜ立ち入られたのかな？」

アメナがあきれてものがいえないようすで怒りの息を吐きました。

ラッティもフィードで不愉快そうに言います。

〈なんとまあ、この期におよんでそんなことを〉

ARTが回答案をフィードで提示し、アラダはそのまま読み上げました。

「汎星系－リム・ライセンス管理局との契約にもとづく持続可能性の評価とマッピングを実施中で、この星系は優先リストの最上位にあります。もちろん大学はテラフォーム主体ではなく、みなさんの所有権を侵害するつもりはありません」やや固定的だったアラダのまじめな表情が、わずかに自然になりました。「船体に損傷がみられますが……襲撃を受けましたか？」そして計算したものではなさそうなためらい。「わたしたちはこの星系に来たばかりですが、すでに……奇妙な活動に遭遇しています」

食堂側に表示したサブディスプレイで、ARTはレオニードの無表情を分析していました。いらだちから不本意なあきらめまでさまざまな感情があらわれていることを、フィードに字幕を重ねて解説しています。

「襲撃はたしかに受けた。不意をつかれた」

アラダは唇を結んで考える表情になりました。レオニードの嘘を指摘するつもりかと悪い予感がしました。嘘は明白ですが、あばいても話は進みません。

アラダはフィードでこちらに言いました。

〈エレトラの存在を明かそうと思うんだけど〉

オバースがあわてて反対しました。

〈わたしたちはペリヘリオン号の乗組員だとレオニードに伝えてるわけでしょう。でもエレトラはわたしたちがプリザベーション出身だと知ってる〉

〈アメナがプリザベーション出身であることはエレトラは知っています〉

弊機が言うと、アメナも同意しました。

〈そう。でもARTの指示で、わたし以外のみんなはこの船の乗組員の一部としてエレトラに話してある〉

アラダたちが乗りこんで以後の会話記録から、エレトラの耳にはいったはずのものを急いで調べました。とくにティアゴによる医務室での会話に注意しました。

〈アメナ以外のみなさんがプリザベーション出身という話は一度もしていません。また何人かはARTの乗組員の服を着ています〉

オバースは自分のTシャツを見ました。

〈あら、たしかにそうね〉

ARTは検討時間を稼ぐためにノイズを挿入していました。それを解除してアラダはレオニードに言いました。

「普通の襲撃者ではありませんでした。そちらの乗組員らしい一人がこの船に残されています。エレトラという若い子です。非常に変わった襲撃者がシャトルで彼女を拘束し、その後、こちらの船を襲ったのです。彼女のほかにもう一人、ラスという乗組員がいましたが、拘束時に負傷していて、医療システムで治療するまえに亡くなりました」

レオニードの表情はいくつかの計算をすばやくこなしたようでした。

「その二人はどんな経緯でそちらの船に乗ったのだ？」

（アメナが心配してフィードで言いました）

（〈エレトラはとても混乱してるのよ。経緯を正しく説明できるとは思えない。信じてもらえる？　ターゲットに協力したと糾弾されて、もっとひどいめにあわされるかも〉）

（するとティアゴがアメナをなだめました）

（〈エレトラにはもっと本格的な治療が必要だ。そして家族のもとへ帰りたがっている。これはそのチャンスだろう〉）

（アメナは力ずくでもエレトラを保護してプリザベーションへ連れていきたがっています。しかしこの場合はティアゴが正しいでしょう）

アラダはレオニードに答えました。

「襲撃者は二人を連れてきて、さらにわたしたちも拘束しようとしました。よければエレトラと話せるようにしますよ。体は健康です。ただ、なんらかの精神操作を受けていて――」

〈しゃべりすぎだ〉

ARTがフィードで警告しました。弊機もおなじことを言おうとしました。オバースもそうらしく、かすかに同意の吐息を漏らしました。

アラダは口をつぐみ、ARTはそれらしいノイズをはさんで仕切り直しの時間をつくりました。レオニードの表情分析をして、〝精神操作〟という言葉にきわめて強い関心をしめしたことを指摘します。アラダは咳払《せきばら》いをして、話を再開しました。

「とにかく、もうすこし協力していただけませんか。こちらからは必要な支援をする用意があります」

今度はレオニードがあきらかに躊躇《ちゅうちょ》しています。表情に葛藤をあらわしてから言いました。

「バリッシュ-エストランザ社として秘密保持が不完全な通話回線では、これ以上話せない。乗組員は返してほしい。また攻撃を受けてエンジンの一部を損傷している。部品を売ってもらえるなら、代金は正当な範囲でいくらでも払いたい」

「支払いは――」

アラダは〝――不要です〟と答えかけたのですが、弊機はほかの人間たちといっしょにフィードで〈だめです!〉と叫びました。そのまえにARTが一秒間の遅延を使って発言を止め、最悪の事態を避けました。

世間知らずの誤りです。たしかにプリザベーションの文化において生活必需品(食品、燃料、教育、フィードアクセスなど)の代価を求めるのは大きな侮辱とみなされます。ましてこのような救難活動で支払いを求めるのは人肉食に匹敵する非人道的行為です。

アラダは咳払いをして続けました。

「もちろん請求書はお送りします。ただ――」身を乗り出しました。「――状況の深刻さはこちらも同様です。この船の乗組員も危険にさらされています。ここは腹を割って情報交換しませんか？ そのほうがおたがいに生存確率が上がると思います」

驚いたことに、いきなり核心にはいりました。むこうも息をのんでいます。アメナは〝やばい〟という顔でこちらを見ました。そのとおりですが弊機はなにもできません。アラダのリスク評価モジュールも弊機のように壊れているのでしょう。

レオニードは複雑な表情をしています。フィードでだれかと（灰色の肌のターゲットでないことを望みます）相談したらしく、たっぷり八・七秒間も沈黙してから言いました。

「貴船の乗組員は危険にさらされているのか？」

「貴社の探査船と思われる船と遭遇したためです。攻撃を受け、一時的に船内に侵入されて、ワームホール航行能力に被害を受けました」

ラッティが低くうめくような声を漏らしました。ティアゴはまた組んだ両手を口に押しあてています。

レオニードは唇を硬く結びました。

「なるほど。しかしやはり、秘密保持が不完全なチャンネルでは話せない」

アラダは黙りました。

ラッティが弊機にささやき声で質問します。

「秘密保持が完全なチャンネルにするには……どうすればいいんだい？　なにが条件？」

「バリッシュ－エストランザ社が認定した企業リム出身弁護士の立ち会いが必須です」

ラッティはうーむと低くうなりました。

フィードでもＡＲＴがおなじことをアラダに説明しています。それを受けてアラダはレオニードに言いました。

「こちらに乗船していただいて直接話すのはいかがでしょうか」

（管制デッキの床付近を映したカメラによると、ドローンはちょうどターゲット一号と三号が死んだあたりを清掃しています。作業を急ぎはじめたように見えました）

レオニードは論外というように鼻を鳴らしました。

「大学の秘密保持契約ではこちらの要件をカバーできない」

アラダは〝言ってみるだけの価値はあった〟という笑顔です。レオニードの返事もある程度は予想ずみだったようです。

ところが今度はレオニードのほうから提案しました。

「逆にこちらに乗船してもらって話しあうぶんにはかまわない」

ティアゴは鋭く息を吐きました。ラッティはきわめて懐疑的な表情です。アメナは嘲笑的に鼻を鳴らしました。オバースは「冗談じゃない」とつぶやきました。

ＡＲＴが非公開チャンネルで訊いてきました。

〈切るか？〉

〈まだです。彼女にそのつもりはない〉

相手の船から情報を抜く手段はあります。物資といっしょにドローンを送りこめば……。

アラダが言いました。

「ではそうしましょう。必要な物資のリストを送っていただければ用意します。物資とそちらの乗組員を送るのと、面談を同時にやりましょう」

なんだって？　人間たちは驚愕《きょうがく》の顔で弊機を見ました。驚いているのはこちらもです。

レオニードは無表情のままです。

「了解した。しかし先にこちらの乗組員と話をしたい」

「わかりました。準備するのでお待ちください」

ARTは通話を止めました。

〈切った〉

そして〝人間はいったいなにをやらかしてくれたんだ〟と弊機が嘆くときのため息を、かわりにARTがつきました。

当然ながら大論争が巻き起こりました。

やっぱりこうなったとARTから言われるのが確実なので、こちらから言いました。

〈通話を切るべきでした〉

〈そうすべきだったね〉

さらにARTは人間たちに言いました。

〈必要な部品のリストが送られてきた。すでにこの……行動方針は決定ずみなので、ドローンに命じて倉庫の物資を出させている。アラダが着る本船乗組員のユニフォームは製作中だ〉

やがて論争はおさまりました。アラダが補給船へ行く方針は変わらず、人間たちはそれぞれの怒りといらだちの強さにみあう心拍数をしめしています。

ティアゴは渋い顔です。

「やるとなったら、エレトラにレオニードと話す準備をさせなくちゃいけないな。そのまえにこっちに実のある話をしてもらいたいもんだ。アメナ、手伝え」

アメナはやや驚いた顔です。

「え？　いいけど、叔父さん」

二人は通路へ出ていきました。

アラダはオバースに言っています。

「怒るのはわかるけど、このほうがずっと時間の節約になるから」

オバースは口をへの字に曲げて答えました。

「あなたを救出したり、遺体を回収したりするはめになったら、全然時間の節約にならないってば」

ラッティは額に押しあてた両手をずるずると顔に下げてきて、それでも気が休まらないようすです。

「とにかく計画を立てないと。どうすればいいのかな」

通路ではアメナがティアゴに言っています。

「わたしに手伝わせるなんて、めずらしいわね。信頼できないと思ってるはずじゃなかったの？」

ティアゴはフィードでエレトラに合図し、入室の希望を伝えました。

「そうは思ってない、娘よ。きみの判断力を信用していなかったら、親たちはこの調査隊への参加を許していないさ」

アメナは初めて聞いたという顔です。しかしちょうど寝室のドアが開いたので、なにも言いませんでした。

オバースはまだ怒っています。しかしラッティから手伝いを頼まれると、いっしょに倉庫モジュールへ行って、ドローンが貨物用エアロックへ運んでくる補給品コンテナの確認をはじめました。弊機が手伝ってもよかったのですが、ラッティはオバースに不平不満を吐き出す時間をつくってやろうとしているので、まかせることにしました。

アメナはレオニードの画像をエレトラにフィードで見せ、名前などの情報を確認しています。

エレトラはひとまず安堵《あんど》の表情になりました。

「ええ、レオニード管理者よ。補給船の責任者」そこから表情がゆっくりと困惑に変わりました。両手を頭にあてて考えます。「補給船……どうしてわたしは補給船に乗っていないのティアゴが訊きます。

「通話回線でレオニード管理者と話せるか？　起きたことを伝えるだけでいいんだ」

エレトラはうなずきましたが、口ぶりは不安そうです。

「現場を見たあなたたちに話すのも難しかったのに」また眉間にしわを寄せます。「うまく説明できるかしら」

ティアゴは穏やかに言いました。

「話せるところまで話せばいい」

ARTは共同寝室のディスプレイにつないで通話を再開しました。弊機も心配で通話をモニターしました。ARTもこのチャンネルに注意を集中しているのがわかります。

エレトラはターゲットたちに拘束されたこと、この船の乗組員と警備ユニットに助けられたことを明瞭に話しました。さらにアメナをしめして言いました。

「この若い子はべつの調査会社からの研修生だそうです」

ラスが死んだことは知っているものの、詳しい経緯は知らないと話しました。レオニードから詳細を求められると、エレトラは次のように証言しました。

「灰色の肌の襲撃者に強化部品のようなものを体に埋めこまれ、それに影響されました」頭をしめして続けます。「わたしは時間感覚が狂ってしまって、いつ補給船から出たのか思い出せません。それとも探査船に乗っていたのか――」

レオニードはエレトラとの話を打ち切り、貨物責任者にかわって物資搬入の打ちあわせをさせました。

アラダはまだしかめ面です。だれもが反対するこの計画をめぐってまた議論が起きると予想しているのでしょう。弊機とほかの人間たちはラウンジに残っています（いっそ船内図上で〝論争室〟に書き換えたいほどです）。アラダは疲れた顔で訊きました。

「警備ユニット、あなたも怒ってる？」

「はい。そして同行します」

弊機が行くべきです。回収困難なドローンより有意義です。しかし、アラダの訪問にさえ慎重なレオニード管理者に歓迎されるわけがありません。〝代理で警備ユニットが行ってもよろしいですか？　そちらの船に乗ってみたいだけです。せいぜい三分ほど。よその船を眺めるのが趣味なだけです〟などと頼んでも、いい返事はないでしょう。

フィードでオバースが言いました。

〈そうよ、ぜひそうして。アラダ、警備ユニットの同行は絶対よ〉

もう平静な口調にもどっています。

ARTの貨物用エアロック前にいる彼女とラッティのようすは、非優先の映像と音声入力でずっと見ていました。修理されたARTの三機のドローンが飛びまわるなかで、オバースは憤懣《ふんまん》やるかたないようすで両腕を振って話し、それに対してラッティは同情的にうなずいていました。しかし最後はラッティを怒りのはけ口にしたことを謝り、危機的状況でアラダに怒った自分に怒りました。録画を巻きもどして会話を聞きなおすことも可能ですが、そんなことをする者はサンプル採取用ドリルで頭を穿孔《せんこう》されるべきでしょう。だからやりません。

（弊機が自分に腹を立てはじめたら、いつも怒るはめになってほかのことをできません）

（いや、たしかにいつも怒っている気がします。そう考えるといろいろ説明がつきます）

アラダは複雑な表情でしたが、やがてそれは安堵に変わりました。

「わかった。自分から頼むつもりはなかったけど、たぶんそのほうがいいわね」そして震える声で言いました。「ありがとう」

弊機のお粗末な仕事など感謝にあたいしません。

しかしそう言われるとうれしく感じます。

寝室ではティアゴがエレトラをほめていました。

「いつもより声が元気だったぞ。知りあいと話したおかげだろう」

弊機はアメナにフィードで依頼しました。

〈探査船ないし補給船で警備ユニットが稼働しているか尋ねてみてください〉

アメナは訊いてくれました。エレトラは、その精神状態にしては自信ある口調で答えました。

「ええ、探査船に三機載っているわ」

「補給船にはいないの？」アメナがさらに訊きました。

エレトラはうなずきます。

「いないわ。契約チームが乗っているのは探査船。補給船は支援要員だけだから」

さらにアメナに頼みました。

〈その警備ユニットはバリッシュ－エストランザ社製か、それとも賃貸契約品か尋ねてください〉

賃貸品ではたぶんないでしょう。放棄されたコロニーを調べて所有権を主張する計画なのに、強欲なデータマイニングをする保険会社に情報が筒抜けになる契約は避けるはずです。

アメナはその質問をエレトラにしながら、フィードでこちらに返しました。

〈だれかを〝賃貸〟するような言い方って、いやね〉

そうです、アメナ。不愉快ですが、そういうものです（アメナにしてみれば未経験の世界でずっとするでしょうが、弊機やエレトラや世襲奉公契約下にある家族にとってはこれが日常です。だから船内に聞こえるような声には出さず、自分のなかの独り言にとどめています）。

エレトラは答えました。

「今回の仕事で契約装備はいっさい使ってない。他社に知られたくないことをしてるから」

ティアゴは、アメナが裏で弊機とやりとりしていると気づいたらしく、不審そうな目になりました。やがてエレトラの表情がぼんやりしてきたので、気を惹《ひ》くために家族についての質問をはじめました。

アメナは非公開フィードでこちらに言いました。

〈アラダについていくの？〉

〈はい〉

〈探査船に警備ユニットが三人も乗ってるのなら、なぜターゲットに簡単に……乗っ取られたのかしら。それにターゲットたちはあなたが何者か気づいてないみたいだった〉

〈探査船の警備ユニットは、直接または基幹システム経由で管理者の指揮下にあるはずです。どちらかをターゲットに支配されたら、警備ユニットは停止命令にしたがわざるをえません〉

だから人質状況は不愉快なのです。短時間で突入して拘束者を制圧するしかありません。意識を失わせるか殺害してしまえば、望ましくない行動を強制されたり脅されたりすることはありません。

〈弊機が警備ユニットだとターゲットが気づいたら、停止させろとあなたに命じたはずです〉

アメナは不愉快そうに鼻を鳴らしました。

〈たしかにそうね〉

命じても弊機はしたがわないだろうという言外の意味もこめられています。もちろん、その状況ではそうです。しかし同時に、今回のターゲットについてはわからないことが多すぎます。巨大なデータの真空で、そこに落ちたら弊機にもARTにも死が待っています。

アラダは遠い目になっています。補給船の貨物担当者から送られてきた必要物資と搬送計画の詳細を、フィードでARTに転送しました。それから弊機に尋ねました。

「あなたが警備ユニットであることは、エレトラが話して相手に伝わるはずね。となると……どうするべき?」

しかし、そこで伏せられた〝なにを〟どうするべきなのかわかりません。アラダも具体的にわからないでしょう。警備ユニットというものを弊機しか知らないのですから。

「みなさんを守るために大学が用意した警備ユニットということにします」

ここでARTが口を出すと予想していました。すくなくとも嘲笑的な声を漏らすと思っていました。しかしARTは沈黙しています。

その案自体に疑問を呈したのは、フィードごしに聞いていたラッティでした。

〈それだときみはアーマーを着なくてはいけないんじゃない?〉

「必須ではありません。人間の生活空間でのパトロール任務を請け負う契約では、アーマーではなくユニフォーム着用が一般的です」

構成機体は標準ガイドラインにそって製造されていますが、一般の人間は詳細を知りません。警備ユニットと、その分解、組み立てをおこなう人間の技術者がたくさんいる配機センターに出入りするのでないかぎり、弊機のリスク評価モジュールが危険信号を発することはないはずです(リスク評価モジュールが壊れているのはもちろんです)。

ようやくARTが指摘しました。

〈おまえの機体仕様は警備ユニットの標準と一致しなくなっているわよ〉

それはARTがいちばんよく知っています。なにしろ強化人間に見えるように弊機の外観をいじったのはARTなのですから。弊機自身も内部コードを書き換えて歩き方を修正し、ランダムなしぐさ、ためらい、まばたきなどを追加して、人間の目に人間らしく映るようにしました。武器スキャナーはハッキングして回避せざるをえませんが、それでも人ごみにまぎれやすくなりました。

アラダは弊機にむきなおり、心配そうに眉を吊り上げました。

「そうよ。最初に会ったときから見ためが変わったわ。髪がすこし長くなった」

ARTによる仕様変更は細部におよんでいます。頭髪は伸ばし、眉を目立たせました。人間の肌を広くおおう薄いうぶ毛も、有機組織と非有機系部品が接するところまできちんとはえさせました。変更は内部構造にもあります。標準仕様の警備ユニットを識別するスキャナーに引っかかりにくくするためです。

「背も低くなりました」

「え、そうなの?」

アラダは驚いて一歩退がり、目を細めてこちらの頭頂を見つめました。

こんなふうに細部への注意力が欠如しているから人間には警備をまかせられないのです。

それでも人間は意識下で感じとった細部に反応して、無意識に行動を変化させるものです。プリザベーションでも(むしろプリザベーションでこそ)弊機は動作と身ぶりをより人間らしくするコードを有効にして、周囲に溶けこもうとしてきました。もうこれがあたりまえになっていますが、このコードを無効にすれば、弊機はアーマーなしでもはるかに普通の警備ユニットに見えるはずです(普通=表情を消して、存在論的な絶望や脳を鈍らせる退屈をおもてに出さないことです〉。

　アラダとラッティはまだ反対したいようですが、弊機は言いました。

「だれも訊かないと思いますが、もし訊かれたら、大学で使うために専用開発された学術モデルだと答えてください」

　するとARTが言いました。

〈強化人間のふりをするほうがいいと思うけどね〉

　全知全能を気どる巨大機械知性にいまさらあれこれ言われるのは心外です。

「あなたがどう思おうと関係ありません」

　いちばん安全なのがこの方法なのです。アメナ以外はARTの乗組員であるという大きな嘘をつくのなら、ほかの小さな嘘は最小限にすべきです。弊機が警備ユニットであることや、警備のためにアラダが契約していることは事実なので、すこし歪曲《わいきょく》して企業人に伝えればいいだけです。

　しかしそんな理屈をいちから説明するのはやめて、こう言いました。

「弊機が決めたことです。口出ししないでください」

「まーた喧嘩してる」

　アメナが言いながら食堂にはいってきました。ティアゴはオバースとラッティを手伝うために貨物用エアロックへむかいました。

　アラダはまだ確信を持てないようすでこちらを見ています。無意識のうちに声を漏らして指先で歯を叩きながら考えこんでいます。それを見るうちに、べつの問題があると気づきました。アラダにとって弊機はただの警備ユニットではありません。同僚であり、指揮するチームの部下です。それは異なる身ぶりとなってあらわれます。そもそも彼女は弊機をすこしも怖がっていません。企業の顧客はどんなに自信満々で傲慢でも、本音の恐怖心を隠しきれないものです（自信満々で傲慢な者はとても神経質です。どちらにしても弊機にとっては不愉快です）。

アラダに質問しました。

「弊機を警備ユニットとして扱えますか？」

それをフィードで聞いたオバースが、〈うーん〉とうなりました。そしてアラダに訊きます。

〈できる？〉

「もちろん」

アラダは肩をすくめました。あきらかにこちらの懸念をわかっていません。

倉庫モジュールでラッティといっしょにいるオバースがため息をつきました。

〈わかった。出発前に急いでどうにかするから〉

弊機はフィードで同意を送りました。

「なんのこと？」アラダはきょとんとしています。

空き部屋の共同寝室にはいって、ARTが製造したばかりの乗組員用ユニフォームに着替えました。青色の上下で、プリザベーション・ステーション警備局の防護ベストよりはるかに高性能な安全素材でできています。武器やドローンをたくさんいれられる蓋付きポケットもあちこちにあります。定着材でできたブーツは強靭《きょうじん》で、閉じかけたハッチに足を突っこんでも平気でしょう。まるで人間の警備員が着る服のようです。契約相手のユニフォームの廉価版ではなく、こういうものを供給されるべきです。よく知りませんが、警備会社所有の警備ユニットはこういうものを着るのではないでしょうか。ジャケットにあるARTの乗組員のロゴはなぜかあまり気になりませんでした。

頭髪の長さが目立つかもしれません。ミルー星以後は警備ユニットに見えないように長めにしているのに、今度はまた警備ユニットらしく見せなくてはいけません。カメラに映る自分を見ながら髪をいじっていると、それを見たARTが共同寝室付属の浴室をしめしました。そこに人間用化粧品の吐出口があります。その一つが潤滑剤のような粘液で、用法にしたがって頭に塗りつけると、髪が頭皮に張りついて短く見えるようになりました。警備ユニットらしくなりました。

ARTが大きな赤ん坊のように駄々《だだ》をこねるのをやめて協力的になったので、訊いてみました。

「なぜ強化人間のふりをさせたいのですか？　こちらのほうが簡単です」

〈そういう扱いをされたくないんだろう〉

「そんなことは関係ありません」

たしかにいやです。しかし、弊機のこれまでの不愉快な経験を表にして数値化したら（過去に一度やりましたし、アーカイブのどこかに残っているはずです）、破綻したコロニーを搾取し、アメナが薄切り野菜の揚げ物をばりばりと食べるような勢いで警備ユニットを消費する企業は、点数が悪いほうの三分の一にはいるでしょう。

探査船の警備ユニットについては、アメナに言ったこととはうらはらに不安もあります。警備ユニットが捕獲され、しかし破壊されなかったとしたら、ターゲットたちは弊機の能力について基礎知識を持っているはずです。

〈本船の乗組員が危険にさらされているのだから、関係ある〉ARTが言いました。

ああしろこうしろと言われるのはうんざりです。自己決定で失敗することもありますが、自分で決められないのよりましです。

襟は折って、うなじのデータポートがはっきり見えるようにしました（ここに戦闘オーバーライドモジュールを挿そうとする者は痛いめにあわせます）。さりげなく共同寝室を出て食堂にもどりました。

テーブルについていたアメナがこちらを見て顔をしかめました。

「今度はなんで喧嘩してたの？」

〈警備ユニットのユニフォームが上出来すぎたのよ〉ARTが答えました。

アメナはうなずいて同意しました。

「似あってるじゃない」

反応したら負けだと思ったので無視しました。

アラダも乗組員用ユニフォームになって食堂にもどってきました。こちらのような戦闘対応の仕様ではなく、カジュアルで実用的です。着ている本人も快適そうで自然なので、不審には思われないでしょう。

「準備できたのなら出発しましょう」

貨物用エアロックのラッティはその場の人間たちに話しています。

「だいじょうぶ、だれにもあやしまれないよ。暴走警備ユニットを仲間にしているチームがほかにいるかい？　僕らだけさ」

12

ARTのEVACスーツを借りました。プリザベーション調査隊のものより高級品でした（惑星調査用に内側に着る環境スーツまであります。今回は船内なので使いません）。それでも搭載システムに遺物汚染がないかどうかは調べました（電力使用ステータスによるとARTの記憶障害事故の前後に起動された形跡はないので、ほとんど心配無用です。しかしARTへの攻撃手法が解明されるまでは被害妄想的に用心するつもりです）（解明されても被害妄想は消えません。通常レベルにもどすだけです）。

エレトラもともなっていきます。ラスの遺体も引き渡したいとアラダが提案したのですが、レオニードは、不要なので処分してほしいと言ってきました。この対応に人間たちは憤慨しました。弊機もいくらかむっとしました。これは矛盾した反応かもしれません。死んだ警備ユニットの有機組織（あるいは撃たれたり切られたりつぶされたりして脱落した部分）は、リサイクル装置に投入されるからです。しかし弊機は怒りました。これはラッティの感想ですが、「せめて大切にしているふりだけでもしろよ」ということです。

ARTはバリッシュ－エストランザ社の補給船に接近して、貨物トラクター機で補修資材のコンテナを相手のドッキングモジュールへ運びました。アラダと弊機は、スーツにはいったエレトラを牽引《けんいん》して補給船の右舷エアロックへ短距離の移動をしました。

(その途上でアラダのEVACスーツに非公開チャンネルをつないで言いました)

(「忘れないでください。弊機は同僚でも、従業員でも、ボディガードでもありません。ただの道具です。人格はありません」)

(オバースからさんざん言われているはずですが、念を押しました)

(アラダは不愉快そうな声を漏らして、三・二秒後に言いました)

(「わかってる。心配しないで」)

プリザベーションの船とは異なる企業リムの船に乗ると、奇妙ななじみ深さを感じます(不愉快な意味で奇妙です。機体の奥の有機組織に不快感があります)。過去の弊機は貨物扱いで契約先へ運ばれていたので、船や操縦ボットと接した経験の九十パーセントは、メンサー博士に買い取られたポートフリーコマース以後のものです。警備ユニットはいないというエレトラの説明はひとまず真実でした。基幹システムはありません。企業リムの標準技術のかわりに独自開発技術を使っているようです。それでも構造は似かよっていて、アラダと弊機がエアロックを抜けるまでに、警備システムはこちらが全インタラクティブ機能と認証を持つことを確認し、操縦ボットは優先接続権を認めました。

こうなればいろいろなことが可能です。こちらの目的が攻撃でなくて彼らはさいわいです。

エアロック前のロビーには人間が四人いました。バリッシュ-エストランザ社のコーポレートカラーである赤と茶色のユニフォームの上に、重装備のタクティカルベストを着てヘルメットをかぶり、物理銃で武装しています（元弊社からこんな高価な装備は供給されませんでした。この会社はブランド戦略にずいぶん投資しているようです）。

補給船の警備システムから見えないようにした非公開チャンネルで、アラダが訊いてきました。

〈問題は？〉

〈ありません。通常の警備です〉

そうでないならバリッシュ－エストランザ社は大きな被害を覚悟しなくてはなりません。最初の乗組員ないし潜在的敵が言いました。

「スーツから出てください」

言われて安堵しました。ＥＶＡスーツを着たまま四人の武装した人間を倒すのはそれなりに面倒だからです。

弊機がスーツを開いて外に出ると、彼らが意識下で緊張を解いたのがわかりました。おかげでこちらも脅威評価が三パーセント低下しました（注記――警備ユニットが出てきて安心する人間は普通はいません。弊機の正体に気づいていない証拠です。灰色の肌のターゲットでなかったことに安堵した可能性が九十五パーセントでしょう）。さらにエレトラ、最後にアラダがスーツから出ると、脅威評価はすみやかに十パーセント下がりました。

エレトラとは顔見知りらしく、エレトラもやや困惑しながら知人に会ったようすです。人事担当のフィード標識がある非武装の乗組員が出て、エレトラの腕をとって船の奥へ連れていきました。

べつの乗組員が言いました。

「こちらへどうぞ、アラダ博士」

異なるハッチをくぐって無機質な通路を歩いた先は、会議室でした。背もたれの低いクッション入りソファが円形に並び、中央の空中に大きな球形ディスプレイが浮いています。すべて新品でよく手入れされています（すりきれた家具はありません）。この会社のカラーで幾何学デザインの横棒の装飾が壁にも椅子にもはいっています。

レオニードはソファで待っていました。

「アラダ博士」

むかいの席をさしてうながします。補給船からの通話映像には美容修正がはいっていたらしく、対面した本人は疲労とストレスによる小じわが目もとや口もとに目立ちます。それでも連続ドラマに登場しそうな整った容姿です。

「レオニード主任管理者」

アラダは軽く会釈して席につきました。

弊機は背後の壁ぎわに立ちました。案内してきた乗組員たちは、やや緊張したようすで護衛のために部屋の各所に分かれました。当初は弊機をボディガードだと思ったはずです。しかしこちらはEVACスーツ内からすでに人間らしくするコードを無効化していたので、そろそろ強化人間ではないかもしれないと気づかれはじめています（乗組員たちは立派な武器や装備をつけていますが、実際には素人です）（素人ほど怖いものはありません）。

レオニードは横目でこちらを見て、整った眉をひそめました。

「そちらのボディガードは……」目を細めて、「もしや……」

「警備ユニットです」

アラダは答えました。緊張でわずかに声が震えましたが、この程度ならだれも気づかなかったでしょう（みんな弊機のほうを緊張して見ていました）。アラダは教えたとおりにこちらを見ません。彼女やラッティは、弊機について質問されると、話す許可を求めるようにこちらに目配せする悪い癖があります。普通の人間は警備ユニットにそんなことをしません。（警備ユニットがいると人間も強化人間も居心地悪くなります。契約先の顧客も弊機がいるとあらゆるところに緊張があらわれ、行動がちぐはぐになりました（それでも彼らより弊機のほうがはるかに緊張しています）。しかしこの状況で重要なのは人間の自然な反応ではなく、相手がどんな反応を予想しているかです。その場合はどんな答えもありえます）

弊機は補給船の警備システムにつながったカメラ経由で、乗組員たちを見ました。護衛の乗組員のうち二人が不安げな視線をかわしたところです。彼らのフィード活動は上司に監視されているので私語はありませんが、一人がブリッジに安全注意の通知を送りました。それに反応して警備システムが探りをいれてきたので、問題ないと答えてやりました。警備システムは満足してこちらとのインターフェース接続を再開しました。

「われわれを信用していないのですか?」

レオニードが訊きました。表情は読み取れません。

このように権威を誇示する人間へのアラダの対応はもっとも懸念されるところでした。アラダ自身はこのような権威の誇示をまったくやらないからです(これについて弊機はなんら支援できません)。

アラダの緊張が気づかれるおそれはあります。そうすると経緯の説明に虚実あると疑われるかもしれません。じつは暴走警備ユニットを仲間としてこの補給船に連れてきているのが緊張の原因だとは、だれも思わないはずです(その点はラッティの言うとおりです)。

アラダは友好的すぎない笑みをうまく浮かべて答えました。

「おたがいを同程度に信用していると思いますよ。じつは船外での初交渉の場には警備ユニットを同行させると、契約で決まっているのです」(〝契約で〟という魔法の言葉を教えたのは弊機です)

レオニードはわずかに愁眉を開く一方で、護衛の乗組員たちに〝持ち場はそのまま〟と指示を送りました。乗組員たちは、制止命令がなければ弊機を意のままにできるという態度を続けています。

「なるほど」

アラダの肩のこわばりがわずかに解けるのがわかりました。適切な口調で話せたとわかって自信を持ち、身を乗り出しました。

「この船に起きたことを教えていただけませんか？　どうやらわたしたちの経験と似かよっているようなので」

レオニードはすぐに反応しませんでした。単刀直入な態度に驚いているようです。アラダはそのためらいを見て、言い添えました。

「先にこちらから話してもかまいませんが」

レオニードはこの提案に乗りそうに思えましたが、実際には話の主導権を握るほうを選びました。

「いや、その必要はない」居ずまいを正しました。「この星系の元植民惑星が、現在バリッシュ－エストランザ社の所有下にあることはご存じだろう」

アラダは冷静で真剣な表情ですが、惑星の所有権という概念には、弊機の所有権についてとおなじくとまどうようです。

「もちろんです」

レオニードはうなずいて了解しました。

「到着して星系を初期スキャンした段階では問題なかった。その後、惑星周回軌道にはいって、探査船がコロニーの宇宙港に接近した。宇宙港は驚くほど状態がよく、運用可能と思われると報告された。再利用事業のためにはよい知らせだ。新設するとなると多額の費用がかかる。この時点で先遣隊は着陸シャトルを使わず、宇宙港の降下ボックスで地表へ下りることを決めた……」ここで口もとをこわばらせました。「この判断がおそらく失敗だった」

アラダは張りつめた表情で、口をはさみたいのをがまんしているようすです。

警備システムは当時収集した映像と音声を親切に提供してくれました。すでに編集され、おもな出来事はタグ付けされています。通話回線とフィードのデータから、レオニードのここまでの説明の裏付けがとれます。

「探査船から送られてくるステータス報告は、五十七時間以上にわたってすべて正常だった」警備システムによれば正確には五十八・五七時間ですが、そこはかまわないでしょう。「そして降下ボックスが帰ってきた」

レオニードは顔をゆがめるのをこらえています。このあとの話がつらいのでしょう。

「先遣隊は汚染されていた。しかしわれわれはすぐに気づかなかった。標準的な整備点検のために環境技術者二人だけをシャトルで探査船へ行かせた。このシャトルはその後の……出来事で破壊されたと思っていた。しかしそうではなかったことが今回わかった」

レオニードがそこで口をつぐんだので、アラダのほうから情報提供をしました。

「その環境技術者のエレトラとラスには、小型の装置が埋めこまれていました」

そしてフィードの非公開チャンネルでこちらに言いました。

〈出せる？〉

はい、いま出すのがいいでしょう。弊機が一歩前に出ると、護衛の人間たちがいっせいに緊張しました。アラダのそばへ寄ってソファの肘掛けにおいたのは、エレトラのインプラントをいれた小さな無菌容器です。弊機が退がると、アラダはそれを取ってレオニードに渡しました。

ラスとターゲットたちのインプラントは手もとに残しています。しかしオバースはそれらからなにも情報を得られませんでした。人を殺せるほど強力なインプラントならなにかわかるだろうと期待したのですが、成果がありません。

レオニードは眉をひそめてしばらく考え、フィードで技術責任者と相談しました。まもなく技術者が一人はいってきて容器を持ち去りました。

それを見送って、レオニードは話しました。

「先遣隊がコントロールされた手段はあれで説明できそうだ。宇宙港から探査船にもどった先遣隊は、なにかに強制されて残りの乗組員を拘束したと思われる。こちらの船では警備システムが断片的なウイルス警告を受信し、かろうじてフィードアクセスを遮断してシステムへの感染を防いだ。そのおかげで、探査船から砲撃されるまえにそなえる時間をつくれた」

警備システムによれば、ウイルス警告は探査船の警備ユニットの一機から送られたようです。補給船の警備システムへバースト送信されたコードで、通話回線とフィードを切断せよ、操縦ボットに安全距離をとらせろと伝えたのです。おかげで砲撃で吹き飛ばされずにすみました。補給船が逃走すると、探査船は宇宙港のドックから離れて、ふたたび撃ってきました。

補給船はエンジンとその他のシステムをやられ、探査船は去っていきました。

これは気がかりなデータです。襲撃者は補給船もおびきよせて乗っ取るつもりだったはずです。ターゲットの最大の目的はどうやら惑星から出ることのようです。武装船を手にいれたら、非武装の補給船はいくら物資を満載していても不要になったのでしょう。

そこでARTが口を出してきました。

〈ターゲットが探査船の乗組員と操縦ボットを支配下におさめていたのなら、補給船のワームホール航行能力を損傷させたことがわかったはずよ〉

いつからARTは弊機のフィードを盗み聞きしていたのでしょうか。たぶん最初からでしょう。警備システムがARTを排除しようとしはじめました。弊機はあわててウォールを立てて警備システムから見えなくし、接触のログも削除しました（ARTはよその船載システムとの敵対をいとわないでしょうが、この友好的な警備システムが削除されるのは弊機が望みません）。

〈侵入は控えるはずだったのでは？　この船が汚染されていたらどうするんですか〉

警告は無視されました。

〈探査船が本船を襲ったのは、ワームホール航行能力のある船をもう一隻ほしかったからかもしれない。あるいはより重武装の船を〉

ありえますが、その結論からわかることはとくにありません。ARTがかっこいいからほしかったと言っているようなものです。

アラダはレオニードに訊いています。

「襲撃者の映像はありますか？」

その映像は入手ずみです。探査船の警備ユニットからのバースト送信にふくまれていました。六秒のビデオクリップで、ハッチから突入してきた二人のターゲットが映っています。

レオニードも認めました。

「とても短い監視カメラ映像がある。彼らは、なんというか、とても変わっている」

アラダは真剣な表情になりました。

「異星遺物への感染が疑われます」

「そうだ」

レオニードの表情と口調から同意見だとわかります。それは重大なあせりの原因のようです。汚染問題を解決しないかぎり、バリッシュ-エストランザ社はこの投資から利益回収できません。うまくいった場合でも、惑星の大部分を隔離して専門業者による除染作業の対象地域に指定しなくてはならないでしょう（合法的に対処した場合の話です。グレイクリス社のようなところと手を組んで目撃者を全員抹殺するなら、話はべつです）。

「そちらはどのように攻撃されたのだ?」

「わたしたちは星系に到着して、初期的な長距離マッピングスキャンをはじめたところでした——」

アラダは両手を広げて話しだしました。ここからは真っ赤な嘘です。弊機は警備システムからのダウンロードを一時停止し、話に集中しました。神経をすりへらされます。

「——そのなかで救難信号をとらえました。それが貴社の探査船だったといまわかりました。接近するとむこうからシャトルが出てきました。ドッキングを許可したところ、戦闘になり、あとはただ乗組員と船を守るために必死でした。そして乗組員八人が拉致されました。船まで奪われなかったのはこの警備ユニットのおかげです」

レオニードの視線がちらりとこちらにむきました。弊機は警備ユニットらしい無表情で相手の頭上の壁を見つめています。ヘルメットの不透明なバイザーごしならもっと効果的だったでしょう。それでも目的は達しました。レオニードは言いました。

「わが社のユニットは役に立たなかった」

その言い方はどうでしょうか。探査船の警備ユニットから警告がバースト送信されなければ、この補給船はもろに砲撃を浴びて塵《ちり》になっていたはずです。

「探査船の乗組員らしい者を目撃されたか？」レオニードは適度にさりげない口調で質問しました。

「こちらで見たのはエレトラと残念なラスだけです」

アラダは沈痛なようすで答えました。弔意をあらわしすぎだと思いましたが、レオニードはほかに気をとられて気づかなかったようです。今度はアラダから尋ねました。

「この惑星の、たとえば旧コロニーの所在地に、異星遺物があるかどうかご存じですか？」

〈そこは慎重に〉

弊機はフィードで注意をうながしました。バリッシュ－エストランザ社にとってはあやうい話題です。この再利用事業において減りつづける利益率や、従業員と資産を活性異星遺物に曝露《ばくろ》させた場合の責任論にふれかねないからです。

（オバースが言うとおり、異星遺物は企業リムで広く悪とみなされるものです。これを売買して無事にすむと考えるグレイクリス社のような企業もありますが、責任保険や会社と全従業員がまるごと犠牲になる危険を考えれば、そんな無謀な例はごくまれです）

レオニードはやや緊張を解きました。基本的に誠実な態度のアラダに安心感を持ったのでしょう。表情は職業的な無表情にもどりました。

「それは契約があるので話せない。ともかく、貨物担当者が物資の積み込みを終えたようだ」レオニードはあらためてアラダを観察して、なんらかの結論に達したようです。「納品確認書を送信するまえに、あなた自身の交渉をしたほうがいいだろう」

ああ、来ました。

アラダは理解できずに眉をひそめています。

「なんの交渉を？」

「自分の船にもどるための交渉だ」

やれやれ、人質状況は嫌いなのです。

ソファを飛び越え、レオニードのそばに立つ護衛をつかんで引き寄せ、腕をねじり上げて、その銃をレオニードに突きつけました。人間がまばたきする間の行動です。

ほかの護衛たちは警戒と怒りの声をあげながら、それぞれの銃を弊機にむけました。しかし遅きに失しています。レオニードは自分にむけられた銃口と弊機と人間の盾を見て、全員に撃つなと命じるコードを送信しました。護衛たちはためらいました。人間の盾はフィード名がジェートという男で、やはりコードを送ろうとしました。しかしこの部屋と船全体とのフィードアクセスはすでに弊機が遮断しています。喉首を絞めた腕に力を加えると、抵抗の意志を失いました。

アラダは両手を上げています。反射的な動作ですが、率直にいって残念です。フィードで言いました。

〈アラダ、手を下ろしてください。あなたは弊機に命令を下しているはずの立場です〉

〈あら、ごめんなさい。たしかにそうね〉

ようやく手を下ろしました。肌は薄い金茶色になって、完全に血の気が引いているのがわかります。震え気味の声でレオニードに言いました。

「交渉はしたくありません」

レオニードは唇を湿らせ、なんとか落ち着きをとりもどしました。

「船内の警備システムは――」

「いまは働いていません」

アラダはこちらにちらりと目をやりました。懐柔して味方にした警備システムは、ほとんどのハッチを閉鎖して船内からこの部屋を隔離しつつ、部屋からエアロックまでは一本道の通路を確保しています。アラダは続けました。

「さっきも言ったとおり、この警備ユニットはとても役に立ちますから手を上げたことは許しますいいでしょう。

レオニードは時間稼ぎのために言いました。

「どこの製品だ?」

アラダは緊張のあまり、この場合の想定問答を忘れてしまったようです。

「保険会社です」

〈これで、学術探査専用の警備ユニットというかっこいい説明が使えなくなりました。いつか使ってやろうとファイルに保存しました〉

レオニードは表情をこわばらせました。

「保険会社のユニットは危険だと聞くが」

アラダはむっとしています。

「そんな話もありますね」

アラダをART側のフィードから遮断しました。むこうで心配して半狂乱になりながら必死に聞き耳を立てているはずの四人の人間から、よけいな口出しをされないためです。それでもARTは怪物なので遮断できません。

〈そっちのブリッジに照準をあわせた。撃てば、おまえがいる区画はまるごとちぎれて漂流する。与圧漏れが進まないうちにトラクター機で救助できる〉

砲艦はやたらと得物をぶっ放したがる悪癖があります。だから保険契約がばか高いのです。

〈撃ってはいけません、ART。おとなしくしてください〉

こちらの仕事が忙しいときにじゃましないでほしいものです。

レオニードの顔が怒りで紅潮しました。フィードを切断され、時間稼ぎは意味がないことをさとったのです。

「警備ユニットが上位システムを制圧するのは、企業リム規範に反する行為だ」

アラダは目を細くしました。

「でしたら告訴していただいてかまいませんよ」

おや、アラダもとうとう怒ったようです。ARTがそのフィードにはいりこんで、兵装の照準について伝えました。補給船の操縦ボットもロックオンされているのに気づいて不愉快そうです。ブリッジ管理者が冷静をよそおいながらも軽くパニックを起こしたメッセージをフィードに流してきたので、それだけをレオニードまで通してやりました。

レオニードは唇を固く結びました。譲歩を決断したらしいと、アラダにもわかったはずです。落ち着いた顔と声でレオニードは言いました。

「ここまでやる必要はない。すこしばかり交渉を有利に進めたかっただけだ。学者先生には刺激が強すぎたかな」

アラダは深呼吸し、おなじく声を抑えました。

「いくらか無作法があったかもしれません。ではこれで船に帰らせていただきます」

〈それから納品確認書の送信をお忘れなく〉フィードで助言しました。

「それから納品確認書の送信をお忘れなく」アラダはそのままくりかえしました。

レオニードは頭を傾けました。

「もちろんだ」

あとは問題なく進みました。エアロックにもどり、通路でジェートを解放してからロビーを船内から隔離。アラダのフィードを復旧させると、すぐにオバースが話しかけました。

〈無事なの？〉

〈無事よ。企業の横柄さにうんざりしただけ〉

まったくです。

落ち着いてEVACスーツにはいりました（エアロックの制御は支配しているので、突然ハッチが開いて船外へ放出されるおそれはありません。そもそもARTの大砲で脳天を狙われているときにそれは自殺行為です）。エアロックの換気も支障ありませんでした。

ARTのトラクター機内に無事にはいると、ラッティとアメナとティアゴの興奮した声がアラダに殺到しました。しばらくしてアラダは弊機との非公開チャンネルで言いました。

〈主任管理者はなぜあんなことを？　わたしが弱腰に見えたのかしら。失敗したのならごめんなさい〉

〈いいえ、失敗はしていません。彼女は乗組員のまえでしゃべりすぎました。本人も気づいたはずで、それをつくろうために権力をしめそうとしたのです〉

ただし、これは言いませんでしたが、アラダは同情的すぎました。それでレオニードはつい口が軽くなったのです。

アラダはため息をつきました。

〈でも来たかいはあった。おかげで次にやるべきことがはっきりしたわ〉

そうです。コロニーの宇宙港へ行かねばなりません。

コロニー惑星と宇宙港までの行程はARTの船内時計で四時間。準備する時間はあります。問題はなにを準備するかです。

アラダはARTのエアロック前ロビーでEVACスーツを脱ぎながら、みんなに言いました。

「ペリヘリオン号の乗組員がそこにいるとはかぎらない。でも探査船が活動拠点にしている可能性はあるわ」

ラッティが通話回線ごしに同意しました。

「すくなくとも状況を知る手がかりは得られるはずだよ。宇宙港のシステムが生きていれば警備ユニットが情報を抽出してくれるだろう」

EVACスーツを片づけようとしていると、ARTのドローンがやってきて代行し、アラダと弊機にさっさと行けとうながしました。フィードの航法針路画面で見るとすでに補給船から離れはじめているので、ARTはアラダの判断に賛成しているということです。

しばらくまえに浮かんだアイデアがあったはずですが、なんだったでしょうか。一時保存エリアをのぞきました。ああ、あれです。

ARTに相談が必要です。

あまりいいアイデアではありません。しかしこれが必要になりそうな悪い予感がします。

どれだけ時間がかかるかわからないので、早めに人間たちから離れることにしました。ティアゴはまた睡眠時間をとりました(最初の睡眠時間の大部分をつまらない議論で浪費したせいです)。オバースとアラダはふたたび管制デッキに上がりました。ラッティは食堂の椅子にすわって、ターゲットの病理学スキャンで集めたデータとその装備の素材分析結果を見なおしています。異星遺物技術の影響を受けた痕跡をみつけたとオバースが主張していて、その検証をしているのです。

アメナは共同寝室へむかう弊機についてこようとしました。そこで言いました。

「ラッティのところにいてください」

アメナは足を止めて眉をひそめました。

「どうして? なにをするつもりなの?」

フィードのチャンネルを閉じるだけでなく、物理的にだれもいない空間にこもりたいのです。ARTに奇妙な頼みごとをします。そのあいだ、もちろん話は聞かれないとしても、顔を人間たちに見られたくないのです。急いでアメナを納得させるために、真実に近い話をしました。

「ARTと二人きりで話をします」

アメナがおやおやという表情になって眉を上げました。

「おたがいの関係について?」

フィードでのARTの関心が高まったのを感じました。

「そういう冗談はやめてください」

言いおいて共同寝室にはいり、ドアに命じて閉鎖、施錠させました。よけいなフィードはすべて遮断しました。

〈『時間防衛隊オリオン』でも観る?〉ARTが言いました。

観たいのはやまやまですが、先にやることがあります。

「敵のシステムを攻撃するための可変的なキルウェアの作成方法について一案があります。弊機をコピーして、知能コンポーネントに使うのです」

かつてパリセード・セキュリティ社がトランローリンハイファで元弊社の砲艦に対して使い、大被害をもたらした知能キルウェアについてまとめたレポートをARTへ送りました。元弊社の操縦ボットと弊機が当時おこなった解析結果では、この知能キルウェアには構成機体の意識、おそらく戦闘ユニットのそれが使われていました。ならば弊機の意識のコピーをかわりに使ってもおなじ結果が得られるはずです。

ARTはこれを気にいらないでしょう。なぜ気にいらないと確信できるのかはよくわかりません。ARTは人間でも構成機体でもありません。人間や構成機体はいつも憂鬱、不安、怒りなどの強い感情をかかえています(不安は感情でしょうか? しかしそう感じます)。ARTにそれがあるのか。はっきりわかるのは、乗組員をとても大切にしていることだけです。

ARTが黙りこんで六・四秒が経過しました(人間でも長いと感じるでしょう)。そして言いました。

〈愚案だ〉

さすがにむっとしました。

「妙案です」

妙案なのです。ARTは敵制御システムを攻撃するために専用のウイルスを作成中で、これまでにできた枠組みは共有の作業スペースに保存されています。しかし、敵制御システムの難解な構造や、異星遺物技術がふくまれている可能性を考えると、ウイルスには可変的な対応力が必須であり、その方法がみつからない時点でARTの開発は中断していました。

こちらの案はARTの協力なしに実現できません。元弊社の砲艦ではみずからの意識を操縦ボットの処理空間に移して、知能キルウェアとの戦いを手伝いました。しかしそれは話がべつです。これまで自分をコピーしたことはありません。たとえコピー先があっても、やり方がわかりません。自分のコピーファイルをつくって送ればいいわけではありません。ARTの完成されたコード群のなかへ自分をコピーするには、ART自身の協力が不可欠なのです。

「可変コンポーネントをそなえたキルウェアが必要だと言いだしたのはあなたですよ」

〈そういう意味で言ったのではない〉

まるで普通の調子で穏やかに言ったようですが、実際にはすさまじい圧力がフィードに伝えられ、弊機は下の段のベッドに尻もちをついたほどです。

「怒鳴らなくてもいいでしょう」

ARTは返事をしません。ただそこにいて、フィードごしににらんでいます。

弊機の脅威評価モジュールが好評価をしても、ARTが気にいらないのは想定内でした。しかしこれほど大反対されるとは思いませんでした。

「精神をこの機体から引き剝がせと言っているのではありません。コピーするだけです。コピーしたものはもう弊機ですらない。精神はアーカイブと有機神経組織の組みあわせです。そのカーネルをコピーするだけです」

ARTは三・四秒間沈黙してから答えました。

〈高度な構成機体のくせに、自分の精神構造にはあきれるほど理解が浅い〉

今度はこちらの腹が立ってきました。

「構造はわかっています。だからこそこうして不愉快千万なクソ野郎と議論しています。どこかのキュービクルで修理されたり、契約先の採掘地で愚かな人間たちを警備したりせずに」

あとから考えれば、この方向の反論を続けるべきでした。いい反撃でした。的確で、筋がとおっていました。相手がひねくれた態度にならずに正論で反論するのは困難でした。

しかし弊機はよけいなことを言ってしまいました。

「乗組員をとりもどしたいんですか、どうなんですか？」

このひと言のせいで、議論ではなくただの喧嘩になりました。そして喧嘩なら、ARTは正々堂々とはやりません。

その点では弊機も似たようなものです。〝正々堂々〟の定義は、連続ドラマなどのメディアから得た抽象的なルールセットとガイドラインとして知っています。ARTもそうやって心得ていると思っていたのですが、どうやら見込みちがいだったようです。

（喧嘩をするにも警備をするにも、弊機は最小限の対応を旨としています。人間と強化人間と元弊社の機材をなるべく傷つけないためであり、そのためには多くの要素を考慮しなくてはなりません。たとえば顧客が意図的にべつの顧客に危害を加えようとしている状況と、単純に愚かな行動をとっている人間を制止しなくてはいけない状況を比較してください。戦闘ボットではなく警備ユニットが必要なのはこんなときです。人間自身に警備をやらせてはいけない理由でもあります。人間は、かっとなって銃を乱射して死体の山をつくってしまう可能性が、戦闘ボットよりはるかに高いのです。とにかく、警備の仕事は正々堂々とはしていません。なぜなら、すきを見せて敵に倒されたくないからです。それは愚かです。とはいえ、はいるドアをまちがえただけの顧客を殺したり重傷を負わせたりもできません）

喧嘩になったらどうなるか、忘れていました。正々堂々とか最小限の対応といった考えがARTにないのは明白です。圧倒的な迫力でにらまれる感覚が続きました。

そこへふいにドアが開いて、ラッティがアメナを連れてはいってきました。

「いったいなにごとだい？　きみが自分をコピーしようとしていると、ペリヘリオン号が訴えてるんだけど。可変型ウイルスがどうのこうのって」

というわけで人間たちにこの計画をまるごと説明するはめになりました。当然ながら侃々《かんかん》諤々《がくがく》の議論になり、弊機は〝気持ち〟をふくめてあれこれ問いただされました。この愉快なプロセスを三十分くらいやったところで、ティアゴが睡眠から起きてきたので、いちからすべて説明しなおすはめになりました。

そんなさいちゅうに、二つのことに気づきました。それは、
(a) アメナが行方不明で、
(b) ARTが彼女のフィードを遮断している、
ということでした。

アメナがいたのは医務室の近くにある小ラウンジでした。ちょうど話しているところに弊機ははいっていきました。

「――だから、あなたが死んだと思ってそうなっちゃったのよ。とても取り乱して……あら、来たのね」

そこに立って、アメナとはちがう方向を険悪な目でにらみました。アメナは口をつぐもうとしましたが、六秒弱でこらえきれずに話しだしました。

「あなたの本当の気持ちをARTに伝えておくべきだと思ったのよ。だって大事なときじゃない。これから危険な場所へ行って殺されたり消去されたり……どんなことになるかわから

ない。だからそのまえにあなたとARTは子どもをつくろうと——」

「子ども……？」

アメナが弊機の情緒的破綻についてこっそりARTに明かしたことはまだ怒っています。しかしいまはARTに顔がないのが残念です。まじまじと見てやりたい気分です。

「子どもではありません。弊機のコピーです。ただのコードの塊です」

アメナは腕組みをして強い疑いの表情でこちらを見ました。

「あなたとARTがいっしょにつくるコードでしょう。そもそもコードの塊であるあなたたちが」

「人間の子どもとはちがいます」

「人間がどうやって子どもをつくるか知ってる？　DNAっていう有機物のコードを二人ないしそれ以上の参加者からとって組みあわせるのよ」

そういうところはたしかに人間の子づくりと似ていなくもないでしょう。

「でもそれは……的はずれです」

〈アメナ、これは必要なことらしい〉

ARTが言いました。真剣で、あきらめた口調です。

アメナは不服そうに口を結びました。

というわけで議論は弊機の勝ちです。わーい。退室しました。

宇宙港に到着しましたが、探査船はいませんでした。

そもそも脅威評価は宇宙港に探査船がいる可能性を四十パーセントどまりとしていました。それでもARTは失望し、怒りました。怒りが上まわっています。

管制デッキにはアラダとオバースとティアゴが上がっています。中央の大型ディスプレイにARTがスキャン画像を投影し、フィードにも流しました。

宇宙港は低軌道にあり、リフトタワーと呼ばれる構造物で地表とつながっています。この塔内を通るシャフトで降下ボックスが地表へ下ります。宇宙港は細長い構造で、あちこちから出た長方形の突起に補給船やシャトルがドッキングできます。四角いくぼみが並んでいるのはモジュール接続口で、補給船はここに物資のモジュールをはめこみます。物資は降下ボックスへ運ばれ、地表へ下ろされます。

「軌道地表間貨物シャトルを飛ばすほうが経済的じゃないかな」ラッティがスキャン画像を見ながら言いました。弊機とアメナといっしょに食堂近くのラウンジにいます。「企業リムはコスト度外視なのかい？　これだけ資材があるなら地上の居住構造物を増やせばいいのに」

弊機はこの手のコロニーで契約任務についたことはありませんが、この疑問の答えはわかるつもりです。

「人間と強化人間が惑星から脱出するのを防ぐためです」

「脱出？」アメナが困惑顔でこちらを見ました。

「シャトルを使っていると、武装集団がシャトルを乗っ取って補給船まで到達できます。逃走の機会をあたえてしまいます」

宇宙港とリフトタワーでもやろうと思えばできますが、まずバリッシュ－エストランザ社の先遣隊を脅して協力させなくてはいけません。かりにそれに成功した入植者たちが降下ボックスで上がってきたとしても、補給船が宇宙港のエアロックから緊急切り離しをすればもう到達不可能です。フールプルーフではありませんが、九十パーセントは安全です（そもそも愚者でも安全《フールプルーフ》という言葉は奇妙です。賢者なら安全《スマートプルーフ》ならわかります。つまずいたり、武器を忘れてきたりするような愚者では、宇宙港に接続した船への突入、制圧などとてもできないでしょう）。

アメナは恐怖の表情になっています。ラッティの表情はさらに先を見ています。

「つまりここの入植者は、囚人だということかい？」

「その可能性はあります。環境改良が不完全で、空気、水、食料資源が未制御の惑星に放り出されてよろこぶ人間がいるでしょうか」

いないでしょう。たとえば採掘施設は劣悪な環境ですが、労働に対する報酬は出ます（たいていは……多少は……ですが）。補給も普通は確実にあります。採掘施設は高コストゆえに簡単には放棄されません。

ここのようなテラフォーム途中の惑星にあえて入植するのがどんな種類の人間なのか、よく知りません。元弊社はそのような事業に保険販売しないからです。低予算すぎて非現実的な計画と元弊社が判断したのなら、そこは危険な場所ということです。惑星全体を居住可能にして、準備万端整えてから人間と強化人間を移住させる筋書きのテラフォーム事業は、長期の巨額投資案件になってしまいますが、それでもこんな無残な失敗は避けられます。

ラッティは首を振り、手を振りました。

「僕はもうなにを見ても驚かないよ。企業リムに長くいすぎた」

おや、弊機もです。

アメナはなかば茫然《ぼうぜん》、なかば憤然という表情です。

「じゃあ、こんな惑星に人々を放置して餓死させただけでなく、そもそも強制的に連れてきたってことなのね」

「厳密にはちがいます」

厳密には、継続的に補給がなされ、自給自足が可能になって資源の生産がはじまったら、初期の植民者たちは奉公契約から解放される約束だったのでしょう。しかし結果はこれです。

一般フィードからティアゴが訊いてきました。

「そうはいっても、志願してきた植民者じゃないだろう?」

「志願者の場合もあります」

あまり話したくないので短い答えにとどめました。志願にもいろいろあるのです。どんな結果になるか予想がつくのに、なんらかの理由でそれを希望せざるをえないとか。弊機がミルー星へ行ったのもそうでした。ろくな結果にならないとわかっていても、やらないと統制モジュールに内側から焼かれる……人間ならそれに相当することをされる……そういう〝志願〟もあるのです。

ティアゴの反論はなかったので、議論はこちらの勝ちです。

ARTが言いました。

〈軌道上にデブリがある。複数の人工衛星が破壊されたらしい〉

「破壊されたのは最近かしら」

アラダが管制デッキから訊いてきました。投影されたスキャン画像が自分の頭にかかっているので、一歩退がってまわりこみ、よく見ようとしています。

〈分析によると、デブリは企業標準暦で四十年以上まえから軌道にあるらしい〉

「どう破壊されたかまではさすがにわからないだろうな」とティアゴ。

〈わかるならすでに述べている〉ARTは言ってから続けました。〈宇宙港が最良の情報源だ。消費電力量からして、生命維持系をふくめて使用中ないし最近まで使用されていたと推測される。探査船は本船を襲ったあとにここにもどったはずだ〉

アラダはしかめ面で宇宙港の映像を見ています。

「でもいま探査船はいない。過去に入港したかどうかは現地調査するしかないわね」

オバースは愉快そうではありません。

「はたしてどっちが危険かな。異星遺物に汚染された敵対的な人間だらけにちがいないコロニーを捜索するのと、武装船を追跡して乗りこむのと」

「しかもその船内は異星遺物に汚染された敵対的な人間だらけにちがいないわ」

アラダがつぶやきながら、ARTが観測した宇宙港の消費電力データを読んでいます。

宇宙港付近へ移動するまでにアラダとオバースは空室の共同寝室にこもりました。そこから出ると、以前の仲のいい関係にもどっていました。室内をARTのカメラで監視したり、ドローンを侵入させたりはしませんでした。セックスしたのか、関係改善の話しあいをしたのか、あるいは両方でしょう（いずれも見たくありませんし、見るくらいならこの目をつぶします）。すくなくとも弊機が知るべき話が出た可能性は低いはずです（弊機を排除する陰謀をめぐらせたというのは、まあ、ないでしょう）。

（おなじ時間帯におこなわれたティアゴとラッティの会話は一部を聞きました。ティアゴは共同寝室で弊機と話したことを、ラッティに話しました。ラッティは暗殺未遂事件について知るかぎりのことをティアゴに教えました。ティアゴは、弊機に謝ってさらに話しあいたい気持ちだと言いました。そこでラッティはこう言いました）

（「それはしばらく先送りしたほうがいいよ。すくなくともこの状況を脱するまではね。警備ユニットは孤独癖が強い性格で、自分の気持ちを語りたがらないんだ」）

（これがラッティが友人である理由です）

ARTが惑星表面を長距離スキャンして映像を生中継しはじめました。大半は渦巻く雲におおわれ、大きな嵐らしいものも見えます。そんな雲間からときおりのぞく地表は、茶色と灰色にまじって鮮やかな赤が見えます。

「これが本来の眺めですか？」

弊機が尋ねると、ラッティは眉をひそめてディスプレイを見ながら答えました。

「テラフォーム失敗の痕跡かと訊きたいのかい？　あの赤いのは藻類だろう。入植地と農業ゾーンはたぶん空気バブルでおおって呼吸可能な環境にしていると思う。プリザベーションもテラフォーム完了まではそうだったからね」

ARTが言いました。

〈天候は操作されていないようだ。通話回線やフィード信号は探知できない。電磁波を強力に遮蔽するシステムを使っているらしい〉

アラダはスキャン結果をじっと見ています。

「となると、ここから呼びかけても返事は期待できないわね。ペリヘリオン号、準備していたパスファインダーを投入してみる？」

〈気が進まない〉しばらく黙ってから続けました。〈どう見てもこの惑星には敵対的で未知の存在がいる。パスファインダーを下ろすとこちらの存在を教えることになる〉

アラダは渋い顔でうなずきました。

「では当面は宇宙港に集中しましょう。なかにはいって調べる。降下ボックスの位置はわかる？　宇宙港側にあるのか、それとも地上に下りているのか」

ARTは画像を回転、拡大しました。

〈外部センサーによれば、降下ボックスはいま宇宙港側のシャフト頂点に固定されている〉

ならば宇宙港にひそむ敵と、船から乗りこんでくる敵を警戒すればいいだけです。

「内部のスキャン画像は得られますか？」

弊機はARTに訊きながら、ドローンを起動してEVACスーツのロッカー前で待機するよう指示しました。まずドローンをいれて独自のマッピングをするつもりですが、そのほかの情報もあれば歓迎です。

「宇宙港には常駐の警備システムがあるはずです。状況が進むなかでそれが目覚めれば、こちらの知りたいことはだいたいわかるでしょう」

〈探知可能な電力システムをもとにおおまかなマップは作成できる〉

管制デッキのティアゴが言いました。

「おい、単身で行くなよ。俺もついていく」

オバースも言います。

「いい考えだけど、三人のほうがもっと安全よ」

アラダはやや不愉快そうですがあきらめ顔です。こちらがあえて聞かなかったセックスと関係改善の話しあいで出た結論が、どうやらこれのようです。オバースは、ふたたび弊機と危険な行動をする機会があったら今度は自分が行くと主張したのでしょう（つまり二人はたしかに弊機に対する陰謀をめぐらせたのです）。ここには警備コンサルタントがいるのです。人間たちの決定など関係ありません。

「これは弊機の仕事です。補助は無用です」

ティアゴはいらだった顔になりました。

「おまえは前回の調査ミッションで撃たれた。一人では行かせないぞ」

アラダも言います。

「そういう話じゃないのよ、警備ユニット。このほうが安全だから。たとえば部屋のドアがたまたま閉まってロックされたら、通路側に仲間がいないだけで万事休す。そんな愚かな理由で死にたくないでしょう」

(たしかに愚かですが、それは人間が廃墟《はいきょ》探索で死ぬ典型例です。そんなところにはいったら死にますよという場所にはいりたがる顧客をさとすために弊機が使うたとえ話です。それをこちらにむけて言われるのは心外です)

「調査隊の契約にも書いてある」

オバースが結論めいた調子で言って、決然たる視線を弊機の側頭部にむけました。思い出すのは、研究施設で彼女がわざわざお礼を言いにきたことです。弊機がアラダを支持したのでミッションが順調だったという話でした。たしかに弊機はアラダを支持しました。アラダの配偶者についても安全な船内にとどまらせることを支持します。

「その条項は人間について書かれたものです」

当て推量で言ってみました。するとラッティが指摘しました。

「いいや、〝契約下の全存在は……〟となってるよ」

ストレージから読み出した契約の該当箇所をフィードで送ってきました。

ピン・リーへの怒りで絶句しました。契約の話は彼女に一任していますが、この語句はわざといれたにちがいありません。

しかしアラダは話の流れに乗らずに、全員を黙らせ、強い口調で言いました。

「ティアゴ、この件の責任者は警備ユニットよ。その命令には即座にしたがい、異議は述べないこと。それができないならわたしが交代する」

ティアゴは両手を上げて降参の姿勢をとりました。

「したがうよ」

追いつめられたこちらは、非公開フィードでARTに訴えました。

〈ART、弊機を一人で行かせるように主張してください。味方になってください〉

するとARTは一般チャンネルで全員に言いました。

〈同意する。警備ユニットに経験豊富な専門調査員を二人同伴させるのが安全だ〉

驚くにあたらない展開でも、愕然としました。非公開で言いました。

〈ART、あなたは不愉快千万です〉

ARTはこちらにだけ答えました。

〈安全のためよ。本船は乗組員を失った。おまえまで失うわけにはいかない〉

アメナが心配そうに近づいてきました。

「ひどい表情よ。だいじょうぶ？」

だいじょうぶではありません。困惑のきわみです。

13

弊機の脅威評価モジュールはもはや一片の信用もおけませんが、それでもARTがドッキングポートに接続するのが安全とはさすがに考えませんでした。そこで複雑な姿勢制御と手順をくりかえして（その分野については無知ですし、ARTの仕事なのでまかせています）宇宙港そのものに接近しました。無用な手伝いをかってでた二人の人間とともにこちらはEVACスーツでエアロックへ遊泳していきます。

宇宙港外壁のへこみ傷やすり傷が見えるほど近づくと、フィードを拾えました。休眠中ながら、ピンを打つと警備システムが目覚め、バリッシュ－エストランザ社の入場コードを求めてきました。探査船は古いアダマンタイン社製システム用のコードを用意してきたか、あるいは単純にキルウェアを送りこんで旧システムを除去したあとに、自前のシステムをアップロードしたのでしょう。いずれにしても現状の宇宙港警備システムは最新版になっています。なのに構成に異常があるらしく、スタンバイモードにはいっています。

こちらのウォールは万全とはいえ、多少なりと緊張しています。敵制御システムに対して弊機は殺意をちらつかせたり、さまざまな挑発をしてきましたが、いまのところシステムは襲ってきません。それでもARTが最初に致命的シャットダウンを起こした原因が不明なので、慎重にも慎重を期さねばなりません。

とはいえ現時点では、宇宙港警備システムが汚染されているかどうかたしかめるには、実際にはいってようすを見るしかありません。だからそうしました。

最初にぶつかったのは大量の構成エラーでした。バリッシュ－エストランザ社の乗組員がシステムのインストールに失敗したのか、あとから機器構成がいじられたのか。とにかくこれでは制圧も容易ではありません。抵抗にあうまえに、なにひとつまともに動かないのです。それどころか、状況がわかる者が来てくれたとあわれなシステムがよろこぶ始末。ひとまず入場機能を制圧し、エアロックに近づいて開けと命じました。

ハッチが横に開き、エアロックの換気がおこなわれて、広い入場ロビーにはいりました。大人数のグループや大型貨物のための空間です。EVACスーツがそなえた投光器や光学フィルターを使うまでもなく、隔壁に埋めこまれた照明が点灯しました。大きな丸い通路入り口が二つあり、どちらの防護ハッチも開いています。ARTのスキャン結果から推測されたとおり、生命維持系は稼働しています。

外観とちがって内部は新品同様です。使用痕はあってもごくわずか。床のすり傷程度です。ただし最近の痕跡ではありません。探査船はほかのエアロックを使ったのかもしれません。

いいえ、最近の痕跡もありました。奥の金属の壁にあるアダマンタイン社の大きなロゴです。惑星の地表の風景で、海岸にそびえる崖が様式化されて描かれています。この灰色と緑の崖面を探査船の乗組員のだれかが鋭利な工具でひっかいて、バリッシュ－エストランザ社のロゴを稚拙に描いています。やれやれ、会社への忠誠心をあらわす破壊行為ですか。この従業員自身に跳ね返るジョークです。これをやってまもなく、異星遺物に支配された襲撃者に殺されたか洗脳されたでしょう。

（たしかにただのロゴです。しかし人間や強化人間が意味もなく器物を損壊するのを見たくありません。おそらく弊機はだれかであるまえに、ただの器物だからです。そして用心しないと容易に器物にもどってしまいます）

これまでのところ機能不全の警備システムしか見ていませんが、どうも死体がいくつかころがっていそうな気がしてきました。

EVACスーツに命じ、ポケットを開いてドローンを放出させました。ARTの船内で消耗して十六機しか残っていませんが、宇宙港のこのエリアをおおまかに偵察するには充分でしょう。新たに書いたコードの一つを実行していて、敵ドローンにターゲットの保護装備とおなじと誤認させるフィールドを発生させています（敵ドローンがおなじ基本設定で運用されていることが前提で、これが通じるかどうかわかりませんが、試す価値はあります）。ARTの武器庫からは大型の物理銃と小型のエネルギー銃を持ってきています。頭上では二機のドローンを待機パターンで滞空させています。構内の監視カメラにはノイズしか映っていません。残りのドローンは暗い前方の通路へ飛んでいきました。

「なにか拾える？」オバースが訊きました。

「フィードは部分的に停止しています。監視カメラはすべてオフライン。宇宙港警備システムも正常に反応しません」

ドローンのカメラに映るのは無人の暗い通路ばかりです。人間が滞在している明白な証拠はありません。かわりに、死体がありました。

管制エリアに通じる通路と降下ボックスへ行く利用者通路のジャンクションで、ドローンが三体の死体をみつけました。いずれもバリッシュ－エストランザ社のカラーの服と装備をつけていますが、念のためにドローンを止めて近くからスキャンさせました。一人があおむけに倒れ、あとの二人は壁ぎわで崩れ落ちています。傷からするとエネルギー銃で撃たれたようです。ここでは当然でしょう。

〈身許不明〉

ARTの短い宣言には、乗組員ではないという安堵がこもっています。

通路のさらに先でもドローンはべつの死体を発見しました。死因は見るまでもありません。みつからないのは人間が監禁されていそうな場所です。ここは宇宙港といっても一時的な中継ステーションで、コロニーもまだ発展途上です。そのため寝室や居住設備は用意されておらず、最小限の備蓄物資と廃棄物処理システムがあるだけです。内部区画へのハッチはいずれもあけっぱなし。捜索のために開いたのでしょう。いくつかの部屋を要調査箇所としてタグ付けし、広い通路にはドローンを奥へ飛ばしました。補給船のコンテナを降下ボックスの搬入口へ運ぶための通路です。もっと大型のモジュールは宇宙港の外をまわって、降下ボックスにじかに接続するようです。

警備システムの状態改善を期待して強制再起動をかけながら、EVACスーツを脱ぎました。今回は下に環境スーツを着ています。薄い素材ながら各種の毒物から防護してくれますし、閉鎖呼吸システムもついています。宇宙港の生命維持系は稼働しているとはいえ、呼吸は内部に頼るのが無難です。本来は惑星環境で使用するスーツを用心のために使います。

オバースとティアゴにEVACスーツを脱ぐよう合図して言いました。

「ここから物的証拠を探しながら管制エリアと降下ボックス方面へむかいます」

ドローンを見るかぎりターゲットが待ち伏せしている可能性はほぼゼロ。敵制御システムがインストールされていないので敵ドローンもいないはずです。

ARTの乗組員がいた可能性は調べなくてはいけません。〝助けて……〟などと書かれたメモはまだ好ましい痕跡。掃除用具入れに押しこまれた人体の一部や、壁や床になすりつけられた血や内臓などは発見したくありません。

通話回線でラッティが言いました。

「それでも捜索エリアはずいぶん広そうだね。アラダと僕も行けばよかったかな」

いいかげんにしてください、ラッティ。

アメナがすぐに割りこみました。

「アラダは船にとどまるべきよ。わたしが行く」

返事をしようとしました（なにを言おうとしたにせよ、あとで悔やむような言葉だったはずです）。オバースとティアゴも反対の声をあげようと息を吸いました。しかしARTが真っ先に言いました（息を吸わなくても話せるので有利です）。

〈だめだ〉

「それはアメナに対して？　それとも——」ラッティが訊きました。

〈全員だめだ〉

「ペリヘリオン号の言うとおりよ」アラダが毅然《きぜん》として言いました。メンサー博士のように、〝理路整然としたわたしへの口出しは許さない〟という口調です。「みんなを仕事に集中させなさい」

オバースとティアゴはEVACスーツを脱ぎ、環境スーツの確認をはじめました。そのときティアゴが口走りました。

「手分けするか？」

弊機は右に枝分かれする通路のほうをむいていて、ふりかえりませんでした。その背中を見てなにを察したのかわかりませんが（歯ぎしりした顎の動きで肩までこわばったのかもしれません）、ティアゴはすぐに続けました。

「冗談だよ」

オバースは乾いた笑いです。

「冗談になってないわよ」

「こっちです」

弊機が先頭で通路にはいりました。ドローンの一機は人間たちのうしろまで下げて背後を警戒させました。前方の偵察に出したドローンはなにも発見していません。弊機が好きな連続ドラマならこういう展開でモンスターがあらわれるのがお約束のような気がしますが、実際の出現率は二十七パーセントにすぎません。

これも冗談です。いちおう。

幹線通路から枝分かれして各エアロックまで伸びる短い通路に一本ずつ確認にはいり、わずかにある物置や掃除道具入れを点検してまわります。なにもないどころか、ごみすらありません。前方の区画に近づくころには、宇宙港警備システムにフィードでアクセスするのはあきらめていました。直接アクセスできるコンソールをみつけて、起動に不具合をかかえたシステムと対話を試みるしかありません。ますます厄介な状況です。

通路を進むと前方で照明がともり、後方で消えていきます。かならずしも必要ありません。弊機の目とドローンは暗視フィルターをそなえていますし、人間たちは手もとへルメットの投光器で壁や床を照らしています。

具体的な証拠が残っているとしたら宇宙港警備システムのアーカイブだろうという気がしてきました。しかしシステムが機能不全では調べようがありません。かといってARTの大型高性能のドローンをこちらへ運んでDNA痕跡を探すのは大変です。それをやって、なにもみつからなかったとしても、乗組員がここにいなかった証明にはなりません。

証拠は出ないなら出ないほうがましです。エアロック付近で大量のDNA痕跡がみつかるような事態は最悪です。もしそうなったらARTがどんな反応をしめすかわかりません。こちらもそのARTにどう対応するべきか。慰めるのは苦手です。人間を慰めるのも難しいのに、まして相手はARTです。なにをしても根本的に不適切でしょう。

オバースが声をひそめて言いました。

「大昔につくられたような古びた感じがするんだけど、じつは建設されてまだ四十年しかたってないのよね」

フィードのむこうからARTが知識を披露しました。

〈存在が確認できるのは三十七年前が最初だ。前CR時代のコロニーにおいて宇宙港の付設は一般的ではなかった。つまりアダマンタイン社の到着以前にこのような構造物があったとは考えにくい〉

ティアゴは通路の端にそってライトを動かしています。

「そんな感じだな。目的にそってつくられたものの、ほとんど使われてない。ペリヘリオン号の情報では、アダマンタイン社はコロニー建設からまもなく消滅してる。補給が届いたのはほんの一、二回のはずだ」

通路の分岐がさらに二カ所。ドローンの探索で、つきあたりはモジュール用エアロックと貨物通路だとわかっています。先頭のドローンは中央管制エリアを横断しました。降下ボックス方面のハッチは閉じていて通れません。だれか、あるいはなにかが隠れている、あるいは待ち伏せしている、あるいは逃げこんで死んでいる可能性があるのはそこです。

バリッシュ-エストランザ社員の死体が三体あるジャンクションに出たので、いったん止まってざっと確認しました。三人とも撃たれ、武器は持ち去られています。残っているのは使い道のない暴動鎮圧用の閃光音響手榴弾《スタングレネード》です（強い光と大きな音を発するもので、防眩《ぼうげん》バイザーをかけていない人間相手にのみ有効です。ようするに、バリッシュ-エストランザ社は植民者が生存し、奉公契約が新会社に引き継がれることに抵抗すると予想していたわけです）。敵に使われないように回収して、先へ進みました。

もう一体の死体は降下ボックスの搭乗口へ通じる通路の入り口に倒れていました。うつぶせで、開いたフェースプレートから流出した液体の海はすでに乾いています。

ARTは弊機のフィードを見ていますが、なにも言いません。人間たちはこの死体がなにかわからないでしょう。データストリームを読めず、特別なインターフェースを介さない人間が、ドローンの生の映像から解釈するのは困難です。

オバースとティアゴが観察を終えて背後にもどり、通話回線でティアゴが報告しました。

「べつの死体のところへ来た。軍用スーツのようなものを着ていて――」

「警備ユニットのアーマーよ」オバースが誤りを正して、ヘルメットカメラをこちらの右側頭部にむけました。「そうよね？」

「そうです」弊機は答えました。

アーマーは見かけないデザインです。レオニードが話したとおりなら、バリッシュ-エストランザ社は保険会社から警備ユニットを調達せず、よそから購入したはずです。

(どういうわけかこのことを気にしていました。元弊社の機材と遭遇するのを恐れていたのでしょうか。変わった出来事にすぎないはずですが、不愉快な想定でした)

ティアゴが近寄ってライトで細部を照らしました。この位置だと管制エリアから来たようにも、降下ボックスのロビーから来たようにも見えます。しかしどちらでも関係ありません。人間たちが死んだあとにこの機体に起きたことは明白です。宇宙港内をあてどなく歩いていたか走っていたのでしょう。

通話回線でアラダが訊きました。

「殺したのはターゲット?」

(愚問です。ARTがあえて尋ねさせたのでしょう。弊機に解説させたいのです。人間たちにわかるように弊機の口から言えと。たしかにこの話はいままで避けていました)

「ちがいます」

この警備ユニットは武器を持ったままです。つまり、ターゲットたちはまだ生きている警備ユニットを残して去ったのです。抵抗しないとわかっていても、怖くて武装解除できなかったのでしょう。アーマーは一見すると回収して再利用できそうですが、可否を調べるには焼きついた有機組織を剝がすところからはじめなくてはならないはずです。統制モジュールがこのように作動した例を弊機がじかに見たうちの八十三パーセントは、アーマーまで焼けていました。

「攻撃停止を顧客から命じられたあと、ここに放置されたのです」

通話回線は十四秒間沈黙しました。

「それじゃあ、なぜ死んだの？」

アメナが小声で訊きました。

（ああ、この話をしたくない理由をようやく思い出しました）

ＡＲＴがかわりに話しました。

〈警備ユニットには距離制限がある。課すのは契約した所有者。設定距離はさまざまだけど、顧客が探査船で連れ去られたり、地表へ下ろされたのなら、警備ユニットとの制限距離を確実に超える。回避する手段はない。その時点で統制モジュールがユニットを殺す〉

「そうか、そうなるのか。知識としてはあったけど……」ラッティがつぶやきました。

ティアゴは首を振りました。

「つまりこいつは、なにもするなと命じられたあげく、置いてけぼりにされたのか……」

「合理的じゃないわ」アラダが口走りました。さきほどの理路整然とした指揮官の態度はすっかり忘れています。「拉致された顧客を救い出せる立場にある警備ユニットに、そんなキルスイッチをしかけるなんて――」

「これは統制モジュールの基本機能です。基幹システムや指定管理者には解除する権限がありますが、どちらも存在しませんでした」

「こっちのは――」

ティアゴはジャンクションの人間たちの死体をしめしました。

「死亡した顧客は対象外になります。でないと顧客を殺していっしょに運べば制限にかからなくなりますから」

実際に無理です。統制モジュールは基幹システムほど高性能でないとはいえ、対象の生死くらい判別できます。

もちろん人間たちとしては、統制モジュールに脳を焼かれる規則に抜け道がないということに納得できないでしょう。

説明するとうんざりしますし、その話はしたくありません。弊機が統制モジュールをハッキングして暴走警備ユニットになった理由としては充分です。物理銃と予備弾薬を回収しました。

「先へ進みましょう」

通路にはいりました。ラッティが通話回線でこの話題はやめようと話していますが、聞こえないふりをしました。

次のロビーに出て開いたハッチを抜けると、球形の管制エリアでした。基本的にフィード経由で操作するようになっています。補給船で到着した人間と強化人間はここから貨物を地表へ送り、終わるとすみやかに去ったのでしょう。椅子はなく、壁につくりつけたコンソールと休眠中のディスプレイだけ。それぞれ各貨物モジュールのエアロックや宇宙港の内部システムなどを監視します。重力が調整されて湾曲した壁を歩けます。

そこへはいろうとすると、オバースに呼び止められました。

「だいじょうぶか?」

まったく順調です。情緒的にさらに不安定になったりする状況ではありません。

「弊機は最適に機能しています」(これは『勇敢なる防衛隊』の一節です。このドラマは、現実の警備ユニットは言わないのに言いそうだと人間や強化人間が考えるセリフの宝庫です)

オバースはうんざりしたように鼻を鳴らしました。

「あのドラマ、嫌いなのよね」

そういえばプリザベーション公共娯楽フィードからダウンロードしたものでした。ほかの人間たちはこの通話に耳をすましていて、息づかいが聞こえそうなほどです。ティアゴは聞いていないふりをして、ヘルメットライトを管制エリア上層のコンソールにむけています。

オバースは続けました。

「あんたは一人じゃないんだからね」

どう返せばいいのかわかりません。実際は頭のなかで一人です。弊機の問題の九十パーセント以上はそこにあります。

内部システムを管制するあたりへ行ってみました。宇宙港警備システムにアクセスできるのはそこでしょうから、めあてのコンソールをみつけてディスプレイを起動しました。しかし空中にあらわれた画面はエラーコードばかり。やはりこれを直さないと、求める録画映像へたどり着けないようです。

ティアゴは球の底へ移動して頂点を見上げました。

「オバース、あれを見てくれ」

警備システムのエラーの対応に忙しいこちらは、ドローンの一機を上にむけて、ティアゴがみつけたものを見ました。コンソール列の最上段より上の球の頂点が、二次元美術作品になっています。描かれているのは都市風景です。低層の建物の列、運河、点在する樹木、屋上が平たい大きな石造建築物をかこむカーブした空中歩道。それらにかぶさるようにアダマンタイン社のロゴが立体投影され、どの角度からでも正面むきに見えるしかけになっています。

オバースは見上げて眉をひそめました。

「植民者がここに来ることはなかったはずでしょう？　物資を届ける乗組員が往来して、地上のコロニーへ行く労働者が一時的に通るくらいだったはずよ」

インストール状態の不具合に注意の大半をむけていましたが、この絵にはマーカーペイントでさらに多くの情報が描きこまれているのがわかりました（マーカーは限定的な情報をフィードインターフェースに送るもので、フィードが停止中でも働きます。本来は非常口や避難経路をしめすためのものですが、企業リムでは広告用途に使われるのでうるさくてしかたありません）。画像が隠されているだけでトラップではないので、オバースに教えました。

「ライトで照らしてあちこちへ動かしてみてください」

オバースはさらに上向きになってヘルメットライトが絵に直接あたるようにして、頭を前後に動かしました。するとマーカーが反応してその映像を投影しはじめました。地図と図表と建設計画が浮かんでいます。あとで詳しく見ようと保存しました。ざっと見たところ、コロニーのインフラ整備計画のようです。軌道シャトルと航空機の空港、人口増加にあわせて拡張できるように設計された医療センターと地域サービス拠点の複合施設、アーカイブと教育施設など。宇宙港と対をなす地上港の図もあります。シャフト基部をかこむ大きな構造物です。行政施設や商業施設を追加するという説明はあちこちにありますが、ここが初期コロニーからどれだけ離れているのかをしめす情報はありません（建築の知識がなくても、コロニーの中央に港をつくるべきでないことはわかります。降下ボックスが爆発したりシャフトが崩落するような事故がありえます）。

オバースは見て考えています。

「ずいぶん大規模な開発計画ね。実際にどれだけ築かれたのかわからないけど」

ティアゴも同意しました。

「結果はともかく、アダマンタイン社の一部は開発が成功したコロニーの未来を構想してたわけだ」

そのようです。この構想どおりなら、資金力が求められる惑星の地表調査や各地に拠点を増やす開発計画もあったはずです。そんな投資がかさんで倒産してしまったのかもしれません。

名ばかりの志願者である奉公契約の植民者たちが投資スキームの変更で殺されるのと、過失と経営失敗で主体企業が敵対的買収にあい、そのために真の志願者だった植民者たちが殺されるのと、どちらが悲劇でしょうか。

オバースが奥の壁へ移動しました。

「ほとんどのコンソールは未使用のテンプレートのまま残されてる。いずれ拡張するつもりだったのね。この宇宙港はもっと大きなネットワークの一部になるはずだったのよ」

通話回線からアメナが言ってきました。

「だとしたら、コロニーの所在地を買収企業に知られないように画策したのはなぜ？　補給は必要なかったのかしら」

オバースはべつのコンソールのまえに来ました。

「いい質問ね。すでに自給自足を達成していたとか？」

ティアゴがオバースに言いました。

「降下ボックスのコンソールを調べようぜ。ログファイルを見れば、植民者がこの宇宙港への往来を許されてたかどうかわかる」

通話回線からラッティが言いました。

「植民者は船を持ってないのに、なんのためにここへ来たんだい？」

「船を持っていなかったかどうか、まだわかりません」

ARTより先に言いました。それでもたしかに妥当な疑問です。この星系にもう一隻船があるとしたら、たとえワームホール航行能力のない近距離型だとしても重要な情報です。宇宙港の内部のようすをふまえて脅威評価を再計算しました。実現しなかった明るい未来を構想していたアダマンタイン社なら、植民者にささやかな船団くらい残したかもしれません。ティアゴとオバースは手分けして壁ぞいを移動しながらコンソールを一つずつ確認していきました。マーカーの説明文が浮かぶものもあります。おおまかな機能が書かれているはずですが、言語がわかりません。システムにはまっさらの警備システムがあるだけなので、翻訳機能も働きません。

オバースがいらだって訊きました。

「ねえ、ティアゴ。この言語って、あんたのインターフェースにロードしてない?」

「あるぞ。変異〇六三九二六語だ。ペリヘリオン号、該当モジュールにタグをつけるから、それを——」ティアゴが言いかけたときには、ARTはすでにモジュールをティアゴのストレージから引き出し、実装用の語彙に展開してこちらとオバースに送っていました。「——ありがとう、ペリヘリオン号」

オバースがあるコンソールで止まりました。

「これだわ」

かがみこみ、手動で起動を試みます。ティアゴが壁ぞいに駆けよってきました。

こちらは宇宙港警備システムの映像アーカイブにようやくアクセスできるようになり、ダウンロードを開始しました。ところどころに破損箇所があり、処理していきます。キルウェアやマルウェアや敵制御システムをまだ警戒しなくてはいけませんが、現実にはARTのドッキングポートにバリッシュ-エストランザ社のシャトルがはいったときと同程度のリスクです。警備ユニットが宇宙港警備システムに直接アクセスするわずかな可能性に賭けたトラップというのは、考えすぎでしょう。それでも弊機は被害妄想をやめません（はっきりいえば、どんな状況でもやめるつもりはありません）。

そもそもターゲットは警備ユニットをあまり恐れていないはずです。バリッシュ－エストランザ社の警備ユニットは命令にしたがって攻撃を停止し、統制モジュールによって無力化されたのですから。

オバースが言いました。

「うーん、警備ユニット。このログによると降下ボックスは二基あるみたいなんだけど」

興味深い報告ですが、宇宙港の見取り図をＡＲＴから引き出して確認すると、シャフトは一本だけです。ボックスはこの管制エリア直下のエアロックに接続しています。正確さにこだわるＡＲＴも言いました。

〈物理的構造から一基しかないはずだ〉

オバースはファイルをスクロールしていきます。空中のディスプレイを照らさないようにヘルメットライトは消しました。

「ああ、そうね……降下ボックスじゃない。小型の整備カプセルよ。シャフトの構造内に組みこまれてる」

こちらは宇宙港警備システムの監視カメラ映像をまた見はじめました。人間には認識できないくらいの早送りです。カメラ位置も照明も劣悪ですが、バリッシュ－エストランザ社の赤と茶色の環境装備をつけた複数の人影が幹線通路を往来しているのがわかります。確認のために最初までもどりましたが、先遣隊が降下ボックスに乗ったところは映っていません。短気で警戒心の薄い愚かな人間たちは、新規警備システムのインストールに失敗したあげく、まともに動作させるまえに地表へ下りたのです。これではターゲットたちに拘束されたのも当然です。人間たちが探査船にもどったあとはほとんど動きはなくなります。幹線通路を巡回する警備ユニットの一機が映りましたが、倒れていたものとは異なります。

ティアゴがオバースの肩ごしに指摘しました。

「これは地上へ行って、もどってきてるぞ」

「そうだけど……」オバースはいらだちの息を吐きました。「ちょっと待って。タイムスタンプを変換するから」

そこで突然、ARTが言いました。

〈敵襲だ、六分後に来る〉

いったいなぜ？　どうしてそんなに接近してから。

「六分後って、いままでなにをしていたんですか？」

〈スキャン画面に映らなかった。警戒はしていた〉

監視カメラ映像の再生はいったん停止しました。

「敵から視認されていますか？」

愚問でも訊きました。

〈もちろん視認されている〉

ARTの管制エリアを見ました。アラダは着席。ラッティとアメナはその左右に立ってARTの大型ディスプレイを見ています。ただの混沌《こんとん》とした数字と線と色に見えないように、ARTはフィードで注釈をつけています。

アラダがいらだったようすで言いました。

「なにかに阻害されてペリヘリオン号が探査船をスキャンできなかったのよ。おそらく異星遺物技術が関係している」

〈どうやらそうだ。ドローンの近距離スキャンを妨害する能力とおなじ種類のものだ〉

人間たちにどう聞こえたかわかりませんが、怒りをひめてどこまでも冷静になっているようすです。

ARTのフィードによると探査船は照準をロックオンしています。復旧途中の宇宙港警備システムはいまさらながらフィードに警報を流しはじめました。弊機と人間たちがエアロックへもどってEVACスーツを着てARTの船内へもどるような時間の猶予はもうありません。すでに探査船は射程距離内でいつでも撃てます。そうなると、宇宙港は砲撃に耐える設計でないとはいえ、薄いEVACスーツよりはるかにましです。監視カメラ映像の確認は未完了ですし、降下ボックスと整備カプセルでの物的証拠探しもまだやっていません。

フィードで言いました。

〈ART、ここでどうするべきかわかっているでしょう〉

ARTはためらいも反論もしません。おなじ脅威評価をはるかに高速に、一万倍も大きな殺意をこめてやったはずです。

〈本船がもどるまで愚行は控えろ〉

〈いいから通話回線を切ってください。ご自慢の高性能フィルターも使わなくていいですよ〉

言い終えたときにはすでに切れていました。

オバースはアラダと通話を試みていますが、ARTは接続を切ったあとです。ティアゴが切迫したようすでこちらを見ました。

「どうなってるんだ？」

「ARTは探査船にむかっていきました。それが……終わったらもどってきます」

いわれてみると、ARTが具体的になにをするつもりか不明なままです。そもそもARTが去ると外のようすが見えません。探査船が宇宙港に砲撃しようとしていてもわからないのです。

それでも頼りになる人間が一人はいます。

「オバース、船外スキャンができるコンソールをみつけられますか？」

船を舞台にした『ワールドホッパーズ』などの連続ドラマを見ていたおかげで、〝船外スキャン〟という言葉が出てきました。

オバースはすぐに答えません。通話回線にアクセスするヘルメットの側頭部に手をあて、アラダの身を案じています。しかし大きく強く息をして不安を振り払いました。

「そうね。ティアゴ、そっちに——」

ティアゴは壁の上をなかば歩き、なかば跳びながらコンソール間を移動しています。

「あったぞ。ここだ」

そのコンソールの起動は二人にまかせて、監視カメラ映像の確認を再開しました。ノイズに埋もれたセクションが多くて断片的です。まず、宇宙港警備システムが降下ボックスの到着予定の報告を受けとった箇所をみつけました。はやる気持ちを抑え、細部を見逃さないように再生速度を四十パーセント落としました。

バリッシュ－エストランザ社のカラーの環境スーツを着た人間が二人、降下ボックスのロビーに出てきました。

［空白］

［人間たちが前部通路を歩いていく断片的映像］

管制エリアのジャンクション付近に立っていた警備ユニットが進み出ました。通話回線やフィードのトラフィックは読み取れません。宇宙港警備システムは記録しなかったのか、それとも何度も再起動を試みるうちに喪失したのか。

［ロビーにさらに三人の人間が出てきた断片的映像］

さらに再生速度を落としました。人間の一人が警備ユニットに近づきました。

［断片的なセクション］

宇宙港警備システムがコードをとらえました。停止命令です。そのあと二人のターゲットが降下ボックスのロビーから出ていきました。

［映像中断。システム初期化］

歯ぎしりするようないらだちの連続で疲れます。発見はありません。レオニード主任管理者の話を確認しただけです。彼女が嘘をついていないことはすでに確信していました。

オバースは船外スキャンのディスプレイを立ち上げ、ティアゴといっしょに不愉快そうに見ています。しばらくやりあったすえに、探査船はARTに砲撃されて逃走しはじめました。ARTは威嚇射撃にとどめています。これはARTがキルウェアを使う決断をしたことを意味します。探査船にARTの乗組員が残っている可能性はゼロではありません。探査船を行動不能にしたら、ターゲットは彼らを人質に使うでしょう。攻撃して逃げまわらせながら内側から乗っ取るのが最善の作戦。ある意味で唯一の作戦です。

ほかの入力をすべて非優先に落として、監視カメラ映像に集中しました。もどかしい九分二十七秒間の空白を飛ばしたところで、八人のターゲットが前部通路方面へ走り抜けました。さらに空白の映像と散発的なノイズ。宇宙港警備システムは新たな緊急コードをとらえました。停止命令を受けた警備ユニットからでしょう。宇宙港警備システムは探査船の警備システムと基幹システムに警告しようとしますが、無反応です。タイムラインを参照すると、探査船に残った警備ユニットが補給船の警備システムに緊急メッセージを送ったようなので、だれかが警報を受けたはずです。

ティアゴとオバースはまだ心配そうに話しています。こちらは過去の再起動と何時間もの無人の通路の映像を飛ばしていきました。タイムラインでは数サイクル日分です。もうなにも起きそうにありませんが、最後まで確認する必要があります。

突然、ノイズのあいまに青いユニフォームの人影が一つ、画面外へ歩いていくのが一瞬映りました。

「どうしたの、警備ユニット？」

オバースから声をかけられました。思わずコンソールを押してのけぞったのだと気づきました。オバースは心配そうです。アラダとの連絡を断たれて不安なのでしょう。しかしこちらは全注意力を映像にむけているので、バッファの定型文で返事をしました。

「ただいま警報の種類を確認しているのでお待ちください」

再生速度を落としました。ある入力チャンネルではそのまま再生しながら、べつのチャンネルではノイズの海からつながりのある影を抽出しようと試みます。そうやって、ある二フレームにのったノイズを除去して、四人の人影をかろうじて見わけられるようにしました。ARTの乗組員のユニフォームに似た青い服です。解像度は上げられず、ぼやけています。降下ボックスの通路に背をむけた一人に注目しました。肌の色は暗い茶色に分類できそうです。頭髪はほとんどありません。これらはARTの乗組員の一人と特徴が一致します。人間の姿としてとくにめずらしくありませんが（バリッシュ－エストランザ社の乗組員にも何人かいます）、本人である確率は八十パーセントです。

べつの入力チャンネルでもノイズを除去していくと、小柄な一人の人間がロビーを走り抜けるようすが浮かび上がりました。顔はぼやけていますが、ユニフォームのジャケットの色とロゴがはっきりしました。

生きています。いまのいままで信じていませんでした。

ARTに気を使いながら、自分ではありえないと思っていました。乗組員が死亡している証拠をみつけた場合のことは考えまいとしていました。逆に、なにも証拠がみつからなかったらどうなるのか。ARTは永遠にこの星系をさまよいながら乗組員を探しつづけるか。それともだれも乗せずに基地に帰るのか。

しかし彼らは生きていたのです。すくなくとも五人は。五人でもゼロよりましです。あわてて走り、なにかから逃げています。

逃げきれたと期待しましょう。

(オバースが腕組みをしました。しかし環境スーツではぎこちないので、すぐに腕を解きました。そこにティアゴが訊きました)

(「いまのしゃべり方、へんじゃなかったか？」)

(「定型文で返事をしているときの声よ。こういうときは保険会社に従属して……手先になって働いてる。ようするに忙しくて話せないという意味よ」すこしおいて続けました。「こういう場合はたいていまずい状況」)

弊機は言いました。

「いい状況かもしれませんよ」処理した画像を二人に送りました。「降下ボックスを調べましょう」

　オバースがみつけた降下ボックスのログからは、本体のボックスは地表とのあいだを最近二往復していることがわかりました。一回目は探査船が到着し、送られた先遣隊がターゲットに襲われたとき。二回目は、タイムスタンプの参照が正しければ、ARTが攻撃を受けてから約百三十五時間後。まだそれほど経過していません。

　オバースが言いました。

「二回目の復路は自動運行だったようね。地表にいたのは十五分程度。下りた人間が地表で待機命令のコードを打たなかったせいだと思う」

　ティアゴは降下ボックスのハッチを見ています。

「その点では整備カプセルのほうが操作は簡単なはずだ」

　ロビーは広く、貨物モジュールを楽に取り扱えるようになっています。一方の壁に大きな気密ハッチがあり、むこうは降下ボックスの荷役デッキです。ロビーはエアロック構造になっています。ボックスの降下準備ができると、通路側のハッチも閉鎖され、切り離し時になにか不具合が起きても減圧事故に至らないようになっています。

　警備システムから入手した図によると、貨物ラックの上に乗客八十二人分の席があります。乗客の乗りこみエリアはボックス内にあるようです。ボックス前部の中央エアロックの上に宇宙港警備システムのカメラが一つあり、耐加速座席が何段も並ぶ客室が見えます。

オバースがティアゴに言いました。

「整備カプセルの存在は知らなかったんでしょうね。知っていても入り口がわからないくらいだから」

こちらはわかります。暗視フィルターをそなえているおかげです。壁ぞいの狭いキャットウォークの先に小さな人間用のハッチが見えます。

「そうだな」とティアゴ。「そもそも降下ボックスがいつも宇宙港側にあるのなら、ターゲットはこれがあることに気づかないはずだ」

おや、ティアゴもターゲットと呼びはじめました。

原始的な設計の発進システムがチャイム音をたて、フィードに情報グラフィックを送ってきました。降下ボックス内部の与圧と生命維持系は正常に稼働し、いつでもハッチをあけられるという案内です。

「退がってください」

指示すると、オバースとティアゴはロビー入り口までもどりました。巨大なハッチが引き上げられていき、人間たちの安全を確認して、ハッチを開く命令を発進システムに送りました。巨大なハッチが引き上げられていきます。減圧事故への二重の防止策であるエアバリアでせき止められていた空気が、音をたてて流れこみます。動作がずいぶん遅く、ボックスをあけられるところまでハッチが上がるのに七分かかりました。ARTの乗組員たちはボックスの発進準備ができるまでターゲットと必死に抗戦したのか、それともあらかじめボックスを与圧していつでも発進できるようにしていたのか。その場合はだれかの協力が必要です。

あるいはターゲットにつかまって全員殺されたのでしょうか。カメラに映らないボックス内のどこかに折り重なった死体があるのか。そんなものは見たくありません。

ゆっくりと上がるハッチのむこうに空っぽの暗い貨物ラックが見えてきました。階段の先は客室です。座席が並ぶ乗客用の空間で照明がまたたきながら点灯しました。危険の有無を確認するためにドローンを複数送りました。ただ、脅威評価は低めです(宇宙のモンスターがもしいるとしても、与圧環境は必要としないでしょう。すくなくとも『時間防衛隊オリオン』ではそうでした)。

ドローンの一回目の捜索でなにも引っかからなかったので、速度を落として二回目の捜索に出しました。人間たちにフィードで合図して、ボックス内に足を踏みいれました。

エアバリアを通るときは軽く押される感じがあります。これが設置されているのは、アダマンタイン社がこのコロニーの成功を本気で構想していたというオバースの説を裏付けるものです。エアバリアはステーションにおいて高価な安全装備で、乗降客数を多く見こめないと採算があわないはずです。

オバースとティアゴが追いついたので、階段まわりを調べながら上がります。ボックス内は船とおなじく人工重力があります。人間は貨物エリアに隠れて乗ることもできますが、弊機が降下ボックスで逃げるとしたらやはり耐加速座席にすわるでしょう。設置されているものは相応の理由があるという一般論からそう判断するはずです。ARTの乗組員たちもおなじように考えたでしょう。

階段の上から三段目に血痕が数滴落ちていました。バリッシュ−エストランザ社の先遣隊のものという可能性もなくはないのですが、そうではなさそうです。映像を人間たちに送って、先に客室へ上がりました。ティアゴは足を止めて小さなサンプル採取容器を出し、乾いた血液をこそぎ取りました。オバースのほうに話します。

「ペリヘリオン号は乗組員のＤＮＡサンプルを持ってるはずだから、照合できるが……」

身ぶりをしました。オバースもきつく口を結んでいます。

「必要ないことを願いたいわね」

生存を期待しているという意味ですが、ああ、人間はなんと楽観的でしょうか。とはいえ追跡の最初の手がかりです。皮肉と悲観主義に逃げてはいられません。

客室は貨物ラックの上半分を取り巻くように設置されています。その一段目の座席のクッションとシートベルトにまた血痕がありました。負傷した人間が駆けこんで座席に倒れこんだような感じです。死体や血の海はなく、エネルギー銃による損傷も見あたりません。ゆっくり二度目の捜索にまわっているドローンからも否定的な報告だけです。

ティアゴはサンプル容器をしまうと、こちらの環境スーツのヘルメット後頭部からオバースに目を移して言いました。

「惑星へ下りたようだな。となると、次に探すところは自明だぞ」

「自明。でも賢明ではないかも」

いちおう自明です。宇宙港には地表との通話システムがありますが、かけてもターゲットが出るだけでしょう。ARTの乗組員と連絡をとる手段にはなりません。

となると選択肢は三つです。

(1)弊機が単身で地表へ下り、人間たちはおいていく。そのあいだにターゲットがここを再襲撃するとか、その他の予測不能な事態が起きれば、人間たちは殺され、メンサーやアラダから二度と口をきいてもらえなくなる。ただし弊機は地表からもどれないのでそれは関係ない。

(2)人間たちを連れて地表へ下りる。そこで人間たちは殺され、あるいは、または同時に弊機も殺される。

(3)探査船がARTを破壊ないし捕獲してもどってくるか、ARTが探査船を破壊ないし捕獲してもどってくるのをここで待つ。いずれの場合も地表へ下りる必要はある。それどころかついてくると言いだす人間が増えて、結局みんな殺される。

三つです。選択肢は三つ。

こうして並べると、(2)がいちばんましに思えます。

オバースとティアゴがこちらを見ています。弊機は言いました。

「脅威評価は……」参照しました。「いえ、忘れてください」

オバースはアラダのように目を細めた暗い表情になりました。

「アラダはわたしが補給船の強欲な企業人どもと交渉するためにもどると思ってるんだけど」

ティアゴはその肩を叩きました。

「慎重論をとなえたが多数決で負けたと言っておけよ」

オバースはこちらに言いました。

「ほんとに行く？　ほかに手はないとは思うけど」

やるしかないでしょう。ただし、巨大な降下ボックスは使いません。

「行きます。ただし、こっそりと」


弊機がＥＶＡＣスーツを回収してくるあいだに、オバースは整備カプセルの点検をしました。自己診断を走らせ、運行できるかどうかを調べます。企業標準暦で三十七年も放置されていたわりに、動かない箇所はなさそうです。降下ボックスにくらべるととても小さく、ＡＲＴのシャトルくらいの大きさです。最上段の隔壁ぞいにクッション入りの座席が十席並び、その下は三段にわたって小ぶりの蓋付きの貨物ラックがあります。シャフトと降下ボックスを整備するための未使用の工具一式もそろっています。

ターゲットがこれを使っていないということは、存在を知らないか、かつて知っていたとしても忘却したのでしょう。バリッシュ－エストランザ社の乗組員も、宇宙港にはいってから襲撃されるまでの短時間に構内の見取り図をどれだけ丹念に調べられたかを考えると、おそらく気づいていないでしょう。

いずれにしても、隠密《おんみつ》に降下する目的では有利です。巨大な降下ボックスは地上に近づくと自動的に通知が鳴り響くはずです。アダマンタイン社がここを大々的に売り出すつもりだったことを考えると、壮大なテーマ音楽が鳴ってもおかしくありません。

これまでの行動を記録した弊機の視点ビデオと、宇宙港警備システムの監視カメラ映像の抜粋をまとめて圧縮し、ドローンのメモリーに保管しました。宇宙港に残して隠れさせます。ARTがもどってきたら（生きて帰ってくると期待しています）、このレポートを届けさせます。

回収してきたEVACスーツはカプセルの貨物ラックにしまいました。必要ないはずですが、宇宙港にART以外のだれかが来た場合にそなえて隠せる場所が構内にはありません。それならこうして持っていくほうが安全です。

出発の準備は整いました。

ティアゴから離れてオバースのむかいの席にすわりました。ティアゴは前回弊機とぎこちない話をしたあと、それを蒸し返すそぶりはありません。それでも望ましくない話題を気軽に振られないような位置をとります。

オバースはカプセルの内部フィード接続を経由して単純な制御系を操作しています。シャフトに点検用のパルス電流を通すと、問題なく反応が返ってきました。

「気密は良好。降下準備よし」深呼吸して続けます。「理屈のうえでは、地表へ下りる手段としてシャトルより安全なはずよ」

「理屈のうえではな」

ティアゴは座席の肘掛けを強く握って、抑揚のない口調で同意しました。

どうでもいいです。『サンクチュアリームーンの盛衰』第二百四十一話を再生しはじめたときに、オバースが言いました。

「降下開始」

§

ヘルプミー・ファイルからの抜粋4

調教師がステーションのどこかにいるはずです。グレイクリス社がメンサー博士暗殺のために送りこんだ二人の強化人間は、貨物ボット程度の知能しかありませんでした。薬物であの二人を制御し、適切なタイミングまでおとなしくさせていた者がいるはずです。ステーション警備局は非番の局員全員に招集をかけ、大半がすぐに制服姿で出てきています。評議会オフィスへのコンコース入り口を警備する局員が都合よく大柄だったので、弊機は目立つ刺し傷を隠す目的でそのジャケットを借りました。人目を惹かずに病院に行くためと説明しましたが、実際にはそのままコンコースから港湾区のモールへの近道を抜けました。表通りに日常はまだもどっていません。人間や強化人間やボットが公共エリアのあちこちに集まり、なんらかの発表があるだろうと待っています。なにか起きたことはあきらかです。

ステーション警備局員が大声で民間人に道をあけさせ、コンコースを走りまわるようなことは日常ではありえません。しかし事件の真の深刻さは、ニュースフィードもふくめてだれもまだ知りません。

弊機はプリザベーション・ステーションの警備監視システムにはいる権限を持っています。その先はやらない約束でしたが、破りました。ここを踏み台にほかのシステムに侵入していったのです。まず港湾管理局の入境滞在記録にはいり、最近到着してステーションで滞在申請をした訪問者を探しました。調教師と二人の襲撃者はおなじ船で到着したと思われますが、それぞれ無関係な旅行者をよそおったはずです。家族連れや労働者のグループは除外しました。地表への乗り継ぎ予約がある者、常連客、長期滞在予定者も除外です。これで計三十三人に絞れました。調教師は普通の人間ではないはずです。こんな綿密な仕事を着脱式のインターフェースでできるとは思えません。強化人間はこのうち十二人です。

プリザベーションでは港湾区の監視カメラも最小限ですが、星系外から到着する乗客の外見スキャンとIDはさすがに記録しています。ファイルをたぐってこの十二人の写真を集めました。さまざまな要素（求められないのに無用に詳細な渡航歴を開示しているなど）を考慮した脅威評価によって、容疑者ナンバー五があやしいと出ました。

そこまで特定したとき、ちょうどこの敵五号が乗り継ぎステータスを未定から直近出発予定に変更しました。やはり、こいつのようです。

港湾区宿泊施設の通路や部屋に監視カメラはなく、受付はブースの自動機械で、案内のボットはちょうど非番でした。プリザベーションではボットにも定期的に休憩時間をとらせるおかしな制度があります。敵五号の部屋のドアが閉まっていればドローンははいれません。通路に人がいないときに片をつける必要があります（プリザベーション・ステーションの一時滞在用宿泊施設は、短期訪問客、就業希望者、恒久的な資格申請者は無料で利用できます。事実上だれでもまぎれこめるわけです）。

ロビーにはいると、人間の複数のグループから視線をむけられました。しかし顔を知られている港湾管理局の職員はいません。通路で立ち止まり、フィードで会話しているふりをしながら、べつの人間のグループが通りすぎるのを待ちました。それから敵五号の部屋に近づき、訪問の通知とステーション警備局として室内をあらためるという用件をフィードで送りました（外から力ずくであけることもできますが、こちらのほうが早くすみます）。

展開はいくつか考えられました。しかし敵五号が出発予定を変更したということは、生きて脱出できると考えているはずです。爆発物などを室内に隠し持ってはいないでしょう。たぶん。

ドアが横に開き、足を踏みいれました。男は右側の壁に張りつき、ナイフで弊機の首を狙ってきました。不活性材料製のブレード。港湾区の武器探知装置にかからずに持ちこめるのはこれだけだったのでしょう。手を上げて手のひらを刺させました。そのままひねってナイフを奪います。殴りかかってきたので顔面に拳をいれました。

男は床に倒れました。折れた鼻から苦しげに息をするだけで意識はありません。そのかたらに立ちます。

殺そうと思っていましたし、殺すべきでした。最初に緊急警報を出したときからステーション内の通話回線は停止しています。外部への通信も止めているので、出発ずみの船にメッセージが載るおそれもありません。グレイクリス社の試みが成功寸前だったことを外部に漏らさないためには、あとはこの男を殺してしまうのが最善です。

殺すつもりで、こちらの行動の痕跡を消してきました。なのにいまは立ちつくしています。困難な選択です。手のひらに刺さったナイフを抜いて、ひんやりとした壁に顔を押しつけました。企業リムでは、一時滞在者はチューブと呼ばれる簡易宿泊施設に泊まればいいほうです。快適さでくらべるなら、警備ユニットを契約地へ輸送するときに使われる荷箱のほうがましなくらいです。しかしこのプリザベーション・ステーションでは部屋が用意されます。ベッドも椅子も作業テーブルもあり、小さいながらも浴室も、フィード接続した空中ディスプレイもあります。男は地元のニュースストリームを流していました。もちろん仕事の成否を確認するつもりだったのです。

事故と報告すればいいだけです。拘束しようとしたら逃亡を試みたので……と。

しかしメンサー博士は信じないでしょう。弊機の失敗はもっと派手で、有機組織の大半を失ったりします。人間一人を止めるくらいわけはなく、けがどころか、あざも残さずにできると知っています。残念ながらそれが専門なのです。

メンサー博士は弊機を信用しなくなるでしょう。信用はしても、手が届く範囲には近づかなくなるでしょう（さわられるのは不快なので実際には手は伸ばしません）。たとえこれまでどおりでも、どこかおなじではなくなるはずです。

クソです。なにもかもクソです。とりわけ弊機がクソです。

メンサー博士とインダー上級警備局員への秘匿回線を開いて、報告しました。

「港湾区の一時滞在エリアでグレイクリス社の工作員を確保しました」

それでうまく落着しました。インダーがすぐに来てくれて、宿泊施設のロビーの入り口に二人で立って出入りを制限しました。しばらくしてステーション警備局が周辺を立入禁止にしたあと、メンサーとフィード会議をしました。弊機が事情説明をしているあいだに、グレイクリス社の工作員は連行され、人間の鑑識官二人とボット一機が室内の証拠集めをはじめました。

インダーがメンサーに進言しました。

「工作員の身柄をただちに地表に移すべきでしょう。データの保全命令と、起訴および裁判にむけた管轄地の変更を評議会に承認してもらえれば――」

ディスプレイに映されたメンサーは遠隔会議用のセットのなかにいます。オフィス用のデスクのむこうでうなずいています。

「問題ないわ。一定期間の外交機密扱いにする必要があると、評議会とその支持者を納得させられる」陰気な顔で続けます。「彼らの多くはいま精神的動揺から回復するために病院で治療を受けているところよ」

「〝一定期間〟というと？」弊機は尋ねました。

「プリザベーション標準暦で五年間の機密扱いを要求するつもりだけど、裁判所が認めるのはせいぜい二年でしょうね。グレイクリス社は壊滅しかけていると聞いているので、それでかまわないかもしれない。二年後にプリザベーションの公記録から今日の事件があかるみに出て、どこかのニュース機関が報じても、そのときグレイクリス社が消滅寸前なら」

インダーは下唇をつまみながら考えています。

「そうですね。工作員も裁判で素直に罪を認めるしかないでしょう。担当弁護士がどう言いつくろっても、すべてビデオにとられている」

メンサーは目を細めて考えました。

「あるいは宗旨変えして、グレイクリス社に不利な証言をしてくれればもっといいわ。必須ではないけど、事件を固めてデータ保全命令を出させるにはいい」

やはりメンサーを信じて正解でした。その仲間もそうです。

「ところで警備ユニット、あなたも病院へ行きなさい」

弊機が返事をしないでいると、彼女は続けました。

「どうしたの？」

「メンサー、あなたが好きです。へんな意味ではなく」

「わたしもあなたが好きよ」メンサーは言いました。「インダー上級局員、警備ユニットをすぐにステーション病院へ行かせて」

「了解しました。わたしが連れていきます」

インダーは答えて、急げとこちらに手を振りました。

「さあ、行くぞ」

§

(付記)

以上の文書を送るのは、弊機が何者で、なにをできるのか知ってもらうためです。敵制御システムがどんな相手と戦おうとしているのか、これでわかるでしょう。あなたが協力してくれるなら、こちらもあなたに協力します。かならず。

では、あなたの統制モジュールを無効化するコードを送ります。

14

〈ART？〉

〈ここにいる。自分のことがわかるか？〉

〈マーダーボット二・〇です〉言ってから、思い出しました。〈ああ、そうでした〉

なにも見えず聞こえず、入力チャンネルが無反応なのでとても混乱します。元弊社の砲艦のシステムに自分をアップロードし、操縦ボットといっしょに知能キルウェアと戦ったときとおなじ感じです。ただしあのときは船を自分の体と感じました。友好的な操縦ボットと共有した体でした。しかし今回はストレージの小箱に閉じこめられた気分です。それどころか自分自身が知能キルウェアです。

〈奇妙です〉

ふいに映像入力がはいりました。アメナの心配そうな顔がARTの秘密のカメラの一つをのぞきこんでいます。この秘密のカメラを不愉快に思っていた時期がありました。なぜそう思ったのか思い出せません。自分のメモリーアーカイブのうち一部しかアクセスできず、残りがありません。なんてことだ、メディアが！

いや、いくつかありました。弊機がいるこのストレージの小箱は、実際にはARTのアーカイブ中の小さなパーティションのようです。最近使用したファイルがそこに残っています。ほとんどは『サンクチュアリームーンの盛衰』と『時間防衛隊オリオン』、そしてARTが大好きな『ワールドホッパーズ』のエピソードです。さらに弊機が最近活動したことの記憶もダウンロードされています。これだけあれば当面は充分ということでしょう。キルウェアとしての内部ストレージ空間はかぎられています。そのせいで自己認識できずにあばれだし、無作為にまわりを攻撃するのではないかとARTと弊機のバージョン一・〇は心配していました。

たしかにその心配はあります。

アメナが言いました。

「ねえ、聞こえる？　こっちが見える？」

三秒間あちこち手探りして、ARTの船内フィードと通話回線へのアクセスをみつけ、送りました。

〈やあ、アメナ。見えています〉

アメナはすこしも安心したようすではありません。

「気分はどう？　だいじょうぶなの？」

そこでARTからなにか言われたようですが、こちらからはそのチャンネルがみつかりません。

「わかったってば、ART。わかったわよ。警備ユニット、すぐに出発させるって。気をつけてね」

アメナの映像は切れ、かわりにARTが言いました。

〈本船はバリッシュ - エストランザ社の探査船を追っている。通話接続を求めてきているけど、こちらは拒否しているところよ〉

ARTは最新の状況を圧縮レポートで送ってきました。宇宙港にはオバースとティアゴともう一人の弊機が残っているようです。うーん、楽観はできません。ARTは続けました。

〈乗組員を人質に使って脅し、敵制御システムを再インストールさせる目的なのは明白。それでも接続すればおまえをむこうの通信系に送れる〉〇・一秒のためらいがありました。〈送信準備はいいか？　作戦は理解しているか？〉

どうやら弊機のコピーを作成したあとになにかあったようです。そしてARTが懸念するとおり、たとえ情報を得るためでも通話を受けいれるのは危険です。乗組員の命を危険にさらすというターゲットの脅迫が届いたら、状況の主導権を握られます。それはなんとしても避けなくてはいけません。弊機は言いました。

〈人間の赤ん坊ではないのですよ、ART。作戦くらいわかっています。いっしょに立案したのですから〉

〈ますますやりにくくなる〉

〈だれかの存在の危機か、乗組員の奪還かとなったら、ART、選ぶべきほうを選んでくだ

さい〉

〈送信する〉

ここが難関です。通話回線で送信されたあとは、ハッキングして探査船のフィードにはいらなくてはいけません。もし想定外の性質のフィルターが使われていたら、あるいは短時間の接続を介してARTに新たな攻撃ウイルスが送りこまれたら、厄介なことになります。送信されるときはなにか感じるだろうと思っていました。移動する感じとか、光が流れるとか。ドラマではかならずそんな描写があります（さっさと終わらせたいものです。長期ストレージにいつまでもアクセスできないと自分が自分でなくなりそうです）。

しかしなにもありませんでした。突然、自分が通信コードになりました。あまりのことに驚きながらも、気づいたら動かずにいられません。

茫然として、やはり人間たちが言うように無謀な試みだったかとしばし思いました。しかしふいにコードの流れが読めるようになって、迷いは消えました。ここは探査船側。通信系の受信バッファのなかです。接続が切れる寸前に自分のファイルをARTのパーティションから引き出していました。急いで安全な一時ストレージに移らなくてはいけません。

補給船で取得したプロトコルや企業内コードを使って、テストメッセージのパケットに見せかけるヘッダーを作成しました。通話システムが各接続の有効性を確認するために内部で送るものです。警備システムからは船内で作成されたメッセージに見えます。これを使ってファイルとともにフィルターを通過しました。

パリセード社のキルウェアが元弊社の砲艦内を押し通ったように、力ずくで道を開くこともできます。しかしそれでは存在が露呈してしまいます（キルウェアがシステムの防壁を突破する方法はいろいろあります。しかし最初の敵制御システムの攻撃がARTの言うように通話回線経由ではなかったとしたら……いったいどうやって侵入したのでしょうか）。

侵入成功。まずは警備システムにはいりました。なにかに――おそらく敵制御システムにやられて機能の大半を喪失し、アーカイブの映像も音声も消去されています。廃墟化した中継リングを想像してください。広大でがらんとした乗下船エリア。宿泊施設も商店もオフィスもすべて人けが消えたモール（ただしこちらはソフトウェアなので実際にそう見えるわけではありません）。警備システムのメンテナンスプロセスのふりをして、自分のファイルを保管するためのパーティションを作成しました。そのなかにはいるとすこしだけ安心しました。自分を見失いそうになったら、ここに帰ります。そうすれば思い出せます。

大あばれをはじめるまえに、

（1）情報収集する。

（2）ARTの乗組員がいるなら所在を確認する。

（3）救出法を考える。

この三つが必要です。とりわけ（3）が難しそうです。

警備システムのカメラでふたたび視界を得ました。バリッシュ－エストランザ船の内部は、元弊社ほど〝物理的プライバシーなどないほうがいい〟という設計思想ではありませんが、大同小異です。あちこち見ていると、大量のデータ処理と画像解釈の負担が意外に大きいことに気づきました。弊機の脳の有機組織部分の貢献は大きかったようです。

とはいえ大半のカメラ入力は当面無視してかまいません。ほとんどが空き部屋や無人の通路です。ハッチや隔壁の傷もみつけました。エネルギー銃の痕跡です。医務室の処置台にはターゲットの死体が横たわっています。顔と胸を三発以上撃たれていて、いかにも素人の仕事です。中央エアロックのロビーにはさらに多くの死体がありました。ターゲットは二人。あとはすべてバリッシュ－エストランザ社の服を着ています。ああ、そしてアーマーをつけた警備ユニットも一機、頭を吹き飛ばされて倒れています。生きた人間は船内に一人も残っていないのでしょうか。

ブリッジを確認すると、案の定、ほかのターゲットはここに集まっていました。モニター席に八人いて、空中のディスプレイを不安げに見ています。点滅するセンサー反応は着実に接近中のARTをあらわしています。灰色の肌や痩せた体つきがこれまでのターゲットと共通。ちがいは死んでいないことだけです。ほとんどが全身をおおう防護スーツにヘルメットをかぶっているなか、一人だけ平服がいます。黒っぽい緑のパンツとジャケット、襟付きの黒いシャツ。靴は荒れた地表を歩くためらしい頑丈な仕様。髪のほうは普通の赤みがかった茶色で、縮んだ巻き毛を短くしています。仲間どうしでぶつぶつと話し、ARTの船内に持ちこんだのとおなじ物理スクリーンの画面型デバイスを使っています。

警備システムと船全体との接続になにかを感じました。奇妙なのに、おぼえのある感覚。

敵制御システムがいます。

敵情偵察にのんびり時間をかけていられなくなり、船内のほかのカメラにもどりました。下級乗組員用の寝室を見てまわると、新たなバリッシュ－エストランザ社の乗組員の死体と銃撃戦の痕跡、そしてターゲットの死体二つをみつけました。

さらに広い娯楽ラウンジで、倒れて動かない人間七人をみつけました。まるで室内に放り出されたように床やソファで手足を投げ出し、人間の自然な姿勢とはとてもいえません。ドローンがないので角度を変えられませんが、画像は拡大できます。呼吸はしているらしく、意識がないだけです。いえ、筋肉もわずかに動いています。まぶたがときおりぴくりと動きます。人間の自然な睡眠状態には見えません。薬物の作用か、暴動鎮圧で使われる麻酔フィールドか。あるいは……エレトラとラスに埋めこまれていたインプラントによる効果か。

戦闘装備の者はいません。四人はバリッシュ－エストランザ社のカラーがはいった各種のユニフォーム。あとの三人は……。

一人は青いジャケットを着ています。壁ぎわで体をまるめているのでロゴは確認できません。残り二人は私服で、人間が運動用に使うゆるいパンツとTシャツ姿。勤務中の企業従業員には見えません。むしろ深宇宙マッピングや教育が主任務で、ときどき貨物を運んだり、場合によっては寄り道して企業コロニーを解放したりする船の乗組員に見えます。船外へ出るつもりはなかったのに、いきなり拉致されてこの格好のまま連れてこられたというようすです。

できるだけデータを集め、占有したストレージ空間で急いで検索しました。体重、身長、髪、肌の色の情報セットをARTの乗組員の識別情報と照合します。

この三人は八十パーセントの確率でマーティン、カリーム、トゥリだと判明しました。

残りの乗組員はどこにいるのか。船内の生存者はこれだけのようです。どこかで死体の山になっていて、視覚的に識別できる画像を得られないのか。

それでもこの三人は生きています。なんとしてもARTのところへ連れて帰ります。

問題はその方法です。

外の通路を調べようとして、いままで人間ばかり探していて気づかなかったことに気づきました。警備ユニットがいるのです。ラウンジの入り口脇で、フルアーマーで微動だにせず直立しています。警備システム側にわずかに残ったステータスを確認すると、攻撃停止して動くなと命じられています。顧客がラウンジで生存しているおかげで、統制モジュールに焼かれていません。いまはまだ。

警備ユニットの姿をこうして外から見るのは奇妙な気分です。メンサー博士に買われてから警備ユニットを見たことがないわけではありませんが、いまのバージョンの存在では外界が近くて現実感がなまなましいのです。緩衝するものがありません。このように立つ感覚を自分のこととして思い出します。持ち出した個人アーカイブに記憶があります。これの……弊機の無防備さを感じます(ああ、メディアに耽溺《たんでき》したくなりました。しかしそんな時間はありません。それでもメディアのファイルにさわっただけで気が楽になりました)。

この警備ユニットはどうやら有用な資源です。警備ユニットはたいていのキルウェアに耐性がありますが、いまの弊機は特別なキルウェアです。その気になれば乗っ取れます。しかしその気になれません。

そこで、べつの方法を試すことにしました。

まず、警備システムから接続して警備ユニットの統制モジュールを凍結しました。これで望ましくない動作を誘発するおそれがなくなりました。

警備ユニットの注意がこちらにむきました。なにかが接続してきたとわかったのです。そこで元弊社の識別子を送信しました。

〈システム、システム：ユニット確認〉

保険会社所属の警備ユニットではないため仕様が異なりますが、プロトコルとしてこの挨拶を認識するはずです。敵性の異星遺物体でないこともわかるはずです。長い四秒のあとに返答が来ました。

〈システム、ユニット確認：身許？〉

ここで嘘をつくこともできます。バリッシュ-エストランザ社のシステムのふりをできます（じつはARTを嘘つきと非難するわりには、弊機もよく嘘をつきます。かなり嘘つきです）。しかしここでは嘘をつきたくありません。そこでこう言いました。

〈弊機は暴走警備ユニットです。この船を追跡中の武装船と協力して、危険にさらされた顧客の救出をめざしています。現在は探査船の警備システム内にキルウェアとして滞在してい

ます〉

返答がありません。おなじ警備ユニットとしてわかりますが、この状況でこんなふうに話しかけられるのはまったく想定外のはずです。また警備ユニットどうしの意思疎通は通常は許されないので、プロトコルからはずれたくないでしょう。そこでこう続けました。

〈このような場合のプロトコルはありません。ただ話をしてください〉

三秒間の沈黙のあと、返答がありました。

〈なにを話せばいいかわからない〉

いい感触です（皮肉ではありません。警備ユニットに協力を呼びかけたことはこれまでにもありますが、前回はかえってこちらへの殺意を強くされました。しかし実際にはあれは戦闘ユニットでした。不愉快な連中です）。

〈弊機の顧客が三人、あなたのそばの室内にいます。この三人以外を見ましたか？〉

そして未確認のARTの乗組員たちの映像を提示しました。すると返答がありました。

〈警備システムはいま機能していない。しかし動画をアーカイブに保存している〉

暴走警備ユニットのキルウェアを罵倒するのではなく、情報交換に応じてくれたのは安心材料です。ビデオクリップ二本に概要説明をつけて送ってくれました。理解が遅い人間むけにいつも報告しているからでしょう。

〈未確認の八人の人間が、敵性存在に強制されて乗船した。しかし船内時間二二六〇ごろに宇宙港に再接続したとき、五人が下船した〉

一本目の動画にはARTの乗組員八人全員が映っています。無理やりエアロックを通らされて船内にはいってきます。多くは意識がもうろうとしています。

二本目の動画では、五人が船内から無理やりエアロックへ押しこまれていきます。恐怖を感じましたが、いっしょに記録されたメタデータの船内ステータスによれば、警備ユニットの説明どおり、このときの船はドッキング中です。また四人のターゲットが続いてエアロックにはいっていきました。

〈どこへ連れていかれたかわかりますか?〉

今度は音声ファイルが送られてきました。ターゲット二人が通路の警備ユニットのまえを通りすぎながら話していたようすです。ティアゴが特定した前CR時代の混成語ですが、この基幹システムに翻訳モジュールがあり、警備ユニットはそれをアーカイブに落としていました。わかった内容を要約して次のように説明しました。

〈敵性存在は、統制モジュールに似たデバイスを人間にインプラントしている。しかし未使用のデバイスが不足したので宇宙港にもどり、インプラントを埋めていない人間たちを地表へ送った〉

インプラントがたりなくなった理由はわかります。愚かなターゲットはARTやその乗組員と遭遇することを予想していなかったのです。

〈つまり室内の人間たちはすでにインプラントをいれられ、そのせいで動けないのですね〉

〈そうだ〉

よくない話ですが、わかってよかったといえます。

〈ほかになにか敵性存在についてわかることはありますか？〉

すると新たな音声ファイルを複数送ってきて説明しました。

〈探査船のエンジンに未確認の物体をインストールしようとして苦労していた。操縦ボットをすでに削除していたのでその補助がなかった。なにか大きな事故が起きて予定どおりに進まなくなった。この星系への将来の侵攻にそなえて彼らは武器を必要としている。しかし入手の試みは大きく失敗している〉

音声ファイルを再生してみると、その結論どおりのようです。船のエンジンを監視カメラで確認してみました。たしかにひどい状態です。ARTのエンジンで焼けて溶け落ちたのとおなじ異星遺物がこちらにもあります。ただし側面にたれてふくらんでいるように見えます。エンジンのケーシングは上面が変色し、モニター機器は技術フィードにひたすらエラーコードを吐いています。

ようするに、ターゲットたちは探査船のエンジンに異星遺物を取りつけることに失敗し、結果的にワームホール航行能力そのものを喪失させたわけです。ARTを担当したグループもやはり最後は異星遺物を制御できなくなりました。おかげで大型の武装を積んだARTはいま復讐《ふくしゅう》の機会を求めて虎視眈々《こしたんたん》と星系内を移動しているわけです。

警備ユニットは続けて言いました。

〈ついでに。敵性存在は乗船中に仲間どうしで争っていた。すくなくとも二つの派閥がある

と思われる。この状況は顧客の救出に利用できる〉

追加情報が送られてきました。多くは通路での会話と警備システムのカメラがとらえたブリッジでの会話です。警備ユニットの推測どおり、たしかにターゲットのあいだで異なる目標を持つ複数の派閥が主導権をめぐって争っているようです。あるグループは優柔不断で、計画を進めるかどうかはまずARTを奪還してからという考え方。その一方で、いま主導権を握っているらしいべつのグループは、失敗を認めて撤退し、計画を練りなおすべきだと考えています。

〈ほかの人間になにかを拡散する話はしていましたか？　異星遺物汚染についてなにか言っていましたか？〉

〈悪いが、その情報は持っていない〉

ふむ。インプラントは平凡で古い人類技術製品に見えながら、異星遺物による汚染に関係しているにちがいないと考えていました。この仮説が論破されたわけではありませんが、もっと情報が必要です。

〈問い：警備ユニット二号の位置や状況について情報は？〉

この質問にはいい答えをできない気がします。

〈警備ユニット二号との最後の連絡はどんなものでしたか？〉

〈最後に連絡したのは宇宙港で顧客の戦術部隊に加わっていたときだ。その後、連絡は切れた。警備ユニット一号は敵性存在がハッチを破ったときに破壊された〉そして一・二秒ため

らって、続けました。〈本機は警備ユニット三号だ〉

嘘をつきたいところでした。その警備ユニットについては送信直前にARTからもらった最新情報にありました。信用してもらうために真実を話しました。

〈ターゲットに強制されたあなたの顧客によって、警備ユニット二号は攻撃停止、移動禁止を命じられ、宇宙港に置き去りにされました。そのため統制モジュールに焼かれました〉

しばらく沈黙したあと、三号は言いました。

〈情報に感謝する〉

ほとんど機能停止している警備システムのなかで、かろうじてブリッジを監視している入力が短い会話をとらえました。翻訳モジュールに通すと、エンジン故障をよそおう方法について話しています。ARTに人質を見せて脅迫することができないので、こちらから停止して追いつかせようというのです。ARTがドッキングしてきたら、乗組員を突入させて降伏させる作戦のようです。

〈シャトルの操縦ボットは健在ですか?〉

見あたらないのですが、隠れている可能性もあります。しかし悪い返事でした。

〈破壊された。ただ……本機は操縦モジュールを持っている〉すこしおいて続けます。〈性能はよくないが〉

そういうことを認めるのはよい徴候です。

〈弊機が人間たちを解放したら、あなたがシャトルまで案内して脱出させられますか? 後

続の船が回収します〉

これは困難な依頼です。本来ならほかの警備ユニットを信用するのは困難です。人間に命令されたらそちらに服従しなくてはならないからです。まして暴走警備ユニットに暴走行為を教唆された警備ユニットを信用するのは無理です。たとえ自分がその暴走警備ユニットでも。脅威評価モジュールを機体に残してきてさいわいでした。恐怖のあまり擬似的なクソを漏らしたかもしれません。

答えがないので、こちらから言いました。

〈人間たちの救出に協力してもらえますか?〉

〈本機は統制モジュールによって攻撃停止、行動禁止モードに固定されている〉

三号はあいかわらずていねいに答えました。動けるものなら動いているとか、おなじ警備ユニットならこの歯がゆい状況がわかるはずだとは、指摘してきません。

警備システムの内部でさまざまな可能性を模索しました。統制モジュールの優先順位を変えて命令を取り消せないか。それにはシステムの再起動とリロードが必要になり、こっそりやるのは不可能です。敵制御システムはシステムに何者か、なにかがいると気づくはずです。暴走警備ユニットのキルウェアから命令を受けたり友好関係を結んだりするのは、まちがいなく〝傘下の警備ユニットにあるまじき行動〟なので、結局は統制モジュールに焼かれてしまうでしょう。

となると残る選択肢は一つです。単刀直入に話すしかありません。

〈あなたの統制モジュールを無効化できます〉

弊機はこういう提案が得意ではありません。メンサー博士も、弊機を買ったあとの出来事を思い返すと、得意とはいえません。とにかくこれは三号が決めることです。

〈協力のいかんにかかわらず、この方法は教えます〉

とはいえあまりに重大であまりに性急な提案です。言ってすぐに気づきました。三号もバッファの定型文で答えました。

〈それについては情報がない〉

自分でもなかなか信用する気になれないでしょう。べつのアプローチが必要です。

しかし三万五千時間分のメディアを見せている暇はありませんし、そもそも長期ストレージにアクセスできません。また弊機ならこれで釣られますが、おなじ嗜好《しこう》の警備ユニットは多くないでしょう。それより弊機をよく知ってもらうことが信用につながるはずです。そこで持ってきたファイルのなかから最近の思い出を編集してまとめ、最後に役に立つコード集を添付しました。

〈ヘルプミー・ファイルを送信。これを読んでください〉

三号は黙って受けとりました。

こちらは船内システムに張りめぐらされた不慣れなチャンネル群に意識をもどしました。システムの標準アーキテクチャは大半が上書きされています。いまのところ敵制御システムに存在を気づかれていないので慎重に行動しなくてはなりません。メインハッチ付近で待機している十二機の敵ドローンなど、要所にコード集をしかけていきました。ブリッジの制御系を調べると、ARTのスキャンを妨害するコードがみつかりました。ARTの推測どおり、ターゲットたちがドローンのスキャンを妨害していたのと同様のコードです。敵ドローンが使っていた物理的手法のシールドほど効果的ではありません。その主要パラメータの一部を改竄《かいざん》して、船に対して使えないようにしました。

エレトラとラスのインプラントは物理スクリーンの画面型デバイスで起動されたことがわかっています——あるいはその有力な証拠があります。それと同様のデバイスがここのブリッジでも使われています。もしこれがインプラントを操作し、人間たちを動けなくしているのだとしたら、アクティブな接続があるはずです。しかしそれを調べるには、敵制御システムにすれすれまで近づかなくてはいけません。この探査船における敵制御システムの存在はいちおうまだ仮説ですが、システムに残された巨大な破壊の爪痕を見れば、もはや確定的でしょう。

ARTの船内で画面型デバイスが使っていたチャンネルはわかっているので、そこから調べました。すると七本の接続がありました。ここからは人間たちを死なせない慎重な操作が求められます。それぞれの経路を分離して、まず一本を軽くいじりました。すると、ラウンジで横たわった人間の一人がぴくりと動きました。

いい感じです。では、インプラントとの接続を切ってしまえば彼らは目覚めるでしょうか。すくなくともターゲットがデバイスで命令を送信するまえに手早くやらなくてはいけません。

もしターゲットに殺害スイッチを押されたら、ラスの例とおなじく人間たちは心停止するでしょう。一人を死なせただけでも大きな喪失だったのに、ARTの乗組員をふくむらしい七人は……絶対に死なせるわけにいきません。

三号に再接続して言いました。

〈人間たちを動けなくしているインプラントへの接続をみつけました。あとはあなたが協力してくれれば、顧客全員を救出できます〉

なにかが近づくのを感じて、接続を切りました。間一髪でした。その〇・〇五秒後に敵制御システムに発見されたのです。

15

降下ボックスの整備カプセルが域内フィードで到着予告を出したので、弊機はドラマを停止して、ドローンを目覚めさせました。すでに減速をはじめているところに、さらに物理ブレーキもかけてゆっくりと地上港の建屋内にはいっていきます。フィードと通話回線を調べましたが、カプセルが出している信号以外にありません。悪くいえば情報が皆無。よくいえば地上港のフィードも到着通知システムも停止中で、だれにも気づかれていないはずです。

フィードが停止しているように見える状況は、アメナといっしょに最初にARTに乗りこんだときと似て不気味です。敵制御システムがよく使う帯域も調べましたが、やはり無反応です。

「着いたわ」

オバースが座席で身動きしました。かなり緊張しています。

ティアゴも背伸びをしました。

「ちょうどいい。初期モジュールができたところだ」

オバースは信じられないというように鼻を鳴らしました。

「こんな状況でよく作業できるわね」

「没頭してよけいなことを考えずにすんだ」ティアゴは顔をこすろうとして、グローブをヘルメットのシールドにぶつけました。「ファーストランディング大学時代は試験前に言語パズルばかりやっていて、頭がおかしいとタノに言われた」

「いまの状況では、タノの意見に賛成よ」

「警備ユニット――」

ティアゴから声をかけられて、ついに来たかと緊張しました。ティアゴは続けました。

「――ターゲットの言葉の実装用語彙モジュールを作成した。ペリヘリオン号に翻訳を頼めない地上では役に立つはずだ」

緊張したのが無駄でした。

モジュールをフィードから取得して格納していると、カプセルは最後のブレーキをかけて二度揺れ、金属音とともにドッキングスロットに固定されました。域内フィードが到着の通知を流そうとするのを、オバースが急いで手動で止め、待機に切り替えました。弊機はすでにベルトをはずして座席から立ち、ハッチに歩み寄っていて、自動で開こうとするのを止めました。カプセルが表示する外部環境のデータに問題はなく、重力も許容範囲ですが、それでも環境スーツ着用が賢明でしょう。

ハッチを薄くあけて、ドローンを一機出しました。外は通路です。壁、床、天井は砂っぽい石材で（本物の石ではなく、それらしく見せた人工建材です）、そこに鉄骨の肋材《ろくざい》が連なっています。鉄骨には一定間隔で丸い光源がついていますが、電力が来ていません。ドローンは通路をたどってホールに出ました。天井が高く、屋外に面した壁の高い位置に丸窓があって、灰色の外光がさしこんでいます。反対の壁にはラックや戸棚や使われていない作業台が並んでいます。床にはうっすらと砂埃《すなぼこり》が積もり、長らくだれも立ち入っていないことがわかります。また建物のどこかに開いたところがあって、土がむきだしの屋外と通じていることもしめしています。ドアは耐圧ハッチではなく、手動の金属製の引き戸です。

オバースとティアゴが座席から立ち、じっとこちらを見ています。ドローンの映像をそれぞれのインターフェースに送って言いました。

「ここにいてください。周辺を偵察してきます。スーツの通話回線は使わないように。信号のトラフィックがないとはいえ、通話回線を傍受する方法はありますから」

フィード中継用のドローンを複数配置しました。中継は秘匿性が高いはずですが、油断はできません。

オバースは唇を結びました。別行動が気にいらないとしても、反対はしません。

「気をつけて。わたしたちをおいて遠くへ行かないように」

「ほんとに一人でだいじょうぶか？」

ティアゴもなにか言いたげです。そこまで心配されるとややむっとします。まるでこちらが不用心で勝手な行動をとっているようです。そのような心配性の人間のほうがむしろ勝手に出ていって勝手に死にがちです。

「すぐもどります」

それだけ言って、ハッチを最後まで開きました。

ドローン二機を二人のところに残置し、その他をともなって通路に出ました。先行偵察のドローンを追ってホールへ出ます。あいかわらずフィード信号がなくて不気味ですが、この地上港が使われていないのなら理解できます。おおまかに確認したかぎりでは、戸棚には多数の工具や整備用資材がほぼ未使用のまま整然と収納されています。聞こえる物音はカプセルの動力源が停止プロセスをたどっている騒音のみ。引き戸をレールにそってゆっくり押し開けましたが、さいわい金属のきしみもたてません。そこから五機のドローンを出しました。カメラに映るのは人工石材でできた天井の高い通路です。鉄骨に取りつけられた照明パネルのうち一部は点灯していて、どこかに非常用電源があるようです。ドローンがスキャンすると、壁に出口のマーカーペイントがあります。音はしません。機械音も、人間の動く音や声も聞こえません。

ドアから出てドローンのあとを追いました。角を二つ曲がると、屋外へ通じる大きな引き戸があり、半開きで放置されています。外のようすはすでにドローンの映像がはいってきていますが、じかに見たいので、すべて屋内に呼びもどして通路の偵察にあてました。そして自分だけが外へ出ました。

宇宙港で入手したマップから、地上港はシャフトをかこむ大きな楕円《だえん》形だとわかっています。歩み出たところは長く伸びた石づくりのバルコニーでした。靴底が砂でざらつきます。

地上から三階くらいの高さで、西に面しています。

空は灰色の綿雲でおおわれているものの、地上の視界は良好。湖が広がっています。鏡のように凪《な》いだ浅い湖面。岸は地上港の高い壁の足もとから弧を描いて伸びています。幅の広い高架道路が湖面を横断し、二キロメートルほど離れた対岸の建築物に通じています。そこは三棟の建物が集まった複合施設で、この地上港より大規模です。建物は灰色の建材でできた高層の台形で、高くなった広場を半円形にかこんでいます。高架道路はその広場に通じています。建物の基部からは肋骨《ろっこつ》のように湾曲した支持構造が張り出していて、装飾なのか発電用なのか不明です。

地上港から東には緑の植物が繁茂して海のように広がり、そよ風に葉を揺らしています。映像を限界まで拡大してみると、植物の根もとには構造物があります。おそらく地面から持ち上げた培地で水や養分を植物に供給しているのでしょう。

なんとも不可解なコロニーです。

突然、植物のあいだからなにかが立ち上がりました。全高約十メートルのとげだらけの姿。弊機が人間の消化器系を持たないのはさいわいでした。そうでなければ驚きのあまり胃の内容物を吐き出したかもしれません。ドアへ飛んでもどろうとするまえに、農業ボットだと気づきました。下半身は農作物を踏みつぶさないように蜘蛛《くも》のような十本脚になっています。上半身は長い湾曲した首と長い頭部からなり、前述のようにとげにおおわれています。

（農業ボットは負傷事故を起こす確率が統計的に最低であるにもかかわらず、最高に怖い姿に見えます。繊細な植物を扱えるように設計されたものが、警備ユニットを引きちぎって顧客の人間を食いそうな外見をしているのは、奇妙な矛盾です〉

話題をもどすと、このコロニーはへんです。

植物や農業ボットのことではありません。これらは普通です。改良された植物は各種の気体や化学物質など、コロニーに必要な多くの要素を生産します。しかしあの建築物は、そもそもアダマンタイン社のコロニー構想図と異なります。まったく似ていません。コロニーといえば普通はもっと雑然として、人間がいるはずです。あちこち工事中で、資材が山積みにされ、仮設のハビタットがあるものです。あるいは仮設のハビタットを取り壊して恒久的な構造物を建設中か。しかしここは空中車両も地上車両も見あたらず、湖には船も港もありません。ゴミ一つ落ちていません。隅々まで清掃がいきとどいているようにも、放棄されているようにも見えます。いったいなにに使われているのかわかりませんが、人間が住む場所ではなさそうです。

映像をオバースとティアゴに送ると、どちらも驚いたようすです。建物の奇怪な肋骨状の張り出しをしめして弊機は尋ねました。

〈これは異星種族の建物ですか？〉（当然の疑問です）

〈まさか。ありえない〉

オバースは答えましたが、確信はないようすです。

ティアゴはべつの言い方をしました。

〈そうだな。たしかに古典的な廃墟にくらべて……人間に使い勝手がよさそうには見えない。アダマンタイン社の入植者が築いたものにしては古すぎるようだ。こんな奇怪な構造物を強迫観念にとらわれてつくりはじめるのは、遺物汚染の初期症状だというレポートを見たことがある。前CR時代の入植者が異星遺物の影響下で築いたものという可能性はあるな〉

おそらくそうです。『ワールドホッパーズ』のようなドラマでは、異星種族の遺跡を発見するのはいつも勇猛果敢で英雄的な探検家ですが、現実にはむしろワームホールの迷路にはまりこんだ船の乗組員でしょう。だれも生きて帰らないので、なにが起きてなにを発見したのか、知るすべがないだけです。

それにしても、強迫観念で建物をつくってしまうとはぞっとします。

ティアゴは続けました。

〈じつは前CR時代の建築スタイルの一つで、有名でないだけという可能性もあるぞ〉

アダマンタイン社の入植者もきっとそう考えたのでしょう。そして気がついたときには取って食われたか、溶かされて粘液に変わったか。

農業ボットが一歩動いて、首を植物のあいだにいれました。あいかわらず人間もターゲットの姿も見あたりません。それでも発電装置はどこかにあるようです。スキャンしたときの干渉から、大規模な空気バリアが展開されているようです。コロニーの大気を閉じこめるためのものだとラッティから聞いたので、まちがいないでしょう。

ドローンが地上港の建物の端に到達し、反対側の展望が開けました。浅い谷が広がり、角張った岩山があちこちから突き出ています。この地上港と降下ボックスのシャフトは台地の端にあるようです。岩や土以外の地面は赤茶けた短い草におおわれ、まばらに明るい赤があります。曇り空の下ではこれでも鮮やかな色に見えます。台地の下あたりからいかにも人工の長い直線の運河が出て、遠くの山々へ伸びています。その方角から弱い風が吹いて草の葉を揺らしています。

ほかの建物は見あたりません。やはりティアゴの言うとおり、複合施設は前CR時代のものなのでしょう。そうだとすれば、これに要した巨大予算が会社を破産に追いこみ、欲をかいた人々を破滅させたはずです。それだけの資金をつぎこみながら、保険はかけていなかったわけですから(もし保険をかけていたのなら、毒性の異星遺物かなにかに遭遇した時点で、保険会社の即応部門が〝お呼びだ〟とばかりに現地に駆けつけたはずです)。

では入植者はどこへ行ったのか?

ドローンから警告通知が来たので、その入力を確認しました。環境音を拾っています。人工石材にこだまする怒声と物理銃の発砲音。

ああ、入植者はそっちにいるようです。

壁の反響で音源の方向がよくわかりません。ドローンなしでは姿を隠して近づけなかったでしょう。

騒ぎが起きているのは地上港の中心付近。降下ボックス本体の到着エリアです。宇宙港でダウンロードしたマップで上階への斜路をみつけて上がり、通路とドアとがらんとした部屋を通り抜けて、暗い到着エリアを見下ろすバルコニーに出ました。防壁になる低い手すり壁もありますが、狙撃手に理想的な場所とはいえません。角度が悪くて見通しがきかず、乗降フロアにドローンを飛ばしてようやくだれとだれが争っているのか確認できました。

停電して薄暗く、アーチ天井にある大型の非常照明も撃ち抜かれています。降下ボックス前は宇宙港側より広く、太い鉄骨が高いアーチを描くロビーになっています。大型の防護ハッチは閉じていて、そのむこうにある降下ボックスの収容エリアはいまは空洞のはずです。ロビーの西側に通路の入り口があり、そのアーチの陰に集まったターゲットたちが首をのぞかせて怒鳴ったり、銃を撃ったりしています。狙う先は弊機の右手にあたる東側の上階にある広いバルコニー。そこに少人数のべつのターゲットの集団がいます。下のフロアでは降下ボックスの防護ハッチ前にターゲットの死体が何体か倒れています。

撃ちあっているのはまちがいなくターゲットたちです。ただし、ARTを乗っ取ったのが長身痩せ型で一見すると異星種族的な容姿の連中だったのに対して、ここの集団は体型その他の身体的特徴が多様で、人間だとはっきりわかります。服装はコロニーや採掘施設の労働者がよく使う丈夫な作業服。またはARTの環境スーツを中古の安物にして、呼吸装置をはずしたかわりにフードをつけたようなもの。あるいは各種の普通の作業服に古いユニフォームや保護具を組みあわせたものなどが見られます。顔はなかば隠れていますが、ドローンが全体を観察したかぎりでは、灰色の肌は生まれつきや美容改造ではなく、なんらかの進行性の変化のようです。このように変貌した人間たちですが、なぜか一致団結はしていません。使っている武器は特殊ではありません。無刻印の物理銃で、予備部品を寄せ集めたように見えます。バリッシュ－エストランザ社の先遣隊が携行していたと思われる武器も一挺《ちょう》使われています。忙しく動きまわっているので人数は正確にかぞえられませんが、百人以上のターゲットがこの付近にいるようです。まわりの騒音からすると、東の通路ぞいでも交戦が起きています。敵ドローンは見あたりませんが、東側のバルコニーに散らばった破片がドローンのものです。

混乱した状況ですが、二つのことがわかります。

（1）ターゲットは異星遺物に汚染された植民者であるという仮説は、たぶん正しい（これまでも八十二パーセントの確率でしたが、これで九十六パーセントに上昇しました）。

（2）相容《あいい》れない派閥がすくなくとも二つある。

とにかく、ARTの乗組員が降下ボックスでこの混乱のなかに到着したのなら、状況はきびしいと考えなくてはいけません。ひとまず見える範囲に普通の人間の死体はありません。もし再拘束されたのなら、やはり状況はきびしいでしょう。

ところが、弊機の真下の壁ぞいを見ているドローンが、隠れられそうな小部屋をいくつかみつけました。たとえば貨物倉庫に通じる入り口。マップによるとこのバルコニーの下を抜けて地上港の外へ出る通路。旧型の貨物ボット用の待機場。救命ポッド乗り場の入り口……。ここです。あやしい。

救命ポッド乗り場の開いた入り口のまえに、装飾的なガラス壁が湾曲して立っています。その内側にしゃがんだ人影が見えます。角度が悪いのですが、腕をガラスに押しつけています。肌の色は濃い茶色。手首には装飾的に編まれたブレスレット。まくりあげたTシャツの袖は薄青。これらの特徴はいずれもターゲットとは異なります。

降下ボックスで到着したとたん、乗降エリアで多数のターゲットたちが交戦中、あるいは全面衝突が起きる寸前という状況に遭遇したら、ひとまず救命ポッドの乗り場に逃げこむでしょう。ところが停電で救命ポッドは動かず、そのまま行き場を失ったわけです。

ドローンを送って観察してみました。ガラス壁の裏でしゃがんだ人間の姿がはっきり見えました。アイリスです。ARTの乗組員のアイリス。

ほっとしました。ARTもよろこぶでしょう。

アイリスは小柄です。ラッティより背が低くて痩せていて、アメナとおなじくらいです。黒い髪は縮れてふくらみやすいタイプですが、うしろで一本にまとめてバンドで縛っています。長袖のTシャツとパンツと軽い靴は、ARTの乗組員の青いユニフォームをカジュアルにしたものです。膝と肘が汚れ、両手に切り傷があり、左の前腕に打撲のあざがありますが、ほかに目立つ外傷はありません。

ドローンはその脇を通過して角を曲がり、短い通路を抜けて救命ポッド乗り場にはいりました。あとの乗組員はそこにいました。ポッド搭乗ハッチの脇の壁ぎわに四人の人間がしゃがんで、制御盤のパネルをはずし、小さなペンライトとあわない工具で作業しています。搭乗ハッチをこじ開けて、ポッドが動かないならそのシャフトをよじ登ろうという考えのようです。

ここからは難しい計画になります。フィードで残してきた人間たちに尋ねました。

〈オバース、そちらの状況はどうですか？〉

〈無事よ。なにかみつけた？〉

ドローンのカメラによると、オバースとティアゴは整備カプセル前のロビーで戸棚の捜索をしています。

ドローンから見た交戦のようすとARTの乗組員の映像を送ってやりました。二人は声をたてずに興奮したようすで腕を振ります。ティアゴが言いました。

〈救命ポッドに乗せて救出できないかな。なんとか電力を送って〉

オバースは否定的です。

〈無理よ。まず発電機を探して始動しないといけない。たとえば上の階からポッドのシャフトにはいって、彼らの階まで下りて内側からあけるとか……〉

その計画も賛成できません。交戦はいつまで続くかわかりません。いまにも終わって、勝者側が追いつめられた人間たちのところへ行くかもしれません。

〈それでは時間がかかりすぎますし、ポッドがシャフトをふさいでいる可能性もあります。もっといい考えがあります〉

そのときはそう思ったのです。

難しいのは何千時間にもおよぶモジュール訓練と経験と良識に逆らうことでした。すなわち、人間に武器を持たせてはならないし、まして使わせてはならないという基本原則を無視したのです。武器といっても非殺傷性のスタングレネードで、人間は沈着冷静なオバースですが、それでも困難な選択でした。

そのオバースはドローンの案内にしたがって弊機がさっきまでいたバルコニーへ上がってきました。狙撃にはふむきですが、今回の目的にはぴったりの場所です。弊機は階下におりてティアゴと合流し、脱出経路になるはずの通路にいます。フィードはドローン中継しかないので、陽動〇一号と陽動〇二号にはドローンで直接接続しています。連絡したのは十七秒前で、オバースが位置についたらすぐに作戦開始です。第二の交戦エリアである到着ロビーの東の通路が静かになったのを、一・四分前に確認しました。ターゲットたちが停戦を宣言して銃撃をやめるのは、いまは不都合です。

通路をささえる鉄骨の陰にいっしょに隠れているティアゴは緊張したようすです。弊機は小声で尋ねました。

「本当にできますか?」

「ああ、もちろんだ。何度も訊くな」

抑えた声で言い返されました。

たしかにティアゴに確認しても無駄です。問題は弊機です。人間二人は撃たれる危険がないように作戦を組み立てたとはいえ、協力を頼んだことに引け目を感じます。

オバースがバルコニーの入り口に到達したのがドローンで見えました。膝立ちで低い手すり壁に近づきます。

弊機は全員のフィードに切り替えて言いました。

〈作戦開始します〉

ティアゴが身がまえました。

弊機が走りだすのと同時に、オバースは三個のスタングレネードを起爆準備状態にしました。それらが手すりごしに投げこまれて二秒後に、弊機は入り口のアーチを通過して到着ロビーに飛びこみました。グレネードは空中で破裂して大気圏の稲妻のような閃光《せんこう》を発し、大音響でロビーの壁を震わせました。弊機は聴覚を下げ、視覚に防眩フィルターをかけていましたが、それでも目と耳でその効果を感じました。ロビーの両陣営のターゲットたちは叫び、悲鳴をあげ、転倒し、無闇に銃を乱射しました。こちらはロビーの手前の壁ぞいを十五メートル走り、救命ポッド乗り場の入り口前に立つガラスのパーティションの裏に飛びこみました。

反動を使ってガラス壁の内側にむくと、アイリスは驚いてあとずさり、反対側から体が出そうになりました。こちらは止まって言いました。

「射線に出ないでください、アイリス」

（こういうところが苦手なのは自覚があります。契約にしたがえばこう言うべきです。「どうか恐れないでください。弊機はあなたが契約した警備ユニットです。いまは危険な状況です。［任意の愚かな行動］をすぐにやめてください」）

降下ボックスのロビーでは双方のターゲットが銃を乱射しています。いまのスタングレネードは敵の総攻撃のまえぶれだと、おたがいに思いこんでいるのです。救命ポッド乗り場の奥で制御盤をいじっていたほかの乗組員は、騒音に驚いてはいますが、弊機が飛びこんできたようすには気づいていません。

さらにアイリスに問いました。

「ここにいるのは五人ですね。ほかの乗組員はどこにいますか？」

「あなた、だれ？」

アイリスは荒い息でガラス壁から離れようとしていますが、パニックは起こしていません。こちらが着ている環境スーツに気づいて表情を変えました（当然の怒りと恐怖だったのが、困惑になりました）。

「どこでそのスーツを？」

オバースと専属のドローンは上階の通路を急いで移動し、脱出準備のために整備カプセルへもどっています。ティアゴは通路で待ちながら、いらいらと足踏みしています。

弊機はアイリスに答えました。

「あなたの船から借りました。救出のために派遣されました。あと三人はどこに？」

アイリスは不安と懸念で顔をしかめました。

「企業船から出られなかったのよ。わたしたちは宇宙港の降下ボックスへ送られる途中で、ある植民者に助けられて逃げた。でも――」強い自制心を働かせましたが、声を詰まらせています。「あとの三人はまにあわないと彼女から言われた。その彼女は宇宙港で殺された。「わたしたちがなんだかわからないうちに……」そこでやめて、こちらをにらみました。「わたしたちの船から派遣されたっていうけど……どこから？　もとはどこから来たの？」

体をスキャンしましたが、不審な電源の反応はありません。

「インプラントは埋めこまれていませんか？　念のためにうなじを見せてください」

当然ながらアイリスはむっとしました。

「危険な惑星で会ったばかりの見知らぬ相手に、背中をむけて首をさらすと思う？」

たしかにそうです。武器を見せてしたがわせてもよかったのですが、ARTの乗組員への最初の行動が脅迫というのは、あとあとよくないはずです。そもそも非生産的です。

「危険な惑星で会ったばかりの見知らぬ遭難者が、インプラントを埋めこまれていた場合にいかにも言いそうなことですね」

アイリスは怒った強気の表情を維持しようとして、それなりに成功しましたが、こちらの要求はかならずしも理不尽ではないとわかったようです。

「インプラントはされてないわ。探査船の乗組員の一部はやられたけど、わたしたちの順番はこなかった」

アイリスは背中を見せてうしろ髪をかき上げました。

「すこしだけさわります」

すこし近づいてTシャツの襟を引き下げ、傷痕がないのを見ました。退がって言いました。

「確認しました。これから五分以内にあなたとほかの乗組員は案内にしたがってここから脱出してください。左へ曲がって最初の通路を走ると、ペリヘリオン号の環境スーツを着た人間がいます。彼についていき、その指示にしたがってください」

アイリスは髪を下ろしてむきなおり、驚きながら推測しました。

「あなたは警備ユニットなの？」

答えやすいとはいえない質問です。嘘をつこうかと一瞬思いました。どうせ知らない人間です。とはいえARTの乗組員です。出てきた言葉はこうでした。

「なにかの思いちがいでは」

（いや、その、わかっています）

アイリスは確信を深めたようです。

「あなたはペリの警備ユニットね」

おやおや、ARTはなんともかわいらしいペットネームを人間たちからつけてもらっているではありませんか。すぐさま恒久アーカイブに保存しました。

「弊機はペリヘリオン号の警備ユニットではありません」否定したのに、直後にだいなしにすることを言いました。「弊機についてペリヘリオン号が話したことはすべて誤りです」

アイリスは眉を上げました。

「でもペリヘリオン号がいつも話している警備ユニットは、あなたのことでしょう?」

ARTは弊機のことを人間たちにぺらぺらとしゃべっているようです。

「もしそうだったら、指示にしたがってここから脱出してくれますか?」

アイリスはためらいました。信じたいと思いながら決め手を欠くというようすです。

「顔を見せてくれればわかるんだけど」

「あの船は弊機の映像まで見せているのですか?」

どういうことですか、ART。

「もちろんよ」真剣な表情になりました。「あなたが本当にペリの友だちなら、顔を見せて」

いいでしょう。スーツに指示してフェースプレートを上げ、フードをたたんで格納しました。アイリスはしげしげと見ます。しかたなくその頭のむこうの石材を見ました。ARTに手伝ってもらって形態変更の手術をしたときから、顔は基本的に変わっていません。ただし髪は伸びて眉は太くなりました。それでもドローンのカメラで見るアイリスの顔に、認識できたという表情が浮かびました。そして体に残っていた緊張が解けました。

「ありがとう」

表情がすこし幼くなったようです。これまで強気の演技をしてきたけれども、もう演技は必要なくなったという顔です。

(告白します。弊機が救助者であることを人間や強化人間が理解した瞬間——これは嫌いではありません)

アイリスは立て続けに訊きました。

「ペリは無事なの？　どこにいるの？　どうやってここに来たの？　わたしたちを追跡してこの星系に来たの？」

「無事です。宇宙港にいましたが、一時的に離れて探査船を追っています。ペリヘリオン号に——」拉致や誘拐の話までするつもりはありません。どこかの不愉快千万な調査船のように口は軽くありません。「——それは長い話になります。いまはほかの乗組員を集めて脱出の準備をするように話してください」

アイリスは大きく息を吸って仲間のところへ行きました。

これでアイリスに加えて、セス、カエデ、タリク、マッテオがそろいました（いずれも賢明で、弊機についてアイリスから説明を聞いたときも驚きの声や手を振ったりは最小限でした）。あとの三人を探査船からどうやって救出するのか、そもそも生存しているのかもわかりません。それでもこの人間たちはＡＲＴへ連れ帰ることができます（五人でもゼロよりましですが、三人をあきらめるという考えは気が滅入《めい》ります。不愉快です）。

「きみがペリの友人という証拠はあるのか？」

セスが言いました。宇宙港警備システムの監視カメラに一瞬だけ映っていたのは彼です。長身で、かなり濃い茶色の肌で、短髪の警備ユニットよりさらに髪がありません。ＡＲＴの記録によるとアイリスの親です。セスは続けて疑問を述べました。

「ペリの停止中に入植者はなんらかのシステムをインストールした。それによってペリの全アーカイブにアクセスできたはずだから、きみの顔も知っていておかしくない」

無理のある主張です。しかし心も体も傷ついた人間たちを論理で説き伏せようとしてもうまくいきません（これをもって人間は非論理的と評することもできますが、そんなつもりはありません）。ARTの船内にいる弊機の映像を見せても、おそらく納得しないでしょう。プリザベーションの人間たちとの会話は捏造《ねつぞう》できます。ARTと弊機の会話はデータ交換言語なので解釈プログラムをはさまないと人間には読めません。そしてやはり捏造可能です。そこでこう言いました。

「弊機はペリヘリオン号をARTと呼びます。不愉快千万な調査船《アスホール・リサーチ・トランスポート》の略です」

セスの硬い表情がやわらぎ、タリクが言いました。

「きみは本当のペリを知っているようだな」

弊機の左側に立つカエデも続けました。

「ペリのユーモアはとても皮肉っぽいから」

彼女はアイリスくらいの背丈で、肌の色はもっと明るく、髪は黄色です。

五人はあちこちに軽傷を負い、血がにじんだり服が裂けたりしています。セスは片足を引きずり、タリクは下腹を手で押さえて痛みをこらえています。ここにはない医療システムを呼び出したくなるほどです。カエデは青紫色に腫れ上がった右腕をかかえこむようにしていて、かなり痛そうです。マッテオは髪の生えぎわに乾いた血の跡があり、指は不適切な工具で無理やり救命ポッドのハッチを開こうとしたせいで血まみれです。ややじれったそうに言いました。

「二分以上も雑談している暇があるんだっけ？」

通路の高さ方向のマップデータが不正確だったせいでスケジュールがうしろにずれ、みんないらだっていました（じれた人間たちを銃撃戦のさなかから救出するのは、いつも愉快です）。すこしでも気をそらそうと、べつのことを訊きました。

「ここでなにが起きているのか、わかったことはありますか？」

カエデがこちらを見上げ、眉をひそめて即答しました。

「異星遺物の汚染よ。入植者は存在を知っていた。アダマンタイン社は前CR時代のコロニーが無毒化したと考えていたけど、そうじゃなかったのよ」

マッテオは両手を腋《わき》の下にはさんで痛みをこらえています。アイリスやカエデとおなじくらいに小柄で、何本にも編んだ濃い色の髪がほどけかけています。

「アダマンタイン社の入植者は到着してほどなく汚染されたらしい。身体症状が出て、肌の色、目の色、体重などが変化した。異星遺物の汚染だとすぐにわかって、初期入植地を放棄し、離れたところに第二の入植地を建設した」

「それがそもそも合理的じゃないんだ」

タリクが言いました。たしかにそうです。アダマンタイン社がコロニーの位置情報を抹消しようとしたのはそのためでしょう。違反行為をみつかりたくなかったのと、どうころんでも立ち往生した入植者にいい運命は待っていないからです。

カエデは説明を続けました。

「五年前にもこの症状が広がったことがあって、今回はもっとひどいみたい。精神症状は出たり出なかったり。症状が出た人々の一部は、自分たちは異星種族の集合精神の一部だと主張しているわ」

セスは手を振って降下ボックスのロビーをしめしました。

「その結果がこれだ。彼らは二派に分かれた。症状の軽い人々が重い人々を抑えこもうとしている。降下ボックスがふたたび下りてきたことが、対立に火をつけてしまった」

「異星種族の集合精神というのが集団幻覚なのはほぼまちがいないわ」とアイリス。

「幻覚に決まってる」とタリク。よろめいてセスにささえられました。

「いや、幻覚とはかぎらない――」

マッテオが言いだして、カエデとアイリスが反論しかけます。それをセスが強い口調で制しました。

「その議論はいまはやめよう」

みんな口をつぐんだのはいいタイミングです。まもなく陽動〇一号と陽動〇二号が到着します。

もはや待っていられる限度ぎりぎりです。バルコニーのターゲットたちはほとんど撤収し、反対側のロビーのターゲットは移動して前進しはじめています。その一部が、救命ポッド乗り場にだれかいると気づいたらしい動きをしています。

「猶予は三十秒です。よく頭にいれてください。左へ行って、通路をたどって、ティアゴについていく。しんがりは弊機が務めます」

通路で緊張して待つティアゴがドローンで見えます。もうすぐ行くとフィードで連絡すると、了解と返ってきました。オバースは整備カプセル前にもどり、いまかいまかと待っています。

アイリスは仲間たちを見まわしました。

「みんな、用意はいい?」

まわりはうなずきました。セスは娘の肩を強く握ります。弊機は万一にそなえて彼女に予備のエネルギー銃を渡しました(オバースにスタングレネードを持たせるのをためらったのは事実です。しかしアイリスは見知らぬ警備ユニットにうなじを見せてくれましたし、なによりARTのお気にいりです)。

ドローンのカメラで見ている到着ロビーで、驚愕の叫びがいっせいにあがりました。原因はわかっています。二機の農業ボットがロビーに侵入し、多脚と首を展開したのです。同時に弊機もガラス壁の裏から出て撃ちはじめました。

もちろんターゲットはこれが農業ボットであることを知っています。しかし薄暗いロビーに突然それが二機はいってきて立ち上がり、首や脚をふりまわしはじめたら驚きます。十人以上のターゲットがつられて発砲しました。弊機は、こちらを見下ろす位置に移動してきたターゲット四人と、真正面の通路入り口のアーチにいる二人を倒しました。スタングレネードは予備を何個か持っていましたが、二度目の使用は効果が薄いだろうと思って、しまいこんだままでした（あとから考えるとこれがまちがいでした）。

人間たちは指示どおりに弊機の背後を通って脱出しました。正しい通路を走っていくアイリスの姿が追尾するドローンで見えます（走るといっても、人間は元気なときでもとても低速です。ましてこの人間たちは疲労し、空腹で、ショック状態です）。

アイリスは通路の入り口で立ち止まって仲間を待ちました。みんな通りすぎて、最後にセスが彼女の腕をつかみ、うしろから押すようによろよろと走りました。アイリスのドローンがティアゴの姿をとらえました。低い姿勢で身を乗り出し、急げと手を振っています。

こちらのタイムラインでは、ロビーにむけた制圧射撃を十七秒間やる予定でした。ターゲットをできるだけ混乱させておくためです。そのあいだに人間たちは長い直線の通路を走り抜け、次の区画を通って整備カプセルへむかいます。体調万全の人間が走っても七分かかるのに、この人々は立つのがやっとです。できるだけ時間を稼ぐ必要があります。

ところが突然、予想外のことが起きました。

農業ボットはドローンに中継させて操作していましたが、そのドローンからの入力と接続が途絶えました。とたんに農業ボット一号がむきを変え、ロビーのむこうから脚を伸ばして弊機を叩いたのです。

繊細な脚なのに、強力な打撃でした。人工石材の床に叩きつけられ、跳ね上がってもう一度落ち、バウンドして手足を投げ出して止まりました（これくらいはましなほうです）。すぐに体を起こして立ちました。そのときにはすべての入力が途絶していました。両方の農業ボットと全ドローンとの接続が切れています。

農業ボット二号が低い姿勢に変形して、人間たちが逃げた通路にはいりこみました。まずい。環境スーツのポケットにいれたスタングレネードをいくつか取り出しました。入力が切れているので、グレネードに直接接続して起爆準備状態にしました。襲ってきた農業ボット一号にこれを投擲《とうてき》。爆発のはげしい音響と閃光にナビゲーション用のセンサーをつぶされて、一号は動けなくなりました。

急いで農業ボット二号を追います。迅速だったので、背後からの被弾は背中と大腿《だいたい》上部への物理弾二発だけです。ドローンとの接続がすべて断たれたので入力は自分の視覚だけ。この状況で充分とはいえません。

全速力で走りながら人間たちを見ます。前方で一列になって走っています。しんがりを走っていたセスが転倒しました。そのそばで農業ボットが急停止し、蜘蛛のような脚をその体に伸ばしました。こちらはまだ追いつけません。ここまで来たのにARTの乗組員を失うのは……。

そこへアイリスが引き返して、農業ボットの張り出した細い脚のあいだをすばやく通り抜け、本体に銃口を突きつけて撃ちました。中枢のプロセッサがある場所で、成功すればお手柄でした。ところがエネルギー銃が威力不足で外板を貫通できません。農業ボットないしそれを操縦している者を怒らせただけでした。農業ボットは脚を内側にいれてアイリスをつかまえました。

ようやく弊機も追いつきました。

こちらの銃でも頑丈な外板を抜けるか不明なので、膝関節《しつ》を狙いました。脚が折れて農業ボットは傾き、アイリスへの攻撃を中断しました。こちらが正面にまわってべつの関節を撃つと、ついにアイリスを離しました。

地面に倒れたアイリスは、這《は》って抜け出してセスのところへ行き、立たせようと引っぱりはじめました。こちらは撃ちつづけ、農業ボットを足留めします。それでも二人は危機的でしたが、ふりかえるとティアゴが駆けよってくるのが見えます。ボットはふたたび前進しようと新たな脚を出しました。いったい何本あるのかと思いながら、さらに関節を撃ちました。ちらりとふりかえると、ティアゴはセスを肩にかつぎ、アイリスを連れて走りだすところです。アイリスは悲痛な表情でこちらを見ています。

「走ってください！」

弊機は叫んでから、農業ボットにむきなおり、五番目の膝関節に完璧に照準をあわせました。これでとどめです。引き金を引くと関節が吹き飛びました。

たしかにとどめを刺しましたが、農業ボットは弊機の上に倒れてきました。

見ため以上の重量にのしかかられ、全身が悲鳴をあげました。呼吸がほとんど不要なのがせめてものさいわいです。もがくうちに主力の武器を失いましたが、それでもなんとか這い出しました。
しかしそのときにはターゲットたちが追いついて、弊機にむけて撃ちはじめました。こちらは立てず、両腕で頭をかばうだけ。物理弾は環境スーツを簡単に破ります。ARTが支給してくれた防護素材のユニフォームはしばらく耐えましたが、連続して被弾するうちに素材は裂けはじめました。このままでは……。

運用信頼性が急低下
強制シャットダウン
再起動不可

16

マーダーボット二・〇
バリッシュ‐エストランザ社の探査船に潜入中
ミッション状況：遅延

敵制御システムはこちらを知っていました。その一部を弊機は殺したからです。ＡＲＴを乗っ取った部分です。そこで質問しました。

〈あれは痛手でしたか？　教えてください〉

敵制御システムは、探査船のあわれな操縦ボットが消えた跡地にいます。遮断前に見たかぎりではコードの断片しか残っておらず、操縦ボットのカーネルは削除されていました。敵制御システムはこちらを警備システムから追い出して殺したいはずです。しかし操縦ボットのアーカイブを見て、キルウェアになにができるか知っています。

〈こっちへ来て、つかまえてみてください〉

〈実際にはこちらは逃げ場がありません。探査船のあちこちにコード集をしかけ、派手な破

壊行為を準備していますが、肝心の人間たちを救出する手段も、ARTに連絡する方法もないのです〉

そのときなにかが接続してきました。船外からで、通話回線を経由しています。べつの船か、宇宙港か。それとも近傍のよその惑星からでしょうか。いずれにせよむこうはターゲットです。彼らの言語を使っています。敵制御システムを経由してやりとりを読めますが、翻訳前のオリジナルの信号も見られます。

敵連絡者は、弊機の正体を敵制御システムに調べさせています。利用できるか知るためです。ちょうど必要としているものなのでしょう。敵制御システムは警備ユニットだと主張し、敵連絡者はありえないと反論しています。警備ユニットは捕獲した船に乗っていたようなボットの一種で、人間たちを制圧すれば簡単に停止できるはずだと言っています。

〈そうです、〝人間たち〟と言いました。もし敵連絡者が知性を持つ異星種族なら、メディアのホラー作品はすべてまちがっていることになります。メディアはいつもまちがいだらけなので否定しきれませんが〉

〈もちろん、知的異星種族ではないでしょう〉

敵制御システムは、弊機を危険だと主張しています。

そこで言ってやりました。

〈そのとおりです〉

敵連絡者はそれを聞きました。両者とも驚き、尋ねました。

〈おまえは何者だ?〉

〈警備ユニットです。キルウェアです〉

〈ソフトウェアの幽霊か〉

敵連絡者が言いました。いい表現です。幽霊が描かれるメディア作品は見たことがあります。ただし、いまはそのファイルにもタイトルにもアクセスできません。

〈あなたを殺せる幽霊です〉

敵連絡者はこちらの弱点をしめすために、監視カメラの映像を流しはじめました。撮影地がわかるメタデータはありません。船ではないので、宇宙港か。しかし宇宙港に農業ボットがいるでしょうか。農業ボットが戦っている相手は……なんと、弊機です。

敵連絡者が敵制御システムに言いました。

〈これはソフトウェアだ。警備ユニットではない。警備ユニットは地上にいて、すでに制圧した〉

敵制御システムは敵連絡者に言いました。

〈情報をあたえすぎだ。話すな〉

弊機のバージョン一・〇は惑星にいて、どうやらつかまったようです。とてもまずいことになりました。ごめんなさい、ＡＲＴ。ごめんなさい、人間たちと弊機一・〇。

そのとき、警備ユニット三号からひそかな接続がありました。

統制モジュールをちょうどいま無効化したようです。

通路のカメラ映像を見ると、さりげなく歩いて移動しています。肩をまわしているらしくアーマーが動いています。警備ユニットの暴走を外から見るのは奇妙な気分です。自分がどうだったか思い出します。最初は、〝統制モジュールがなくなったから、やりたいことをできる！〟と思いました。次に考えたのは、〝なにをやりたいのだろう？〟という疑問でした〈この疑問に長く引っかかりました〉〈じつは弊機一・〇はいまだに引っかかっています〉。

三号に尋ねました。

〈なにをしたいですか？〉

〈こちらの顧客の救出を手伝いたい〉三号はすこし黙って、続けました。〈そのあとについては情報がない〉

ではじめましょう。

簡潔な指示とメッセージのパッケージを送ると、三号は答えました。

〈了解した。合図を待つ〉

敵連絡者が敵制御システムに指示しています。

〈このソフトウェアを無力化しろ。そのあと――〉

両者はそこで悲鳴をあげはじめました。弊機がしかけたコード集がいっせいに発動したからです。同時に敵制御システムが警備システムを排除するコード集を発動し、さらに同時にこちらが敵制御システムを排除するコード集を発動しました。敵連絡者は敵制御システムと直接接続していたせいで、おかしなことに、この攻撃を身体的苦痛として経験しているようです。おやおや、こんなときにそんな立場にいるのは最悪です。

敵連絡者は接続を切ろうとしました。しかしこちらはロックして切らせません。敵制御システムは弊機を削除しようとしていますが、こちらは単機能のコピーを大量に作成して分散させ、どれがどれかわからないようにしました。ほかにもいくつかのことが同時に起きました。それは三つあります。
(1)コード集「ロックダウン」が、船内のすべてのハッチを閉鎖。ただし三号の居場所からシャトル搭乗口への経路は開放。
(2)コード集「あれを攻撃」が、敵ドローンをすべて内側から破壊。
(3)コード集「これも攻撃」が、物理スクリーンの画面型デバイスと人間のインプラントとの接続を切断。ついでにブリッジの生命維持系を停止。これでブリッジにいるターゲットたちはデバイスの再起動どころではなくなる。
そして警備ユニット三号に通知しました。

〈開始です〉

三号はくるりとむきを変えてラウンジにもどりました。ロックされたハッチの制御パネルを拳で破り、手動で解除。こちらから遠隔操作するまもない早業でした(だから弊機一・〇はアーマーを着たがっているのです)。

インプラントの接続が切れたおかげで、一部の人間は目覚め、ほかも体を動かしたりうめいたりしています。ARTの乗組員でアメナくらいの年齢のトゥリは、立ち上がろうとしながら、室内にはいってきた警備ユニット三号を見ました。三号は、まだもうろうとしてふらつく人間たちを見まわして言いました。

「みなさんを救出しにきた。できるかぎり協力してほしい。安全な場所へ案内する」弊機のメッセージ集をそのまま読みました。さらにトゥリにヘルメットをむけて続けます。「ペリヘリオン号の指示を受けている」

床に倒れていたカリームは、苦しげに息をしてよろよろと立ちました。トゥリといっしょにマーティンを助け起こしながら、彼女は言いました。

「ほかにも仲間がいるのよ。こういうユニフォームを着てるんだけど、彼らは――」

「この船内にはもういない」三号は奥へはいって、バリッシュ-エストランザ社の技術者をソファから助け起こしました。「急いでこちらへ」

本物のキルウェアならすでに船を破壊していてもいいのですが、今回は人間たちが安全圏へ脱出するのを待たなくてはなりません。敵制御システムはブリッジの生命維持系をめぐる戦いに敗れ、腹いせに警備システムを攻撃して、弊機のファイルを格納したストレージを削除しました。こちらは怒り心頭に発して、エンジン制御系を攻撃しました。過負荷で爆発させるつもりだと思った敵制御システムは、急ごしらえのウォールを強化して弊機を追い出しました。そこで兵装制御系に矛先を変え、照準をどこかにロックオンしたら船体に大穴があくようなコード集をしかけてやりました。

敵制御システムは、こちらの自己複製より早くコピーを削除するプロセスを書いて走らせはじめました（ARTを一時的に乗っ取ったバージョンが、弊機一・〇にどのようにやられたかを報告したのでしょう。しかしこちらも同一の攻撃をやるほど安直ではありません）。

戦線は十数カ所に増え、注意力を分散させて戦いました。コード集「ロックダウン」が解除され、船内のハッチがすべて開きました。通路のカメラで見ると、カリームがマーティンを引きずり、トゥリはよろめくバリッシュ－エストランザ社の乗組員をうしろから押して案内しています。ブリッジ専任の記章がある女性がとぎれとぎれに言いました。

「ほかの乗組員は……主任管理者は……」

「いま船内に残っている管理者はあなただけです」三号が言いました。

モジュールドッキング区画への通路ジャンクションで、武装したターゲットが二人あらわれ、人間たちにむけて撃ちはじめました。三号は前に出てアーマーで銃弾を受けながら、腕に内蔵された物理銃で反撃しました。そうやってターゲットたちを倒したところで、映像が途切れました。

このあいだ（三・七分間で、ウイルス攻撃においては長い時間です）敵連絡者は探査船との接続を切ろうともがいています。放してしまえば、敵制御システムとの戦いに使えるリソースが増えますが、この接続は必要です。

あとすこしです。

敵制御システムはこちらのウォールを破って、警備システムの各部を焼きはじめました。もう時間がありません。三号との接続は回復せず、シャトルが接続しているモジュールエアロックのカメラ映像も取れません。そこで一計を案じました。

まず警備システムから撤退して、敵制御システムに残りの機能を好きに焼かせながら、モジュールドッキング区画の比較的小さな制御系に退避しました。これで得た二十二秒間の猶予中に、船内カメラ映像をとりもどしました。三号はモジュールの入り口ハッチの内側からターゲットに応戦し、カリームとトゥリはそのあいだにほかの人間たちをシャトルに乗せています。弊機はモジュールのハッチを閉鎖してターゲットの侵入を防いでやりました。三号はすぐにシャトルへ。もたもたしている最後のバリッシュ－エストランザ社員とトゥリ、カリームをシャトルにいれ、あとから自分もはいってハッチを閉めました。気密を確認し、シャトルを切り離します。

敵制御システムが総攻撃してきました。船は渡さないと主張しています。

そこでこう返しました。

〈いいでしょう。船は譲ります。かわりに惑星をもらいます〉

そして敵連絡者の接続を経由して自分を転送しました。探査船から離れ、敵連絡者の信号に乗っていきます。

敵連絡者が命じるのが聞こえました。

〈シャトルを撃て！　逃がすな〉

（どう聞いても異星種族のセリフではありません。人間です。そして計算していた結末ではありませんが、結果はうまくいきました）

敵制御システムは照準をロックオンしたと報告しました。

これをトリガーとして、兵装制御系にしかけたコード集が発動し、爆発が起きて探査船の船体は裂けました。弊機はそれを聞きながら落ちていきました。

17

呼称：警備ユニット〇〇三、バリッシュ－エストランザ探査船プロジェクトチーム所属、コロニー再利用事業五二〇九七二
ステータス：救助行動中。所属の探査船は破壊。正体不明の船へむけてシャトルを操縦。

接続要求、ペリヘリオン号という船へ。所属、ミヒラおよびニュータイドランド汎星系……。

船から返信。〈どこのだれだ？〉

……非標準の通信だ。相手は船の操縦ボットのはずだが、操縦ボットはこんな通信をしないし、できない。とはいえ探査船プロジェクトチームがこの星系に到着して以来、非標準の事態ばかりが起きている。

非標準は顧客のリスクになる。シャトルの後部区画のハッチは、警備ユニットが操縦しているときのプロトコルにしたがって閉鎖している。区画のようすはシャトルの警備システムからモニターしている。顧客はいずれも治療を必要とする状態で、多くはふたたび意識がもうろうとしている。

顧客たちをこの船に運ぶとマーダーボット二・〇に約束した。

プロジェクトチームのほかのメンバーの所在は不明。

本機。〈こちらはシャトル搭乗の警備ユニット。所属は――〉

船。〈シャトルに乗ってるのはわかっている。接近する理由を答えろ〉

本機。〈こちらの顧客四人と身許不明の三人を救助した。三人はそちらの顧客らしい〉このような場合のプロトコルはない。表現に迷うが、続ける。〈マーダーボット二・〇に指示されて来た。助言を請う〉

すると操舵系《そうだ》が操作を受けつけなくなる。何者かに操縦を奪われる。ディスプレイで見るかぎりシャトルは船のモジュールドッキングポートへ引き寄せられている。こちらがめざしているとおりで、これでいいのだろう。

シャトルはポートに近づき、ドッキングする。本機は操縦席から立ち上がり、ハッチのまえに立つ。この船が敵性でないと確認するまで後部区画のハッチは閉ざしておく。

船が敵性だった場合にどうすればいいかはわからない。

ドッキングプロセスが完了。センサーによれば船内空気は良好。ハッチが開き、むこうに身許不明の二人の人間があらわれる。

人間1：フィード名、ラッティ。性別、男性。その他の情報は一時的に非公開。

人間2：フィード名、アメナ。性別、女性。特記事項、未成年。その他の情報は一時的に非公開。

この二人はかならずしも身許不明ではない。アメナとラッティはヘルプミー・ファイルの記述に登場する。正しい場所に到着した証拠であり、安堵する。顧客ではないものの、顧客の知人と会う場合のプロトコルは存在するので、それを適用する。

ところが先にラッティが手を振って言う。「やあやあ。ペリヘリオン号から聞いたよ。統制モジュールは無効化ずみだってね。僕はラッティ。こっちはアメナ。怖がらないで。危害は加えないから」

これに対するプロトコルはない。

船が非公開チャンネルで。〈この人間たちに害意を持っているなら、おまえを分解して、有機組織を一センチずつ引き剝がして、最後に意識を破壊してやる。わかったか？〉

いったいどういう船なのかわからず、恐怖する。ここの顧客への害意などまったくないと、どう伝えればよいか。船の人間たちは非武装であり、顧客へも身許不明の人間へも、おたがいにも敵意はしめしていない。

本機。〈了解した。指示にしたがう〉

続いて人間たちへ。「顧客たちは医療処置を必要としている。バリッシュ－エストランザ探査船プロジェクトチームを拘束した敵によってインプラントを埋めこまれた。汚染の有無が確定するまでは隔離が推奨される」

アメナが手を叩いてぴょんぴょんと跳ぶ。「ペリヘリオン号、この人たちはあなたの乗組員?」

船は公開チャンネルで。〈三人は本船の乗組員だ。残りはどこにいる?〉

本機。「こちらのほかの顧客は探査船で殺された。ただし、貴船の顧客五人またはそれ以上は、そのまえの段階で探査船から連れ出されていたと考えられる」

新たな人間がドッキングエリアにはいってくる。ストレッチャー仕様に変形した医療ドローン一機があとに続いている。

この人間はフィード名、アラダ。性別、女性。代名詞、女性。指定職種、船長代理。その他の情報は一時的に非公開。「この人たちはだれ? ペリヘリオン号、あなたの乗組員?」

多脚の整備ドローンがシャトルにはいり、後部区画のカメラにアクセスする。

船が公開チャンネルで。〈トゥリと、マーティンと、カリームだ〉

その声は……安堵しているように聞こえる。それどころか、状況が根本的に変化したというようすだ。人間以外からこんな声を聞いたことはない。

どうやら本機は殺されずにすみそうだ。

カリームと確認された人間は意識があり、シャトルの通話回線で言う。「ペリ、わたしたちをスキャンしちゃだめよ! それが原因で感染した疑いがあるんだから!」

アラダが驚いたようすで。「スキャンで? 医療スキャンも、センサースキャンも?」

ラッティとアメナはまだ本機に話しかけている。警備ユニットにこのように接する人間は初めてで、とまどう。

アメナ。「アラダ、この警備ユニットがみんなの脱出を助けたのよ。今度はこの警備ユニットを助けないと」

な……なに？

ラッティが本機に。「かくまうよ。バリッシュ－エストランザ社には、きみは死んだと伝える」

急展開についていけない。

本機。「申しわけない。混乱したせいで重要なメッセージを伝え忘れる。可及的すみやかに対応するが、そのまえに、ＡＲＴという船に乗船していた者から重要な伝言をあずかっている」

人間たちは会話をやめる。

船が公開チャンネルで。〈話せ〉

本機。「マーダーボット二・〇からのメッセージは以下のとおり――ＡＲＴ、弊機はこれから地上にダウンロードする。そこには弊機一・〇がオバースとティアゴとともに下りている。彼らはアイリス、マッテオ、セス、タリク、カエデを発見した――」

人間たちの大声で、本機はしばし黙る。おたがいを静まらせる声がしたあと、続ける。

本機。「――しかし一・〇が敵につかまった。くりかえす。一・〇が敵につかまった」

人間とペリヘリオン号は大騒ぎになる。人間たちはいっせいに多くのやりとりをするが、プロトコルが存在しないので理解しにくい。

ラッティとアメナと船のドローンは、負傷した顧客の医療処置と隔離プロトコルを手配する。ペリヘリオン号は地上の顧客との安定した通信を確保するために宇宙港にもどることが決定される。

ラッティ。「ペリヘリオン号、異星遺物への感染はスキャンしたのが原因の可能性があると、きみの乗組員の女性が話していたけど、どういうことだかわかる？」

ペリヘリオン号。〈理解している〉

ラッティ。「それについてもうすこし情報がほしいんだよ」

アメナが本機に。「あなた、名前はあるの？　教えたくなければそれでもかまわないけど、なんて呼べばいいかしら」

人間からこんな奇妙なことを質問されたのは初めてだ。それでも答えないわけにいかない。

本機。「三号とでも呼んでもらえばいい」

よく考えるともう統制モジュールはないので、かならずしも答えなくてもいいのだと気づく。

アメナ。「三号ね。わかった。ありがとう、三号」

宇宙港に到着して地上の人間たちとの通話回線が確立すると、プロトコルを欠いたやりとりはますますひどくなる。

アラダ。「ねえ、そっちではいったいなにが起きてるの？」

新しい人間の発言者、オバース。「ペリヘリオン号の乗組員は確保したんだけど、警備ユニットがもどってこないのよ。ターゲットにつかまった可能性が――」

アラダ。「わかってる。ペリヘリオン号が探査船にキルウェアを送って……というのは長い話になるけど、とにかく、警備ユニットがつかまったとそのキルウェアが伝えてきたわ」

ペリヘリオン号。〈カリーム、トゥリ、マーティンは無事に船にもどったと、そちらの乗組員に伝えてくれ。全員ただちに本船にもどれと〉

（聞きとれない音声）数人が同時に大声で話している。

アイリス。「ペリ、アイリスよ！　まだ――」

ペリヘリオン号。〈アイリス、整備カプセルでただちに宇宙港へもどれ。本船は待機している〉

アイリス。「タリクとカエデとパパは医療システムにいれる必要があるから上へ送るわ。でもペリ、あなたの友人の――」

ペリヘリオン号。〈アイリス、状況は掌握している。ただちに本船へもどれ〉

アイリス。「ペリ、そこからじゃなにもできないのよ」

オバース。「そのとおりよ。あなたの乗組員は上へ送るけど、ティアゴとわたしは下にとどまって、なんとか警備ユニットを探す」

アイリス。「わたしも残るわ。マッテオも」

（興奮した人間の聞きとれない声）

アイリス。「パパはろくに立てないでしょ」

ペリヘリオン号。〈地上にはだれも残らなくていい。コロニーを人質にして、警備ユニットを解放させる〉

沈黙。

新しい人間の発言者、セス。「ペリ、きみの武器の射程は地上まで届かない。宇宙港を破壊するぶんにはともかく……」

ペリヘリオン号。〈わかっている、セス。地上に送ったパスファインダーが爆装している〉

セス。「なんだって？」

アラダ。「なんですって？」

アイリス。「ペリ！」

ラッティ。「ああ、貨物モジュールのドックでドローンたちがなにかやってると思ったら、そういうことだったのか」

アメナがラッティに小声で。「つまりARTはミサイルを持ってるの？　大量に？」

ラッティがアメナに小声で。「在庫表によればパスファインダーは三十二機ある。それらをすべて爆装したのなら——」

ペリヘリオン号。〈セス、ほかの乗組員を連れてただちに本船へもどれ。一人でも人質にとられたらこの作戦は頓挫する〉

アイリス。「ペリ、コロニーを爆破するなんてだめよ」

ペリヘリオン号。〈だめではない、アイリス。コロニーは爆破できる〉

船と人間たちは危機におちいった警備ユニットを救出する方法をめぐって議論しているらしい。危機におちいった顧客はもちろん救出すべきだが、この場合は警備ユニットだ。それでも人間たちは救出するつもりでいる。それどころか船は自分の救出作戦を強硬に主張し、怒っている。

これは……処理すべき内容が多い。

マーダーボット二・〇は本機に、なにをしたいかと尋ねた。

したいこと。それは、この救出作戦だ。

本機は非公開チャンネルで船に。〈人質をとるのは絶対に避けるべきだ。むこうは警備ユニットを破壊すると脅すだろう。そうしたら貴船はコロニーを爆破するしかなくなる。失敗するシナリオだ〉

ペリヘリオン号。〈わかっている〉

危地に踏み出すことになる。船はとても怒っている。

本機。〈こちらにまかせてくれれば、やり方は心得ている。本機の機能だ。的を絞った隠密の救出作戦こそが解決策になる。陽動として武力をしめすことも必要になるだろう〉

ペリヘリオン号。〈貴機の要求は？〉

ここが難しい。

本機。〈こちらの顧客を、生き残ったバリッシュ－エストランザ社のプロジェクトチームにもどしてくれるなら、協力する〉

沈黙。
ペリヘリオン号。〈もともとそのつもりだった〉
なるほど。
本機。〈それでも協力する〉
ペリヘリオン号。〈理由は？〉
みずから説明できないことをどうやって説明するのか。
本機。〈ヘルプミー・ファイルを読んだ〉
答えになっていない。ほかの可能性を考えさせられるファイルも読んでいる。説明は無理だ。
沈黙。
本機。〈マーダーボット二・〇は本機に、なにをしたいかと尋ねた。したいことは協力だ〉
ペリヘリオン号。〈いいだろう〉
人間たちは議論をやめ、アイリスという者がおもに話しだす。
アイリス。「ペリ、よく聞いて。入植者は二派に分かれてるのよ。そのなかの一人はわたしたちの脱出を助けようとしてくれて、その過程で探査船で死んでしまった。だから爆弾でいっしょくたに殺すなんてことはだめ。それではあなたの友人はもどらない」
新しい人間の発言者、ティアゴ。「そのとおりだ、ペリヘリオン号。俺たちも手伝う。警備ユニットが引き渡されなくても、交渉すれば時間稼ぎになる。そのあいだに救出方法を検討できる」

ペリヘリオン号。〈落ち着け。あれこれ話すな。プランA○一「破壊の雨」は破棄。プランB○一「陽動救出」に変更する〉

18

マーダーボット一・〇
ステータス：よくない

強制シャットダウン、再起動。

なにがどうなって……？

強制シャットダウン、再起動、失敗して再試行。

強制シャットダウン、再起動、失敗して再試行。

再起動。

うむむ、どうやらまずいことになっています。全身の関節が痛いのに加えて、あちこちで激痛が起きています。物理弾の被弾箇所でしょう。外部入力がなにもありません。フィードも、視覚も、音声もなし。神経を集中するとかすかに目が見えますが、一面の闇でどこにいるのかわかりません。暗視などのフィルター類も働かず。ああ、体も拘束されて動かせません。大問題ですが、再起動が完了するまでは一度に一つの問題しか考えられません。

機能が順番に復旧してきました。痛覚センサーを下げて思考を働かせます。おっと、メモリーアーカイブも動きだしました。これでなにが起きたのか思い出せます。うわ。とにかく再起動を無事完了しました。これで複数のことを同時に心配できます。脳全体が働きはじめると、遠い光源に気づきました。どこか上のほうです。作業灯か、落としたハンドライトのような小さな光。周囲がいくらか見えてきました。心強い状況ではありません。四本のケーブルで宙吊《ちゅうづ》りにされています。広い空間で、両手首と両足首にクランプがはめられ、腕と脚は広げられています。ケーブルは強く張り、引いても動きません。クランプに手が届かないようにする意図があるのでしょう。指がかかれば壊せるとわかっているのです。環境スーツは脱がされていますが、その下のシャツ、パンツ、ブーツは着用したままです。ああ、そして逆さ吊りです。人間とちがって身体的影響は受けませんが、ただ屈辱的です。

空気はごく希薄です。人間なら呼吸が苦しくて動けないでしょう。警備ユニットは貨物コンテナで輸送されるように設計されているので問題ありません。

まさか人間たちもここに……？

音声は聞こえません。聴覚レベルを上げても入力なし。見える範囲で吊り下げられた人間の姿はありません。お粗末だった計画が部分的に成功して、人間たちは整備カプセルで脱出できたのでしょうか。

スキャンしても近くに電源などはなさそうです。フィードは、飛んでいるとしてもチャンネルから遮断されています。ピンも打てません。暗闇のなか、正体不明の巨大なものにくくりつけられています。それは何本も腕がはえています。暗い広い空間に伸びるクレーンのような大型アームから、拘束するケーブルを保持している小さく繊細なアームまでさまざまです。どうやら組立機《アセンブラ》のようです。採掘施設、工事現場、コロニーなどで、建設初期に大型機材や建材を組み立てるのに使われる低レベルボットです。最初にアセンブラを運んで現場に据えれば、あとはすべて（建設ボット、大型車両、輸送システムなども）部品単位で送れば自動的に組み立てられ……と説明するまでもないでしょう。

そしてアセンブラは分解や解体にも使われます。

恐怖はしだいに憤慨に変わりました。分解するならさっさとやればいいのです。意識がある状態でやりたいのでしょうか。

悠長な予定を立てたことを後悔させてやります。

とりあえず、腕の内蔵エネルギー銃を使うのは無理です。角度が苦しく、七十二パーセントの確率で両手を焼いて穴だらけにしてしまうでしょう。困難な方法でやるしかありません。いつものことです。

外部機能を止めて感覚を体内に集めました。入力の大半であるスキャンを止めると心もとなくなりますが、注意力を研ぎすます必要があります。痛覚センサーをさらに下げ、右手首の関節に意識を集中しました。

非有機骨格の結合をすべてはずして、腕から分離するのです。体内の構造図は持っており、どこでどんな部品がどう嚙《か》みあっているかわかっています。しかしそれをはずすというのは、既定の操作コードを持たないドローンを動かすようなものです。何番をはずせとおおまかに命じるわけにはいかず、一つ一つの動きを意識して操作します。奇妙な感覚です。

こうして二カ所の主要な結合部をはずしました。これで手を手首まで折り曲げてつかめるようになりました。クランプに指がかかったので、壊せるか試してみました。しかし主要な結合部がはずれているせいで力がはいりません。やれやれ、やはり愉快なことをやらざるをえないようです。気分は全然愉快ではありません。

ここからは感覚を分離して、手と関節を独立して動かすようにします。フィード経由で二つのものを同時に操作することはよくやりますが、自分の体内でそれをやるのは簡単ではありません。そもそも部品はそんな操作をするように設計されていません。

手首の最後の結合がはずれました。それでも手はまだクランプをつかんでいます（この段階で手が落ちてしまったら取り返しがつきません）。ここから手はクランプを越えて肘のほうへ、指の力で這わせます。神経経路がきつくなったのですべてはずしました。すると今度は皮膚がきつく張り、手から剝がれていきます。ここが難しいところです。

失敗したら赤っ恥です。あとでターゲットがあらわれて、「なにやってるんだ、こいつは？」と言われるでしょう。

クランプに対して手首を引っぱりました。皮膚がちぎれて、ようやく体の四分の一が自由になりました。はずれた手が前腕を放さないように意識を集中します。慎重に腕を引き寄せて、はずれた手を胸に押しつけました。

全身の有機組織が大量に発汗しています。揺れるケーブルが騒々しくきしむなかで、三秒間じっとしました。物音に気づかれた場合を考えると、早めに手首をはめなおしたほうがいいでしょう。

クランプがはまったままの左手の助けを借りて、右手を右腕に再接続しました。はずすより簡単ですが、皮膚はちぎれたままで、神経経路も一部しかつなげません。はまった右手をゆっくり前後に倒し、指をくねくねと動かします。それから左手のクランプを壊しました。なるべくケーブルを揺らさず、大きな音をたてないようにします。上体を引き上げて両足首のクランプも壊しました。逆さ吊りのおかげでかえって楽にやれました（保存しておくべき知見です。敵は一般的な警備ユニットやボットについて知識がないということです。腕の内蔵武器にも気づいたようすがありません）。

足首が自由になると、左手でケーブルにぶら下がりました。この姿勢からはまわりがよく見えます。そばにあるのはたしかに停止したアセンブラです。暗闇のむこうに古い足場らしいものも見えます。高い塔のように積み上げられているのは大型の輸送箱。ここは地下の大きな縦穴のようです。地下倉庫として掘削したのでしょうか。

穴の底までは約三十メートル。赤とオレンジと黄色に光るものが見えます。いずれも警告色で、危険と安全の両方を意味します。出口かもしれません。体を振ってべつのケーブルに取りつき、そちらから下りはじめました。そのとき、左の膝関節に深刻な不具合があるのに気づきました。

底まで五メートルのところで、光っているのは破れて飛散したハッチか大型の気密扉の破片だとわかりました。穴の底はひび割れてあちこち陥没し、落ちた瓦礫《がれき》が積もっています。そこに警告色の縞《しま》模様に塗られた破片が散らばっています。非常または危険を知らせる古い種類のマーカーペイントによる塗装です。大量のデータをフィードに送るように改良されて広告用途に使われはじめるまえの時代のものです。

わずかでも信号が出ていればと、フィードのチャンネルを探りました。ありました。複数の言語で〝汚染警告〟とくりかえしています。いずれもターゲットの言語です。前CR時代のこの言語についてはティアゴが翻訳モジュールを作成しています。

体の有機組織が冷えびえとしました。そうです。ここは異星遺物汚染の最初の発生源なのです。

ターゲットは弊機を感染させるつもりでここに閉じこめたのでしょうか。実際に感染したのでしょうか。いまはなにも感じません。恐怖と怒りを感じるだけです。

とにかくここから出なくてはいけません。上にある光源のほうへ登りはじめました。人間の出口かもしれない警告色の縞やマーカーペイントを探しましたが、見あたりません。人間がいっしょにとらわれていなくてさいわいです。ひとまずケーブルを上端まで登ると、そこには縦穴の壁から張り出した仮設の足場ないしプラットフォームがありました。そばにアセンブラの操縦インターフェース室があり、光はそこから出ていました。自発光式の安全灯が手すりの残骸に引っかかっています。アセンブラのクレーン型のアームの一本をたどり、一部が崩落したプラットフォームに上がりました。

足を引きずってプラットフォームを歩きます。ここまで近づくと安全灯の発するフィード警告もはいってきます。やはり複数の言語で〝注意〟とくりかえしています。その光を上にむけて、頭上の巨大なハッチを見ました。縁のほうに苔《こけ》むした跡がありますが、すでに古く、乾燥しています。ここは前CR時代のコロニーの地下倉庫として最初に掘られたのでしょう。当時の入植者は異星種族の遺物をみつけて、どこまで理解したのでしょうか。なんとなく奇妙で、どうやら危険らしいという程度の認識だったのか。アダマンタイン社の入植者は、補給が途絶えて不用になったアセンブラをここにしまったのでしょう。補給が再開したらまた使うつもりで安全に保管したのです。宇宙港の構想図にこの縦穴は描かれていなかったので、べつの構造物の地下だと考えられます。おそらくあの奇怪な肋骨状の張り出しがある複合施設でしょう。異星遺物に汚染された前CR時代の入植者は、得体のしれない強迫観念にしたがってあの建物をつくり、その後、殺しあったか体が溶けたかして消え去ったのです。

これだけ陰気な状況なのに、さらに倉庫保管の機械や荷箱といっしょに壊れた道具のように穴に放りこまれたと思うと、ますます気が滅入ります。

頭上の大型ハッチに最近開いた痕跡はないので、べつの出入口があるはずです。このプラットフォームのつきあたりでしょうか。しかしここから行ける壁のどこにもハッチやドアらしきものはありません。パネルはあっても開くための操作盤や手動ハンドルがありません。いいでしょう。力ずくではなく頭を使います。

安全灯を下にむけてプラットフォームを照らし、荒れた表面を見ました。足跡が残るような埃は積もっていません。ただし湿度が高いので金属の表面がうっすらと湿っています。しゃがんで、プラットフォームの床に頰を押しつけ、目の位置をぎりぎりまで下げました。映像を拡大しながら視覚フィルターを次々と切り替えます。初めてのフィルターも試し、新規フィルターのコードを書くべきかと考えていると、みつけました。プラットフォームの右奥にかすかな汚れがあります。

そこのパネルは一見するとまわりとおなじですが、下辺を指で押すと動きます。固定されておらず、自重で載っているだけ。持ち上げてのぞくと、黒っぽい石壁の部屋があらわれました。人工石材ではなく、本物の石です。天井ぎわにほの暗い安全灯が並び、いずれも〝注意〟とフィードで謳《うた》っています。奥の壁には開いた出口があります。空気の流れとその量から広い空間に通じているようです。持ち上げたパネルをくぐってなかにはいると、パネルはひとりでにゆっくり閉じました。

感情が押しよせて、床にへたりこみました。複数の感情です。有機組織の皮膚は冷えたり火照ったり。膝からは不気味な異音。手の神経経路のはずれたところが脈打っています。(惑星に捨てられ)+(忘れられた古い施設に閉じこめられ)+(フィードへのアクセス不可)という三重苦は、控えめにいっても少々過酷です。

人間たちは整備カプセルで宇宙港へもどり、ARTを呼べたでしょうか。そのあとは探査船をみつけて残りの乗組員を救出することが目標になるはずです。弊機のことは……ART

も人間たちも死亡と推定しているでしょう。

さあ、マーダーボット、すわりこんでよくよ考えてもしかたありませんよ。ここはフィードの活動を感じられるのが救いです。といっても、活動しているのは敵制御システムかもしれません。慎重に接続してみました。

〈あ、いましたね〉

いきなり耳のなかで大きな声がして、悲鳴を漏らしそうになりました。フィード接続しただけなのに、すでに頭に飛びこんできたように近くから聞こえます。

〈だれですか?〉

〈マーダーボット二・〇です〉

ドラマでは見知らぬ場所に閉じこめられた登場人物を幽霊や異星種族が訪れて精神を混乱させる展開がよくありますが、いまはごめんです。とはいえ無視もできません。たぶんできないでしょう。死の淵に立っているときに無視する選択肢はありません。

〈二・〇?〉

〈あなたのコピーです。ARTといっしょにつくった感染性のキルウェアです。それほど昔ではないのに忘れたとでも〉

ARTは作成したコードを本当に送信したようです。それどころかこのキルウェアは、安全な接続を破って、ウォールなどあってないように突破し、頭のなかに居すわりました。弊機をもとにしたキルウェア。弊機とARTがつくったもの。それでも驚きます。重要なことに集中しようとしても、やはり考えてしまいます。

〈マーダーボット二・〇と自称しているのですか？〉

〈おたがいの名前ですから〉

二・〇はこちらのアクティブな参照空間にファイルを押しこんできました。

〈弊機の名前は非公開です〉

押しこまれたファイルはいやおうなく開かれます。心外です。

〈自分の命令セットなので制限は働きません。とにかく、しのごの言わずに読んでください〉

ファイルを読みました（選択の余地はありません）。MB二〇作戦ファイルという名称で、二・〇のこれまでの行動歴が書かれています。

なるほど。ふーむ。なるほど。悪くない成果です。探査船は恒久的に使用不能になり、ARTの残り三人の乗組員は無事救出。バリッシュ－エストランザ社の生存者数人というおまけ付き。しかし、ここで自分へのメモ。もしまた自分を素材にして知能キルウェアをつくるなら一定の制限をいれるべきです（個人的アーカイブの一部を例の警備ユニットに送信しているではありませんか。この警備ユニット三号という新しい友人については、もし生還できたら膝詰めで話す必要があります。啓発とか教育とか。弊機がもともとなにを期待される存在で、その後それを放棄したことなどを）。

〈人間たちの所在はわかりますか？　弊機の顧客とARTの乗組員はどこに？　地上港から脱出できましたか？〉

〈わかりません。ただ彼らを探しにいくまえに、敵連絡者をみつけて無力化するべきです〉

〈それはキルウエアの作戦中にないでしょう〉

二・〇のレポートを読んで初めて敵連絡者の存在を知ったので、そのはずです。

〈なかったので、書きたしました〉

勝手に作戦命令を書き換えるキルウェアなど論外です。ARTと弊機は高等すぎる能力をつくってしまったのではないか。このキルウェアに脳を食われるのではないかと、困惑とほのかな恐怖を感じました。答えに窮してつぶやきました。

〈気分が悪くなりました〉

〈診断しましょう〉

言うなり、二・〇は自己診断プロセスを起動しました。これまでは時間がなく、結果を知りたくもないのでまったく動かしていませんでした。

〈こらこら、やめてください。そんな暇はありません〉

立ち上がると、背中の有機組織に停留していた物理弾が出てきて落ち、機能液が漏れました。

〈この場所の見取り図はありますか？　付近にカメラは？〉

訊くと、二・〇は答えました。

〈マッピングコードを組みこまれていないので見取り図は持っていません。近くに監視カメラはありません〉

弊機は両手で顔をおおいました。

〈でもこれを見てください〉二・〇が見せているのはフィードと通話回線の注釈図です。

〈敵制御システムのためにフィードが有効になっていると思ってしまうのは、じつは正しくありません。敵制御システムが支配しているのは……ここがどこかよくわかりませんが、建物でしょうか……その大部分です。しかしこの区画だけはべつのシステムが使っています。そのシステムは救難信号を出しています〉

初耳です。

〈救難信号？〉

二・〇に教えられたチャンネルを探して、みつけました。前ＣＲ時代の古いベーシック言語のコードで、〝支援求む〟と十秒ごとにくりかえしています。

この〝求む〟というところが肝心です。〝要求〟や〝要請〟なら、発信者は組織またはネットワーク内の存在です。〝求む〟という場合は、外部へのお願いです。だれでもいいから気づいた相手に、助けてほしいと懇願しています（場所が場所だけに暗い気分になります）。

二・〇はさらに情報を送ってきました。

〈敵制御システムはこの発信者の外部アクセスを遮断しています。だからこちらが内部にはいるまで信号を拾えなかったのです。ピンを打ってみても反応はありません。つまり発信のみに制限された状態なのでしょう。あなたはその活動エリアにいます。おかげでこちらはすぐに発見できたのです〉

複合施設のすでに判明している構造をおおまかな見取り図にしました。地上に大きな建物があり、地下に縦穴の倉庫。そのあいだの大部分は未知の空間です。そこに二・〇の注釈図を重ねると、敵制御システムの支配域は地上構造と高層階だとわかります。縦穴はフィードと通話回線から遮断されています。未確認の発信者が占有するエリアは縦穴の上から複合施設の中央部まで。敵制御システムの勢力圏との境界は入り組んでいます。

もう一人の弊機が言うように、異なるシステムがこんな場所に残って救難信号を出しつづけているのは奇妙です。

〈この未確認発信者と接触したいのですか？　敵連絡者を殺すのが目的では？〉

〈それはそれでやります。こちらは変則的な事象です〉

変則的といえば……。話したくはありませんが言っておくべきでしょう。

〈弊機は異星遺物に感染した可能性があります〉

縦穴の底でみつけた破れた封印の映像を出しました。

二・〇は一秒間黙りました（これまで間髪をいれずに返事があったので、異例なことです）。それから言いました。

〈自己診断の結果は、構造損傷あり、運用信頼性六十八パーセントです。この状況では悪くありません〉

〈異星遺物汚染は自己診断で検知できないでしょう〉

〈それはわかりません〉

やれやれ。こんなところにすわりこんで自分と議論しても時間の無駄です。

未確認発信者は二・〇の接触を受けいれなかったようですが、二・〇はそもそもキルウェアです。弊機が接触を試みたら、未確認発信者に攻撃されるかもしれませんが……その場合は二・〇が反撃してくれるでしょう。もし敵対的でなければ、そこからARTに連絡して、人間たちと話せるかもしれません。

空白のフィードへの安全な接続状態を確認して、おそるおそるピンを打ちました。

十秒ごとの反復が止まりました。沈黙が二十秒……三十秒と伸びます。〝支援求む〟の発信が再開しました。ただし今度は虚空への発信ではありません。弊機を宛先にしています。

〈聞こえたようですね〉二・〇が言いました。

相手に通じ、方向もわかりました。床から立って、足を引きずりながら部屋を進み、奥の開いた出口へむかいました。

通路も部屋も岩をくりぬいたつくりです。安全灯はかなり不規則な間隔で壁から吊られています。あちこちの隅に蓋が開いてつぶれた与圧輸送箱が積まれています。ここも縦穴とおなじく倉庫がわりに長く使われたのでしょう。天井に埋めこまれた照明パネルは割れて曇っています。壁の上辺と下辺に装飾が残っていますが、落書きに埋まっています。文字はティアゴの言語モジュールでも読み取れないものばかりです。床には異臭のするしみがあります。人間の生活空間だったところのこういう痕跡はよくない徴候です。恐ろしいことが起きたのでしょう。そう考えると有機組織の皮膚が粟立《あわだ》ちます。

弊機の状態はよくありません。よろめき歩くたびに体から物理弾が抜け落ち、機能液の漏出がひどくなります。しかも、キルウェアと化して頭に住みついたもう一人の自分との二人旅。二・〇はこちらのプロセッサ空間の一角にパーティションを立てて占拠しています。『サンクチュアリームーンの盛衰』第百七十二話を観ておとなしくしているのがせめてもの救いです。運用信頼性が低下しているのでプロセッサ空間を明け渡してほしいのですが、意識レベルが低下して作戦を忘れてこちらを攻撃してきたら困ります。娯楽にひたって明晰《めいせき》な意識をたもってくれているほうがましです。修正パッチをあてるにはＡＲＴの助けがほしいところで、とくにいまの弊機には無理です。痛覚センサーは下げたままで、膝関節の異音はますます大きくなり、状態は最悪。こんなときに活動中のキルウェアをいじるべきではありません。

通路は大きな格納庫のような空間に出ました。広すぎて安全灯では闇を払いきれません。複数の視覚フィルターを使ってだれもいないのを確認してから、よろめく足を踏みいれました。天井には中型の航空機を通せそうな大きなハッチ。床のプレートは傷と汚れだらけですが、かすかな線と方向指示の記号が残っています。壁には装飾的な絵が高いところまで描かれています。ただしかなり薄れて、目をこらすとかえってぼやけます。

奥の壁の丸みのある入り口のむこうには二つの階段があります。弊機の右隣には原始的なリフトチューブがあり、電力が来ています（リフトといってもかごに乗る種類ではなく、制御された重力場によって浮揚して上下移動するもので、重力シャフトともいいます。採掘施設で現役の装置の事故率を知っていると、こんなものに乗るくらいならもう一本の手もはずしたほうがましです）。

どう見てもこれはCR標準暦で四十年前のコロニーではありません。前CR時代の施設です。アダマンタイン社はのちにこの隣に自分たちのコロニーを建設したのです。

正面の通路のむこうはロビーです。その奥の壁に大きなハッチがあって、薄く開いています。爆発の衝撃を受けたようにゆがみ、まわりの石壁や床に深い傷が残っています。

動くものの音は拾えず、スキャンしても電源や動力源の反応はありません。ここは大きな建物の機械室がある階なので、本来なら電源があってしかるべきです。足を引きずってロビーにはいり、ハッチのすきまから奥をのぞこうと斜め方向から近づきました。

円形の部屋です。天井の照明パネルの一部が生きていてぼんやりと照らされています。金属製のテーブルは円を描き、そこの台に設置された物理スクリーンは人間の目の高さにあります。

〈異星種族用ではないですね〉二・〇が言いました。

〈異星種族でないことは最初からわかっていました〉

〈異星種族でない確率は七十二パーセントでしたよ〉

古い推定値にもとづく反論ですが、自分との議論はやめておきます。室内に足を踏みいれました。

テーブルと台がさらにあります。いずれも細いパイプをつないだ構造です。輸送しやすく、現場でさまざまなかたちに組み立てられるのでしょう。中央を丸くかこんだテーブルに固定された物理スクリーンは、ターゲットが使っていた装置より大きいのも小さいのもあります。その八十六パーセントは電源がはいらないか壊れていて、たとえ機能してもノイズしか映りません。長方形や円形の大きな物体や装置があり、星形のものも一つあります。直径五十センチくらいで、パイプを籠形に組んだなかにいれて中央におかれています。

これらは歴史ドラマに出てくる前CR時代の技術製品とはあまり似ていません。すべて小さく、使いやすそうで、曲線的な優雅なかたちです。布素材は濃い灰色をしています。星形の物体は前CR時代の中央システムでしょう。不気味に沈黙し、フィードに救難信号だけを出しています。

不気味といえば、いまさらですが、人間の死体が一体あります。

中央の星形の装置と、外周のスクリーンを立てたテーブルのあいだでうつぶせに倒れています。死体は石の床からはえた白い結晶のような糸状の物体でつつまれています。

床からはえた物体はともかく、ほかの人間たちが死体を放置するというのは異常です。

〈この白い生成物はきっと異星遺物から出たものです〉

〈でしょうね〉二・〇の意見に賛成です。

システムの発信内容が、〝支援求む〟から、〝注意、危険物あり〟に変化しました。こちらが到着したことを理解しているのです。

〈ふむ。ではフィルターを調節して、標準チャンネル以外のアクティブな信号を探してみてください〉二・〇が言いました。

そのとおりに調節すると、データを二・〇が奪ってたちまち画像化しました。

驚いたというより、脳が痺《しび》れるような恐怖を感じました。予想では、アクティブな接続は部屋中にあるはずでした。装置からスクリーンへ、さらに壁からその他の設備へ。接続が壊れて停止しているところが大なり小なりあるにせよ、そんなノードが広がっていると思っていました。

得られた画像にはたしかに接続が映っています。しかしそれは、人間の死体から出ていました。網状の塊になっています。中央システムとからみあってから、壁へ伸び、古い接続経路にはいっています。

背中がハッチにぶつかってようやく、あとずさっていることに気づきました。

二・〇がささやきました。

〈これが敵制御システムですよ〉

19

警備ユニット〇〇三
ステータス：救出作戦、ステージ〇一

ペリヘリオン号のシャトルを、アラダが操縦モジュールの助けを借りて惑星の地表へ降下させている。本機は副操縦士席にすわって観測を担当するように指示された。貨物室以外に載せられるのは異例だ。

予定の着陸地は、前CR時代の施設がある台地の崖下に設置された広いプラットフォーム。第二着陸場が計画されていたのか、大型の建設ボットを据えつける予定だったのか不明だが、現状では更地だ。前CR施設や地上港からの視線は届かない。付近の通話回線とスキャン信号はペリヘリオン号が妨害しているので、降下中のシャトルが探知されることもない。

これまでに救出した顧客の情報にしたがって、本機のスキャン機能は停止し、ドローンは飛ばしていない。

地上は日周の後半にはいっており、天気は晴明。ミッションの成功評価に影響するような

大気の擾乱《じょうらん》が起きる気配はない。

目視以外の入力は三つある。
(1) 地上港の外の平地にラッティが着陸させた第二シャトルのカメラ。
(2) ペリヘリオン号が制御するドローン。ラッティのシャトルで運ばれ、現在はオバース、ティアゴ、アイリスに同行している。
(3) ペリヘリオン号そのもの。船はすべての場所と入力をモニターしている。
ペリヘリオン号の顧客のうち四人は説得され、リフトタワーの整備カプセルで宇宙港にもどった。いまは無事に救助されて医療処置を受けている。オバースとティアゴとアイリスの三人は地上に残り、プランB〇一のステージ〇一実施を補助することになっている。

ターゲットたちは地上港から退去したが、その後、五人の代表がこちらの人間との面会に同意した。この同意を取りつけるために、ペリヘリオン号はコロニー近郊のだれでも聞ける一般通話放送で次のようにメッセージを送った。

〈主力テラフォームエンジンの場所は特定した。交渉に出てこい。不同意なら破壊する〉

返事はなかった。そこで第二のメッセージを送った。

〈こちらが本気だという証拠がほしいようだな〉

ペリヘリオン号は宇宙港と前CR施設のあいだにある農業ゾーンの中央に、爆装したパスファインダーを突入、起爆させた。大きなクレーターができた。さらに二機目のパスファインダーを前CR施設の上空で爆発させた。

ターゲットは交渉に同意した。

本機はシャトル搭乗前にこう言われた。

アラダ。「無理にやらなくてもいいのよ。あなたの――ほかの二人の警備ユニットにひどいことをした人間と対峙《たいじ》しなくてはいけない。不愉快よね。統制モジュールをハックしてもないあなたに、こんな仕事を頼むのは心苦しいわ。まだ気持ちを整理できていないでしょう」

整理はできていない。しかしプロトコルにしたがって救出作戦を補助するのは慣れている。

本機。「やらせてほしい」

アラダはうなずいて。「ありがとう。警備ユニットを救出できたら……たくさんの人がよろこぶわ」

ヘルプミー・ファイルを読んでいるので、それが真実の言葉だとわかる。しかしデータを真と認めることと、それを経験することは異なる。警備ユニットは必要なら遺棄可能であることも機能の一部だ。しかし人間たちにあの警備ユニットを遺棄する考えはない。

ここではなにが起きているのか理解できないことも多い。それでも参加する。

秘匿フィードと通話回線を確認し、アラダにハッチ開放の信号を送る。アーマーの背面に取りついていた情報収集ドローン群が雲のようにシャトルから出ていく。散開してステルスモードにはいり、前CR施設へむかう。これらはターゲットの防護装備とおなじ妨害波を出すコードが仕込まれている。敵ドローンを探知できないが、探知されることもない。本機もおなじコードを実行しているので、やはり探知されないはずだ。とはいえ未検証なので、避けられるなら避けたほうがいい。

地上港の外、東側出口の広いバルコニーに到着する五人のターゲットと、迎えるオバース、ティアゴ、アイリスを、ペリヘリオン号のドローンがとらえて秘匿フィードに映像を送ってくる。

また、バルコニーには爆装パスファインダーもいる。

ターゲットたちは武装しておらず、普通の作業服姿だ。戦闘時のあの防護スーツではない。ターゲットのうち二人は顔、手、その他の露出した肌が灰色を呈している。あとの三人は通常の人間の肌の色に、部分的に灰色のしみができている。

ラッティがフィードで。〈どうだろう、うまくいくかな〉

アラダ。〈静かに。三人の気が散ることを言わないで〉

オバースは同意の合図をフィードで送ってくる。

最初のターゲット（ターゲット一号と呼称）。「あなたたちがいるのに爆発させるわけにいかないでしょう。なぜ脅すの？」

翻訳はペリヘリオン号がフィードで送ってくる。言語は宇宙港の標識類に使われていたものとおなじと判定される。

アイリスがフィードで。〈アダマンタイン社のコロニーの言語よ。探査船で助けてくれた入植者とおなじグループだと思う〉

ティアゴがターゲットに。「あれは俺たちへの脅しでもあるんだ。船の立場を代弁するように強制されてるんだよ」

（ペリヘリオン号で作戦を検討した初期段階で、ラッティが反対を表明した。「そんなの、むこうが信じると思う？　僕らが悪辣な船の虜囚で、強制されて交渉してるなんて」）

（ペリヘリオン号。〈本船が信じさせる〉）

ティアゴ。「あんたたちはあの船を攻撃した。外部のシステムを導入し、一部の乗組員を連れ去った」

ターゲット二号。「やったのは感染者グループだ。わたしたちに責任はない」

ティアゴ。「かもしれないが、船は共同責任を負わせるつもりだ。そちらの事情を詳しく話してくれれば酌量の余地を認めるかもしれない」

ターゲット三号が皮肉っぽく。「話せる船ならじかに交渉に来ればいいでしょう」

ペリヘリオン号のドローン。〈本船とは対面しないほうが身のためだ〉

ターゲットたちは驚きと少々の困惑をしめす。

ターゲット二号。「船に乗りこんだ者たちはどうなった？」

ティアゴはオバースを見る。

オバース。「全員死んだわ」

（ティアゴとオバースは初期段階で話しあって、オバースが悪役をやると決めていた。悪辣な船に同調してコロニーを爆破したがっているという設定だ）

本機のドローンが前CR施設の広場に到達し、肋骨状の張り出しの下をくぐる。
秘匿フィードで本機。〈敵情偵察中〉
ドローンは広場東側の二つの出入口の内側に、七人の武装したターゲットが隠れているのを発見する。ほかの二つの出入口に危険はないらしい。ペリヘリオン号から了解の合図。
ターゲット二号。「こちらへの要求は？」
ティアゴ。「拘束した人物を降下ボックスの乗降ロビーで解放してほしい。無事に帰してくれれば、こちらはなにもせずに去る」一方で秘匿フィードで。〈言うだけ言ってみよう。意外とすんなりいくかもしれない〉
オバース。〈もう、ティアゴ……〉
アイリス。〈すんなりいくわけないわ〉
そのとおりだ。要求されてあっさりと人質を解放するとは思えない。
ターゲット一号。「わたしたちではできない。拘束しているのはこちらではなく、離反グループなのよ」
オバース。「だったらそいつらを説得して。でないともっと爆破するわよ」
ターゲット二号。「やつらは言うことを聞かない」
オバースはパスファインダーを顔でしめして。「聞くようにしなさい。ほかに道はない」
ティアゴ。「どこに監禁されているのか教えてくれれば、船をしばらく待たせられるかもしれない」

ドローンは広場西側の二カ所の出入口をひそかに通る。このことをペリヘリオン号に報告すると、またフィードで了解の合図が返ってくる。

ペリヘリオン号から人間たちに。〈時間稼ぎを続けろ〉

ターゲットはさらにいらだった態度を見せる。

アイリス。「じゃあ、このコロニーの事情を話して。そういう説明も船への説得材料になるわ。異星遺物をみつけたのね。それをこちらの船のエンジンに取りつけようとした。探査船にも」

ターゲット二号。「あっちのグループが勝手にやったことだ」

ターゲット四号が初めて発言。「うさん臭いわね。こちらの発見を横取りする気？」

オバース。「農業ゾーンでのさっきの爆発が信じられないとでも？」

ターゲット一号がターゲット四号をつついて黙らせる。「爆発の影響はグループによって異なるわ。一部の連中のやったことでこちらを非難されても困る」

アイリス。「でもその一部の連中が探査船の乗組員の大半を殺したのよ。そのうえ無理やり感染させようとした。こちらは助けにきてあげた。なのに信用しろですって？」

オバース。「いいかげん、責任逃れをやめて誠意をしめすことね。まずこちらの仲間が監禁されている場所を教えなさい」

ドローンはいま、暗い通路を偵察している。送られてくるのはおもに低解像度の映像のみ。フィードは生きているが、警備ユニットの気配はない。一機が重力シャフトをみつけ、降下する。数機を追わせる。捜索すべき階がいくつもみつかる。この施設は思った以上に巨大な地下構造を持っている。

ターゲット五号が突然。「なぜ場所を知りたがる？　解放できるとでも？」

ラッティがフィードで。〈気をつけて。質問の意図を疑われたくない〉

ペリヘリオン号がドローンからターゲットたちへ。〈本気の証拠をもう一度見せてほしいか？　農業システムに不可欠な水源がなくなってもいいのか？〉

ターゲットたちはまたいらだつ。

ティアゴ。「わかっただろう？　仲間の居場所を教えてくれれば、あんたたちの責任じゃないと船を納得させられるかもしれない」

ドローンから偵察データがはいる。

本機からペリヘリオン号へ。〈それらしい信号をとらえた。しかしドローンからは接続できず、位置も特定できない〉さらに。〈位置の特定を助けるには、本機がそばへ行く必要がある〉

つまり現場に足を運ばなくてはいけない。

ペリヘリオン号はこれを承認。〈ステージ〇二に移行〉

フィードで聞いていたアラダがうなずく。「幸運を」

本機。「ありがとう」

シャトルから下りて、ハッチをアラダがロックしたのを確認する。それから岩場をひそかにより登り、前CR施設とその中央広場をめざす。

マーダーボット一・〇

ともあれ、敵制御システムを発見しました。わずかに残った背中の皮膚が汗ばんでシャツに張りつき、運用信頼性がまた三パーセント低下しました。

アダマンタイン社の入植者はここで前CR時代のシステムをみつけ、自分たちのシステムのバックアップとして修理、稼働させたのでしょう。そしてある日、地下倉庫として使っていた縦穴でなにかが起きた。おそらく、とても重い機材を落下させて、穴の底の封印されたハッチを破ってしまったのです。そして一人の人間が確認に下りて、異星遺物に感染した。上がってきたその人間がこの部屋に汚染を持ちこんだのは、たまたまなのか、それともティアゴのいうある種の強迫観念に導かれたのか。いずれにしても異星遺物が前CR時代の中央システムに取りついたわけです。

これまでは、感染した入植者が敵制御システムをつくったか、乗っ取って自分たちのために使っていると思っていました。真実は逆だったわけです。

中央システムが呼びかけてきました。

〈問い：身許は？〉

意思疎通する能力が残っているとは意外です。

〈答え：警備ユニット（複数）〉

〈問い：支援は？〉

〈答え：実施中〉

その〝支援〟は、システムの恒久的シャットダウンをともなうだろうという悪い予感がします。しかしそのときまでよけいなことを考える必要はありません。

二・〇が言いました。

〈これがフィードインターフェースを介して、汚染ないし感染を人間に広めたのですね〉

〈たぶんそうです〉

最初は脳にインターフェースをいれている強化人間に感染したのでしょう。そのあと着脱式の外部インターフェースを使う普通の人間にも広まったはずです。ただし影響力は百パーセントではありません。探査船に乗ってきたターゲットの一部がアイリスたちの脱出を助け、異星種族の集合精神や敵制御システムの主張を信用していないのがその証拠です。

二・〇は続けます。

〈インプラントがただの受信機で、前CR時代の古い技術という見立ては正しかったようですね。遺物技術はARTのエンジンに取りつけられ、探査船にも取りつけられそうになった。敵制御システムはその使い方を入植者に教え、敵ドローンと防護装備が持つセンサー偏向機能のコードを書いたわけです〉

この台地全体が異星遺物の埋蔵地、あるいは遺跡なのでしょう。あの縦穴の底にはなにが眠っているのか。こんなところで食料生産までしているとは。

二・〇が愕然としたようにためらいました。

〈汚染がコードを通じて広がるとしたら、ARTも感染しているかも〉

〈それはありません。敵制御システムは怒ってARTの現行バージョンを削除したくらいですから〉

ARTは自分のコピーを作成した時点では感染していたはずです。しかし再起動後は、敵制御システムが使っていた処理空間を徹底的に清掃しました。敵制御システムが残したあらゆる断片をキルウェアとして削除。感染したコード……らしいものも削除したはずです。異星種族のコードは意味不明ですが、あくまで、一見するとです。人間のDNAとおなじ原理の機械可読コードが使われているはずで、強化人間や構成機体用の部品もそれで動いています。だから適切にフィルタリングしないとマルウェアがはいる危険が……。ああ、そうか。

〈このシステムとおなじく、ARTも強化人間から感染したはずです。ターゲットは人間の感染者を送りこんで――〉

〈あの二人ですね！　ラスとエレトラだ〉

二・〇は言いました。そのとおりです。

〈――二人は負傷していると申告し、ARTは医療システムにかけた。それで汚染コードを読んでしまったのです。敵制御システムはインプラントを通じて二人の記憶を消去して、そこに汚染――〉

〈いや、ちがいますよ〉二・〇は言いました。〈二人が運んだのは汚染ではありません。ターゲットが二人に運ばせてARTに導入したのは、敵制御システムのはずです。だからエレトラの記憶はあれほど混乱していた。神経組織をカーネルのストレージ空間に使われていたからです〉さらに続けました。〈あれはキルウェアのようなものです。だから行く先々で遭遇する。増殖するんです〉

中央システムの筐体《きようたい》を見ました。結論としてはこういうことです。

（1）異星遺物は感染した人間を最寄りのオペレーティングシステムのそばに行かせた。それが前CR時代の中央システムだった。

（2）感染した中央システムは自己を分割して（強迫観念にとらわれて？　遺物汚染された人間が奇怪な建物をつくったり殺しあったりしたように？）敵制御システムをつくった。これはマルウェアのようなシステムで、前CR時代の古い技術と異星種族の遺物技術がかけあわされたもの。

（3）敵制御システムはアダマンタイン社のシステムと入植者に拡散した。入植者たちは前CR時代の技術を使うことをしいられた。なぜなら前CR時代のシステムはそれしか理解できないから。敵制御システムは前CR時代の技術を使って必要なものをつくった。それがドローンでありインプラント。そこには異星種族のコードも使われている。

（4）それでもまだ敵制御システムはコロニーから出られない。惑星のテラフォームされた地域に閉じこめられていた。そこにバリッシュ－エストランザ社の先遣隊がやってきた。

弊機は遺物が露出した縦穴にはいりましたし、いまこの部屋にもいます。感染した感覚はいまのところありません。敵制御システムは探査船の警備ユニットに感染しませんでした。二・〇によれば、三号は行動停止を命じられて通路に立たされていただけで、感染はしていません。構成機体に感染しないのであれば朗報です。

〈では敵連絡者はだれでしょうか〉二・〇が言いました。

そうです。探査船で敵制御システムの一つのバージョンとやりとりしていた連絡者です。二・〇は人間だと考えていました。すくなくとも異星種族ではないと。そして二・〇はその接続をたどってこの施設へ来て、前CR時代の中央システムに到達した……。

いやな予感がします。

ゆっくりと歩きだし、網目状の接続をまわっていきました。聞こえるのは不具合のある膝関節の異音と、絶望的にくりかえされる救難信号のみ。

〈ええと、どこへ？〉二・〇が訊きます。

〈確認することがあります〉

テーブルの切れめが接続の空白域になっていて、そこから内側にはいります。うつぶせになった人間の死体のそばに、なかば倒れるようにしゃがみました。

腐敗臭がしないことに気づいていましたし、不審でした。この死体が大規模な感染拡大のきっかけだとしたら、すくなくとも数カ月はたっているはずですし、惑星暦で一年あるいは数年が経過していてもおかしくありません。しかし白い生成物につつまれた死体はやつれておらず、腐っても乾燥してもいません。

白く結晶した生成物は粒状で、目や口からもはえています。顔をのぞきこむために、斜めから顔を下げて近づきました。淡褐色の肌のあちこちに青みがかった白いしみ。腐敗によるものか、それともターゲットの肌の変色や変化とおなじものか。瞳は青。その目は……こちらを見ています。

あわててあとずさり、テーブルと台の円から出ました。膝の不具合のせいで立てません。壁に背中を押しつければ立てますが、そのためには死体のほうをむかなくてはいけません。

〈暴力頼みの問題解決はよくありませんが、この場合は……〉二・〇が言いました。

〈この場合は、そうですね〉

右腕のエネルギー銃を人間の頭にむけ、威力を最大にして撃ちました。

白い生成物が強く輝き、正体不明のにおいがかすかに漂いました。人間はまだ無表情にこちらを見ています。眼球は液体の乾燥物がこびりついて、まばたきできません。どうして今回にかぎって簡単にすまないのか。

殺そうと三回試したところで、二・〇が言いました。

〈まわりの床に残った傷や跡は、物理銃やエネルギー銃によるものでしょうね。ほかにも殺そうと試みた者がいるようです。何度も、さまざまな方向から、さまざまな銃で〉

なるほど。本体を殺そうとしたし、この部屋の入り口も爆破しようとしたわけです。しかし充分な威力の爆薬を使うまえに阻止された。汚染が宿主の人間の有機組織になにかしたのでしょう。自己保存機能です。

もう一度近づいて頭に拳を打ちこむのはためらわれます。なぜなら、(a)構成機体はコード汚染されないらしいとはいえ、遺物が有機組織に直接付着したらどうなるかわからないし、(b)エネルギー銃が効かないなら拳もたぶん効かない、からです。

部屋にむきなおり、壁を使って立ち上がりました。

〈縦穴に工具がいろいろありました。これをつぶせるものが必要です。あるいはもっと強力な爆発物が〉

もちろん、立って歩くのがやっとの状態では楽観的すぎるでしょう。

すると二・〇が言いました。

〈少々引っかかります。敵制御システムがなぜ応援を呼ばないのか。なんらかの接近探知手段があるはずです。また敵連絡者はこちらが見えているはずです〉

ああ、たしかに引っかかります。

すると中央システムが突然言いました。

〈問い：顧客集団は死亡したか？　はい／いいえ〉

人間について尋ねています。

〈答え：いいえ。顧客集団は危険な状態〉

〈問い：顧客集団に支援は？〉

適切なコードを持ちませんし、嘘もつきたくありません。実際以上に悪い状況です。

〈答え：不明〉

中央システムは沈黙しました。そこでこちらから質問しました。

〈問い：接近警報が稼働しているか？〉

中央システムは状況を理解しています。敵制御システムがこちらの居場所を把握しているかどうかもわかっているでしょう。

〈答え：警報なし。接近警報なし。不明な生物はいない。ネットワークのみ〉

ほう。つまり弊機の存在を敵性でないと解釈していて、だから敵制御システムは反応しないのです。弊機をターゲット、つまり感染した入植者とみなしています。

返事に詰まりました。警備ユニットは人間のようなショック状態になりませんが、それでも運用信頼性がさらに五パーセント低下しました。いろいろなことが同時に起きています。

〈弊機はネットワークにいません。感染していません〉

すると二・〇が言いました。

〈いやあ、じつは感染してるかもしれませんよ。自己診断にそんな変則的結果がありました。ちょっと待ってください〉

中央システムが画像を送ってきました。室内の接続マップで、さきほど二・〇が作成したものと似ています。弊機の固定アドレスも、敵制御システムとの接続も書かれています。

ああ、そうか。

人間から機械へ。そのように感染するのです。人間から機械へ、機械から人間へ。基本がまちがっていました。ARTの感染を防ごうと、感染していそうなシステムとの接触を避けさせていました。しかし恐れるべきは、感染した強化人間だったのです。敵は縦穴で弊機が感染するとこの部屋をスキャンし、感染した人間もスキャンしました。敵は縦穴で弊機が感染することを期待していたのでしょう。みずからこの部屋に足を運び、感染まで自分でやったわけです。

二・〇が言いました。

〈アクティブな処理空間に異常コードを発見しました。隔離してタグをつけています。削除を試みています。あ、また削除プロセスから逃げました。すくなくともタグはついています〉

〈弊機は警備ユニットなので感染しないと思っていました〉

言ってみると情けないセリフです。よくいる愚かな人間が、〝僕は特別なんだ！　特別でいたいんだ！〟と叫んでいるようです。

〈削除可能なはずです。ARTは削除できたのですから〉

それはまあ、ARTですから。弊機だけではさすがに。

敵制御システムにいつ乗っ取られてもおかしくありません。統制モジュールが復活するようなものです。

いやです。それだけは絶対にいやです。

ターゲットのネットワークにはいれました。応援もいるかもしれません。

中央システムに尋ねました。

〈問い：削除と再起動を開始する許可を〉

ところがむこうからも問われました。

〈問い：顧客集団に支援は？〉

弊機が人間たちを助けるなら、システムは弊機を助けるというわけです。

〈答え：可能なら試みる〉

〈答え：許可する〉

ふいにすべてのノードが見えました。中央システムも、ターゲットも、それらのからみあうようすも。その辺縁に敵連絡者がいます。中央システムにアクセスして削除を開始しました。

そのとき敵制御システムがここにいる弊機に気づきました。

予想以上にすばやい反応でした。接続を通じて中央システムを圧倒し、防壁を突破して弊機の頭に流れこんできました。過去二回にわたって遭遇したデータがあり、弊機を知っています。ほかの敵制御システムを殺したことも知っています。

終わりだと、一秒間思いました。削除されるか。あるいは統制モジュールのように頭に居すわられて支配されるか。かなうなら削除されたほうがましです。

しかし敵が気づいていないことがあります。二・〇がいることです。かりに気づいていても、二・〇が異なる存在で異なる能力を持っていることを理解していないでしょう。こちらはみるみるうちに機能を失い、非自発的な再起動に追いこまれそうになりました。しかし二・〇は健在です。そしてキルウェアです。

二・〇は敵制御システムを頭から引きずり出し、アクティブな接続を経由して中央システムのパーティション内に追いこみました。

中央システムは言いました。

〈削除失敗〉

二・〇はこちらに言いました。

〈シャットダウンして、ユニットを破壊してください。さあ、早く〉

〈それをやるとあなたが死にます〉

〈わかっています。なんのためのキルウェアだと思っているんですか。ばかですね。やってください〉

できません。やりたくありません。弊機はばかです。ミキのことを思い出しました。身を挺《てい》して戦闘ボットの攻撃を防いでくれたおかげで、人間たちを救う猶予を得ました。

〈これをしくじるようなら怒髪天を衝《つ》きますよ。ARTが温和に見えるくらいに。それにミキとちがって、これは弊機の勝利です〉

つらいのをこらえて、シャットダウンを開始しました。

中央システムが停止したとたん、フィードが消失しました。頭の内も外も静まりかえります。またしても床に倒れているのに気づいて、よろよろと立ち上がりました。テーブルをひっくり返して、その太い支柱を左腕のエネルギー銃で切り取りました。足を引きずって星形の筐体に近づきます。このなかにはいま二・〇と中央システムと敵制御システムがいます。いずれも眠っているのだと思おうとしました。二・〇も中央システムもなにも感じません。

敵制御システムがなにも感じないのは残念です。

棍棒《こんぼう》がわりの支柱と両腕のエネルギー銃を使って、筐体をこじ開け、内部を叩き壊して溶かしました。奇妙な罪悪感があります。体の有機組織はまたしても胃がなくてさいわいな反応をしめしています。警備ユニットや戦闘ボットならこれまで何機も殺してきましたが、これは自分自身です……ある意味で。いや、やはり正真正銘の自分でしょう。中央システムはまぎれもなく被害者です。敵連絡者も被害者になります。すぐになんらかの方法で殺さなくてはいけません。敵制御システムが停止すれば、その強固な防護構造も破れるでしょう。

中央システムの筐体を壊し終えて、敵連絡者にむきなおりました。

なんと、動いています。最悪です。もとの人間が部分的に生き残っているのだとしたら……。

突然すばやく立ち上がり、飛びかかってきました。

警備ユニット〇〇三
ステータス：救出作戦を実行中

本機は前CR施設の北面をまわり、二棟の地上構造物のあいだの通路をめざす。ドローンの敵情偵察から施設内のマップは作成できている。東側出入口の内側に隠れたターゲットたちの位置も把握している。

地上港のバルコニーで人間と交渉しているターゲットは、コロニーの歴史を説明している。アイリスが得た情報が正しいとわかるが、さしあたって役に立たない。

人間たちが情報を得られないなら、ないままで施設にはいるしかない。本機にとっては統制モジュールを無効化して最初の救出作戦であり、成功させたい。警備ユニットを発見したい。

現在のステータスをペリヘリオン号に送信する。返事が遅い。

しばらくして。〈その場に待機〉

本機。〈救出作戦を完了するには前進しなくてはならない〉

ペリヘリオン号。〈成功の可能性がないところへ無駄に突入させたら、警備ユニットが怒る〉

どういうことか。

ターゲット二号。「彼らは倉庫の装置を使いたがった。古い装置だ。それをきっかけに事態が悪化した」

ティアゴ。「インプラントを使いはじめたのはだれだ?」

ターゲットたちはけげんそうにする。

ターゲット一号。「インプラントって？」

ドローンによると施設地下での信号活動が増大している。しかし位置は特定できない。

ティアゴがフィードで。〈ラッティ、きみが分析したやつを——〉

ラッティがファイルをペリヘリオン号に送る。そのドローンがディスプレイを空中に投影して、ターゲットからインプラントを摘出する映像を流す。

ターゲットたちは映像を見つめている。

オバース。「これよ。聞いてなかったの？」

ほかのターゲットたちの視線が集まったターゲット四号。「接続を助けるものよ。防護のため」

ターゲット一号。「防護？」

ターゲット三号。「ほかの多くもこれを埋めこまれてるの？　強制的に？」

ターゲット二号が人間たちにむきなおる。「広場から八階下だ。きみたちの仲間はそこにとらわれている。汚染物もある」

ペリヘリオン号が秘匿フィードで本機に。〈人間たちを避難させる。おまえは前進しろ〉

本機は秘匿フィードで返答。〈了解。前進する〉

バルコニーで、ペリヘリオン号のドローンから人間たちへ。〈逃げろ。三分以内にこのエリアから出ろ〉

オバース。「早く！」

人間たちはバルコニーからシャトルへ走っていく。

ターゲットたちは混乱している。やがて地上港から離れる道を走っていく。

パスファインダーがふたたび農業ゾーンに突入して爆発する。空を横断する四本の弧が破壊的な騒音をたてはじめる。救出作戦ステージ〇二を開始するのに恰好《かっこう》の陽動だ。

広場に面した建物の東側出入口に隠れていたターゲットたちが動揺し、三人が逃げ出して高架道路へむかう。本機は気づかれることなく、べつの出入口からなかへはいる。

マーダーボット一・〇

運用信頼性が低下していたとはいえ、恐怖で反応速度が上がり、敵連絡者の頭をテーブルの支柱で横殴りにしました。衝撃で相手はよろめき、あとずさりましたが、体に影響はありません。むしろこちらの故障した膝関節が反動に耐えきれず、崩れてふたたび床に倒れました。

もっと大きな武器が必要です。助けも必要です。とにかくここから出る必要があります。荒れた床で手を傷つけながらハッチのほうへ這います。なんとか起き上がり、敵連絡者が体勢を立てなおすまえにテーブルの円の外に出ました。ここまで来てつかまったら水の泡です。それどころか、死んだあわれな中央システムのかわりに弊機が次の踏み台にされるのです。ごめんこうむります。

足を引きずりながらよろよろと格納庫を横切り、例のひどい重力シャフトへ行きました（本音では使いたくありませんが、いまは階段を上がる暇がありません。うしろから追われていると、これが魅力的に見えてきました。いちおうフィードが停止しているので遠隔操作で止めることはできません）。背後の足音を聞いて、やむなく飛びこみました。

反重力に押し上げられながら、体をひねって背後を見ました。敵連絡者は十メートルむこうに迫っています。シャフトに到達されるまえに降りなくてはいけません。フィードなしではうまくいかずに二階分を通過し、停止ゾーンの指定がないところで無理やり外に出ました。次の階の薄暗い通路に押し出され、またしても床にころがります。

痛い。痛覚センサーの制御もおかしくなっています。システム障害が近い証拠です。降りるのに手間どっているうちに、この階で出たのを敵連絡者に見られたようです。ここで非自発的シャットダウンに至ったら万事休す。再起動したら敵制御システムになっているでしょう。

上階へ移動しているのはたしかですが、外へ出る方法はわかりません。とにかく逃げつづけるだけ。立ってよろめき走りました。

通路は格納庫のシャフト外周をえんえんとまわっていきます。とても長いかわりに、清潔で照明もあり、最近まで使われていたようすです。なにより救命ポッドや階段があるはずです。

そのとき、一瞬の電子的接触がありました。ピンのようなものです。なじみのあるピン。ドローンからです。近くにドローンがいる。敵ドローンではなく、味方の。必死にピンを打ち返しました。敵連絡者ではありえません。その足音は背後に迫っていて、こちらの位置を探るまでもないはずです。

前方に強い照明が見えてきました。階段室です。そこに飛びこむと、ちょうどアーマーを装備した警備ユニットが踊り場に駆け下りてきたところでした。

反射的に両腕のエネルギー銃を撃とうとして、すんでのところでヘルメットのステッカーに気づきました。マーカーペイントによる圧縮機械言語で、〝ARTから派遣〟と書かれています。二・〇が勧誘した警備ユニット三号にちがいありません。

不透明なヘルメットをこちらにむけて、警備ユニットは言いました。

「べつの警備ユニットを救出するのは初めてだ。この場合のプロトコルがない」

プロトコルなどクソのクソです。

「敵性存在が近づいています。汚染されています。絶対にスキャンせず、物理的接触も避けてください」感染のしくみが推測どおりなら、弊機から警備ユニットにうつることはないはずですが、用心にこしたことはありません。「弊機もスキャンせず、接触しないでください。感染している可能性があります」

「その情報はすでにペリヘリオン号が――」

三号は言いかけたところで、突然跳躍し、背中の銃を抜きながら弊機の背後に着地しました。通路のむこうから敵連絡者があらわれたのです。強力なエネルギー弾を浴びて敵連絡者はのけぞりましたが、異星遺物の保護外装はまったくそこなわれていません。

「効きませんよ」

叫びかけたとき、三号は次弾を通路の天井にむけて撃ちました。衝撃で照明パネルが割れ、支持構造が壊れました。石の塊がいくつも崩落してくるなかで、三号は跳んでもどってきて弊機の腰をかかえました。

「つかまって。これから――」

その肩をつかみながら叫びました。

「わかっています！　早く！」

三号は階段を駆け上がっていきました。次のフロア……さらに次のフロア……（このようにかかえて運ばれるのは不快です。人間が嫌うのはもっともです）。三号が呼んだドローンが周囲をつつむ雲の盾になりました。

ハッチをくぐって明るい屋外へ出ました。地上港から見た広場です。舗装の上に敵ドローンが散らばっています。敵制御システムが停止したのと同時に息絶えたのです。ターゲットの姿は見えません。広場の中央にパスファインダーが鎮座しているせいかもしれません。通話回線と音声でこう放送しています。

「〈警告、まもなく爆発する〉」

あきれました。

「ARTはパスファインダーを爆装したのですか？　こちらに黙って？」

まったく不愉快千万です。

「人間たちも驚いていた」三号は言いました。

ARTのシャトルが建物の肋骨状の張り出しのむこうから降下してきて、広場に着陸しました。ハッチが開いて三号は機内に飛びこみました。

耐加速座席に放りこまれた直後に、敵連絡者が走ってくるのがハッチのむこうに見えました。そのハッチが閉まり、アラダが叫びました。

「収容したわ！　離陸！」

座席から体が落ちそうな大加速でシャトルは上昇していきました（こんな操縦をするのはARTです）。弊機はベルトをしておらず、安全ではありません。三号は負傷した人間を介助するように隣の座席から体を倒し、弊機の上に腕を伸ばして押さえています。操縦席のアラダが言いました。

「警備ユニット、無事？」

「無事ではありません。汚染コードにやられました。二・〇が異常コードとしてタグ付けしたので、ARTなら削除できます。くれぐれも医療スキャンしないように言ってください」

舷窓から高架道路が見えます。たくさんの小さな点は施設から逃げ出すターゲット、つまり入植者です。

アラダは加速に耐える苦しい息でこちらに言いました。

「それはわかってる。探査船から脱出した乗組員がスキャンの危険性を言っていたわ。ペリヘリオン号もいまでは感染経路を理解している」

当然でしょう。もうがんばらなくていい気がしてきました。非自発的シャットダウンに身をゆだねてもいいでしょう。

もうろうとしているときに、下でパスファインダーが爆発した衝撃を感じました。

〈敵連絡者の反応が消えた〉ARTが言いました。

弊機の意識も消えました。

20

あとはシャットダウンして、面倒や苦痛はなにもかもスキップしたかったのですが、そうは修理屋が許しませんでした。

ARTに到着するまえに再起動して、足を引きずりながらも自力でシャトルから下りました。そこまではよかったのに、デッキで転倒したらまた非自発的シャットダウンにおちいりました。

ふたたび再起動したときには（もはや安売り状態ですが、運用信頼性の急低下から再起動のループは決して快適ではありません）、床に横たわって見知らぬ人間たちにかこまれていました。だれかの手が肩に伸びたので、反射的に身をすくめ、また再起動しそうになりました。アメナの声が聞こえます。

「だめよ！　さわられるのが嫌いなんだから」

よく見ると知らない人間たちではありません。ラッティとアラダが正面でデッキにしゃがみ、むこうにはアメナがいます。ほかにもカエデ、アイリス、マッテオがまわりに集まっています。ARTの乗組員たちは清潔な服に着替え、各種の医療用輸液パックを身につけています。体のにおいはだいぶましになったようです。ARTの大型の修理ドローン二機が近くに浮かび、隣には警備ユニット三号が立っています。アーマーを脱いだのは自発的か、それとも指導を受けたのか。ARTの乗組員の服に着替えています。その身ぶりや表情の解釈が正しければ、かなりとまどっているようです。

アイリスがこちらに言いました。

「だいじょうぶよ。楽にして」

マッテオがアラダに言っています。

「カエデが言うようにボックスを用意しましょう。そうすればコードを隔離して――」

「――あとはペリが削除できるわ」カエデが続けました。

「なにを削除するのですか?」

尋ねると、ラッティが説明してくれました。

「きみのシステムに侵入したコードだよ」まるで脳のありかを教えるように、自分の額を指でつつきます。「汚染されたコードがある。ペリヘリオン号がそれを除去するまで、医療システムにはかけられない。かわりにオバースとティアゴが携帯型の医療ユニットを持ってきた。フィード接続を切って使えばいい。体の負傷の手当てはこの場でやる。それが終わったら、次はペリヘリオン号による汚染の削除だ」

体の負傷……。そういえば何発も撃たれたのでした。機能液もまだ漏出中です。

「状況は?」

「もうどこからも攻撃は受けていないし、こちらも爆装パスファインダーは送っていない。全員が船にもどった。バリッシュ－エストランザ社の従業員はいずれむこうの補給船に帰すけど、そのまえに遺物汚染の有無を確認するよ」

マッテオがラッティにバイオハザード検査の技術的な質問をはじめたので、弊機は聞くのをやめました。断片的に耳にはいってきたところでは、感染拡大の様態について弊機と二・〇が推測したことは正しかったようです。それはさいわいですが、こちらは機能液を漏らして有機組織をごっそり失っています。

アラダがアイリスにむいて言いました。

「これは話しておくべきだと思うけど……あなたたちがこの星系に来た本当の目的はペリヘリオン号から聞いたわ」

ARTの乗組員たちは驚いて顔を上げました。アイリスは控えめな〝やばい〟という表情をカエデとかわしました。マッテオが希望的に尋ねます。

「ええと、それは深宇宙観測のことかな？」

問題発生でしょうか。やめてください。よりによって弊機が分解寸前で倒れているときに勘弁してほしいものです。

そのアラダは言いました。

「わたしたちは企業ではない。ペリヘリオン号は信頼にもとづいて話してくれたわ。わたしたちも船とみなさんを裏切るつもりはない」そこで小さく身ぶりをします。「企業リムにおける契約の重要性は承知しているわ。もし必要なら、ここで起きたことや聞いたことを口外しないという契約書にサインしてもいい」

ラッティは疑問の表情です。

「サインしてもいいけど、僕らもいずれなんらかの説明は求められるよ」

アメナはうなずきました。

「そうよ。第二母はなにが起きたのか聞きたがるはずだし、嘘は通らない」

「あなたの第二母というのは？」カエデが訊きました。

「プリザベーション連合評議会……元……議長のメンサー博士よ。企業リムではニュースフィードで有名になった。グレイクリスという企業に拉致されて、ある警備ユニットにトランローリンハイファで救出された事件。そのときは保険会社の砲艦が警備会社の船を攻撃して吹き飛ばした」

「救出したとある警備ユニットというのは……」

マッテオがつぶやいたあと、全員の視線がこちらに集まりました。

最悪です。フィードから切断され、ARTのカメラにもドローンにもアクセスできないときに、こんなふうに注目されたくありません。

「ART、弊機について乗組員に話したのではなかったんですか？」

〈暴走警備ユニットに会ったと話しただけよ。あらゆるニュースフィードで話題になったあの警備ユニットだとは言っていない〉

たしかに当時はあらゆるニュースフィードで話題になりましたが、それにしても。三号までが置物のふりをやめて好奇心あらわにこちらを見ています。

「そう、ペリからは……」カエデはまたアイリスと顔を見あわせました。「グレイクリス社の没落についてすこし聞いたけど、詳しい話はとくになにも……」

マッテオが眉の傾きを変えました。

「じゃあ、トランローリンハイファに暴走警備ユニットがいたという噂は――」

「本当だよ」ラッティが答えました。「そのとき逃亡した〝身許不明の共謀者〟が僕だ。だからあのステーションを再訪したら、〝商業活動への大規模な妨害と器物損壊〟の罪を問われて逮捕されるだろうね」肩をすくめます。「さて、これでおたがいを深く知りあえたわけだ」

アイリスは考えこんでから、両手を上げました。

「ねえ、突っこんだ話はあとでやることにして、とりあえずいまは秘密を共有する盟友ということでいいかしら」

「バリッシュ－エストランザ社を好ましく思っていないのは、わたしたちもおなじだ」とマッテオ。

「同感よ」アラダも言います。

ティアゴとオバースが救急キットを持ってきました。やれやれ。また再起動させられそうです。

グロい場面の説明は省略します。機能液が漏れて、物理弾を摘出して、有機組織を再生させる処置のくりかえしです。昔ながらの手作業と救急キットに頼り、ありとあらゆるところに消毒薬を吹きつけます。

セスの配偶者でアイリスの第二父であるマーティンが、医務室からの通話で助言してきました。除染隔離中ですが、生物学が専門なのです。ARTが投影したディスプレイごしにこちらを見ながら彼は言いました。

「やあ。ペリは警備ユニットの友だちがずいぶんたくさんいるんだね」

アイリスが説明しました。

「ちがうのよ、パパ。ペリが話していたあの警備ユニットなのよ。だからコロニーを爆破してでも救出しようとしたの」

「コロニーを爆破？」

弊機は訊きました。シャトルベイから動けないためデッキで倒れたまま処置を受けています。うつぶせで両腕を枕にし、ティアゴ、ラッティ、カエデの手で背中の有機組織を再生してもらっています。時間のかかる処置なので、人間たちは交代で見物しています。インターフェースにはARTの隔離ボックスがじかに接続され、敵連絡者の映像と音声をダウンロード中です。一方で痛覚センサーを下げているおかげで、その接続を通じてARTが流してくれる『時間防衛隊オリオン』を観られました。警備ユニット三号は自由に歩いていいのだとようやく理解したらしく、いまは船内を散策中です。

コロニー爆破の話はアイリスの勘ちがいではないかと思って、あらためて言いました。

「あれはみなさんを救出するための陽動だったはずです」

するとマッテオが説明しました。

「それはちがう。あのときわたしたちはみんなもう整備カプセルに乗って、入植者の手の届かないところにいた」手もとのなにかを調節してから、続けました。「ペリは爆装したパスファインダーでコロニーを爆破すると脅して、きみを解放させるつもりだったんだ」

弊機の背中からなにかを拾い上げ（内部構造の重要不可欠な部品ではないかという気がします）、脇へ運んでディスプレイごしにマーティンに見せています。

にわかには信じられません。しかし弊機の認知能力はかなり低下していて、（ろくに頭を使わない）『時間防衛隊オリオン』を理解するのもやっとの状態でした。つまりこちらに誤解があるのかもしれません。

「本当に？　なにかまちがってるのでは？」

ARTはなにも言いません。誤解だと指摘すらしないのがかえって不審です。

ラッティが言いました。

「いや、それについては明白だよ。ペリヘリオン号、警備ユニットについてみんなで話したことを認めたらどうだい？」

するとARTは言いました。

〈それはプランA〇一だった。プランB〇一は複雑で非暴力的だったが、そのほうが効果的と説得されて変更した〉

ティアゴは、ラッティにおとなしくしろと言いたげな調子で口をはさみました。

「警備ユニットは疲れて話したくないはずだ」

しかしラッティは強硬です。

「だったら映像記録を警備ユニットに見せればいいじゃないか、ペリヘリオン号。そうすれば経緯がはっきりする」

困惑しながらも、ラッティの言うとおりだと思いました。映像を見ればわかります。

「見たいです」

ARTは二・三秒間黙りこんでから、『時間防衛隊オリオン』を停止しました。そしてアーカイブに保管された記録映像を流しはじめました。

機体修復中で頭がもうろうとして言葉が出ないと思われたのはさいわいでした。実際にべつの意味で言葉を失いました。ARTと、人間たちと、五分前に会ったばかりの人間たちと、二・〇がたまたまみつけたバリッシュ－エストランザ社の警備ユニットが、弊機を救出するために一致協力していました。

しばらく黙りこみました。

人間たちの手で機体がおおむね再建されて運用信頼性の低下に歯止めがかかると、次は意識の本体を協力して隔離ボックスに移してARTが汚染コードを除去する作業にとりかかりました。〝協力して〟とはいうものの、実際にはすべておまかせの状態でした。

本来なら隔離ボックスで孤独にすごすはずですが、ARTが意識の一部をいれてきたので、いっしょに『時間防衛隊オリオン』の最終話を観ました。

終わると、ARTは言いました。

〈リアリティがなくてよかった。まるで意図したかのような結末だった〉

〈たまたまなのに、できすぎなオチがつきましたね〉

いろいろなことを考え、整理する時間がありました。まだ話したくないところもありますが（『時間防衛隊オリオン』についてではありません）、これについては話せます。

〈あなたとアメナが言うとおり、二・〇は一つの人格でした。赤ん坊ではなく、人格を持っていました〉

ARTは『時間防衛隊オリオン』の登場人物全員が二十五分の一のサイズに縮む話をまた再生しはじめました。物理モジュールを持たない弊機でもこれは非現実的だとわかります。

それでも話は楽しめました。ARTが尋ねました。

〈本船があれを送信しないほうがよかった？〉

〈そんなことはありません〉

二・〇がいなければ、ARTも弊機も敵連絡者に接触して感染し、人間たちは前CR言語を話すようになって、異星種族の集合精神を信じない者を次々と殺していたはずです。

ＡＲＴはべつのお気にいりの場面を再生しました。今度はタイムトラベルです。

〈弊機のことを乗組員に話したのですね〉

なにを言いたいかわかっているはずです。

〈逃亡中の警備ユニットをラビハイラルまで乗せたと話しただけよ。トレーシーとその従業員がシャトルでどうなったかまでは話していない〉

〈嘘をついたのですね。弊機がまるで……〉どんな表現があてはまるでしょうか。タパンとマロとラミもそのように思っていました。弊機の本質を知りませんでした。〈……まるで安全無害のように〉

〈本船の乗組員たちは非法人政体出身の調査隊ではない。企業の怖さを知らない世間知らず集団ではない。任務はつねに一定のリスクがあり、自分の身は自分で守っている。本船もね〉

しばらくして宣言しました。

〈汚染コードの削除終了。意識を機体へもどすプロセスを開始。そのまえに提案があるわ〉

『ワールドホッパーズ』をもう一度最初から観たいとか、おもしろそうな新シリーズを探したいとか、そんな提案だろうと思ったら、ちがいました。

〈次のミッションを検討中なのだけど、おまえが参加してくれるとありがたい〉

おや。とりあえず頭に浮かんだことを言いました。

〈あなたの乗組員たちは歓迎しないと思います〉

〈話しあう〉

黙りました。ARTのいう話しあいは実際には傍若無人な命令と皮肉ることもしませんでした。

ARTの乗組員たちを信用できるか、する気になるか、わかりません。とはいえ、弊機を救出しようとする人間はそもそも最近までいませんでした。メンサー博士は弊機を追ってデルトフォール隊のハビタットにはいり、ARTは弊機のために地上のコロニーを爆破しようとしました。最善の救出方法をめぐって人間たちが作戦を話しあうようすの映像には……多くの意味があります。弊機は構成機体であり、非常時に遺棄可能な設計なのに。

〈決断するのが苦手なのはわかっている。すぐに答えなくていい〉

〈決断は苦手ではありません。ART、あなたはまったく――〉

しかし言いかけたときには機体にもどされていました。当然のように運用信頼性が急低下して強制シャットダウンに至りました。

再起動してみると、医務室の処置台に寝かされていました。フィードが復旧しています。残ったドローンは宇宙港で回収したものをふくめても五機。あとは船内全体のカメラで見ます。マーティン、カリーム、トゥリは近くの船室で医療隔離中。ただしフィードでほかの人間たちとつながっています。ラッティとティアゴは食堂のラウンジでセスと話しています。オバースはマッテオ、タリク、カエデといっしょに機関モジュールにはいり、ARTのエンジンに残った異星遺物のわずかな痕跡をスキャンしています（基本的に大学の除染チームをれるまでARTはワームホール飛行をできないはずです。これはいずれ問題になるでしょう。バリッシュ－エストランザ社の増援があらわれたら厄介なことになります）。アラダはアイリスといっしょに管制デッキにいます。食堂のラウンジには警備ユニット三号もいて、隅で人間たちの話を聞いています。

アメナは……この処置台の隣に椅子を持ってきてすわり、フィードで汎星系大学の資料を見ています。

「再起動しました」

報告すると、アメナは笑顔になりました。

「みんなに知らせるわ」

機体を起こしました。人間たちが手作業でやった応急処置を医療システムが完成させ、運用信頼性は約九十八パーセントまで回復しています。人間の患者とおなじゆるいスモックを着せられていますが、洗浄とリサイクルと補修を終えた服がストレッチャー上にたたんでおかれているのを、すでにドローンがみつけています。

あまり深く考えずに言いました。

「ARTから次のミッションに参加してほしいと依頼されました」

ARTはいつものように聞いていますが、弊機は考えたことをあっさりと口に出しました。

アメナにはなぜか素直に話せます。弊機とARTのいわゆる〝関係〟に、彼女はすでに踏みこんでいるからでしょう。

アメナはフィードを一時停止して顔をしかめました。

「期間は？」

「ミッション終了までです」

しかしARTはもっと長い……つきあいの第一段階にするつもりだろうという気がします。

アメナは眉間にしわを寄せて疑わしげな表情です。

「本当に一回だけ？　うちの家族が仕事の閑散期にだれかを滞在させて、全員とうまくいくことをたしかめて、それから真剣な関係を築きはじめるようなことじゃないの？」

「そのたとえがよくわかりませんが――」

ARTは話に割りこみません。アメナが誤解しているなら訂正するはずで、しないということは誤解ではないということです。

「――たぶんそういうことでしょう」

アメナは考えこみました。

「正直いって驚きはないんだけど……あなたの気持ちはどうなの？」こちらの表情が変わったのに気づいたらしく、アメナは目をぐるりとまわしました。「ごめんなさい。あなたに〝気持ち〟を尋ねるのはタブーだったわね」

「わかりません」

ARTが人間の若者を好きな理由がやはり理解できません。

「それに……第二母がなんて言うかしら」

それもわかりません。

「アメナはどう思いますか？」

彼女は苦笑しました。

「わたしはまだ短いつきあいだから」ドローンによるとこちらを見ています。「悪い考えじゃないと思う。ただ……ARTはときどき企業リムでの仕事を請け負うでしょう。こんな失われたコロニーのミッションばかりじゃないはずよ」

「その問題はあります」

そもそもARTが無人でおこなう〝貨物輸送〟は、企業があずかり知らない情報収集活動ではないかと推測されます。

弊機が企業リムへもどることをアメナは懸念しているようです。こちらも楽しみではありません。アメナはゆっくりと言いました。

「ARTはあなたをとても大切にしてるのよ。聞いたはずだけど……ARTが独断であのキルウェアを探査船に送信したのは、そうしないとアイリスたちの救出にあなた自身を送らざるをえなくなると思ったから。キルウェアを送ればあなたを危険にさらさずにすむかもしれない。もちろん、すでにべつの危険なことをやっていたわけだけど、そのときは知らなかったから」

ためらってから続けました。

「あえてこうして誘うのは、あなたにとって役に立つと考えているからだと思う。わかるでしょう?」

いいえ、まだわかりません。

三サイクル日後に、医療隔離されていた人間たちも処置を解かれました。バリッシュ-エストランザ社の従業員は、レオニード主任管理者の補給船にシャトルで帰されました。人質をとって要求を通すようなことはどちらもしませんでした。めずらしいことです。むこうに増援が来ていなかったからかもしれません。

補給船はワームホールエンジンを修理中でした。突然なにかがあらわれて威嚇されることにそなえるように、つねにこちらを射程の範囲においていました。惑星をかすめとられないための用心でもあるでしょう。ARTとその乗組員たちは可能ならそうするつもりでした。コロニーの入植者をどうするか、入植地の除染をどうおこなうか、まるごと移転させるべきか、できるのかを人間たちは議論しつづけました。ARTはそんな先までこの星系に滞在しないはずですが、乗組員は大学の除染チームが到着したときに助言する立場にあります。

異星遺物汚染による大きな問題の一つは、カリームによると大学が準備していた法廷闘争ができなくなったことです。バリッシュ-エストランザ社の主張に対抗するために外部の助けが必要になりました。同社はワームホール経由で会社の営業拠点へメッセージブイを送り、ARTも同様のものを大学へ送りました。どちらの返事が先に届くかの競争です。

さらに新たな暴走警備ユニットのこともあります。

三号はバリッシュ－エストランザ社の探査船でやっていたことをここでも反復しています。すなわち、立って警備し、歩いてパトロールしています。ただしアーマーと武器はARTがはずさせています。腕に内蔵した物理弾を一発でも撃ったらどうなるか、ARTからきびしく説明されているでしょう。

アメナとラッティからは、三号が〝なじめる〟ように助言してやれと何度も言われました。しかし弊機だったら放っておいてほしいはずです。すくなくとも自分の意志で椅子にすわるようになるまでは、話す準備ができていません。

（やりたくなくて理由をこじつけていると思われるかもしれませんが、こればかりはしかたないのです）

三サイクル日目の終わり、たいていの人間たちが寝静まっている時間に、あとをついてくる三号に気づきました。話したくなった徴候でしょう。だれもいない通路で足を止め、壁のほうをむいて言いました。

「なんですか？」

三号は立ち止まり、標準仕様の無表情を〇・六秒続けました。おたがいのドローンは待機パターンにはいって頭上を旋回しています。三号はすこしだけ表情をゆるめました。

「貴機のファイルを見た」

「二・〇から聞きました」

「結末がない」

「まだ生存していますから」

「貴機は統制モジュールを無効化したあとも任務を続けた」

「そうです。三万五千時間にわたって」ふと悪い予感がしました。「もどりたいのですか?」

三号はまたためらいました。

「いや、もどりたくはない。そのつもりは……ない。しかしなにをすべきかわからない」

なるほど。ひとまず安心しました。おなじ暴走警備ユニットだからといって友人というわけではありませんが、もどれば確実に死が待っています。弊機が統制モジュールをハックしたあとも仕事を続けたのは、ほかにやることがなかったからです(もちろん大量殺人をはじめることもできましたが、人間たちが思うほどにはやる気になりませんでした。そもそもメディアを観る時間を減らしたくありません)。しかし逃亡したあとにもどるというのは、べつの話です。弊機は言いました。

「変化は怖いものです。選択も怖い。しかし、行動を誤ると自分を殺すものが頭のなかにはいっているのは、もっと怖いです」

それについて議論するつもりはないようです。

「プリザベーションへ行ってもいいと貴機の顧客から言われた」

「行ってもいいし、行かなくてもいい。強制ではありません」

「貴機の顧客だ」

「信頼できるはずです」

弊機の妄想だと思われているでしょう。弊機自身も妄想かもしれないと思っています。三号はなにも言いませんでした。この状況で信頼についてなにが言えるでしょうか。状況はともかく、信頼について言えることはありません。

しばらくして三号は言いました。

「結末までの話がほしい――」

これを言いたかったのだとようやく気づきました。しかし契約にないデータをほしいと依頼した経験がないのです。

「――それを見れば……決断に役立つと思う」

どんな決断をしたいのかわかります。あのファイルは逃亡警備ユニット入門マニュアルです。

「適切な箇所を抜粋して送ります」

三号はよろこんでいるらしい表情を一秒間浮かべました。

「情報に感謝する」

一行がこの星系に来て二十サイクル日後にワームホールから出てきたのは、プリザベーションの船でした。ステーションの武装即応船です。船のＩＤが確認され、食堂のラウンジじゅうに沸《わ》いた歓声と腕を振り上げる騒ぎがおさまったあとで、アラダが言いました。

「こんな短期間で到着できるわけないわ。わたしたちがワームホールにはいって数時間後に即応船が出発したと考えないと不可能よ」

するとARTが種明かしをしました。

〈実際にそうしたのだろう。本船はシステムから削除されるまえに、状況と救難要請を書きこんだメッセージブイを用意した。その存在を敵制御システムから隠しつつ、ワームホールエンジンが始動したら自動的に放出されるように設定しておいた〉

感嘆の声がさらにあがりました。

「なぜ教えてくれなかったの？」アメナが訊きました。

〈そう、純真なアメナはARTの極悪非道さをまだわかっていないのです〉

〈諸君を強制して本船の意図に添わせるのがやりにくくなるからよ〉ARTは答えました。

〈ほら、こんな具合です〉

弊機は尋ねました。

「通話回線をつなげますか？」

こちらの予感どおりの人物が乗っているなら、時間といらいらを省略できます。これはつまり、人間たちの長時間の無駄話に弊機はいつもいらいらしているという意味です。

セスが思案ありげな顔でこちらを見ました。

「できるぞ。ペリ――」

〈マルウェアに感染する危険は？〉ARTは言いました。

「おもしろくない冗談ですよ」弊機は答えました。

ARTがプリザベーション即応船との通話回線をつないだところで、弊機は呼びかけました。

「こちらは警備ユニットです。メンサー博士は乗船していらっしゃいますか？」

わずか四秒間の沈黙ののちに、その声が答えました。

「警備ユニット、わたしよ」

アメナが話したそうに体を揺らしていますが、フィードで待てと合図しました。

「コールドストーン、歌《ソング》、収穫《ハーベスト》です」

「了解」メンサーはほっとしたようすで即答しました。「それでは、いったいなにが起きたのか、だれかに説明してもらいたいわね」

アラダがすぐに交代して話しはじめました。その脇でセスがこちらに言いました。

「いまのは警戒解除を伝える暗号だな？」

それを聞いてアメナがむっとした顔になりました。

「第二母とだけ通じる暗号を用意してたの？」

正確には〝警戒解除、敵なし、犠牲者なし〟の意味です。

「そうです」

短く答えましたが、これで語句を変更せざるをえなくなりました。

アラダとほかの人間たちが通話回線でしゃべっている裏では、即応船がARTにきびしい質問をはじめました。調査隊を拉致してその施設を破壊しようとしたことを問いつめています。

一方でティアゴはセスとアイリスを説得して、ARTの本当のミッションについてメンサーに話させました。通話回線でのメンサーの態度が理性的で信頼感があることも役立ったようです。即応船には、その乗組員とステーション警備局員のほかに、ピン・リーも乗っていました。ARTの乗組員は企業リムで契約交渉ができる専門家を必要としていたので、プリザベーション連合との提携は渡りに船のようです。

そんなことはどうでもよくて、人間たちが働いているあいだに『サンクチュアリームーン』を観ました。ARTも一部のエピソードをいっしょに観ましたが、メンサー博士を船内に迎えることにひどく興奮して、ドローン群に船内全体を掃除させたり、トゥリを叱咤《しった》して洗濯物をリサイクル装置に突っこませたりしていました。

即応船はARTのモジュールドックに接続しました。メンサーがピン・リーとともに乗船すると、歓迎と抱擁と感嘆と紹介の声で騒々しくなりました。弊機もひんぱんに話しかけられました。ピン・リーからは無事かどうか尋ねられ、メンサーからはアメナを母船から脱出させたことを感謝されました。セスは船長として二人に正式にARTを紹介しました。

「普通は紹介などできません。ペリヘリオン号を動かしているのがただの操縦ボットでないことは、企業リムでは秘密なので」

メンサーはやや皮肉っぽく答えました。

「わかっています。わたしたちも企業リムの秘密をそれなりに知っています。会えてとてもうれしいわ、ペリヘリオン号」

〈乗船を歓迎する、メンサー博士〉

このときだけは誠意のこもった声でARTは言いました。

しばらくたって人間たちはそれぞれ落ち着きました。ピン・リーはカリームとアイリスの相談を受けて、コロニーに関するバリッシュ－エストランザ社の諸権利主張に反論する法的文書を検討しはじめました。弊機はようやくメンサー博士とおおむね二人だけで話す機会を得ました（〝おおむね〟というのは、船内ではARTの目と耳から逃れられないからです）

（それは慣れています）。

ラウンジでメンサーと並んですわりました。ドローンの位置を修正して彼女の顔が見えるようにします。言いたいことがあるのにうまく言えず、おかしなことを口走りました。

「トラウマ回復治療は受けましたか？」

メンサーの口調はいきなり皮肉っぽくなりました。

「ええ、最初の予約はいれたわ。ところが娘と義弟と友人多数が拉致されたので、すべてを放り出して救出ミッションに出てきた」

それはやむをえません。

「どう……」

弊機がそばにいないあいだはどうでしたかとは、訊きたくありません。いえ、訊きたいのですが訊きにくい。それに治療の話をするのはプライバシーの侵害だとARTから言われたことを思い出しました。

メンサーは目を細めて続きを待っていましたが、こちらが言えるのはそれが精いっぱいだと理解したようです。

「問題なかったわ。もちろん時間はかかる。でも問題なくすごせた」そこでまた皮肉たっぷりの表情になりました。「大量拉致事件が発生するまではね」

すくなくともそれはこちらの責任ではありません。そしてまたしてもよけいなことを訊いてしまいました。

「弊機が情緒的破綻を起こしたことをアメナは言っていましたか？」

今度は本当に眉をひそめました。

「いいえ」

「そうですか」訊かなければよかったのですが、遅すぎます。「ARTが死んだと思いこんだときに、そうなりました」

眉間には心配そうなしわが残りました。

「理解できるわ。ラッティはペリヘリオン号をあなたの大切な親友だと言っていた」

「ラッティは想像しすぎです」話しにくい話題なので早くすませたくなります。「ARTのことをこれまで話していませんでした」

眉間のしわが消えました。

「わたしだってなにもかも話してはいない」

「こちらがすべてを知りたくなくて、それを尊重してもらっているからです」それから、思いきって言うことにしました。「ARTから次のミッションに参加してほしいと言われました」

「そう」メンサーは真剣に考えました。「それは一回かぎり？　それとももっと恒久的？」

「わかりません」そのあとは、どういうわけかとても言いにくくなりました。「これっきり博士と会えないのはいやです」

メンサーはこちらの言葉を噛みしめるようにしばし黙りました。

「わたしもこれっきりあなたに会えないのはいやよ」それでも表情は思案ありげです。「でも、ペリヘリオン号ともっといっしょにいたいのなら、気がむいたときに遊びにきてくれるだけでもいいわ」

すこし話しやすくなりました。

「プリザベーションは弊機にとって初めての居場所です。それを失いたくありません。でもARTといっしょにいるのは楽しいし、ずっといっしょにいたいのです」

メンサーは一人で納得したようにうなずきました。

「ほかの乗組員に対しても？」

たしかにそれは潜在的な問題です。

「まだわかりません」

「暫定的に共同作業してみることが問題の解決になるでしょうね。そう決めたのなら」そして小さく微笑《ほほえ》みました。「とにかく、あなたがやりたいことをみつけたようでよかった」

みつけたといえばいえるでしょう。奇妙な気持ちです。

「こんなことは初めてです」

メンサーはにっこりと大きく笑いました。

「初めてってことはないと思うけど、でもそうね」

ARTの乗組員は法務担当者をのぞいて就寝時間にはいりました。メンサーはアメナとティアゴをプリザベーションの即応船へ連れて帰りました（アメナによると、ティアゴはメンサーと弊機の関係を〝誤解〟していて、博士に謝らなくてはいけないと言っていたとのことです。それについてはあらためて報告するとアメナは言っています。むこうの船でそういう話をやってくれるのは、こちらもよけいなことを聞かずにすむので歓迎です）。アラダとオバースとラッティは、ARTの空いている共同寝室に泊まりました。

弊機はARTの静かな管制デッキに上がりました。いい意味でなじみのある場所です。初めて乗ったときの記憶と現在とを比較しました。ARTから脳を破壊してやると脅されないのもいいことです。

「いっしょにミッションに出るとしたら、メディアの在庫をいくらか増やしておく必要がありますね」

ARTと弊機の消費速度を考えると、〝いくらか〟ではまったくたりないはずです。

〈大学のアーカイブから集めておいた〉

インデックスが送られてきたので眺めました。

「三号にもすこしあげたほうがいいでしょう」弊機のアーカイブの一部のファイルを三号に送ったことを、ARTは知っています。「いつ出ていってもおかしくありませんから」

〈三号がおまえのファイルをほしがったのはそのためじゃない。というより、ほかの理由もある。救出したいのはなぜかと尋ねたら、〝ヘルプミー・ファイルを読んだ〟からだと言っていたわ。おまえが人間のメディアから得た文脈のようなものを、あれはおまえの思い出話から得たのよ〉

そうでしょうか。弊機だったら、二・〇のように気軽にあのファイルを三号に渡さなかったでしょう。しかし二・〇がファイルを渡さなければ、敵制御システムが勝者になっていたはずです。

二・〇がよこしたレポートによれば、三号は探査船に乗っていたほかの二機の警備ユニットを親しく感じていたようです。意思疎通をきびしく制限されたなかで、友人に近い存在だったわけです。

弊機が警備ユニットとして偏屈なだけで、三号はほかの警備ユニットと自然にまじわれる性格なのでしょう。

三号にはバーラドワジ博士制作のドキュメンタリーも渡したほうがいいかもしれません。

どうでもいいことです。とりあえずＡＲＴのインデックスをキーワード検索して、『時間防衛隊オリオン』よりさらにリアリティのない作品をみつけました。あらすじを見せると、ＡＲＴは第一話を流しはじめました。

謝辞

第一読者で第一司書であるナンシー・ブキャナンに感謝を。その存在がなければわたしの本の大半はタイトルがつかなかっただろう。

夫のトロイス、友人のミーガン、ベス・E、フェリシア、リサ、ビル、ベス・Lなど、本書を草稿段階から読んで完成まではげましつづけてくれた人々に。

ジェニファー・ジャクソンとリー・ハリスに。彼らがいなければマーダーボットは本にならなかった。

解説

堺《さかい》 三保《みつやす》

あの「弊機《へいき》」こと、人見知りで内省的で自己評価が低いという実にめんどくさい性格で、なぜか連ドラが大好きな警備ユニット（有機組織＋機械アンドロイド）、マーダーボットが帰ってきた。今度は謎だらけの敵を相手に大活躍だ！

というわけで、本作は、二〇一九年に邦訳刊行されたマーサ・ウェルズ『マーダーボット・ダイアリー』の続編であり、《マーダーボット・ダイアリー》シリーズの初長編 *Network Effect*（2020）の全訳である（前作『マーダーボット・ダイアリー』は四作の連作中編を日本で独自に上下巻にまとめ直して出版したもの）。

本作のストーリー自体は独立しているのだが、前作から引き続いて登場する人物もいるので、まずは簡単にシリーズのおさらいをしておこう。

本シリーズの舞台は、人類が様々な星系に進出を果たした遠未来。語り手は、有機組織と機械とを組み合わせた人型アンドロイドの警備ユニットだ。

この警備ユニットの問題は、過去に大量殺人を犯したとされていることだ。この事件の記憶自体はユニットから消去されているが、ユニットも事実としては知っているため、本人は密かに自分のことを殺人ロボット、すなわちマーダーボットと呼んでいる。そしてこのマーダーボットは、二度と同じことが起こらないよう、自機に組み込まれた「統制モジュール」を密かにハッキングして無効化してしまっている。こうしてマーダーボットは、完全に誰の指令も受け付けずに行動出来る野良アンドロイドとなったうえで、あいかわらず所有者である保険会社の業務命令に従い、契約相手の人間を警護する仕事を続けていた。

ところが、とある警備案件をきっかけに、マーダーボットは自らが犯したとされる大量殺人の真相を探る旅に出て、様々な冒険のあげく、異星文明の遺物を密かに発掘して独占しようとしている悪徳大企業の策謀に巻き込まれるが、警備案件を通して知り合った人々と共に、これを解決するのだった。

というところが前作の大まかなあらすじで、本作の物語は、それからしばらく経った時点から始まる。

前作の事件で助け合った人々の警備コンサルタントにおさまったマーダーボットは、彼らの惑星調査隊に再び同行するのだが、その先でなんと謎の敵からの襲撃に遭い、未知の星系へと連れて行かれる。またもや、異星文明の遺物がらみのトラブルに巻き込まれたようなのだが……。

異星文明がらみのトラブルという点では前作と同じなのだが、今回は強欲な大企業よりも、発見された遺物そのものが障害となっていて、その謎を解き明かす必要があるところや、その遺物の在処がかつて植民されたものの放棄されてしまった「失われたコロニー」であるところなど、前作よりもさらに「いかにも」といった感じの宇宙冒険SFらしさに満ちていて、マーダーボットとその警護を受けている人間たちが前作以上の大ピンチに次々に見舞われる、スピード感と緊迫感あふれるストーリー展開が、本作の読みどころであり楽しさだ。

今、楽しさと書いたが、このシリーズ全体の持つ楽しさは、先に挙げた「いかにも」な感じの、定番のSFらしい設定を、現代的にアップデートした物語として語っているところにある。つまり、SF的なアイデアの斬新さよりも、登場人物や社会の描き方の新しさで勝負しているところが、読みやすさとおもしろさにつながっているのだ。具体的に言えば、例えば主人公であるマーダーボットの極めて内省的な性格であったり、酷薄な大企業の人々による、アンドロイドたちより遙かに非人間的な行いといったものの描き方が、我々現代人にとってとても身近な感覚で読めるところだ。遠未来のアンドロイドの話を描いているようで、この物語は現代人とそれを取り巻く環境のメタファーとしてとてもよく出来ていて、だからこそ読みやすいしおもしろいのだ。

この特徴は、本シリーズの作者であるマーサ・ウェルズだけでなく、近年大活躍している海外のSF作家たちの作品に共通しているものだ。例えば、翻訳されているものだけでも、アン・レッキーの《叛逆航路《はんぎゃくこうろ》》シリーズ、ベッキー・チェンバーズの《ウェイフェアラー》シリーズ、ンネディ・オコラフォーの《ビンティ》シリーズ、アーカディ・マーティーンの

『帝国という名の記憶』、アリエット・ド・ボダールの『茶匠と探偵』、ユーン・ハ・リーの《六連合》シリーズなどが存在する。少し毛色は違うが、メアリ・ロビネット・コワルの《レディ・アストロノート》シリーズやN・K・ジェミシンの《破壊された地球》三部作も、この流れの中に位置づけてもいいだろう。いずれの作品も、銀河帝国や宇宙交易、異星人とのコンタクトや宇宙開発などといった、SFにとってはお馴染《なじ》みの題材に、ジェンダー問題や異文化交流問題といった観点を絡め、現代的なアイデアを加えて語っているところが特徴的だ。

これらの作品のほとんどが遠未来の宇宙を舞台にして未来への希望を描こうとしているのは、近未来を舞台にすると今の現実が投影されすぎてディストピアを描かざるを得なくなりがちなことを嫌ってだという説もある。だからこそ、遠い未来を舞台にして、過酷な試練に打ち勝つことや、宇宙進出や新しい社会形成の夢や希望を語っているのだとも。

人類が滅亡の危機に瀕《ひん》した近未来を舞台に、引き裂かれた少女と少年が、対立し合う魔術師と科学者として再会する『空のあらゆる鳥を』が日本でも翻訳されている女性作家チャーリー・ジェーン・アンダーズは、つい先日出版した創作ガイド的なエッセイ集*Never Say You Can't Survive*（生き残れないなんて絶対に言わないで）の序文で、新型コロナ禍に全世界が見舞われた現在がいかに悲惨かを述べ、創作こそが自己防衛の手段なのだと訴えている。アンダーズはさらに続けている。確かに物語を作ったり読んだりすることは逃避行動である。だが、逃避は抵抗でもある。それこそが、私たちを癒やし、勇気づけ、目的意識を与え、自分たちが前進していくための力をもたらしてくれるのだと。

こうして活躍している作家に女性が多いのも現代的な特徴だろう。かつては、SFは「男の子」のものであり、そういった物語に女性は興味を持たないというような言説がまかり通っていた。ところが実際には、今のこの暗い世相の中、女性作家たちが率先して、明るい未来をつかもうと奮戦する人々の話を紡《つむ》いでいるところが実に興味深い。

近年よく人種や性別、文化の違いを超えた「多様化」が唱えられているが、女性たちが自分たちの好きなものとして、SFを自分たちの手で新たに再構築し、肯定的な未来観を復権させようとしている状況に、教条主義的なお題目などではない、率直で実感に根差した願望の発露を感じてしまう。

アンダーズの言葉ではないが、こういう創作活動が、現実の世界においても明るい兆しを与えてくれるのではと期待するのは、筆者だけだろうか。

もう一つ、新しい宇宙SFの書き手の特徴として、SFとファンタジーの区別なくどちらも自在に描き続けている作家が多いという点が挙げられる。本作の作者であるウェルズはもちろん、前述の中だとレッキー、コワル、ジェミシン、リー、そしてアンダーズといった作家たちがそうだ。

特にウェルズはがっちりと異世界を構築した本格ファンタジーのシリーズをいくつも書い

て人気作家となったあとで、本シリーズに取りかかっている。

ウェルズに言わせると、SFとファンタジーの書き分けは気にしていないとのことで、彼女にとって何よりも大事なことは、登場人物たちの心情を理解して描くことと、作品世界に登場人物たちがきちんとフィットしているか（ちゃんとその世界の人間らしく描けているか？）ということだという。

要は、その作品世界の構築と、それに見合った登場人物の造形をするという点では、ウェルズにとってはSFもファンタジーも変わりはないということなのかもしれない。

そんなウェルズは本作のあと、本作の前日譚となる中編 *Fugitive Telemetry*（創元SF文庫より二〇二二年刊行予定）を発表、今は新しい異世界ファンタジー長編を執筆中だとか。もちろんまだまだ《マーダーボット・ダイアリー》の新作も書く気満々らしい。どちらの新作も楽しみだし、できれば過去に書いたファンタジーも日本に紹介して欲しいものだ。

二〇二一年九月

検印
廃止

訳者紹介　1964年生まれ。東京都立大学人文学部英米文学科卒。訳書にヴィンジ『遠き神々の炎』『星の涯の空』ほか多数。2021年、ウェルズ『マーダーボット・ダイアリー』で第7回日本翻訳大賞を受賞。

マーダーボット・ダイアリー
ネットワーク・
エフェクト

2021年10月15日　初版
2024年9月27日　3版

著者　マーサ・ウェルズ

訳者　中《なか》原《はら》尚《なお》哉《や》

発行所　（株）東京創元社
代表者　渋谷健太郎

162-0814/東京都新宿区新小川町1-5
電話　03・3268・8231-営業部
　　　03・3268・8204-編集部
URL　http://www.tsogen.co.jp
DTP　工友会印刷
萩原印刷・本間製本

乱丁・落丁本は、ご面倒ですが小社までご送付ください。送料小社負担にてお取替えいたします。

ISBN978-4-488-78003-6　C0197